MR.BLAIDD

I Mam, fy #1 ffan

MR. BLAIDD

LLWYD OWEN

y|Lolfa

Argraffiad cyntaf: 2009

Dymuna'r cyhoeddwyr gydnabod cymorth ariannol
Cyngor Llyfrau Cymru

Cynllun y clawr: Jamie Hamley
Llun yr awdur: Lisa Owen

Rhif Llyfr Rhyngwladol: 9781847711762

Cyhoeddwyd ac argraffwyd yng Nghymru
gan Y Lolfa Cyf., Talybont, Ceredigion SY24 5HE
gwefan www.ylolfa.com
e-bost ylolfa@ylolfa.com
ffôn 01970 832 304
ffacs 832 782

AM YR AWDUR

Brodor o Gaerdydd yw Llwyd.
Dyma'i bedwaredd nofel.

Mae'n byw yn ardal Rhiwbeina o'r ddinas
gyda'i wraig, Lisa, ei ferch, Elian,
a'u cathod, Moses a Marley.

Am wybodaeth bellach, ewch at

www.llwydowen.co.uk

DIOLCHIADAU

Hoffwn ddiolch i'r canlynol:

fy nheulu cyfan, yn enwedig Lisa,
am fod mor gefnogol ac amyneddgar,

yr Arolygydd Nigel Harrison, Heddlu Gogledd Cymru,
am ei gymorth gydag agweddau technegol gwaith yr
heddlu,

Chopper am esbonio sut mae gwe gymhleth
gwleidyddiaeth leol yn gweithio,

Jamie Hamley am greu clawr cofiadwy arall,

Dewi Prysor a Llion Iwan,

Lefi yn y Lolfa ac Alun Jones, fy ngolygydd,
am eu gwaith caled a'u cefnogaeth barhaus.

Hoffwn hefyd gydnabod cefnogaeth ariannol
Cyngor Llyfrau Cymru.

Fear makes the wolf bigger than he is.

Dihareb Almaenig

What is man? A miserable little pile of secrets.

Andre Malraux

Never fear shadows. They simply mean that there's a light shining somewhere nearby.

Anhysbys

YR HUGAN FACH GOLL

Gyrrodd y Blaidd gar crand ei frawd yn araf bach drwy'r Coed. Chrysler 300C du oedd e, gyda ffenestri tywyll a rhif cofrestru ffug ar gyfer cyflawni gweithred benodol heno a gwarchod hunaniaeth perchennog y car.

Enw rhyfedd, pendronodd, *am ardal heb ddeilen yn agos ati*. Cyfeiriad at hanes y lle oedd yr enw, wrth gwrs, a *hen* hanes gyda hynny, cyn i'r coed gael eu clirio i wneud lle i 'ddatblygiad' dinesig o nendyrrau briciau coch – a oedd bellach yn llwydaidd eu lliw o ganlyniad i ymosodiadau parhaus yr elfennau – i roi lloches i wehilion cymdeithas Gerddi Hwyan.

Un ffordd i mewn ac un ffordd allan oedd 'na i'r ystad, a'r hewl yn creu cylch o gwmpas y clwstwr o fflatiau truenus yn y canol. Wrth i'r cerbyd hwylio o gwmpas am y tro cyntaf, gwyliodd y Blaidd y puteiniaid yn camu o'r cysgodion wrth iddynt sylwi fod y car wedi dychwelyd am y tro cyntaf mewn tair wythnos. Roedd gweld y car yn golygu un peth i'r merched wrth iddynt rynnu ar y palmentydd yn eu sgertiau byr a'u boob-tubes bychain – roedd un ohonynt yn mynd i gael noson gyfan mewn gwely clyd yng nghwmni bòs y Blaidd, a chael ei gwobrwyo'n hael am wneud hynny. Roedd treulio noson yng nghmwni ei frawd yn dasg hawdd o'i chymharu â rhai o'r pethau y byddai disgwyl iddynt eu gwneud i ennill eu harian.

Nid oedd y Blaidd yn gwybod *beth* yn gwmws y byddai'n rhaid i'r 'ferch lwcus' ei wneud wedi cyrraedd ystafell ei frawd, ond gallai ddychmygu... er, wedi iddo feddwl, ni allai fod yn *rhy* ddrwg chwaith gan fod puteiniaid y Coed yn ddigon brwdfrydig i ymuno â fe ar y bererindod ddirgel.

Diflasodd y Blaidd wrth yrru o gwmpas am yr eildro a theimlai gasineb tuag at ei frawd a'r rheolaeth oedd gan hwnnw drosto. Roedd y puteiniaid ar ochr y ffordd yn ei atgoffa o gownter cig dynol, gyda golwython o bob math yn cael eu harddangos – o'r darnau gorau, y ffiledau a'r syrlwyn, i'r cigach mwyaf gwelw ac anymunol. Diflasodd y gymhariaeth hon y Blaidd yn fwy fyth, ond yn sydyn gwelodd fflach o goch yng nghanol y tywyllwch. Dyna hi. Dyna'r 'un'. Am heno, ta beth...

Pan ddychwelodd y Blaidd am y trydydd tro, gyrrodd y car at ochr y palmant, ger y man lle safai'r ferch yn y got goch. Ni allai weld ei hwyneb yn glir gan fod hwd ei chot yn ei hamddiffyn rhag yr oerfel. Gwasgodd fotwm ac agorodd y ffenest ryw dair modfedd, fel y gallai ef ei gweld hi heb iddi hi ei weld ef.

"Tyn dy hwd i fi ga'l dy weld di," gorchmynnodd, a dyna wnaeth y ferch, a daeth llond pen o wallt melyn i'r golwg. Bingo! Roedd 'na rywbeth cyfarwydd amdani hefyd, fel tasai'r Blaidd wedi'i gweld yn rhywle o'r blaen. Ond ble yn gwmws, nid oedd yn gwybod. Ond, wedi meddwl, roedd yr ateb yn eithaf amlwg, wedi'r cyfan, roedd ef, fel hithau, yn ymwelydd cyson â'r Coed.

"Mewn â ti." Ac unwaith eto, gwrandawodd y ferch, gan agor y drws cefn ac eistedd yn dawel tu ôl i sedd y gyrrwr.

A hithau'n tynnu at ddeg o'r gloch, teithiodd y pâr mewn tawelwch ar hyd strydoedd y dref, gan anelu am ei chyrion anhysbys, llawn gwestai rhad, siopau clo ac ambell fwyty tywyll. Wrth i oleuadau'r stryd dreiddio i mewn i'r car, archwiliodd y Blaidd ei gyd-deithwraig yn y rear view. Roedd hi'n sicr yn ifanc. Yn ei hugeiniau cynnar, os nad yn ifancach. Roedd hi hefyd yn bert. Neu o leiaf roedd hi'n *arfer* bod yn bert, cyn i'r Losin Du gael gafael ynddi. Roedd ei llygaid yn wag ac yn farwaidd wrth iddynt syllu allan drwy'r ffenest ar y dref yn gwibio heibio a'i chroen yn welw a blotiog, â'i gwythiennau amlwg o dan yr arwyneb. Roedd 'na graith ar ei boch dde. Hen graith oedd hi a dechreuodd y Blaidd ddychmygu sut y crëwyd hi, cyn diflasu unwaith eto. Am wastraff. Roedd e'n ysu am droi ati a chynnig mynd â hi adref – at ei theulu, hynny yw, nid at ei phimp – a'i hachub rhag y bywyd, rhag y stryd, rhag ei dyfodol – ond cofiodd y rheswm pam ei fod e'n *gorfod* gwneud hyn ar ran ei frawd, a chadwodd yn dawel fel bachgen da. Unwaith eto, atseiniai'r casineb yn ddwfn ynddo.

Ymhen dim, roedd y car wedi cyrraedd ei gyrchfan – y Valleywood Motel – ac ymlwybrodd y cerbyd yn araf i mewn i'r maes parcio gwag, gan ddod i stop ger y prif risiau oedd yn arwain at y llawr cyntaf. Byddai'r Blaidd yn gyrru merched i westai ar draws de Cymru ar ran ei frawd – o Gaerllion i Hwlffordd ac o Borthcawl i Aberhonddu – ond roedd ymweld ag un mor agos at ei gartref yn ei siwtio i'r dim. Roedd brawd y Blaidd yn ddyn pwerus, ar frig y domen wleidyddol leol ac yn ddyn cyfoethog, yn bennaf yn sgil ei yrfa flaenorol fel un o actorion mwyaf adnabyddus a drwgenwog y wlad. Dyna pam roedd y motel mor dawel, yn hollol wag mewn gwirionedd, heb enaid byw ar gyfyl y lle. Gallai ei frawd fforddio llogi adeilad cyfan er mwyn cael cwmni putain am noson a gwarchod ei enw da, er ei fod yn llogi'r llefydd 'ma'n hollol anhysbys wrth gwrs. Ond doedd neb eisiau gweld profiad Quimby-esg ar wasgar dros ddudalennau blaen y tabloids, yn enwedig Maer y ddinas…

Enw da! Wfftiodd y Blaidd o dan ei anal, cyn adio *'bastard bach'* yn fud yn ei feddyliau. Nid oeddent wedi bod yn agos fel brodyr ers amser maith, ac roedd yr hyn y gorfodai ei frawd ef i'w wneud yn gwneud y bwlch rhyngddynt yn lletach fyth.

"Beth nawr?" Daeth y llais meddal o'r sedd gefn â'r Blaidd yn ôl i'r byd hwn.

"Ystafell 237. Lan y grisiau i'r llawr cyntaf. Yr unig stafell sydd â golau mlân."

Agorodd y ferch ddrws y car a chamu allan i'r nos. Gwyliodd y Blaidd ei choesau tenau'n dringo'r grisiau, cyn iddi anelu am yr ystafell glyd a'r hyn oedd yn ei disgwyl. Ymlaciodd y Blaidd ryw ychydig yng nghrombil cyfforddus y car, cyn i'w atgasedd ddwysáu wrth iddo ystyried y gwir reswm *pam* roedd yn gweithio ar ran ei frawd. Doedd dim dewis ganddo, dyna'r gwir. Roedd ei frawd wedi bod yn ei fygwth, blackmail hynny yw, ers blynyddoedd, yn wir, ers i'r diawl 'ymddeol' i Erddi Hwyan ryw ddegawd ynghynt, ar ôl i'w yrfa fel actor ddod i ben. Ond roedd gan y Blaidd ei gynllwyn ei hun, ac ymhen rhyw fis byddai ei frawd yn gallu ffwcio'i hun a ffeindio gwas bach arall.

Eisteddai'r Blaidd yn mwynhau tawelwch a llonyddwch y maes parcio tywyll. Crwydrai ei feddyliau o strydoedd Gerddi Hwyan ar hyd lonydd culion y gorffennol a ffyrdd dirgel y dyfodol. Fel pawb, roedd ganddo yntau hefyd freuddwydion, a dim un ohonynt yn cynnwys ei frawd. Hunllefau oedd y rheiny.

Clywodd sŵn traed yn agosáu ar hyd cerrig mân y maes parcio, a throdd i weld pwy oedd yno. Gwyliodd ran olaf jig-so rhywiol rhyfedd ei frawd yn cerdded yn ansicr heibio'r car, i fyny'r grisiau a thuag at yr ystafell tu hwnt. Nid oedodd y dyn ifanc main wrth basio'r modur segur – wedi'r cyfan, roedd y ffenestri tywyll yn gwneud i'r car ymddangos yn wag o'r tu allan.

Wedi i'r cyffurgi ddiflannu i fyny'r grisiau, camodd y Blaidd o'r car er mwyn cael smôc yn yr awyr iach. Roedd hi'n noson braf. Yn oer, yn sicr, ond roedd y sêr yn disgleirio fry a dim gwynt yn rhewi'r clustiau. Taniodd sigarét a thynnu'r mwg yn ddwfn i'w ysgyfaint. Doedd dim byd gwell na mwgyn ar noson fel hon. Fel tân agored ar noson rewllyd, roedd rhywbeth cysurus tu hwnt am y weithred.

Yn y man edrychodd ar ei oriawr. Roedd hi'n tynnu am hanner awr 'di un ar ddeg erbyn hyn. *Beth yffach oedd yn 'i gadw fe?* meddyliodd y Blaidd, wrth chwythu mwg ei ail sigarét fel draig tua'r ffurfafen. Roedd e eisiau mynd am adref. Roedd e 'di blino. Nid dyma'i unig swydd wedi'r cyfan. Roedd ei frawd yn cymryd llawer mwy o amser nag arfer heno. Taflodd y stwmp at glawdd cyfagos cyn rhwbio'i ddwylo a chwythu arnynt. Estynnodd fflasg arian o boced fewnol ei got. Cymerodd swig farus a gadael i'r chwisgi gynhesu ei berfedd. Cymerodd lond ceg arall cyn dychwelyd y fflasg a throi i wynebu'r camau a glywai'n dod i lawr y grisiau tu ôl iddo. *O'r diwedd!*

Edrychodd y Blaidd ar ei frawd. Roedd rhywbeth o'i le, gallai weld hynny'n syth. Fel arfer, byddai ei frawd yn brasgamu tua'r car mewn hwyliau da, cyn neidio i mewn a chael lifft adref yn ddyn hapus. Ond heno, araf oedd ei gamau. Camau dyn wedi'i gondemnio.

"Ma hi 'di marw." Aeth ias i lawr asgwrn cefn y Blaidd wrth glywed y datganiad, ond ni adawodd i'w frawd synhwyro hynny. Roedd yn rhaid i un ohonynt gadw rheolaeth arno'i hun, ac roedd ei frawd yn amlwg yn ymlafnio o dan bwysau'r hyn roedd newydd ddigwydd. Craffodd y Blaidd arno am eiliad tra cyfunodd y tywyllwch, y cysgodion a phwysau eithafol y sefyllfa i wneud i'r pedair blynedd oedd rhyngddynt i ymddangos yn debycach i fis.

"Dangos i fi..." meddai'r Blaidd, a throdd ei frawd a'i arwain i fyny'r grisiau tuag at ystafell 237. Pan agorwyd y drws, daeth y Blaidd wyneb yn wyneb â golygfa hollol annisgwyl. Yn hytrach na'r erchylltra roedd e'n ei ddisgwyl, roedd y ferch yn gorwedd ar y gwely yn dal i wisgo'i dillad, gan gynnwys ei chot goch.

Camodd y Blaidd tuag ati a gafael yn ei garddwrn i weld a allai deimlo curiad ei chalon. Rhag ofn. Trodd i wynebu'i frawd, a safai wrth y drws yn dal i wisgo'i dei.

"Beth ddigwyddodd?" gofynnodd braidd yn ddryslyd.

"OD," Daeth yr ateb. Nodiodd y Blaidd ei ben; roedd hynny'n gwneud rhyw fath o synnwyr.

"Beth am y boi?"

"Pwy?"

"Y jynci. Paid ffwcio 'da fi nawr, Bach! Dim dyma'r amser. Look, fi'n gw'bod bod 'na ddyn yn dod gyda ti i'r..." chwifiodd y Blaidd ei bawen o gwmpas yr ystafell. Doedd e ddim yn gwybod beth i alw'r hyn roedd ei frawd yn ei wneud. "Weles i fe'n cyrraedd heno. Fuckin sgerbwd truenus o'dd e 'fyd. Fe gerddodd e heibio i'r car ac i fyny'r grisiau ond weles i mohono fe'n gadael chwaith."

"Ma 'na ddwy set arall o risiau, ti'n gw'bod."

"Na, ond sdim ots am hynny nawr. Welodd e unrhyw beth?"

"Na. Wel, do. Ond na..."

"Be ma hynny'n feddwl?"

"Pan agores i'r drws iddo fe..."

"Be, do'dd e ddim yma drwy'r amser?"

"Na, dim fel 'na mae'n gweithio... pan agores i'r drws iddo fe, wedes i 'i bod hi 'di pasio mas. Wedi'r cyfan, 'na fel ma hi'n edrych nawr... reit?"

Tawelodd y Maer, a syllu ar y corff llonydd.

"A?"

"Dales i fe. Yn llawn. Ac off â fe a gwên ar ei wyneb. Fi'n siŵr ei fod e 'di anghofio popeth amdanon ni'n barod. Ar goll ar waelod potel..."

"Neu ar bigyn nodwydd…"

"Neu'r ddau."

"Gobeithio," ychwanegodd y Blaidd yn hollol ddiffuant.

Gyda thraed ei frawd wedi'u hoelio i'r llawr ger y drws gan ddifrifoldeb y sefyllfa, aeth y Blaidd ati i lapio corff y butain mewn lliain gwely. Edrychai ei fysedd hir yn arallfydol o dan orchudd glas y latex, a gwyliodd y Maer nhw'n gweithio, fel petai wedi'i barlysu gan yr hyn ddigwyddodd yma ynghynt. Wedyn, aeth allan o'r stafell er mwyn sicrhau nad oedd unrhyw gamerâu diogelwch yn eu gwylio, cyn dychwelyd a chario'r corff dros ei ysgwydd o'i gorffwysle, i lawr y grisiau a'i gosod yng nghist y car. Byddai ychydig bach o help wedi bod yn neis, ond roedd ei frawd mewn llesmair, heb fod yn siŵr pwy oedd e na beth ddylai ei wneud. Roedd hynny'n ddealladwy, a gallai'r Blaidd werthfawrogi hynny. Yn wahanol iddo fe, nid oedd gan ei frawd lawer o brofiad o fod yn y fath sefyllfa. Dilynodd yntau ei frawd yn araf bach, cyn gafael yng nghoesau'r corff ar yr eiliad olaf a helpu'r Blaidd i'w gosod yn ofalus yn y bŵt.

"Bydda i 'nôl nawr…" meddai'r Maer wrth ddeffro rhyw fymryn a chamu i fyny'r grisiau. "Jyst moyn gwneud yn siŵr nad ydw i 'di gadael dim byd ar ôl. Ti'n gw'bod, evidence." Ond y gwir oedd fod yr unig dystiolaeth a allai ei gysylltu ef â'r ystafell – sef y syringe a gafodd gan y cyffurgi a'r ffiol arian ddefodol – yn ddiogel mewn bag plastig yn ei boced. Roedd e wedi cyflawni ei dasg cyn mynd i nôl ei frawd i ddelio â'r corff marw. Roedd wedi bodloni ei chwant. Am heno. Am nawr…

"Ca' wared ar yr olion bysedd," bloeddiodd y Blaidd ar ei ôl, wrth ei wylio'n dringo'r grisiau. Meddyliodd gael smôc arall, ond penderfynodd beidio; eisteddodd tu ôl i'r olwyn a throi'r gwres mlaen i gael twymo. Yn sydyn, heb rybudd, torrodd ton o ryddhad drosto...

Camodd ei frawd i mewn i ystafell 237, gan edrych dros ei ysgwydd wrth wneud hynny. Roedd y llesmair cynharach wedi diflannu'n llwyr. Heb oedi, anelodd am y drych crwn ar y gist goluro henffasiwn oedd yn cadw llygad ar y gwely, a gafael yn ei ffôn symudol oedd wedi'i gosod i bwyso'n gelfydd ar y gwydr. Gwasgodd STOP cyn arbed y cynnwys oedd newydd gael ei ffilmio. Symudodd y ffilm ymlaen at y darn pwysig a gwasgu PLAY. Roedd y delweddau'n eithaf aneglur, ond yn hen ddigon da ar gyfer yr hyn roedd ganddo mewn golwg. Gwenodd wrth roi'r ffôn yn ei boced, cyn gadael y stafell a cherdded yn ôl tuag at y car.

Pan ymunodd ei frawd ag e, taniodd y Blaidd yr injan dair litr cyn troi i edrych arno. Roedd e'n dal i syllu i'r gwagle o'i flaen fel claf catatonig mewn ysbyty meddwl. Bu bron i'r Blaidd deimlo trueni drosto, ond ni pharodd yr emosiwn yn hir.

"Hei!" ebychodd y Blaidd, a chlicio'i fysedd er mwyn mynnu sylw ei frawd. "Paid â becso nawr. Dim dy fai di oedd beth ddigwyddodd heno. Ro'n i'n gallu dweud bod hi'n fucked o'r eiliad y camodd hi i mewn i'r car. Jynci yw hi. *Oedd* hi. A nawr ma un yn llai yn cerdded strydoedd dy ddinas..."

"Ond beth am y corff?" gofynnodd y Maer, a'r dagrau'n cronni a'r panig yn achosi i'w lais godi'n uwch nag arfer.

"'Na i sortio popeth i ti, OK? A' i â ti adre nawr ac fe wna i gael gwared ar y corff..."

"Sut?"

"Paid â gofyn," atebodd y Blaidd gyda winc. Roedd e'n adnabod digon, os nad gormod, o bobl a allai ei gynorthwyo i wneud i'r corff ddiflannu. Ac nid consurwyr oedden nhw chwaith. Yn anffodus, dyna'r math o ddyn oedd e.

Pwysodd yn ysgafn ar y sbardun ac i ffwrdd â'r car yn ôl tuag at led-wareiddiad Gerddi Hwyan. Efallai nad oedd y noson wedi bod yn llwyddiant i'w frawd, ond fel y gwelai ef y sefyllfa, wedi iddo ddelio â'r corff yn y cefn, bydden nhw'n gyfartal. A jyst fel 'na, roedd y Blaidd yn rhydd o grafangau ei frawd, fis a mwy yn gynt na'r disgwyl.

RHAN 1

FUOCH CHI
'RIOED YN MORIO?

01

Rhyw gan milltir i'r gogledd o Erddi Hwyan, ar lethrau mynyddoedd urddasol canolbarth y wlad, safai ffermdy tywyll yng nghanol cylch o goed hynafol. Ynys o anhapusrwydd. Chwythai'r gwynt main trwy'r brigau a'r dail gan achosi iddynt siglo fel bwystfilod meddw yn y fagddu, ac ar wahân i'r ddau olau oedd i'w gweld yn ffenestri bach y ffermdy – un i lawr stâr ac un ar y llawr cyntaf – doedd dim llawer o fywyd yno. Gwichiai drws y stabl yn y gwynt a rhochiai rhyw anifail anhysbys yn un o'r cytiau brwnt. Roedd y fferm, Coed Sycharth, yn sicr wedi gweld dyddiau gwell, ac wedi cael ei hesgeuluso'n gyfan gwbl yn ystod y mis diwethaf.

Yn eistedd mewn tawelwch wrth y tân agored yn yr ystafell fyw, roedd gŵr a gwraig yn tynnu at eu hanner cant. Syllai'r dyn barfog i mewn i'r fflamau, fel tasai'n edrych am arwydd, am ateb, tra wylai ei gymar yn dawel wrth ei ochr, er nad oedd dagrau i'w gweld yn ei llygaid. Roedd y cronfeydd dŵr wedi hen sychu ar ôl pedair wythnos o alaru.

I fyny'r grisiau, mewn ystafell wely gyda nenfwd isel a dau wely sengl yn gyfochrog â'i gilydd ar hyd dwy wal, roedd golygfa debyg...

Eisteddai Fflur ar ei gwely yn dal llun wedi'i fframio yn ei dwylo a hiraeth enbyd yn ei chalon. Disgynnodd deigryn unig o'i llygad a ffrwydro ar y gwydr oedd yn gorchuddio llun ohoni hi a'i chwaer annwyl, Ffion.

Roedd Fflur wedi crio bob dydd ers mis bellach. Ers i Ffion 'ddiflannu', hynny yw. Dyna oedd safbwynt swyddogol heddlu Gerddi Hwyan yng nghyd-destun yr achos, ta beth, er bod Ffion yn gwybod nad 'diflannu' oedd y gair cywir i'w ddefnyddio ar yr achlysur hwn. 'Marw' oedd y gair hwnnw.

Sut y gwyddai hi hynny? Wel, does dim ffordd o esbonio;

ma efeilliaid jyst *yn* gwybod. Diflannodd y cysylltiad greddfol, goruwchnaturiol a oedd wedi bodoli rhyngddynt ers eu hamser yn y groth, rai dyddiau cyn i Sarjant Lewis, yr heddwas lleol, guro ar ddrws y fferm er mwyn hysbysu'r teulu am yr hyn a ddigwyddodd i Ffion. Neu o leiaf, yr hyn roedd heddlu Gerddi Hwyan yn fodlon ei ddatgelu i Sarjant Lewis. Ond nid oedd hynny'n rhyw lawer, rhaid cyfaddef. Un o ffrindiau Ffion oedd wedi hysbusu'r heddlu pan na ddaeth i'w gwaith fel gweinyddes ym mwyty'r Badell dri diwrnod yn olynol. Yn ôl yr heddlu, nid oeddent wedi darganfod corff; nid oedd unrhyw gliwiau ganddynt nac unrhyw un o dan amheuaeth. Roedd hi wedi 'diflannu'. Dyna ddiwedd arni. Enw arall ar restr faith. Ystadegyn. Rhif.

Ond nid oedd hynny'n ddigon da i Fflur. Efallai fod yr heddlu wedi rhoi'r gorau i chwilio, ond roedd yn rhaid i rywun wneud rhywbeth. *Beth* yn gwmws, nid oedd hi'n siŵr, ond ni allai aros yma am un noson arall, yn gwrando ar ei rhieni'n galaru. Roedd yn rhaid iddi ddatrys y pos. Roedd yn rhaid i rywun dalu. A dyna'r rheswm pam roedd Fflur ar ei ffordd i Erddi Hwyan. Heno.

Cyn heno, nid oedd Fflur erioed wedi gadael ei milltir sgwâr. Dim unwaith yn ystod ei hugain mlynedd. Doedd hi erioed wedi dangos awydd i wneud chwaith, tan i Ffion... Yn wahanol i'w chwaer, roedd Fflur yn ddigon hapus yn gweithio ar y fferm, tyddyn y teulu, tan i Ffion...

Ond, ers i'r cysylltiad gael ei dorri, roedd yr ysfa wedi cynyddu fwyfwy bob dydd. Roedd ei theulu'n bodoli mewn rhyw fath o limbo creulon – heb wybod beth oedd tynged ei chwaer, ac felly ddim yn gallu symud ymlaen.

Roedd Ffion wedi symud i Erddi Hwyan ddeng mis ynghynt, i geisio gwireddu'i breuddwyd o fod yn actores yn niwydiant ffilm a theledu Valleywood, sef gweledigaeth yr hen Dickie Attenborough. Roedd y fenter wedi ffynnu yn ystod ei blynyddoedd cyntaf, cyn chwalu, yn sgil dirwasgiad ariannol y degawd diwethaf. Trodd y cynhyrchwyr ffilmiau eu golygon at wledydd tramor i chwilio am leoliadau a gweithwyr rhatach. Roedd y stiwdios yn dal i gynnal ambell gynhyrchiad, ond ychydig iawn o'i gymharu â'r gwaith a gafwyd ddegawd yn ôl.

Roedd Ffion wastad wedi bod yn awyddus i 'ddianc' o'r fferm, ond roedd y ddwy wedi cadw mewn cysylltiad, er bod y dasg o wireddu ei huchelgais wedi bod yn anoddach na'r disgwyl i Ffion. Fel pob darpar seren y sgrin, gweini mewn bwyty oedd ei bara menyn. Byddai Fflur yn cael hanes ei hymdrechion mewn galwadau ffôn cyson, wedi i Ffion fynychu clyweliad neu ymddangos fel ecstra ar ambell gynhyrchiad. Byddai'r ddwy'n bodio'n ôl a mlaen ar eu ffonau symudol bob dydd; yn wir, Ffion brynodd y ffôn symudol i'w chwaer ar ei hymweliad olaf â'r fferm rhyw dri mis yn ôl. Ffôn fach syml ydoedd – yn arbennig o'i chymharu ag un Ffion, a allai dynnu lluniau, saethu delweddau symudol a chysylltu â'r rhyngrwyd – ond roedd yn fwy na digon ar gyfer yr hyn roedd Fflur ei angen, sef cadw mewn cysylltiad â'i ffrind gorau, ei hefaill.

Ers 'diflaniad' Ffion, roedd ei rhieni wedi anwybyddu Fflur gymaint fel nad oedd hi hyd yn oed yn poeni sut y byddent yn ymateb i'w hymadawiad heno. Ffion oedd eu ffefryn. Dyna sut y bu hi erioed. Doedd hynny ddim hyd yn oed yn effeithio ar Fflur bellach gan ei bod wedi hen arfer â'r sefyllfa. Yn ddiweddar, roedd Fflur wedi teimlo fel ysbryd yn symud o gwmpas y lle, yn bodoli yn y cefndir, ar ymylon allanol isymwybod ei rhieni. Y rheswm dros y ffafriaeth amlwg a ddangosai ei rhieni at Ffion oedd iddi gael ei geni chwe munud cyn Fflur. Nid bod hynny'n rheswm digonol, wrth gwrs, ond roedd Ffion wedi manteisio i'r eithaf ar achub y blaen.

Teimlai'r chwe munud yn fwy fel chwe blynedd ar adegau. Ffion gafodd yr holl dalent – yn academaidd ac yn gerddorol, heb sôn am ei gallu fel perfformwraig naturiol. Roedd Fflur ar y llaw arall yn hapus i fodoli yng nghysgod ei chwaer. Ffion oedd yr arweinydd. Dafad oedd Fflur. Roedd gan Ffion uchelgais bendant tra bod Fflur yn hapus i fyw bywyd tawel a syml. Roedd hi'n ferch gref, ac wrth ei bodd yn gweithio ar y fferm, yn gofalu am yr anifeiliaid, yn tyfu a chynhaeafu'r cnydau ac arogli'r awyr iach. Nid oedd ei rhieni, cofier, yn gas tuag ati mewn unrhyw ffordd, chwaith. Ond roeddent wedi ymfalchïo yn holl orchestion Ffion ar hyd y blynyddoedd. Ac er bod eu tawelwch yn ystod y mis diwethaf yn torri ei chalon, roedd hi'n deall hynny gan ei bod hi'n teimlo'n union yr un fath.

Clywodd Fflur ffôn y tŷ'n canu yn y cefndir, ac yn dal i ganu a chanu tan i bwy bynnag oedd yn galw golli ei amynedd. Nid oedd ei rhieni wedi ateb y ffôn ers wythnos. Roeddent wedi colli pob gobaith.

Edrychodd Fflur ar y llun unwaith eto – delwedd ohonynt ar eu pen-blwydd y llynedd. Gwisgai Ffion ddillad drud a cholur ar ei hwyneb, tra edrychai Fflur wrth ei hochr yn union fel yr hyn oedd hi – merch fferm. Er hynny, y tu ôl i'r ffasâd ffasiwn, roedd y ddwy yr un ffunud â'i gilydd. Gwallt melyn – un Ffion yn tonni dros ei hysgwyddau, tra cadwai Fflur ei gwallt ychydig yn fyrrach, fel dafad jyst cyn cneifio – llygaid glas a gwên lawn dannedd gwynion. Yn wir, ar wahân i steil eu dillad a'u gwalltiau (neu'r *diffyg* steil, yn achos Fflur), yr unig ffordd o allu gwahaniaethu rhyngddynt oedd y graith fodfedd o hyd ar foch dde wyneb Ffion. Ceisiodd Fflur gofio'r hanes y tu ôl i'r graith, ond fedrai hi ddim.

Trodd Fflur y ffrâm, agor y cefn, gafael yn y llun a'i osod ar y gwely. Rhoddodd y ffrâm wag ar y bwrdd bach wrth ochr ei gwely a mynd ati i orffen pacio. Roedd hi wedi llenwi'r rhan fwyaf o'i gwarfag â dillad. Dillad cynnes gan fwyaf, o gofio mai mis Hydref oedd hi. Cynnes ac ymarferol. Taith na wyddai i ble y byddai'n ei harwain oedd o'i blaen, ac roedd hi eisiau bod yn barod am unrhyw beth. Dyna pam roedd hi hefyd yn pacio torts, blanced, sach gysgu, cwmpawd, map (o'r wlad ac o'i chyrchfan), matsys, cot law, menig, Kendal Mint Cake, twba o Vaseline, llond pwrs o arian roedd hi wedi bod yn ei gynilo dros y blynyddoedd, ei ffôn symudol, llun o'i chwaer a chyllell hela Buck & Ryan gyda llafn miniog chwe modfedd. Bwystfil o arf wedi'i ddwyn o gasgliad ei thad. Roedd hi'n mynd â'r gyllell am ddau reswm: rhag ofn y byddai angen iddi ei hamddiffyn ei hun yn ystod y dyddiau, yr wythnosau, a'r misoedd i ddod; a rhag ofn y byddai'n dod wyneb yn wyneb â'r person, yr anghenfil, oedd yn gyfrifol am beth bynnag ddigwyddodd i'w chwaer.

Wedi gosod popeth yn y bag, aeth draw at y ddesg a dechrau sgwennu nodyn byr at ei rhieni'n esbonio sut roedd hi'n teimlo a beth roedd hi'n gobeithio'i gyflawni yng Ngerddi Hwyan. Nid yr holl wir, wrth reswm, ond pwysleisio ei bod wedi mynd i chwilio am ei chwaer, yn y gobaith o ddod â hi adref yn y dyfodol agos. Rhoddodd y llythyr mewn amlen a'i osod wrth y ffrâm wag ger ei gwely, cyn gwisgo'i sgidiau cerdded, ei chot law goch gynnes a chamu at y ffenest.

Cododd hanner isaf y ffenest a syllu i'r tywyllwch. Chwibanai'r gwynt drwy'r coed a boliai'r cymylau uwch ben. Roedd glaw ar y ffordd, roedd hynny'n sicr, ond roedd hi'n rhy hwyr i boeni am bethau felly bellach. Heb oedi, gafaelodd yn ei gwarfag a'i wthio'n ofalus allan i'r nos. O ffenest ei hystafell, gallai Fflur gamu allan ar do gwastad yr estyniad oedd yn gartref i'r peiriannau golchi a gwely Pero'r hen gi defaid. Yn ffodus, byddai Pero'n cysgu wrth y tân ac felly ni fyddai'n cyfarth wrth glywed sŵn camau Fflur uwch ei ben.

Dilynodd Fflur ei bag, gan gamu'n ofalus ar hyd y to tua chefn y tŷ, lle gadawsai ysgol i bwyso rai oriau ynghynt. A'r bag dros ei sgwyddau, camodd i lawr yn ofalus cyn loncian ar draws y clos gan osgoi'r tail gwartheg a chychwyn ar ei thaith.

Llwyddodd i gerdded milltir a mwy cyn i'r cymylau ffrwydro, a chyflymodd ei cham wrth iddi anelu am loches fregus clwstwr o goed wrth ochr y ffordd. A hithau yn ei chwrcwd wrth fôn y dderwen hynafol yn gwylio'r glaw yn arllwys i lawr, sylweddolodd Fflur nad oedd ganddi gynllun o fath yn y byd. Beth oedd hi'n ei wneud? Sylwodd pa mor amharod oedd hi a daeth ton ar ôl ton o banig drosti. Meddyliodd am fynd 'nôl adref, ond na, roedd yn rhaid iddi fynd, roedd yn rhaid iddi wneud hyn. I Ffion. I'w rhieni ac iddi hi ei hun. Anadlodd yn ddwfn a dechrau meddwl. Y peth cyntaf roedd ei angen arni oedd lifft i Gerddi Hwyan.

Â'r glaw yn dechrau ei diflasu, gwelodd olau drwy'r coed a'r elfennau – golau'r dafarn leol, Drws y Coed. Cododd ei phac ar unwaith ac, fel gwyfyn coll yn gweld cannwyll bell, anelodd am y golau.

02

Gallai Fflur glywed lleisiau di-rif yr ochr arall i ddrws y dafarn. Lleisiau dynion, bob un. Agorodd y drws a chamu i mewn gan groesawu'r cynhesrwydd cartrefol oedd yn dod o'r tân agored anferth ger y drws. Ond, yn anffodus, y tân yn unig oedd yn gynnes ei groeso, wrth i'r lleisiau dawelu a'r llygaid droi i syllu i'w chyfeiriad. Edrychodd Fflur ar yr wynebau syn gan wenu'n ôl yn ansicr, ac aeth pawb yn ôl at eu diodydd yn ddigon cyflym.

Lloches i'r ffermwyr lleol oedd Drws y Coed. Lloches yn ystyr draddodiadol tafarn – lloches rhag y wraig, rhag y teulu a rhag cyfrifoldebau'r byd. Lle i yfed oedd hwn. Yn wir, yr unig faeth oedd ar gael yn y lle ar wahân i gwrw oedd cnau, Scampi Fries a chrafion cig moch.

Yn ffodus i Fflur, roedd hi'n adnabod y rhan fwyaf o'r yfwyr, gan y byddai ei thad ei hun yn ymweld â'r lle'n reit aml – o leiaf, roedd e'n arfer gwneud hynny.

Roedd camu at y bar fel brwydro drwy niwl trwchus, a'r mwg yn denu dagrau i'w llygaid unwaith eto. Archebodd Fflur hanner peint o seidr cyn pwyso ar y bar a phendroni sut yn gwmws yr âi ati i gael lifft i Erddi Hwyan o'r fan hon. Pobl leol oedd y mwyafrif ohonynt, a phlyciodd llais cyfarwydd hi nôl o'r dryswch.

"S'maaai, Fflur Coed Sycharth?" gofynnodd Wil Brynhyrddod, hen ffrind i'w thad oedd yn byw ar fferm gyfagos. Trodd Fflur i'w wynebu. Roedd Wil yn amlwg wedi dod yn syth o'r 'swyddfa' ac yn dal i wisgo'i overalls glas tywyll, yn llaca i gyd, ei welingtons a chap fflat dros ei ben moel. Hen ddyn digon surbwch oedd e, a gwelodd Fflur e'n edrych ar y gwarfag oedd yn gorwedd ar y llawr rhyngddynt.

"Iawn diolch, Mr Thomas. A chi?"

Taniodd Wil ei bib cyn ateb. "Eitha da, diolch i ti. Ond sut ma dy rieni erbyn hyn?"

"Dechrau dod…" atebodd Fflur yn ddifeddwl.

"Amsar calad. I chi i gyd. Alla i ddim dychmygu…" Tynnodd ar ei getyn, gan adael i'r tawelwch hongian rhyngddynt, llygredd llawer gwaeth na'r mwg oedd yn codi o'i geg a'i ffroenau. Unwaith eto, sleifiodd ei lygaid tua'r bag ar lawr.

"Ble ti'n mynd, ta?"

"Ar fy ffordd *adre* ydw i," atebodd Fflur heb oedi. "Wedi bod yn aros gyda ffrind am gwpwl o nosweithiau. Jyst dod mewn 'ma i gael lloches rhag y glaw…"

Nodiodd y ffermwr, ond gwyddai hi'n syth nad oedd e'n ei chredu.

"Sut ma Guto?" gofynnodd Fflur, er mwyn tynnu'i sylw oddi ar ei chelwydd.

"Gei di ofyn iddo dy hun, os ti isio. Ma fo'n ista acw wrth y tân."

Trodd Fflur i weld mab Wil, a oedd yn yr un dosbarth â hi yn yr ysgol gynt, yn eistedd yno'n gwylio'r fflamau'n dawnsio.

"Wela i chi, Mr Thomas," meddai Fflur wrth godi'i bag a'i diod.

"Ia, pob hwyl nawr, Fflur, a chofia fi at dy rieni."

Camodd oddi wrtho, yn ymwybodol ei fod yn dal i syllu ar ei gwarfag gorlawn, ac eistedd yn y sedd nesaf at Guto. Roedd Fflur, Ffion a Guto wedi tyfu i fyny gyda'i gilydd – aethant i'r un ysgol feithrin, yr un ysgol Sul, yr un ysgol gynradd ac uwchradd, clwb ieuenctid, Clwb Ffermwyr Ifanc, Aelwyd yr Urdd ac yn y blaen, byth bythoedd, a-men. Bu'r tri ohonynt yn ffrindiau agos ers blynyddoedd, ac er nad oedd Fflur wedi gweld Guto ers misoedd, roedd eu cyfeillgarwch yn ddiamod.

"Ffwcin hel, Fflur, erstalwm! Sut wyt ti? Sorri am beidio â dod draw, ti'n gw'bod, ers… Shit, sdim clem 'da fi beth i' ddweud. Beth alla i weud? Beth alla i wneud? Sorri, fi'n parablu nawr… Siarad cachu… Ti'n gw'bod…"

"Mae'n iawn. Paid becso."

"Diolch. Ond sorri, ta beth. Ffwc. Sut wyt ti? O ddifrif nawr."

"Fi'n iawn, Guto. Wel, na, sa i'n *iawn* iawn, ond ti'n gw'bod…"

Ysgydwodd Guto'i ben.

"Nac wyt. Wrth gwrs. Sorri…" ychwanegodd Fflur.

"Paid *ti* â dweud sorri wrtha i! Blydi hel, Fflur! Alla i helpu mewn unrhyw ffordd? Fi'n gw'bod fi 'di bod yn ffrind crap yn ddiweddar, ond ti'n gw'bod, fi 'ma i ti, ti'n gw'bod 'ny, 'yn dwyt ti?"

"Wrth gwrs 'mod i. Ond sdim byd gelli di wneud… oni bai…"

"Oni bai beth?"

Oedodd Fflur, gan feddwl a ddylai ddatgelu ei chynllun wrtho ai peidio. Ar ôl iddi gymryd llond ceg arall o'r seidr, aeth amdani. Wedi'r cyfan, beth oedd ganddi i'w golli?

"Oni bai bod ti moyn rhoi lifft i fi i Gerddi Hwyan?"

"Gerddi Hwyan. Pryd?"

"Heno."

"Heno?"

"Ie, nawr, a dweud y gwir. Fi'n mynd i chwilio am Ffion. Neu o leia fi'n mynd i ffeindio mas beth ddigwyddodd iddi…"

"Ond sdim ffordd 'da ti o fynd?"

"Na…" cyfaddefodd Fflur yn simsan.

"Good plan, Batgirl!"

Chwarddodd Guto, a dyrnodd Fflur e ar ei fraich foncyffiog. Tawelodd y ddau am eiliad, cyn i olwg ddifrifol ddod dros wyneb Guto. Edrychodd ar Fflur yn hollol ddiffuant.

"Be sy?" gofynnodd Fflur, yn dechrau poeni.

"Wel, sa i moyn cachu ar dy chips di na dim byd felly, ond nac wyt ti'n credu bod dy rieni wedi colli digon yn barod?"

Oedodd Fflur cyn ateb, gan ddewis ei geiriau'n ofalus. "Wrth gwrs eu bod nhw. Wedi'r cyfan, Ffion oedd eu ffefryn. 'So 'nhaith i'n ddim byd i' neud 'da nhw, ond ma'n rhaid i fi fynd, Gut, ma'n rhaid i fi dreial ffeindio mas beth ddigwyddodd iddi, ma'n rhaid i rywun..." Osgodd Fflur rhag gorffen y frawddeg, rhag ofn iddi ddatgelu gormod.

Nodiodd Guto, fel tasai'n deall ei hartaith i'r dim.

"Look, sa i'n gallu gyrru heno, dim nawr, ta beth. Fi 'di cael pump peint yn barod, ond os ti'n benderfynnol o fynd, ma Pete draw fan 'na ar 'i ffordd 'nôl mewn munud..." esboniodd Guto gan bwyntio at ddyn canol oed a safai wrth y bar yn siarad â Wil, ei dad.

"Pete?"

"Ie. Peter Stumpp. Ma fe newydd ddod â cwad newydd i ni heddiw. Ma fe'n mynd 'nôl i Gerddi Hwyan heno..." a chyn i Fflur allu dweud gair, roedd Guto wedi gweiddi arno.

"Pete!" Trodd y dyn wrth glywed ei enw, ac edrychodd Wil i'w cyfeiriad hefyd. "O's lle 'da ti i Fflur yn y *pick-up*?"

"You wot?" daeth yr ymateb dryslyd.

"Ma angen lifft ar Fflur i Gerddi Hwyan. O's lle 'da ti yn y fan?"

"Aye. S'ppose," atebodd Pete.

"Pryd ti'n mynd?" gofynnodd Guto.

"Nawr, yr eiliad 'ma..." a throdd Pete i ysgwyd llaw â Wil Brynhyrddod, oedd yn dal i syllu i gyfeiriad Fflur.

"'Na ti 'de," gwenodd Guto arni'n llawn balchder, ond nid oedd Fflur yn rhannu ei frwdfrydedd.

"Sa i'n gw'bod…"

"Be sy'n bod? Problem solved. Os mynd, *mynd*."

"Ond sa i'n 'i nabod e, Guto."

"Look. Ma angen llfft arnot ti. Heno. Nawr. Ma Pete yn mynd i Gerddi Hwyan. Pawb yn hapus…"

"Ond…"

"Beth sy'n bod, 'di colli dy blwc yn barod? Llai na dwy filltir o adre. Ffwcin hel, Fflur, sa i'n credu y gnei di ffeindio Ffion, os mai fel hyn ti'n mynd ati…"

"Ond…" plediodd Fflur yn reit pathetig wrth wylio Pete yn gadael y bar, a Wil Brynhyrddod yn estyn ei ffôn symudol. Wrth iddo fodio'r rhif, syllai'r ffarmwr arni a gallai Fflur ddyfalu pwy oedd e'n ei ffonio, ac er na fyddai ei rhieni'n ateb yr alwad, roedd yn ddigon o ysgogiad iddi fynd yn gwmni i Peter Stumpp. Doedd hi ddim yn or-hapus am y peth, ond roedd e'n adnabod Guto, felly rhaid ei fod e'n foi iawn…

"Fflur – Pete, Pete – Fflur," meddai Guto pan ymunodd Pete â nhw.

"Hia, dollface," oedd cyfarchiad cyntaf y gyrrwr, a hynny mewn acen ryfedd Eingl-Almaenig, na wnaeth ddim i dawelu meddwl Fflur. "Ti'n barod?"

"Ydw," atebodd yn swta, gan glecio gweddill ei diod. Ysgydwodd Guto a Peter eu dwylo, cyn i Pete anelu am y drws a'r maes parcio tu hwnt iddo.

"Wela i di, Gut," meddai Fflur wrth gamu ar ei ôl.

"Ie. Pob lwc. A rho alwad pan gyrhaeddi di adre…" Nodiodd Fflur a gwenu arno, cyn diflannu drwy'r drws ac allan i'r glaw unwaith eto.

03

"O ddifrif nawr, *seeeriously*, ti byth wedi bod ymhellach nag Aberhonddu o'r blaen? Wel, wel, wel…" ysgydwodd Peter Stumpp ei ben mewn anghrediniaeth lwyr wrth yrru'i pick-up tun tiwna'n rhy gyflym yn y tywyllwch tua'r de. "Faint yw dy oed di? Os ca' i ofyn, like."

"Ugain," atebodd Fflur, heb wybod beth oedd gan hynny i'w wneud ag unrhyw beth.

"Pam?"

"Pam, beth?"

"Pam nad wyt ti 'di gadael cartre cyn nawr?"

Meddyliodd Fflur cyn ateb, ac roedd ei rhesymeg yn swnio braidd yn wan, hyd yn oed iddi hi'i hun. "Merch y wlad ydw i a dyw mynd i'r dre neu i ddinas erioed wedi apelio ata i. Gweithio'r tir a gofalu am yr anifeiliaid ar y fferm, dyna lle dwi hapusa. Yn gweld y gwyrddni'n ymestyn at y gorwel ym mhob cyfeiriad, yn clywed yr adar yn y coed a'r brefu ar y buarth…" Tawelodd cyn i'w geiriau barddonol sentimental droi'n ganu gwlad cawslyd.

Taniodd Peter fwgyn arall, ei bumed mewn deugain munud, ac agor ei ffenest unwaith eto er mwyn gadael i'r mwg ddianc i'r nos. Nodiodd ei ben, fel tasai'n deall yn iawn, ond sut gallai e, ac yntau'n byw bywyd mor wahanol iddi hi, heb wybod yn iawn beth oedd ystyr gwreiddiau.

Dechreuodd Fflur y daith o'r dafarn yn teimlo fel petai Guto wedi'i gorfodi i fynd gyda Peter yn erbyn ei hewyllys, ond gyda'r milltiroedd yn diflannu o dan olwynion y pick-up, roedd hi'n falch erbyn hyn iddo wneud hynny. Er ei hamheuon cynharach, roedd Peter yn gwmni da ac yn dangos cryn ddiddordeb ynddi. Yn ogystal â smocio'n ddi-stop, roedd e'n siarad fel pwll y môr, gan ofyn cwestiynau lu ac adrodd stori ar ôl stori.

Almaenwr oedd Peter Stumpp, ond bu'n byw mewn degau o lefydd gwahanol ers iddo adael ei dref enedigol – Bedburg, ger Köln – rhyw bymtheg mlynedd ynghynt. Roedd yn byw yng Ngerddi Hwyan ers rhyw flwyddyn bellach, a dyna'r cyfnod hiraf iddo aros yn unlle ers iddo adael yr Almaen. Roedd e'n byw fel sipsi modern, yn teithio o le i le fel y mynnai – weithiau'n pigo ffrwythau neu'n lladd ieir ar ffermydd dwys, ar adegau eraill yn tynnu peints mewn tarfarndai, yn gweithio ar y ffyrdd neu'n labro. Ar hyn o bryd, roedd yn gweithio i gwmni gwerthu peiriannau amaethyddol, ac er nad oedd yn mwynhau'r swydd ryw lawer, roedd hi'n talu'r rhent ac yn ei gadw mewn tybaco. Roedd rhywbeth hudol am ei fodolaeth, rhywbeth rhamantaidd, a gwrandawai Fflur arno fel plentyn ysgol yn gwrando ar stori'r athrawes.

Roedd ganddo gyn-wraig, a honno'n ei atal rhag gweld ei ddau fab – Bastien a Gerd – a daeth rhyw gwmwl drosto am funud neu ddwy wrth iddo sôn amdani. Crychodd yr un ael oedd uwchben ei lygaid deuliw – un glas ac un brown – a dweud, "Chi'n methu sgwennu estranged heb gynnwys y gair *strange*, ac ma'n ex i'n fenyw ryfedd iawn…" cyn ailgydio yn ei hiwmor a newid ffocws y sgwrs.

Parhâi'r sgwrs i lifo wrth i Peter wthio'r pick-up ymlaen drwy'r nos, a synnodd Fflur ei bod hi'n siarad mor agored ag e, â dieithryn, hynny yw. Ond, ar ôl mis o dawelwch yn dilyn diflaniad Ffion a mudandod ei rhieni, roedd cymeriad hawddgar Peter Stumpp yn gwneud i Fflur deimlo fel petai, efallai, wedi ffeindio ffrind. Un ai hynny, neu fod yr unigrwydd diweddar wedi effeithio arni'n fwy nag roedd hi'n fodlon ei gyfaddef.

Wrth i'r glaw barhau i ddisgyn, syllai Fflur ar y wipers yn symud ar y ffenest o'i blaen, 'nôl a mlaen, 'nôl a mlaen, 'nôl a mlaen fel metronôm.

"Byddwn ni 'na mewn rhyw awr fach..." meddai Peter wrth iddynt basio arwydd yn datgan bod 53 o filltiroedd eto cyn iddynt gyrraedd pen eu taith.

Tawelodd y sgwrs yn sydyn, felly trodd Peter y chwaraeydd tapiau ymlaen er mwyn cyflwyno Fflur i'w hoff fath o gerddoriaeth: Country & Western. Gwenodd Fflur wrth glywed nodau'r gitâr pedal dur; dylsai fod wedi dyfalu pan welodd y mwled ar ddillad y gyrrwr – sef jîns tyn a chrys siec coch a gwyn. Ond, mewn gwirionedd, roedd Fflur ei hun yn hoff o Iwcs a Doyle, Iona ac Andy, a hyd yn oed John ac Alun, diolch i allbwn echrydus yr orsaf radio leol oedd i'w glywed yn ei chartref o fore gwyn tan nos. Felly roedd ychydig bach o Willy Nelson yn fwy na derbyniol.

Wrth basio arwydd arall yn dangos bod ugain milltir arall cyn cyrraedd eu cyrchfan, dechreuodd y sgwrs lifo unwaith eto. Teimlai Fflur yn ddiogel yng nghwmni Peter a byddai cyrraedd y dref rywfodd ddim mor erchyll gyda fe'n gwmni iddi.

Peidiodd y glaw ymhen rhyw ddeng milltir a gwasgarodd y cymylau gan adael i'r sêr ddisgleirio o dan ddwfe'r ffurfafen.

"'Na welliant," meddai Peter, gan sugno'r anadl olaf o stwmp arall, cyn ei thaflu allan drwy'r ffenest agored. "Fi moyn dangos rhywbeth i ti..."

"Beth?"

"Un o'r golygfeydd mwyaf godidog weli di byth. Fi'n gw'bod bod ti'n byw mewn rhan bert o'r wlad, ond 'so ti erioed wedi gweld unrhyw beth fel hyn o'r blaen..."

"Beth, beth?"

"Fuckin hell, aros funud. Ni bron 'na..." A gyda hynny, trodd y pick-up oddi ar y ffordd a dilyn llwybr cul at ochr dibyn. Agorodd llygaid Fflur yn llydan wrth i Erddi Hwyan ddod i'r golwg oddi tanynt. Roedd Peter yn dweud y gwir;

roedd yr olygfa'n arallfydol, gyda de Cymru'n ymestyn am filltiroedd o'u blaenau, yn disgleirio yn y nos fel miliynau o fagïod yn gorwedd ar wely o ddieamwntau a'u penolau yn yr awyr. Stopiodd y pick-up a phwysodd Fflur ymlaen yn ei sedd, gan syllu'n syn ar yr olygfa o'i blaen. Nid oedd hi'n gallu credu'r peth. Roedd hi wastad wedi dychmygu mai llefydd brwnt, tywyll, digymeriad oedd ardaloedd poblog ond roedd Gerddi Hwyan a'r wlad y tu hwnt – fflamau Port Talbot ac adlewyrchiadau Abertawe i'r gorllewin ac ehangder di-dor Caerdydd a Chasnewydd i'r dwyrain – yn hudolus heno, a chalon Fflur yn llawn cyffro.

Wrth graffu ar Erddi Hwyan, oddi tanynt, dros y dibyn, gallai weld tirnod enwocaf y dref – sef stiwdios Valleywood – yn ymgodi uwchben gweddill yr adeiladau yr ochr draw i'r cwm. Breuddwyd arall ar chwâl ymhlith rhestr faith o freuddwydion tebyg yn ne Cymru. Dilynodd Fflur olau'r ceir yn rasio ar hyd yr hewlydd islaw mewn anghrediniaeth lwyr, cyn i'r M4 hawlio'i sylw wrth iddi ymdroelli drwy'r rhanbarth fel sarff ffug-wyddonol yn dianc o Gymru, gan wahanu Gerddi Hwyan rhag Pen-y-bont a'r arfordir cefnog y tu hwnt.

"Waw," meddai Fflur. "Waaaw." Ond pan na ddaeth ymateb oddi wrth Peter, trodd ato a dod wyneb yn wyneb â golygfa oedd yr un mor anhygoel, ond yn llawer mwy erchyll nag unrhyw beth roedd hi erioed wedi'i weld o'r blaen…

Roedd Peter wedi troi yn ei sedd i'w wynebu, ond roedd y cyfeillgarwch a fu mor amlwg yn ystod y daith wedi diflannu'n llwyr. Roedd ei wyneb yn llawn casineb, a syllai ei lygaid deuliw arni'n ddigyffro. Yn ei law dde roedd cyllell finiog â llafn wyth modfedd yn sgleinio yn lled-dywyllwch caban y cerbyd, ond, yn waeth na hynny, roedd ei bidyn caled yn ymwthio allan o'i gopish fel pen crwban o gragen wrth estyn am ddail ar glawdd cyfagos.

Diflannodd holl obeithion Fflur ar unwaith ac ymbalfalodd yn reddfol am fwlyn y drws. Gafaelodd ynddo a cheisio'i agor, ond chwarddodd Peter ar ei hymdrechion.

"Child lock, doll-face. Sdim dianc. No way. Nawr sugna 'nghoc i, fat lips, chop-fuckin-chop," a chwifiodd y gyllell ati wrth yngan y geiriau olaf.

Rhewodd Fflur yn yr unfan gan syllu ar ei glochben borffor. Yr unig bidlen a welsai erioed yn ei byw oedd un ei thad, a hynny pan oedd hi'n blentyn ac yntau yn y bath neu yn y gawod. Dim byd pervy. Cofiai chwerthin arni'n reit aml, a rhyfeddu ato'n gwneud pi-pi.

Ond, roedd un Peter yn fwystfil tra gwahanol. Edrychai fel madarchen ar steroids a doedd Fflur ddim yn bwriadu mynd yn agos ati.

"C'mon nawr, doll-face, lawr â ti," gorchmynnodd Peter gan bwyntio at ei goc â'i gyllell. Ond, pan na symudodd Fflur fe fflachiodd y gyllell i'w chyfeiriad gan dorri'i boch a gwneud i'r gwaed dasgu.

"NAWR!" Gwaeddodd Peter, ac i lawr aeth Fflur yn crynu a blasu'r gwaed wrth iddo lifo'n araf drwy gornel ei cheg.

"Unrhyw arwydd? Unrhyw olau?"

"Na. Dim byd. Ma ffenest y gyrrwr ar agor ryw ychydig, ond jyst er mwyn iddo ga'l mwgyn, fi'n meddwl."

"Bloody tourists. Fuck!"

"I wish."

"Wel, sdim byd yn ein stopio ni rhag mynd amdani fan hyn, reit nawr…"

"Ond fi ishe gwylio, dim ffwcio yn y clawdd fel cwpwl o freaks."

Digwyddodd y sgwrs hon lai nag ugain metr i ffwrdd oddi wrth gerbyd Peter Stumpp, lle 'roedd pâr priod canol oed yn cuddio yn y cloddiau, tu ôl i blanhigyn buddleia tal. Jim a Sharon Lewis oedd eu henwau, a dyma beth a wnaent ers rhyw ddwy flynedd bellach, ers i'w bywyd rhywiol ddiflannu fel y gwnaeth y gwallt oddi ar ben Jim.

Daliai Sharon ymbarél golff yn ei llaw chwith, tra rhwbiai goc ei gŵr gyda'r dde. Safai Jim y tu ôl iddi, yn pinsio'i thethi'n galed trwy ddefnydd ysgafn ei blows a'i bra.

Fel arfer, ar ôl iddi dywyllu, roedd y llecyn yma'n denu doggers fel ma Caeredin yn denu comedïwyr yn ystod yr haf. Ond heno, am y tro cyntaf ers i Jim a Sharon ddechrau llechu yng nghysgodion y meysydd parcio ar gyrion Gerddi Hwyan, dim ond y pick-up oedd wedi'i barcio yno, a doedd dim arwydd fod 'na unrhyw ddrygioni ar fin digwydd. Nid oedd golau mewnol y cerbyd ymlaen nac un ffenest ar agor i'w gwaelod chwaith, felly nid oedd croeso iddynt ymuno yn yr hwyl. Ond, yn waeth byth, nid oedd y gyrrwr wedi fflachio golau'r brêcs er mwyn eu gwahodd i wylio'r sioe, a dyna oedd hoff ran Jim a Sharon mewn gwirionedd...

Efallai nad oedd y tywydd yn fawr o help, â'r glaw'n annog pobl i aros adre, er bod y tywydd yn dechrau setlo a'r sêr yn sgleinio rhwng y cymylau uwch eu pen erbyn hyn.

"C'mon," meddai Jim, wrth i'w bidyn ddychlamu yng ngafael dwrn ei wraig. "Beth am dreial maes parcio Coed-y-Nant. Sdim byd yn mynd i ddigwydd fan hyn nawr, dim gyda'r fuckin Roys yma'n gwastraffu amser pawb..."

"Gad i fi dy sugno cyn i ni fynd. Fi mor horni â dafad Jacob am ryw reswm..."

"O ie, ti'n lico'r pick-up, wyt ti?"

"Beth? Ca' dy ben, Jim. Dal hwn," a gafaelodd Jim yn yr ymbarél, er nad oedd hi'n bwrw bellach, wrth i'w wraig gwrcydio o'i flaen, poeri ar ei glochben a dechrau dyfnyddfu nes oedd ei masgara'n rhedeg.

Caeodd Jim ei lygaid a gadael i'w gorff cyfan ymlacio. Anadlodd yr aer oer i mewn drwy ei ffroenau gan grensian ei ddannedd ryw fymryn pan grafodd rhai ei wraig yn erbyn ei baladr chwyddedig.

"Yn ofalus, bach!" ebychodd.

"Ooorrriii," daeth yr ateb aneglur.

Ymlaciodd Jim unwaith eto wrth i arbenigedd ei wraig gael ei amlygu. Ond, daeth y pleser i ben yn llawer rhy gyflym, a'r blydi pick-up oedd yn gyfrifol am hynny.

"ARRRRRRRRRRRRRRRGHHHHHHH HHHH!"

Daeth sgrech fyddarol o gaban y cerbyd, gan chwalu'r noson dawel yn deilchion. Rhoddodd Sharon y gorau i'w thasg ar unwaith, sefyll ar ei thraed a throi tuag at y pick-up, gan anwybyddu Jim er ei fod ar fin ffrwydro.

"Beth oedd hwnna?" gofynnodd ei wraig, ond roedd Jim yn rhy brysur yn gorffen y job i'w hateb am eiliad neu bump. Ar ôl iddo orchuddio clwstwr o ddail cyfagos â'i ffrwythlonlaeth, trodd i geisio gweld beth oedd yn digwydd yng nghrombil y cerbyd. Ond roedd hi'n anodd gweld dim gan fod y golau wedi'i ddiffodd, a daeth Sharon i gasgliad yn go gyflym.

"S&M."

"Beth?"

"Es-and-em, Jim. The sexual or non-sexual gratification in the infliction of pain or humiliation upon or by another person…"

"Fuckin hell, Sharon fach, ti 'di bod yn gwneud 'bach o ymchwil, do fe?"

"Falle. Ond ti'n gw'bod be dwi'n feddwl. Poen. Whips and chains. Sgrechen. Cwyr poeth. Electrodes. Pwy a ŵyr beth ma nhw'n 'i wneud draw fyn'na..."

A'r peth nesaf welodd y cwpwl oedd merch ifanc yn camu o'r pick-up ac yn estyn bag o lawr y cerbyd, cyn taflu'r hyn roedd yn edrych yn debyg iawn i ffôn symudol dros ochr y dibyn. Gwyliodd Jim a Sharon yr holl beth yn gegagored. Roedd hyn yn rhyfedd tu hwnt, ac roedden nhw wedi hen arfer â gweld pethau rhyfedd mewn meysydd parcio...

"Dere, Jim. O 'ma. Nawr!" gorchmynnodd Sharon wedi i'r ferch ddiflannu i lawr y llwybr, yn ôl tua'r ffordd fawr, ond ni symudodd Jim. Daliai yntau i syllu tuag at y cerbyd.

"Fi'n mynd i gael pip," meddai yn y diwedd, gan anwybyddu ei wraig a oedd yn tynnu ar lewys ei siaced.

"Paid? Jim! Paid!"

Ond sleifio'n agosach wnaeth e er mwyn cael gweld. Pan oedd e o fewn rhyw decllath i'r pick-up, agorodd drws y cerbyd ac oedodd Jim yn ei unfan. Trodd at ei wraig, a wyliai'r cyfan o'r cysgodion, ac ystumio arni i ymuno ag ef. Roedd drws agored mewn maes parcio yn wahoddiad i unrhyw un oedd yn gwylio i ymuno yn yr hwyl. Efallai fod y person oedd ar ôl yn y pick-up yn chwilio am ychydig o gyffro, wedi'r cyfan.

"Wyt ti'n siŵr am hyn, Jim?" gofynnodd Sharon.

"Ydw, dere. Falle cewn ni 'bach o action..."

Ac i ffwrdd â'r ddau tuag at y drws agored. Nid hwyl oedd yn eu disgwyl yno, ond Peter Stumpp mewn pwll o waed. Rhewodd y cwpwl o fewn cam neu ddau i'r drws, cyn i'w llygaid ffocysu ar y gyllell oedd wedi'i hangori yng nghylla'r gyrrwr.

"Heeeeelp," sibrydodd Peter, wrth i'w fywyd ei adael yn raddol, ond ni wnaeth Jim a Sharon ddim byd o'r fath. Yn hytrach, sgrechiodd Sharon fel cimwch yn plymio i sosban yn llawn dŵr berw, cyn i Jim ei harwain yn gyflym oddi yno, yn ôl i'r isdyfiant a diogelwch eu car, gan adael i Peter waedu'n araf i'w farwolaeth.

04

Pan glywodd gar yn rhuthro ar hyd y ffordd, edrychodd Fflur dros ei hysgwydd wrth iddi gerdded tua'r dref, rhag ofn mai pick-up Peter Stumpp oedd yn ei herlyn. Ond, mewn gwirionedd wrth gwrs, gwyddai Fflur na fyddai Peter Stumpp yn poeni unrhyw un arall byth eto, er nad oedd hynny'n lleddfu dim ar ei nerfau.

Teimlai'n grac am iddi fod mor barod i gredu yn naioni'r diawl bach brwnt. Byddai'n rhaid iddi ddysgu bod yn fwy caled os oedd am oroesi'r dyddiau a'r wythnosau nesa. Roedd hi wedi dysgu 'i gwers, roedd hynny'n sicr, ac ni fyddai mor hawdd ei niweidio o hynny mlaen.

Roedd y gwaed ar ei boch wedi sychu bellach, ac roedd y pac ar ei chefn yn drwm. Ond, ymlaen yr aeth Fflur, gan anelu am ben ei thaith – Y Badell. Ar ôl hanner awr dda o gerdded ar hyd ffordd dywyll, droellog â choed ar y ddwy ochr iddi, cyrhaeddodd gyrion y dref. Swbwrbia i ddechrau – tai mawr, â gerddi tebyg; wedyn tai teras ym mhobman, fel gêm ddominos i gewri. Eisteddodd Fflur ar fainc wrth lyn mewn parc bach tawel i roi seibiant i'w choesau ac edrych ar y map yng ngolau ei thorts. Ar ôl gweld ble'n union roedd hi wedi cyrraedd penderfynodd fwrw mlaen â'i thaith, gan mai dim ond rhyw ddwy filltir i ffwrdd roedd y Badell.

Roedd ei llygaid yn pefrio wrth iddi droi pob cornel: nid oedd Fflur erioed wedi gweld cynifer o oleuadau llachar – siopau kebabs a pharlyrau tylino, ceir yr heddlu a garejys 24 awr – nac wedi arogli'r fath ryfeddodau. Llethwyd ei synhwyrau a dechreuodd y clawstroffobia gau amdani wrth iddi, o'r diwedd, gyrraedd pen ei thaith. Safodd ar y stryd yn methu credu'r hyn a welai o'i blaen. Rhaid ei bod hi wedi gwneud rhyw gamgymeriad. Efallai nad oedd wedi clywed ei chwaer yn iawn. Nid bwyty swanc oedd y Badell, ond caffi seimllyd oedd wedi gweld dyddiau gwell. Nid 'Y Badell' oedd enw'r lle chwaith, ond 'Y Badell Ffrio', ac roedd hynny'n dweud y cyfan mewn gwirionedd. Roedd hi'n amhosib iddi ddychmygu Ffion, ei chwaer glam, hyd yn oed yn cerdded heibio'r fath le, heb sôn am weithio yno!

Roedd y Badell Ffrio wedi'i lleoli mewn ardal fasnachol – Tŷ Coch yn ôl y map – ar stryd brysur yn llawn siopau elusennol, take-aways, siopau punt a chwpwl o dafarndai. Yn ffodus i Fflur, roedd y gloch wedi hen ganu ar yfwyr yr ardal, ac ar wahân i ambell dacsi'n gwibio heibio a'r pentyrrau o sbwriel ar y palmentydd llwyd, roedd y stryd mor ddiffaith â chlos fferm ei chartref.

Dechreuodd fwrw unwaith eto felly edrychodd Fflur o'i chwmpas gan ystyried ei hopsiynau. Gallai chwilio am westy neu hostel gyfagos, ond wedi edrych ar ei horiawr, penderfynodd gymryd lloches o dan feranda'r hen theatr – a oedd bellach yn dafarn – gyferbyn â'r bwyty. Wedi'r cyfan, roedd hi'n tynnu am ddau y bore erbyn hyn a byddai'r Badell yn siŵr o agor yn reit gynnar. Dyna'r gobaith, ta beth.

Anelodd Fflur am y cysgodion tu ôl i'r pileri Groegaidd ffug wrth brif fynedfa'r dafarn ond bu bron iddi faglu dros dwmpath o bapurach o dan ei thraed. Er mawr syndod iddi, cododd cysgod annelwig o'r domen a gweiddi arni mewn llais garw.

"Orr-maaaar-ffffycccin-bassshtard, gaaad-fi-fod, treial-cysgu-ffycs-sêcs!" Bloeddiodd fel Wookiee, cyn i'r corff ddisgyn i'r llawr unwaith eto a dechrau rhochian.

Gyda'i chalon yn morthwylio'i hepiglotis, sleifiodd Fflur tuag at y pileri gyferbyn gan gamu'n ofalus rhag ofn fod 'na gorff arall yn ei disgwyl. Oedodd am eiliad ac estyn ei thorts o'i bag. Fflachiodd y golau i'r cysgodion gan ochneidio mewn rhyddhad o weld nad oedd neb arall yn aros amdani. Llithrodd i'r bwlch gan wag-gyfogi mewn ymateb i'r arogl afiach. Amonia. Wrin. Chŵd. Roedd hi ar fin ceisio cysgu mewn tŷ bach cyhoeddus. Archwiliodd y llawr i sicrhau nad oedd yn wlyb cyn tynnu'i sach gysgu a'i blanced, a gorwedd â'i phen yn gorffwys ar ei gwarfag.

Cyn setlo, estynnodd Fflur ei chyllell o'i bag, a thynnu'i sach gysgu'n dynn dros ei phen er mwyn ceisio cael gwared ar yr arogl afiach yn yr aer. Bu'n brwydro am gryn amser cyn ceisio mynd i gysgu, ond nid oedd hynny'n syndod o ystyried yr hyn oedd wedi digwydd iddi'r noson honno. Fel y mwyafrif o gartrefi yng nghefn gwlad Cymru, yn ystod y nos roedd Coed Sycharth yn dywyllach na bol buwch ddu Gymreig, ac felly doedd goleuadau'r dref yn fawr o help i ymdrechion Fflur i gysgu chwaith. Ar ben hynny, roedd synau dieithr y dref – ceir ar y ffyrdd, lleisiau yn y nos ac ambell hofrennydd yn yr awyr, yn ogystal â nifer o bethau nad oedd hi hyd yn oed yn gallu dyfalu na dychmygu beth oeddent – yn amharu arni ymhellach.

Ar ben hyn i gyd, roedd Fflur yn methu peidio meddwl am ei chwaer. Dyma'r ardal y bu Ffion yn ei throedio yn ystod ei hwythnosau, ei dyddiau, ei horiau olaf. Torrodd ton o anhapusrwydd dros ei hysgwyddau blinedig wrth iddi sylweddoli nad oedd hi'n gwybod fawr ddim am ei chwaer yn ystod misoedd olaf ei bywyd. Roeddent wedi cadw mewn cysylltiad, wrth gwrs, ond gan nad oedd wedi'i gweld yn aml, doedd gan Fflur ddim ffordd o greu darlun clir o fodolaeth ei chwaer.

A hithau ar fin rhoi'r gorau i geisio cysgu, a'r wawr yn agosáu, daeth cwsg, o'r diwedd, i'w chofleidio... cyn ei chwydu 'nôl i'r byd anghyfarwydd hwn ryw bedair awr yn ddiweddarach, wrth i'r dref ddechrau ar hynt diwrnod arall.

Fel cwningen ofnus, ymestynnodd Fflur ei phen rownd ochr y piler tra ymosododd y sŵn, yr holl symud a'r arogleuon estron ar ei synhwyrau. Edrychodd ar ei horiawr – roedd hi newydd droi wyth o'r gloch – cyn syllu ar y byd yn gwibio o'i blaen. Ceir, bysiau, beics o bob math, lorïau casglu sbwriel, cerddwyr, rhedwyr; roedd yr holl beth yn llethol a doedd Fflur ddim yn siŵr sut i ymateb. Anadlodd yn ddwfn cyn pacio'i bag a cheisio paratoi ar gyfer yr her oedd yn ei hwynebu. Doedd dim syniad 'da hi beth i'w wneud nesaf na ble i ddechrau. Yna, gwelodd y Badell Ffrio. Dyna'i man cychwyn, ac fel ditectif da, aeth ati i wylio'r bwyty am sbel cyn penderfynu beth i'w wneud.

Roedd y bwyty wedi agor a'r lle'n go llawn o ystyried yr awr. Gallai weld dyn tew, yn gyfforddus yn ei ganol oed, yn cyfarwyddo'r unig weinyddes oedd ar ddyletswydd. Roedd hi'n ceisio gweini'r bwyd i bawb ar unwaith a'i bòs yn gwneud dim i'w helpu, ar wahân i gyfarth ei orchmynion. O'r hyn y gallai Fflur ei weld, dynion yn unig oedd yn y bwyty, a'r rhan fwyaf ohonynt â golwg ddifrifol ar eu hwynebau, fel tasen nhw i gyd ar y ffordd i angladd.

Cipiodd un dyn yn arbennig ei sylw – boi moel cyn ei amser yn eistedd wrth y ffenest yn edrych allan a golwg bell ar ei wyneb, fel tasai'n aros i rywun ymuno ag e. Sugnai ar sigarét yn feddylgar wrth sipian ei goffi. Roedd angen torri'r gwallt cochlyd o gwmpas ei glustiau, a chael gwared ar y gorchudd tenau a orweddai ar ei gopa, gan wneud jobyn gwael o orchuddio'i foelni.

Rhwng bwrdd y dyn moel a drws y caffi roedd arwydd

anniben, hollol amhroffesiynol yr olwg, mewn ysgrifen flêr, yn datgan bod y Badell Ffrio'n chwilio am staff. Efallai nad oedd Fflur yn gwybod llawer am hanfodion swydd ditectif, ond gwyddai y byddai hon yn ffordd dda o gael mynediad at gyd-weithwyr Ffion a dechrau datrys y pos.

Cododd ei phac a chroesi'r ffordd yn ofalus drwy'r traffig nad oedd prin yn symud erbyn hyn, cyn agor drws y caffi a gadael i arogleuon y coffi a'r bacwn lenwi'i ffroenau a goglais ei bola gwag. Eisteddodd yng nghornel pella'r ystafell, ar fwrdd gwag ger y ffenest gefn lle roedd golygfa fendigedig o'r 'ardd', sef sgwâr concrit moel yn llawn biniau oedd yn gorlifo, pentyrrau o baledi dosbarthu bwydydd, dwy gath yn cysgu'n dawel ar hen soffa, ac un cogydd yn smocio wrth y drws cefn.

Cyn darllen y fwydlen, edrychodd Fflur o'i chwmpas. Roedd tair rhes o fyrddau yn y caffi, a lle i bedwar o bobl eistedd wrth bob un ohonynt – un rhes o dri bwrdd yn edrych allan ar y stryd trwy'r ffenest ffrynt, un rhes o bedwar bwrdd yn y canol, a rhes arall o dri bwrdd wrth y wal gefn, lle'r eisteddai Fflur yn awr. Roedd dau ddyn yn eistedd gyferbyn â'i gilydd wrth bob bwrdd ar wahân i dri – sef bwrdd Fflur, bwrdd y dyn moel ac un bwrdd gwag – gyda phob pâr yn siarad yn dawel, fel tasai ganddynt oll gyfrinachau i'w cadw rhag y gweddill.

Gwyliodd Fflur ddau gwsmer yn talu'r rheolwr, cyn camu tuag at y drws a'r awyr iach y tu hwnt iddo. Ond, cyn gadael, gadawsant i ddyn main, oedrannus, yn gwisgo siwt lwyd smart, ddod i mewn a chyfarchodd yntau un o'r dynion oedd ar fin gadael, fel hen ffrind.

"Pedwar diwrnod i fynd, Efrog, y bastard lwcus!" meddai'r dyn boliog gan fwrw'r hen ddyn yn galed ar ei ysgwydd.

"Wyth deg awr cyn diwedd y shifft olaf i fod yn hollol

gywir, Nige, ond sa i'n cyfri, onest nawr! A dyna fi, off i Sbaen!"

"Wel, ti'n haeddu mynd, Efrog, ti'n edrych fel 'se ti angen ymddeol."

"Fi'n teimlo fel 'ny 'fyd."

"Welwn ni di nos Iau, iawn. Edrych mlân yn fawr. Rown ni ffwc o send-off i ti…"

Gwyliodd Fflur y ddau ddyn yn gadael wrth i'r dyn â'r gwallt arian gamu at fwrdd y dyn moel gan rwbio'i ysgwydd.

Trodd Fflur ei sylw at y fwydlen, ond cyn iddi gael cyfle i'w hastudio'n fanwl, daeth cysgod tywyll dros ei bwrdd. Edrychodd i fyny a chael andros o sioc o weld y rheolwr yn sefyll uwch ei phen. Gosododd ei ddwylo blonegog ar y bwrdd o'i blaen a phlygu'n rhy agos o lawer at ei hwyneb. Roedd ei fochau coch fel petaent ar fin ffrwydro a'r saim ar flaen ei grys yn ddigon i wneud iddi beidio archebu bwyd.

"Ble yn y byd wyt ti 'di bod, y prima donna fach?" sibrydodd yn fygythiol, mewn ymdrech amlwg i beidio tynnu sylw ei gwsmeriaid at y sefyllfa. "*Misssss!*" poerodd fel peithon. "*Missssssssssss!* A nawr ti 'nôl 'ma, fel… fel… tase dim 'di digwydd. Ma ffwc o nyrf 'da ti, 'na i gyd fi'n gw'bod."

Syllodd Fflur arno mewn penbleth. Mewn sioc. Syndod. Roedd ei meddwl ar ras, yn ceisio datrys y pos. Yna, wrth iddi syllu ar ddannedd lliw coffi'r rheolwr, gwawriodd y gwir a daeth yr ateb yn amlwg.

"Chi'n meddwl mai Ffion ydw i, on'd y'ch chi?"

"Beth?" gofynnodd y rheolwr gan ysgwyd ei ben ac eistedd ar y gadair gyferbyn.

"Chi'n meddwl mai Ffion ydw i," ailadroddodd Fflur,

gan droi'r cwestiwn yn ddatganiad y tro hwn.

"Beth? Hang on. Pwy? Ffion wyt ti, nage fe?" Taniodd y rheolwr sigarét, a thynnu'r mwg yn ddwfn.

"Na, Fflur ydw i. Ei chwaer." Ysgydwodd y rheolwr ei ben, ond ddaeth yr un gair o'i geg agored. "Ma Ffion ar goll... mae hi wedi diflannu... ers mis a mwy erbyn hyn. Rhywun o'r fan hyn ddwedodd wrth yr heddlu ei bod wedi diflannu..."

"Yvonne, fan hyn..." meddai'r rheolwr, gan bwyntio â'i fwgyn at y weinyddes unig oedd ar ddyletswydd. Cododd Fflur ei haeliau'n llawn diddordeb. Roedd ei sgiliau ditectif yn llwyddo'n barod.

"Pam wyt ti 'di dod 'ma?"

"I ffeindio fy chwaer," atebodd Fflur.

"Sa i'n gw'bod sut gallwn ni dy helpu di," atebodd y rheolwr yn fyrbwyll.

"Wel, rwy'n anghytuno," atebodd Fflur. "Ma angen dau beth arna i wrthoch chi i ddechrau..."

"Beth?"

"Brecwast a swydd."

"Brecwast a swydd?"

"Yn y drefn yna."

Edrychodd y rheolwr o'i gwmpas a gweld Yvonne yn brwydro ar ei phen ei hunan i gadw'r cwsmeriaid yn hapus.

"Wel, 'so dwy o'n waitresses i 'di troi lan bore 'ma. Ffliw, yn ôl y sôn, ond dwi'n amau mai hangovers sy 'da nhw. Sdim fuck all alla i neud am y peth ac ma Yvonne druan yn cael amser caled. Croeso i ti weithio heddiw os ti moyn, ond alla i ddim addo bydd 'na waith i ti bob dydd. Ti'n deall? Wyt ti 'di gwneud y fath waith o'r blaen? Paid ateb. Sdim ots. Fuck me, os gelli di gerdded a siarad, byddi di'n iawn..." Trodd i wynebu Fflur unwaith eto, a gwên ar ei wyneb y tro hwn. "Croeso i'r tîm. Un dydd ar y tro, OK, dim byd parhaol i ddechrau. Iawn? Carlos ydw i, gyda llaw," ac estynnodd ei law dros y bwrdd i Fflur.

"Beth am frecwast?"

"Neith Kev y cogydd wneud brechdan bacwn i ti nawr, ond gwell i ti ddechrau gweithio'n syth. Ma Yvonne yn stryglan ar ei phen ei hunan..." Llwyddodd Fflur i'w hatal ei hun rhag awgrymu i Carlos efallai y gallai fe ei helpu rhyw fymryn, ond nid oedd hynny'n ffordd dda o ddechrau ar ei swydd newydd, felly cododd ar ei thraed ac anelu am y gegin.

Yno, cafodd ei chyflwyno i Kev a cheisiodd Carlos wneud yr un peth gydag Yvonne, heb lwyddiant, gan ei bod hi'n llawer rhy brysur i oedi.

Bwytaodd Fflur frechdan facwn flasus wrth i Carlos roi guided tour iddi o'r safle. Rhyw hanner munud gymerodd y daith hon gan mai dim ond y gegin a'r tŷ bach tywyll tu hwnt oedd yna i'w dangos. Wedi gorffen y daith a llyncu cornelyn ola'r frechdan, rhoddodd Carlos ffedog frwnt, llyfryn nodiadau a phensil i Fflur a gorchymyn iddi ddechrau drwy gymryd archeb y ddau ddyn wrth ffenest ffrynt y caffi, sef y dyn moel a'i gyfaill.

"A golch y graith 'na ar dy foch 'fyd," ychwanegodd Carlos cyn dychwelyd at y til. Fe wnaeth Fflur hynny cyn gwisgo'r ffedog heb gwyno na thynnu unrhyw sylw at y saim. Gafaelodd yn y papur a'r pensil a chamu'n hyderus tua phen pella'r bwyty, gan obeithio na fyddai ei diffyg profiad yn rhy amlwg...

DAU GI BACH
YN MYND I'R COED

05

Safai Efrog Evans ar lan y mor yn Andalucia â'r tywod yn goglais ei fodiau a'r haul yn mwytho'i groen noeth. *Dyma'r bywyd, gw-boi*, meddyliodd wrth wrando ar y tonnau'n torri a'r gwylanod yn cecru uwch ei ben. Caeodd ei lygaid a chodi ei wyneb at yr haul gan feddwl beth oedd ei hen ffrind, Alban Owen, yn ei wneud ar yr union adeg yma. *Gwaith papur, neu rywbeth llawer gwaeth efallai*, dychmygodd gyda gwên. Ond wfft iddo fe a phob un arall o'i gyn-gydweithwyr. Roedd Efrog wedi gweithio mor galed i gyrraedd y fan hon ac nid oedd yn mynd i wastraffu eiliad arall o'i ymddeoliad yn meddwl am y gorffennol. *Nawr* oedd yn bwysig bellach. Dim ddoe, dim fory. Ar un adeg, dim ond y dyfodol oedd ar feddwl Efrog, ond dyma fe, *yn* y dyfodol, wedi gwireddu ei freuddwyd, ac wedi symud i Sbaen, lle gallai fyw'r bywyd a ddymunai yn hytrach nag ymroi i weithio yn y gobaith o gyrraedd yma ryw ddydd.

Tynnodd ei sbectol haul a'i rhoi ar y pentwr wrth ei draed – ei dywel a'i sandalau ac ati – cyn cerdded yn bwyllog i mewn i'r môr. Torrai'r tonnau bychan dros ei bigyrnau ar y dechrau ond o fewn rhyw ugain metr roedd y môr yn ddigon dwfn iddo blymio o dan y don fel dolffin neu diwna neu… ddyn chwe deg pump oed.

Agorodd ei lygaid a syllu drwy'r glesni godidog, ar y pysgod lu a'r tyfiant toreithiog oedd fel Gardd Eden tanddwr o'i gwmpas. Torrodd ei ben drwy wyneb y dŵr drachefn, a throdd Efrog i orwedd ar ei gefn. Teimlai ddegawd yn ifancach, os nad mwy na hynny, ers iddo ddod yma i fyw. Roedd holl bwysau ei swydd, ei yrfa am gyfnod o ddeugain mlynedd, wedi diflannu bron dros nos. Â'r haul yn ei gofleidio'n ddyddiol a'r holl ymarfer corff a wnâi, roedd yn difaru na wnaeth symud yma flynyddoedd ynghynt, ond o leiaf roedd e *wedi* cyrraedd bellach ac yn byw'r breuddwyd.

Roedd wedi dihuno'n gynnar yn ei wely mawr yn ei gartref newydd. Treiddiai'r haul drwy'r caeadau ar y ffenest gan dwymo'i fochau. Clywai'r adar yn canu tu hwnt i'r balconi a'r pwll nofio yn yr ardd. Gwenodd.

Cododd yn araf a gwisgo pâr o shorts nofio blodeuog, cyn anelu am y drysau patio, eu hagor a chamu allan ar y balconi. Estynnodd ei gorff a'i gyhyrau wrth syllu i lawr y dyffryn tua thref Nerja a Môr y Canoldir a oedd yn disgleirio o dan effeithiau arbennig pelydrau'r haul. Anadlodd yn ddwfn wrth ymestyn, ac arogli'r olewydd, y ffigys a'r sitron ar awel fwyn y bore braf. Gwenodd eto. Ni allai bywyd fod yn well mewn unrhyw ffordd…

Daeth cnoc ar y drws ac aeth Efrog i lawr i ateb yr alwad. Agorodd y drws a dyna lle safai menyw leol yn ei chanol oed, â llygaid llydan a chroen fel mêl, wedi'i gwisgo fel glanhawraig, yn cario mop ac yn edrych mor flasus â bwffe brenhinol.

"Aieee av cum to cleeen your house, Meeester Eeeevanz," meddai, gan archwilio corff tyn y dyn golygus oedd yn sefyll o'i blaen.

"Entrar, entrar," meddai Efrog, a oedd wedi bod wrthi'n dysgu'r iaith ers dros dair blynedd wrth iddo baratoi at symud i fyw i'r wlad.

Gwenodd y lanhawraig wrth glywed ei ymdrechion ac anelu'n syth am y grisiau oedd yn arwain at ystafell wely Efrog. Wedi cyrraedd hanner ffordd, trodd ac edrych arno dros ei hysgwydd.

"Can you pleeeze help me up heere, Meeester Eeeevanz?" gofynnodd, yn Sbaeneg, wrth gwrs. Cyn ychwanegu, "I am vereee dirty girl in the bedroom, yes?" a throi am yr ystafell wely gydag Efrog yn ei dilyn, prin yn gallu credu'r hyn oedd yn digwydd.

Paradwys. Roedd e wedi cyrraedd Paradwys, ac nid oedd e byth eisiau gadael...

BEEP-BEEP-BEEP-BEEP-BEEP-BEEP-BEEP-BEEP-BEEP-BEEP-BEEP

Agorodd Efrog ei lygaid yn araf, araf bach gan obeithio nad oedd hi, Esmerelda Villalobos, wedi'i adael cyn iddo gael cyfle i ddiolch iddi. Ond, ymhen dim, gwawriodd arno nad oedd Esmerelda wedi gwneud dim byd mwy nac ymweld â'i isymwybod. Diflasodd ar unwaith wrth gofio am ei freuddwyd a'i chymharu â'r gwirionedd. Ond cododd ei galon unwaith eto pan gofiodd mai dyma oedd dechrau ei wythnos olaf cyn ymddeol, ei wythnos olaf fel heddwas, cyn y byddai'r freuddwyd o fyw yn Sbaen yn realiti. Roedd Andalucia mor agos erbyn hyn fel y gallai arogli'r Piz Buin ar ei groen a blasu halen y môr ar ei wefusau.

Cododd i eistedd ar erchwyn ei wely sengl. Yn anffodus, ni fu angen gwely dwbl arno erioed. Roedd e 'di bod yn briod ers dros ddeugain mlynedd, ond ei swydd oedd y fenyw lwcus, ac er ei bod yn hawlio rhan helaeth o'i sylw, nid oedd hi'n cymryd llawer o le yn y gwely. Ddim yn gorfforol, ta beth, er bod y ffordd roedd hi'n effeithio arno'n feddyliol yn fwy na digon i'w gadw ar ddihun ar adegau.

Er hynny, nid oedd yn mynd i weld ei heisiau o gwbl ar ôl yr wythnos hon. Roedd Efrog yn rhy hen bellach i fodloni chwantau ei feistres alwedigaethol – gwnâi ei gorff hynny'n ddigon eglur iddo. Byddai wedi ymddeol flynyddoedd yn ôl tasai wedi gallu fforddio gwneud, ond y gwir oedd mai hon oedd yr awr, a bwriadai wneud y defnydd gorau o'r blynyddoedd a oedd ar ôl ganddo ar y ddaear hon.

Rhwbiodd ei ben-glin chwith, a oedd mor oer â rhewlif y

bore 'ma, cyn tynnu rhwymyn lastig lan ei goes a'i osod dros y merwindod. Cododd feiro oddi ar y bwrdd bach ger y gwely, a'i ddefnyddio i roi croes bendant ar y calendr gerllaw.

Pedwar diwrnod i fynd, meddyliodd, *pedwar diwrnod cyn y waredigaeth, cyn cael fy rhyddid...*

Cododd ar ei draed a cherdded i'r ystafell ymolchi er mwyn eillio, brwsio'i ddannedd, pisio a phoeri.

Dychwelodd ac agor y llenni gan groesawu diwrnod arall diflas tu draw i'r gwydr. Heb rybudd, fflachiodd ei freuddwyd o'i flaen gan ddenu gwên arall i'w wyneb. Disgleiriai ei lygaid glas yn llawn dyhead am yr hyn fyddai'n disgwyl amdano yn Sbaen.

Bwriadai Efrog gadw'i ben i lawr yn ystod y dyddiau nesaf, cadw mas o drwbl. Doedd dim byd am ddod rhyngddo fe a'i freuddwyd. Dim nawr. Dim peryg.

Tynnodd ei byjamas streipiog a gwisgo pâr o y-fronts gwyn a fest yn matsio, cyn mynd trwodd i'r ystafell fyw – oedd yn wag ar wahân i'r teledu a'r gadair gyfforddus, yn sgil y symud – a mynd ati i ymestyn ei gorff fel y gwnâi bob bore rhwng codi o'r gwely a gadael y fflat. Wrth wneud, crwydrai ei feddyliau i bob cyfeiriad ar unwaith – ymwelodd â'i gyd-weithwyr, â dihirod adnabyddus ac ambell wyneb anghyfarwydd o'i orffennol cyn dychwelyd eto at lethrau Andalucia a'r môr asuraidd oedd yn aros amdano.

Dyn unig oedd Efrog, er ei fod wedi gweithio gyda'r un partner ac i'r un adran ers yn agos at ugain mlynedd bellach. Nid oedd erioed wedi priodi, nac erioed wedi dod yn agos at wneud mewn gwirionedd. Roedd ei rieni wedi hen ffarwelio â'r byd 'ma, ac er bod ganddo hanner brawd, byddai Efrog yn gwneud pob ymdrech i gadw draw oddi wrth hwnnw. Yn wir, nid oedd ei bartner yn y gwaith hyd yn oed yn gwybod amdano.

Ar ganol y llawr yn yr ystafell fyw lom, estynnodd ei grothau i'r eithaf wrth hel atgofion pam mai yng Ngerddi Hwyan y treuliasai ddau ddegawd olaf ei yrfa. Fflachiodd wyneb T-Bone o flaen ei lygaid a gwenodd wrth gofio'r helbul. Gallai wneud hynny'n awr, ond ar y pryd roedd hi'n edrych yn go llwm ar Efrog oherwydd ei gysylltiadau ag isfyd beicwyr Caerdydd. Er nad oedd yn falch o'r hyn a wnaethai – cynorthwyo'r Banditos gyda'u cynllun diweddaraf, sef menter warchod gymhleth yn ymwneud â 'chymunedau cloëdig' newydd Bae Caerdydd – roedd wedi dysgu ei wers, ac fel Johnny Cash, roedd wedi troedio'r llinell drwy gydol ei gyfnod yng Ngerddi Hwyan.

Roedd hynny'n fwy nag y gellid ei ddweud am ei bartner, Alban Owen, a oedd wedi datblygu (os mai dyna oedd y gair cywir) o fod yn dditectif brwdfrydig a chydwybodol ar ddechrau ei yrfa i fod yn ddyn chwerw, milain a chreulon yn ystod y blynyddoedd diwethaf. Credai Efrog fod Alban yn ei feio ef am iddo orfod symud i'r dref. Roedd hynny'n rhannol gywir, er bod mwy na hynny wedi effeithio ar ei natur, gan gynnwys colli ei unig blentyn, Esther, mewn damwain ffordd bron i chwe blynedd yn ôl, pan oedd hi'n wyth mlwydd oed – profiad a oedd wedi effeithio'n ddwfn ar Alban gan mai fe oedd yn gyrru'r car pan ddigwyddodd y ddamwain. Yn ogystal â hynny, roedd ei briodas wedi chwalu – eto o ganlyniad i'w golled erchyll; heb sôn am yr hunan feddyginiaethu a'r cysur ffug a ddeuai gyda hynny.

Roedd Efrog ac Alban wedi bod yn bartneriaid ers dwy flynedd pan gafodd Efrog ei ddal ym mhocedi'r Banditos. Ef oedd 'wyneb swyddogol' y fenter anghyfreithlon, ac roedd wedi derbyn degau o filoedd o bunnoedd am wneud dim byd mwy na fflachio'i fathodyn o bryd i'w gilydd os oedd 'na ddigwyddiad lle roedd y rhai oedd yn cael eu 'gwarchod' eisiau galw'r heddlu. Efrog fyddai'r heddwas hwnnw. Dim ond dwy alwad a gawsai mewn dros flwyddyn, a golygai hynny iddo gael ei dalu'n agos at drigain mil o bunnau am rhyw ddwy awr o waith. Neis iawn. Yn ffodus, pan gaeodd y rhwyd amdano, roedd yr arian eisoes mewn cyfrif banc yn y Swistir ymhell o grafangau'r gyfraith. Dyna un peth da am fod yn heddwas –roedd yn ymwybodol o'r gweithdrefnau ac yn gwybod sut i'w hosgoi. Dyna lle'r arhosodd yr arian hefyd, tan y llynedd, pan brynodd Efrog ei gartref newydd yn yr haul.

Wedi iddo orffen ei ymarferion, dychwelodd i'w ystafell wely a gwisgo'i hoff siwt – yr un llwyd, yr un roedd e'n teimlo'n fwyaf cyffordus ynddi a'r unig un na chawsai ei phacio'n barod ar gyfer yr ymfudo. Yna, gwisgodd ei oriawr am ei arddwrn, rhoi ei waled ym mhoced ei siaced a'i fathodyn heddlu ym mhoced ei drowsus cyn gadael ei gartref bach dinod a chamu allan i'r awyr agored yn tanio sigarét gynta'r diwrnod. Roedd wedi ceisio rhoi'r gorau i'r arfer ddegau o weithiau dros y blynyddoedd, ond heb lwyddo i bara mwy na chwpwl o fisoedd. Roedd wedi rhoi'r gorau i geisio rhoi'r gorau bellach, ac yn ceisio cadw at becyn deg y diwrnod y dyddiau hyn. Health kick o'i gymharu â'r deugain yr arferai eu sugno bob shifft. Er gwaetha'r mwg, roedd e'n weddol heini, ar wahân i'r hen ben-glin a'r cefn tost a fyddai'n effeithio arno o bryd i'w gilydd, yn bennaf yn ystod y gaeaf. Rhywbeth arall, gobeithiai Efrog, a fyddai'n diflannu o'i fywyd wedi iddo gyrraedd cynhesrwydd Môr y Canoldir.

I ffwrdd ag Efrog ar droed i gwrdd ag Alban yn yr un man ag arfer, sef caffi'r Badell Ffrio yn ardal Tŷ Coch y dref. Gwnâi Efrog yr un daith bob bore, er mwyn cael brecwast gyda'i bartner cyn iddynt fynd i'r orsaf a gweld beth oedd yn eu disgwyl. Roedd yn arfer gyrru, ond gyda'r traffig yn trymhau bob wythnos a'r ffaith fod ceir ar gael i'w defnyddio yn yr orsaf pan fyddai angen, troediai'r llwybr hwn bob bore, boed law neu hindda. Tro'r glaw oedd hi heddiw, ond nid effeithiodd hynny ar hwyliau da Efrog mewn unrhyw ffordd. Os rhywbeth, roedd y ffaith ei bod hi'n bwrw'n gwneud i Sbaen ymddangos yn fwy delfrydol byth, pe bai hynny hyd yn oed yn bosib.

Cerddodd ar hyd y palmentydd o dan gysgod ei ymbarél gan ddifaru peidio â rhwbio Ibrufen yn ei ben-glin cyn gadael y tŷ. Aeth heibio'r wynebau arferol − y siopwyr yn agor eu drysau, y dyn lolipop, y postmon − gan ystyried tybed a fyddent yn torri'n rhydd o'u cadwynau ac yn llwyddo i ddianc rhag y bywyd hwn, os mai dianc oedd eu huchelgias hwythau hefyd.

Nid oedd erioed wedi mwynhau byw yma yng Ngerddi Hwyan a dweud y gwir, er nad oedd yn casáu byw yn y dref chwaith. Cael ei orfodi i symud wnaeth e, wedi'r cyfan, yn hytrach na dymuno gwneud. Mewn gwirionedd, roedd yr helynt gyda'r Banditos wedi digwydd ar adeg gyfleus iawn i'w uwch-swyddogion yn y brifddinas, gan fod angen 'gwirfoddolwyr' arnynt i'w hadleoli i Erddi Hwyan, er mwyn plismona'r dref newydd oedd yn tyfu yn sgil datblygiadau Valleywood. Felly, heb iddynt ddewis hynny, Efrog Evans ac Alban Owen oedd aelodau cyntaf tîm ditectifs y dref. Roedd y tîm wedi tyfu dros y blynyddoedd i adlewyrchu maint y dref, er nad oedd y tîm presennol mor fawr ag y bu pan oedd Valleywood yn ei anterth. Caerdydd oedd dinas Efrog, dyna lle cawsai ei eni a'i fagu, ond wedi'r helynt gyda'r beicwyr, nid oedd wedi dychwelyd yno unwaith. Doedd dim rheswm ganddo i wneud mewn gwirionedd gan nad oedd ganddo fywyd cymdeithasol, fel person normal. Y swydd oedd ei unig gymar, ac roedd wedi diflasu arni hithau erbyn hyn.

Maestref i Gaerdydd yw Gerddi Hwyan, tebyg i Ben-y-bont ar Ogwr o ran maint a lleoliad, ond yn sicr yn lle llai depressing. Er hynny, doedd hi ddim yn ddelfrydol chwaith. Fel pob dinas sy'n ganolbwynt i ardal, tyfai Caerdydd, gan lyncu trefi a phentrefi cyfagos fel bod pobman o fewn y dalgylch eang yn rhan o'r un ddinas fawr. Metropolis yw'r term cywir, er nad yw hynny'n gweddu chwaith yn yr achos yma. Safai Gerddi Hwyan ar ffiniau'r brifddinas, ond roedd yn dref yn ei haeddiant ei hun, ac iddi hanes lliwgar ac yn ennyn parch ei thrigolion. Fel pob tref, roedd ganddi ochr dywyll – ffaith a gadwodd Efrog a'i gyd-weithwyr yn brysur dros y blynyddoedd.

Wrth droi'r cornel a gweld y Badell Ffrio ryw ganllath o'i flaen, meddyliodd Efrog sut roedd yn teimlo, gyda'i ymddeoliad yn agosáu. Llifai geiriau, emosiynau a theimladau drwy ei ben – hen, blinedig, bodlon, cyffrous, nerfus, ofnus, stiff, hapus, rhydd – ond nid oedd yr un ohonynt yn bwrw'r hoelen yn union ar ei phen chwaith.

Cyn iddo allu pendroni ymhellach, roedd e wrth fynediad y caffi gyda dau dditectif arall o'r orsaf, Nigel Phillips a Steven Hewlett, yn dal y drws ar agor iddo.

"Pedwar diwrnod i fynd, Efrog, y bastard lwcus!" meddai Nigel, gan fwrw Efrog ar ei ysgwydd.

"Wyth deg awr cyn diwedd y shifft olaf i fod yn hollol gywir, Nige, ond sa i'n cyfri, onest nawr! A dyna fi, off i Sbaen!"

"Wel, ti'n haeddu mynd, Efrog, a ti'n edrych fel 'se angen ymddeol arnot ti."

"Fi'n teimlo fel 'ny 'fyd."

"Welwn ni di nos Iau, iawn. Edrych mlân yn fawr. Rown ni ffwc o send-off i ti…"

Ac i ffwrdd â nhw a'u boliau'n llawn, gan adael Efrog yn rhwbio'i ysgwydd ar ôl yr ergyd chwareus. Teimlai'n hŷn fyth wrth iddo anelu am y bwrdd yng nghornel y caffi, lle'r eisteddai ei bartner yn syllu ar ei goffi fel tasai wedi'i hypnoteiddio gan y stêm.

06

"'Ello –'ello –'ello," meddai Efrog wrth Alban, fel y byddai'n ei wneud bob bore wrth eistedd gyferbyn â'i bartner yn y Badell Ffrio. Hen jôc na fu erioed yn ddoniol yn y lle cyntaf, ac yn cadarnhau erbyn hyn fod y ddau dditectif yn debycach i hen bâr priod na heddweision.

Edrychodd Alban arno heb wenu. Beth oedd y pwynt? Yn yr ugain munud ers iddo fe fod yn eistedd yma, roedd ei hwyliau gwael ar ddechrau'r dydd yn mynd yn waeth byth wrth i'r euogrwydd a'r edifeirwch parhaus a lechai ynddo frwydro am oruchafiaeth yn ei isymwybod.

Tynnodd Efrog ei got ac eistedd gan archwilio cragen allanol Alban wrth wneud. Unwaith eto'r bore hwn, doedd dim gwadu'r ffaith fod ei bartner yn edrych mor arw â chopa'r Cnicht. Os nad yn fwy garw nag hynny hyd yn oed. Roedd ei groen gwelw bron yn dryloyw a'i lygaid melyngoch wedi chwyddo y tu ôl i wydr trwchus ei sbectol, gan wneud iddo edrych fel tylluan foel yn dioddef o glawcoma. Ac er bod y deodrant rhad yn ceisio'i orau i guddio'r gwirionedd, doedd dim amheuaeth bod Ditectif Alban Owen yn drewi o anobaith eto heddiw.

Teimlai Efrog ychydig o dosturi tuag ato, wrth gwrs, ond roedd hynny hyd yn oed yn anodd ar adegau. Ac er nad oedd yn gallu dychmygu pa mor anodd oedd colli plentyn a gwraig o fewn blwyddyn i'w gilydd, nid oedd hynny'n cyfiawnhau'r ffaith fod Alban Owen yn ddyn anodd iawn i fod yn ei gwmni, a hynny dros chwe blynedd ar ôl y drychineb. Ond, er hyn, doedd gan Efrog neb arall yn ei fywyd a oedd yn agosach ato.

Roedd Alban wedi dihuno'r bore hwnnw, fel y byddai'n gwneud bron yn ddyddiol, gyda llais ei ferch yn ei alw o rywle'n ddwfn yn ei isymwybod a'i ben yn y bin wrth iddo'i lenwi â chŵd. Eisteddodd i fyny'n araf ar fatras tenau ffwton yr ystafell sbâr, a'r boen a'r golled yn bloeddio yn ei ben. Nid oedd wedi treulio noson yn ei wely priodasol ers rhyw chwe mis cyn i'w wraig ei adael. Ac nid oedd wedi dychwelyd yno hyd yn oed ar ôl iddi adael. Yn ogystal, nid oedd wedi agor drws ystafell Esther ers y ddamwain – byddai gwneud hynny'n torri ei galon.

Er bod Efrog yn byw ar ei ben ei hun, ei ddewis ef oedd hynny. Ond roedd Alban fel rhyw ysbryd yn ei gartref ei hun, yn brwydro i fodoli, heb deimlo dim ond colled, edifeirwch ac unigrwydd. Roedd ei berthynas â'i wraig wedi chwalu bron yn syth ar ôl iddynt ffarwelio ag Esther, wrth i'r ddau balu mor ddwfn i mewn i'w galar personol fel nad oedd croeso i'r llall yng nghorneli tywyll eu torcalon. Roedd ei wraig yn ei feio ef am farwolaeth eu merch, a phwy allai ei beio? Nid Alban, gan ei fod yntau'n derbyn y bai.

Byddai Alban yn dod adre o'r gwaith yn hwyr bob nos, gan sleifio i fyny i'r ystafell sbâr yn yr atig, i sgwatio fel cardotyn, heb gynnau'r golau yng ngweddill y tŷ. Pan ddechreuodd wneud hynny, yn yr wythnosau'n dilyn angladd Esther, byddai ei wraig yn arfer cnocio ar ei ddrws gan weiddi arno, ond ar ôl wythnos neu ddwy gadawodd iddo fod. Ond roedd ei thawelwch yn waeth mewn ffordd, gan fod y 'cyswllt' – y gweiddi a'r cecran – o leiaf yn dangos ei bod yn poeni ryw ychydig amdano. Ond, â'i ben wedi'i gladdu'n ddwfn yn nhwll tin ei hunandosturi, dihunodd un diwrnod rai misoedd yn ddiweddarach a ffeindio amlen yn aros amdano ar y llawr y tu allan i ddrws ei ystafell. Llythyr swyddogol yr olwg oedd ynddo, oddi wrth gyfreithwyr ei wraig, yn ei hysbysu ei bod hi'n gofyn am ysgariad. Nid oedd Alban yn bwriadu gwrthwynebu hynny. Fe oedd berchen y tŷ, felly nid oedd gormod o gymhlethdodau, a daeth eu perthynas i ben. Doedd dim syniad ganddo ble roedd hi bellach, er y gobeithiai ei bod hi'n hapus; roedd hi'n haeddu hynny o leiaf ar ôl yr uffern yr aethai hi drwyddi, diolch iddo fe.

Fel Efrog a phob heddwas arall roedd yn ei adnabod, roedd Alban yn briod â'i swydd, er y bu adegau pan ddeuai ei wraig a'i deulu'n gyntaf. Gallai gofio'n glir yr adeg pan chwalodd bopeth oherwydd diffyg canolbwyntio ar ei ran ef ar ffordd rewllyd. Mewn gwirionedd, doedd pethau ddim wedi bod yn dda rhwngddo fe a'i wraig ers blynyddoedd – ers pan gawsant eu gorfodi i symud i Erddi Hwyan, er nad ei fai ef oedd hynny. Bai Efrog oedd e, a doedd Alban ddim wedi gallu maddau i'w bartner yn llwyr am yr hyn a wnaethai.

Gwelent fwy ar ei gilydd nag oedd yn llesol, a daliai'r casineb i ffrwtian o dan arwyneb truenus Alban Owen, er nad oedd hynny'n rhy amlwg i'w bartner. Wrth gwrs, roedd Efrog yn ymwybodol fod *rhywbeth* yn poeni Alban, ond gan ei fod wedi newid cymaint dros y blynyddoedd, doedd Efrog ddim yn siŵr ai dim ond bastard diflas oedd e erbyn hyn. Wrth gwrs, cydymdeimlai Efrog â'r hyn roedd Alban wedi'i ddioddef pan fu farw Esther, ond nid oedd gweithio gyda fe o ddydd i ddydd yn dasg hawdd, na phleserus chwaith.

Roedd y ditectif ifanc cydwybodol a gweithgar a gyfarfu Efrog dros ugain mlynedd yn ôl wedi'i hen gladdu o dan ffasâd sur, chwerw ac anonest yr Alban oedd yn llechu o'i flaen e heddiw. Roedd Efrog wedi dysgu ei wers yn dilyn ei helyntion gyda'r Banditos, ond roedd Alban wedi mynd i'r cyfeiriad arall yn llwyr gan wrthryfela yn erbyn ei sefyllfa wedi iddo orfod symud. Cawsai ei ddiarddel ar fwy nag un achlysur, ac fe ddaeth yn agos at golli ei swydd yn gyfan gwbl ryw flwyddyn yn ôl pan gafodd ei ddal yn gosod tystiolaeth ar droseddwr. Roedd Alban yn cachu yng nghuddygl y cyfle olaf, a byddai un rhech wlyb arall yn golygu diwedd ar ei yrfa.

Er na fyddent yn trafod materion personol, gwyddai Efrog fod Alban yn brwydro yn erbyn llu o ellyllon personol. Roedd wedi cyfaddef hynny wrtho ryw noson o dan ddylanwad alcohol, a'i lygaid yn dyfrhau a'i galon yn deilchion. Fel pâr priod go iawn, nid oedd y ddau dditectif yn siarad rhyw lawer bellach. Ddim yn *gwir* siarad, ta beth. Wrth gwrs, byddai'r ddau'n trafod eu swyddi a'r holl bethau cysylltiedig, ond anaml y byddai'r sgwrs yn crwydro y tu hwnt i'r ffiniau proffesiynol.

"Iawn, Ef," meddai Alban, mewn acen a oedd wedi hen anghofio'i gwreiddiau gogleddol, wrth i Efrog eistedd i lawr a'i wynebu.

"Ydw glei," gwenodd hwnnw, wrth godi'r fwydlen er ei fod yn archebu'r un peth yn gwmws bob dydd. "Penwythnos da?"

"Huh!" Ateb digon da i gwestiwn mor dwp. Anwybyddodd Efrog hwyliau drwg amlwg Alban, a thywys y sgwrs tuag at ei hoff bwnc.

"Ges i un prysur iawn, diolch i ti am ofyn. Buddiol 'fyd… Ro'dd yn rhaid i fi gymryd ddoe off er mwyn gorffen llenwi'r container. Ffwc o job galed. Ma 'nghefn i'n 'yn lladd i. Ond dyna ni, ma fe'n hwylio heddiw, ti'n gweld, er mwyn fy nghyrraedd i ddydd Llun nesaf. Sdim lot ar ôl yn y fflat bellach, jyst ychydig o ddillad, 'bach o fwyd a'r teledu…"

Edrychodd Alban arno drwy fwg porffor y sigarét oedd yn llosgi'n araf yn ei law, heb ymateb o gwbl. Gwyddai beth fyddai'n dod nesaf, ac roedd unrhyw frwdfrydedd a fu ganddo tuag at y pwnc wedi hen ddiflannu erbyn hyn. Wedi hen, *hen* ddiflannu.

Heb unrhyw anogaeth, ymlaen yr aeth Efrog i esbonio. "Archebes i wely o Ikea i'r tŷ newydd. Yn Sbaen. Ma nhw ym mhobman erbyn hyn. Ikea, hynny yw. 'Nes i'r busnes ar y we ac fe gymerodd e oriau i fi neud hynny. Fel ti'n gw'bod, sa i'n un da gyda thechnoleg. Ond bydd e'n aros amdana i pan fydda i'n cyrraedd yno."

Nodiodd Alban, er iddo stopio gwrando ar ôl clywed y gair 'Sbaen'. 'Na'r unig beth oedd wedi bod ar feddwl Efrog ers misoedd lawer, os nad blynyddoedd, ac roedd Alban wedi syrffedu'n lân, a dweud y gwir.

"Brynes i shilffoedd 'fyd, heb hyd yn oed fwriadu gwneud. Ond wedyn, 'na holl bwrpas y siopa on-line 'ma, yn 'dyfe – denu dyn i mewn ac wedyn cau'r rhwyd..."

Taniodd Alban fwgyn ffres oddi ar y stwmpyn wrth i'r geiriau lifo o geg ei bartner. *Sbaen... blah blah blah... wythnos olaf... blah blah blah... methu aros... blah blah blah... ymddeol... blah blah blah... dianc... blah blah blah... rhyddid... blah blah blah...*

"Efrog," meddai Alban o'r diwedd, gan atal ei eiriau ar ganol brawddeg arall am dywydd anhygoel Andalucia.

"Beth?"

"Heb fod yn haerllug na dim..."

"Beth?"

"Ti'n meddwl elli di..." Oedodd Alban gan ystyried tybed a oedd hi'n syniad da dweud yr hyn oedd ar ei feddwl.

"Beth? Fuckin' hell Alban, spit it out!"

"OK, os ti'n mynnu." Ac ar ôl llond sgyfaint o fwg, dywedodd Alban: "Wyt ti'n meddwl bod 'na unrhyw ffordd y gelli di beidio siarad am Sbaen bob fuckin tro ti'n agor dy geg? I mean, c'mon, ti fel tiwn gron…"

"Sorri," atebodd Efrog, gan edrych ar ei bartner fel bachgen bach drwg.

"Fi'n gw'bod bo' ti'n llawn cyffro, a pham lai ddweda i, ond rhaid i ti gofio nad yw pob un o dy gyd-weithwyr yn yr un sefyllfa â ti. Hynny yw, 'so pawb ar fin ymddeol, 'so pawb yn sengl ac wedi cynilo 'u harian yn gall fel ti, a 'so pawb yn symud i Sbaen mewn cwpwl o ddyddie. Jyst cofia hynny cyn agor dy geg. I mean, falle byddi di'n bolaheulo ar y traeth ymhen wythnos, ond bydd pawb arall yn yr adran yn dal i fod fan hyn, yn brwydro i wneud bywoliaeth yn y glaw a'r llygredd, 'na gyd…"

Ystyriodd Efrog eiriau Alban, cyn dechrau nodio'i ben. Trodd yr olwg ddwys yn wên o gydnabyddiaeth.

"Ti'n iawn, Al. Sorri. A fi'n meddwl 'ny 'fyd. Fi 'di bod mor gyffrous sa i 'di aros am eiliad i ystyried teimlade neb arall. O ddifri nawr, sorri. 'Na i dreial rhoi stop arni, fi'n addo."

"Iawn, dim problem. Fel wedes i, sdim ots 'da fi, ond fi 'di clywed rhai o'r bois yn cwyno…"

Cododd Efrog ei ddwylo a nodio'i ben unwaith eto. "Paid dweud mwy, ac fe geisia i neud 'y ngore." A gyda hynny, cododd Efrog ar ei draed. "Archeba ar fy rhan i, wnei di, ma angen cachad arna i…"

Ac i ffwrdd a fe gan adael Alban yng nghwmni'r weinyddes ifanc oedd yn sefyll wrth ei ochr yn aros i gymryd yr archeb.

"Haia," meddai hithau â gwên lydan ar ei gwefusau oedd yn ddigon i godi calon Alban allan o'r gwter lle buodd hi'n gorwedd ers tro byd. "Ga i gymryd eich archeb?"

Oedodd Alban wrth edrych arni allan o gornel ei lygaid gan smalio'i fod yn archwilio'r fwydlen. Carlamodd ei galon ryw fymryn wrth iddi sugno pen ei phensil, cyn iddo weld ei adlewyrchiad yn y ffenest a chael ei atgoffa o'r gwir ar ffurf ei ben moel, ei groen gwelw, ei sbectol drwchus a'r ffaith ei fod yn ddigon hen i fod yn dad iddi. Sythodd ei hun wrth i'w groen blotiog ddechrau cochi.

"Sa i 'di dy weld ti ers tipyn?" gofynnodd, gan benderfynu gohirio'r archeb a'i chadw hi yno'n gwmni iddo.

"Chi'n meddwl am 'yn chwaer i. Dw i newydd ddechrau. Yn llythrennol. Chi yw 'nghwsmer cynta i!" meddai'n llawn balchder diniwed. *Mmmmm, tase hi ar y fwydlen, bydden i'n ei harchebu hi ddwywaith*, meddyliodd Alban, a synnu ei fod yn magu egin codiad, ac yntau wedi hen ffarwelio â'i fojo.

"Wel, wel," meddai Alban, wrth bysgota am rywbeth arall i'w ddweud. "O ble ti 'di dod, 'te? 'So ti'n lleol..."

"Ydy hi mor amlwg â hynny?"

"Na, na, ma hynny'n beth da, cred di fi," chwydodd Alban y geiriau'n lletchwith, gan gredu ei fod wedi'i sarhau rywfodd.

"Mae'n iawn," gwenodd arno eto, fel angel oedd newydd ymweld â'r deintydd. "Josgyn go iawn ydw i. Hill-billy a hanner, at eich gwasanaeth. Jyst off y bws ac yn barod i helpu..." Chwarddodd ar ei jôc ei hun, gan amlygu ei hanaeddfedrwydd a'i diniweidrwydd fwy fyth.

"Beth yw dy enw?"

"Fflur."

"Alban. Fi'n dod 'ma bron bob bore. I gwrdd â 'mhartner..."

"Partner?"

"Ie. O, na, dim fel 'na... Plismon ydw i. Ditectif. A dweud y gwir, dim ond heddlu sydd mewn 'ma'r bore 'ma, rhai ar eu ffordd i'r swyddfa a'r lleill ar eu ffordd adre..." ychwanegodd Alban gan edrych o gwmpas y bwyty ar ei gyd-weithwyr a gweld Efrog wrth y fynedfa'n siarad ar ei ffôn symudol. Ikea, mae'n siŵr.

"O'n i'n amau, rhaid cyfadde. Ma'r cotiau hir a'r wynebau hirach yn dead-give away!" Ac unwaith eto dychwelodd y wên a thoddi calon Alban fel rhewfryn mewn llif lafa. Dyma'r agosaf roedd e wedi bod at fenyw – mewn sefyllfa heb fod yn ymwneud â'i waith – ers blynyddoedd ac roedd yn brofiad braf, doedd dim amheuaeth am hynny.

"Wrth gwrs. Reit. Yr archeb," meddai Alban, gan na fedrai feddwl am unrhyw beth arall i'w ddweud. Edrychodd ar y fwydlen unwaith eto, heb reswm, cyn adrodd yr archeb. "Full English i fi, gyda rownd o dost brown a pot ffres o goffi. A wyau 'di sgramblo ar dost brown i Efrog, fy mhartner, a phot o de."

Gwyliodd Alban hi'n stryffaglan wrth ysgrifennu'r archeb yn ei llyfryn bach. Am ferch mor brydferth, roedd dwylo fel rhofiau ganddi. Am ryw reswm, roedd hynny'n cyffroi Alban yn fwy fyth.

"'Na ni 'de," meddai Fflur, gan droi ar ei sodlau ac anelu am y gegin. Gwyliodd Alban hi'n mynd, ond cyn iddo gael cyfle i ystyried ei deimladau, brasgamodd Efrog at y bwrdd, gafael yn ei got a dechrau ei gwisgo.

"Ble ti'n mynd?" gofynnodd Alban.

"*Ni'n* mynd i'r orsaf. Chop-chop. Newydd gael galwad gan Crandon. Panics llwyr am ryw reswm. Argyfwng, medde fe. Gwell i ni fynd. Fe yw'r bòs, wedi'r cyfan."

"Ond beth am ein brecwast? Fi'n starfo."

"A fi, ond d'odd e ddim yn swnio'n hapus iawn. Gwell i ni fynd."

Ac i ffwrdd ag Efrog heb air arall. Cododd Alban ar ei draed a gwisgo'i got, cyn camu at y ffenest fach rhwng y bwyty a'r gegin er mwyn canslo'r archeb. Ar ôl ffarwelio â'i ffrind newydd, dilynodd Alban ei bartner allan i'r glaw, gan gydgerdded yr hanner milltir i'r orsaf, â'i stumog yn rwmblan a'i galon yn gwenu.

07

Daliodd Alban i fyny gyda'i bartner ar gornel Stryd y Cwm. Er y gwahaniaeth oedran, roedd Efrog yn llawer mwy heini na'i bartner ifancach ac Alban oedd allan o wynt wrth i'r ddau gamu tua lloches yr orsaf lwydaidd. Er gwaetha'r yfed a'r smygu dyddiol, roedd Efrog, ryw ffordd, yn parhau i gadw ei hun yn heini. Sut? Doedd dim syniad gan Alban.

"Beth ddywedodd Crandon, 'te?" gofynnodd Alban, gan ddisgwyl clywed rheswm da dros golli ei frecwast.

"Argyfwng. 'Na gyd ddywedodd e," atebodd Efrog yn hollol amwys.

"Gwell bod 'na sefyllfa ddifrifol yn ein disgwyl, 'na gyd ddweda i. Llofruddiaeth. Neu drais eithafol, o leia…"

"Ma fe'n lico drama, 'na i gyd dw i'n feddwl."

"Ti'n iawn fyn'na 'fyd. A dyna'r peth diwetha sydd ei angen arnot ti'r wythnos 'ma."

"Be ti'n feddwl?"

"Dim byd. Jyst, ti'n gw'bod, wythnos dawel sydd angen arnot ti. Dim drama. Pen lawr. 'Bach o waith papur. Mas o 'ma heb unrhyw drafferth…"

"Gwir pob gair, Al, gwir pob gair. Sdim byd yn mynd i ddod rhyngddo i a Sba… Sorri. O'n i ddim yn meddwl. Ond, sa i'n bwriadu gwneud dim byd mwy nag yfed coffi a rhechen yr wythnos 'ma…"

"Paid dweud bo' ti 'di rhoi'r gorau i'r wisgi?" meddai Alban yn llawn coegni. Gwenodd Efrog ac edrych ar ei bartner drwy'r glaw mân oedd yn hongian fel niwl gwlyb rhyngddynt, cyn estyn y fflasg fach arian o boced fewnol ei got. Dadsgriwiodd y botel a'i chodi at ei wefusau. Twymodd yr hylif ei frest wrth iddo lifo i lawr ei gorn gwddw.

"'Ma dy frecwast di, Al," meddai Efrog gan basio'r fflasg i'w bartner.

"Diolch," atebodd hwnnw, cyn arllwys y chwisgi i'w geg. Crynodd pan ymunodd yr alcohol â llif ei waed, wrth i'r cynhesrwydd cyfarwydd ei gofleidio fel hen ffrind. "Ti'n bwriadu ffarwelio ag unrhyw un dros y dyddiau nesa?" gofynnodd, wrth basio'r botel yn ôl.

"Wel, ma'r blydi parti 'ma'n digwydd nos Iau..."

"Paid swnio mor bles, Efrog. Blydi hel, dim ond eisie rhoi 'bach o send-off i ti ma pawb..."

"Fi'n gw'bod 'ny, fi'n gw'bod. Ond fi'n rhy hen i..."

"Beth? Rhy hen i feddwi a chael laff. Falle bod yr ail yn wir, ond dere nawr, ti fydd y dyn ola ar 'i draed nos Iau, a ti'n gw'bod 'ny 'fyd."

"Ie, wel, ma hynny'n dweud mwy am bawb arall nac amdana i, iawn," ychwanegodd Efrog yn fyr ei amynedd. Roedd e'n casáu ffws, a'i ddymuniad e oedd diflannu'n ddiseremoni dros y gorwel. Ond, yn anffodus, wedi gyrfa hir gyda'r heddlu, nid yn unig roedd ei gyd-weithwyr yn bwriadu rhoi send-off a hanner iddo fe, ond roedd Cyngor y Dref wedi penderfynu ei anrhydeddu, â gwobr arbennig – rhyddfraint y dref – oedd yn eironig braidd gan nad oedd Efrog yn bwriadu dychwelyd i'r dref hon byth eto, wedi iddo adael am y Cyfandir.

"Dim dyna beth o'dd 'da fi. Ffarwelio â hen ffrindie sydd wedi'n helpu ni dros y blynyddoedd. Dim plismyn, o reidrwydd..."

"Syniad da, er sa i'n gallu meddwl am unrhyw un off top fy mhen ar wahân i'r Hen Fenyw..." Prif gyflenwr cyffuriau'r dref oedd yr Hen Fenyw, ond doedd 'na ddim byd merchetaidd amdano fe, chwaith. Ni fyddai neb yn defnyddio'i lysenw yn ei wyneb, ar unrhyw gyfrif, ond dyna beth roedd pawb yn y ffors yn ei alw y tu ôl i'w gefn. Jack oedd ei enw iawn, Jack Devine, ac roedd wedi cael ei lysenw oherwydd y danteithion tywyll oedd yn ei fferyllfa, y Losin Du, heb anghofio'r ffaith ei fod yn dod o Gydweli.

Er bod llwybrau bywyd Jack a'r ditectifs yn rhedeg yn gyfochrog, bob ochr i'r ffin gyfreithiol, nid oedd hynny'n golygu nad oeddent yn helpu'i gilydd o bryd i'w gilydd. Fel pob tref neu ddinas, roedd heddlu Gerddi Hwyan eisiau cadw rheolaeth dros lif y cyffuriau anghyfreithlon, a thrwy 'gefnogi' un o'r prif gyflenwyr, drwy beidio ag amharu ar ei fusnes, roedd hynny'n bosib. Jyst. Byddai eu llwybrau'n croesi pan fyddai cyflenwyr dieithr yn symud i mewn i'r ardal ac yn dechrau cystadlu am fusnes, a'r heddlu a'r Hen Fenyw'n cydweithio er mwyn gwaredu'r dieithriaid yma o'r dref a'r cyffuniau. Dyna sut daeth Efrog ac Alban i adnabod Jack Devine, drwy gydweithio fel hyn ar hyd y blynyddoedd.

Credai'r ditectifs, fel y rhan fwyaf o heddweision call, mai cyfreithloni cyffuriau fyddai'r ffordd orau o'u rheoli, ond roedd y llywodraeth yn benderfynol o gadw'r cyhoedd o dan reolaeth drwy greu ofn ac ymddangos yn bwerus a moesol ar yr un pryd. Nid fod yr heddlu'n annog gwerthu cyffuriau mewn unrhyw ffordd, ond roeddent yn cydnabod eu bod nhw'n bodoli er gwaetha'r gyfraith, felly rhaid oedd gwneud y gorau o'r sefyllfa. Wedi'r cyfan, gwell cael un cyflenwr o dan reolaeth na degau allan o reolaeth. Roedd yr amgylchiadau ymhell o fod yn berffaith, ond wedyn, dyw bywyd ddim yn fêl i gyd, nac yn gwneud llawer o synnwyr i'r mwyafrif.

"Awn ni i weld yr Hen Fenyw, 'te," meddai Alban.

"Byddwn ni mas o'r swyddfa wedyn, i ffwrdd oddi wrth y gwaith papur a'r holl nonsens 'na."

"Pryd ewn ni, 'te? Fi'n rhydd bob dydd o nawr tan ddydd Gwener…"

"ASAP. Unwaith i Crandon ddweud ei ddweud fan hyn nawr."

"Reiti ho," cytunodd Efrog, wrth i'r ddau gyrraedd mynedfa gefn Gorsaf Heddlu Gerddi Hwyan.

Cerddodd Efrog ac Alban ar hyd coridorau llwm gorsaf yr heddlu, nes cyrraedd drws y swyddfa cynllun agored roeddent yn ei rhannu gyda gweddill yr adran. Oedodd y ddau tu allan i'r drws gan edrych i mewn drwy'r ffenestri cul, a gweld holl dditectifs yr adran yn eistedd a gwrando ar DI Crandon, oedd yn eu hannerch yn ei ffordd unigryw ei hun. Tîm bach o dditectifs oedd gan orsaf Gerddi Hwyan – yn cynnwys y bòs, Crandon, ei ddirprwy, DS Clements, a chwe ditectif gwnstabl, yn cynnwys Efrog ac Alban – felly doedd dim modd sleifio i mewn ac eistedd yn y cefn heb dynnu sylw.

"Ma nhw 'di dechrau hebddon ni. Be neith hi?" gofynnodd Alban, yn y gobaith y byddai Efrog yn awgrymu gadael.

"Mewn â ni. Dere, fi moyn clywed am yr *argyfwng* 'ma. 'So ti byth yn gw'bod, falle bydd e'n reit gyffrous, neu o leia yn gwneud i ni chwerthin…" atebodd Efrog, a gyda hynny, gwthiodd y drws ar agor ac arwain Alban tuag at eu desgiau.

Sibrydodd y ddau eu hymddiheuriadau wrth fynd, a achosodd i bawb droi eu sylw atynt ac i Crandon oedi am eiliad, cyn ailafael yn llif ei eiriau.

"… a phrynhawn da i chi'ch dau," meddai'r pennaeth, fel athro'n croesawu dau blentyn hwyr i'r gwasanaeth. "'So chi 'di colli gormod, bois, ond dweud o'n i am yr holl dogging incidents sydd wedi cael eu hadrodd dros y penwythnos…"

Nodiodd yr hwyrddyfodiaid arno, gan ei annog i gario mlaen. Roedd yr arferiad gweddol newydd hwn wedi troi'n bla yng Ngerddi Hwyan yn ddiweddar, gyda degau o ddigwyddiadau'n cael eu hadrodd bob mis. Yr iwnifforms oedd wedi bod yn delio â'r cwynion hyd yn hyn, ond roedd y sefyllfa y tu hwnt iddynt bellach, fel yr esboniodd Crandon yn awr.

"… cawsom ni ddeuddeg adroddiad dros y penwythnos, ddynion, *deuddeg*…"

Chwarddodd rhywun yn dawel ym mhen pella'r stafell, a syllodd Crandon i'w gyfeiriad, gan herio'r pechadur i barhau.

"… ni 'di mynd tu hwnt i'r chwerthinllyd bellach, bois, gan fod un o'r deuddeg achos yn llawer mwy difrifol na perverts pathetic yn cael wank mewn maes parcio…"

Y tro hwn, ymunodd sawl llais yn y chwerthin, wrth i'r ddelwedd liwgar gosi ceseiliau isymwybodol ambell un yn yr ystafell. Oedodd Crandon a syllu arnynt wrth i'w fochau gochi mewn cynddaredd.

"… beth sy'n bod arnoch chi? Chi fel plant ysgol. Fuckin hell. Ysgol gynradd, 'fyd. Ma hwn yn *serious*…" A thawelodd y chwerthin gyda hynny. "Reit. Fel ro'n i'n dweud, ma pethau wedi datblygu braidd erbyn hyn, gyda llofruddiaeth…" oedodd Crandon i greu effaith. "… llofruddiaeth wedi digwydd mewn lleoliad sy'n adnabyddus am weithgareddau dogging. Newydd dderbyn yr alwad ydyn ni, wel, rhyw ddwy awr yn ôl, felly sdim lot o fanylion eto. Ma fforensics lan yn y safle nawr, yn dal i gribo'r lle, a dw i a DS Clements newydd ddychwelyd. 'So hi'n amlwg beth ddigwyddodd eto, ond roedd 'na ffwc o lanast ar y boi, 'na gyd alla i 'i ddweud ar hyn o bryd. Bydd mwy o fanylion yn dod unwaith y bydd fforensics wedi gorffen ac adrodd yn ôl..."

Clements yw dirprwy'r adran – Bobby Ball i Tommy Cannon Crandon – ac mae'r ddau yn gwneud i'r Brodyr Gregory ymddangos yn ddoniol. Mae DI Crandon yn arth o ddyn yn tynnu am ei hanner cant, gyda barf a bola fyddai'n cadw anifail o'r fath yn dwym yn ei drwmgwsg am gyfnod hir. Er ei ddifrifoldeb, mae 'na ochr liwgar iddo hefyd, a fe yw'r cyntaf at y bar heb angen unrhyw esgus. Mae DS Clements, ar y llaw arall, yn greadur tra gwahanol – yn denau ac yn gyfrwys, gyda hanes o gyhuddiadau treisgar yn ei erbyn yn ystod ei yrfa. Dau heddwas o'r hen ysgol ydynt, ac arweinwyr perffaith i'r criw bach yma o dditectifs anghymarus. Mae'r ddau ohonynt ddeng mlynedd a mwy yn iau nag Efrog, ond doedd dim chwant arno fe i fod yn arweinydd adran nac yn rheolwr o unrhyw fath. Ditectif ydyw, ac archwilio achosion fu ei unig uchelgais erioed. Ar ôl ymuno ag adran dditectifs gorsaf ganolog Caerdydd ryw ddeugain mlynedd yn ôl, nid oedd Efrog erioed wedi ceisio am ddyrchafiad pellach. Yn ei farn ef, roedd eisoes wedi cyrraedd y brig ac wedi cyflawni ei unig uchelgais. Nid oedd yn ystyried mwy o oriau y tu ôl i'w ddesg yn 'ddyrchafiad' chwaith: archwilio a datrys achosion oedd ei nod, nid rheoli pobl a mynychu cyfarfodydd.

"Fi'n mynd i gwrdd â'r Maer a'r cyngor mewn munud i drafod y sefyllfa," esboniodd Crandon, "...ac mae hyn yn cael blaenoriaeth yr wythnos yma. Fi moyn cael gwared ar yr arferiad 'ma o'n tref fach ni, unwaith ac am byth. Mae manylion y timau gweithredu gyda DS Clements, a bydd e'n rhannu'r achosion rhyngoch chi nawr..." Dechreuodd DI Crandon gerdded am y drws ond arhosodd cyn ei gyrraedd, gan nad oedd cweit wedi gorffen.

"Ar bwynt hollol amherthnasol ond yr un mor ddifrifol a phwysig..." dechreuodd, gan orfodi'r lleisiau i dawelu unwaith eto, wrth i'w eiriau llym ddal sylw pawb. "Gobeithio eich bod chi i gyd yn barod i roi send-off a hanner i Efrog fan hyn, nos Iau," meddai gyda gwên lydan. Ymatebodd y gynulleidfa gyda 'wahey' a "wwww-hwww', ond doedd dim gwên ar wyneb Efrog. "Jyst gobeithio bydd yr hen ddyn yn gallu cadw mas o drwbl tan hynny…" ychwanegodd, gan wneud i bawb chwerthin ar eironi'r datganiad, gan mai Efrog Evans fyddai'r person olaf y byddai unrhyw un yn disgwyl ei weld yn camfihafio.

"Un peth arall, gobeithio bod pawb yn cofio am y seremoni sy'n cael ei chynnal i anrhydeddu Ditectif Evans am ei wasanaeth anhygoel i'r adran ac i'r dref dros yr ugain mlynedd diwetha. Fi'n disgwyl i chi i gyd fod 'na, dim esgusodion…"

"Ond beth am ein blaenoriaethau?" gofynnodd Efrog, gan geisio'i orau i osgoi'r seremoni.

"Paid â becso, Efrog, os bydd 'na argyfwng brynhawn dydd Mercher, fydd dim disgwyl i ti fynychu'r digwyddiad. Mae'r Maer yn awyddus iawn fod pawb fod yn bresennol, i dalu teyrnged, ond wrth gwrs, byddwn ni mewn cyswllt â'r orsaf os bydd unrhyw beth yn codi…"

Ac allan aeth Crandon i'w gyfarfod gyda'r Maer, gan gydio mewn ymbarél oedd yn pwyso ar y wal ger y drws. Trodd Efrog at ei ddesg a syllu ar sgrin ei gyfrifiadur wrth i'r peiriant ddeffro ar ôl penwythnos o segura, wrth feddwl am y Maer oedd mor awyddus i'w wobrwyo.

Er nad oedd Efrog yn ymarfer ei grefydd bellach, roedd e'n dal i ryfeddu sut yn y byd daeth rhywun fel y Maer – rhywun nad oedd yn meddu ar unrhyw fath o foesau – i rym yn y byd gwleidyddol. Efallai mai dangos ei oedran roedd e, ond roedd cefndir y Maer yn y diwydiant ffilmiau yn peri pryder iddo. Wrth gwrs, roedd 'na ddigon o enghreifftiau o actorion yn troi at wleidyddiaeth – Ronald Reagan, Clint Eastwood ac Arnie i enwi dim ond tri – ond roedd ethol seren ffilmiau porn yn beth anhygoel, hyd yn oed yn yr oes yma. Roedd Maer Gerddi Hwyan, neu Grontius 'Y Ceffyl' Bach, a defnyddio'i enw llawn, wedi ffwcio mwy o fenywod o flaen y camera nag roedd Efrog wedi siarad â nhw yn ystod ei fywyd. 'Y Ceffyl' oedd ei enw llwyfan, diolch i faint anferthol ei dding-dong. A'r ffilm enwocaf iddo 'actio' ynddi oedd 'Dacw Mam yn Dŵad', sef hanes cymeriad Don Juanaidd yn rhoi pleser i fenyw ar fferm cyn troi ei sylw at drigolion pedair coes y beudy. Roedd meddwl am y peth hyd yn oed yn troi stumog Efrog, ond roedd meddwl am dderbyn gwobr oddi wrtho'n waeth byth. Sut gallai dderbyn 'anrhydedd' ganddo, pan nad oedd unrhyw urddas yn perthyn i'r un a oedd yn cyflwyno'r wobr?

"Hei, Efrog," galwodd Alban arno, wrth roi'r ffôn 'nôl yn ei chrud.

"Beth?"

"Newydd gael galwad. Rhywun wedi gweld dau ddyn yn ymddwyn yn amheus yng Nghoed-y-Nant. Tyd. M.O.M.Y.F.G. Gewn ni frecwast en route…"

08

Edrychodd Efrog ar y cloc wrth lyfu ei fysedd, a oedd mor seimllyd â gwallt Jeifin Jenkins ar ôl y frechdan bacwn brynodd Alban iddo o gaffi Fat Al's ar y ffordd i Goed-y-Nant. Roedd hi'n tynnu am hanner awr wedi un ar ddeg bellach, ac roedd haul gwan yr hydref yn treiddio drwy'r dail a ddaliai i lynu wrth y coed. Agorodd y blwch menig yn y gobaith o ffeindio hances bapur neu wet-wipe i orffen y job, ond nid oedd yn ffyddiog o ffeindio dim o'r fath, o gofio mai un o geir yr orsaf oedd hwn, yn hytrach na cherbyd yn perthyn i berson penodol. Yn ôl y disgwyl, doedd 'na ddim byd yno, felly sychodd ei ddwylo ar ochrau'r sedd.

Roedd Alban wedi mynd ers rhyw ugain munud, wedi diflannu i'r coed ar drywydd dau ddyn oedd yn actio'n amheus. Beth oedd hynny'n ei olygu, nid oedd Efrog yn gwybod. Hyd yn oed ar ôl dros ddeugain mlynedd o fod yn heddwas, roedd dirnadaeth y cyhoedd o'r hyn a welent mor rhyfeddol ag erioed. Yn yr oes yma, nid oedd y cyfryngau yn fawr o help chwaith, gan fod y papur lleol, heb sôn am y newyddion lleol ar y teledu, y radio a'r we, wedi bod yn sôn am y 'plague of dogging incidents' yng Ngerddi Hwyan ers misoedd. Roedd rhyw hen ddyn wedi galw'r heddlu rai wythnosau ynghynt i adrodd hanes dau foi roedd e wedi'u gweld yn y coed wrth gerdded ei gi. Yn ei farn ef roedden nhw'n 'acting suspiciously', ond pan aeth rhywun i archwilio'r mater, dim ond cwpwl o egin Iolo Wiliamsys ffeindion nhw, yn cadw llygad ar ryw grëyr gwyrdd nad oedd ond prin wedi cyrraedd Cymru ar ddamwain o'r Amerig.

Defnyddiodd Efrog ei ben-glin dost fel esgus i osgoi gwaith unwaith eto. Dyna un peth da am fynd yn hŷn – fyddai neb yn ei amau pan fyddai'n honni bod rhyw ran o'r corff yn peri problem. Roedd yr hen ben-glin *yn* brifo Efrog heddiw, a rhwbiodd hi wrth feddwl amdani, cyn agor y ffenest a chlywed yr adar yn canu yn y coed. Estynnodd ei sigaréts o'i boced. Taniodd un a chau ei lygaid, gan adael i'w feddwl grwydro. Fel arfer, dim ond un cyrchfan oedd ganddo, ac Andalucia oedd y lle hwnnw.

Roedd e'n rhy hen i gwrso perverts drwy'r coed, yn rhy hen i wneud y mwyafrif o agweddau'r swydd, mewn gwirionedd. Gêm dyn ifanc oedd plismona, dim gêm i bensiynwr. Bowls. Golff. Chess. Dyna'r gêmau iddo fe, er y byddai'n rhaid iddo ddefnyddio cart i'w gludo o gwmpas y cwrs golff hefyd.

Canodd yr adar eu cân, a breuddwydiodd Efrog am ei baradwys, ond cyn i'r tân lyncu'r tybaco i gyd, clywodd sŵn rhywun yn hyffian a phyffian gerllaw. Agorodd Efrog ei lygaid a gwylio'i bartner yn brwydro drwy'r gwrych tua'r car, gan lithro yn y baw a rhegi o dan ei anal. Roedd ei drowsus wedi'i orchuddio gan fwd, a'r ychydig wallt oedd ganddo ar ei gopa yn chwifio'n wyllt yn yr awel, fel bambŵ tenau wedi corwynt.

Agorodd y drws a chamu allan i'r maes parcio. Pwysodd Alban ar fonet y car, yn ceisio cael ei wynt yn ôl er mwyn adrodd yr hanes. Estynnodd Efrog y botel o'i boced, agor y top a'i chynnig iddo.

"Diolch," meddai hwnnw, gan gipio'r tonig a llowncio llond ceg. Yn hytrach na phwyso arno i adrodd y stori, arhosodd Efrog tan ei fod yn barod. Yn y cyfamser, cymerodd yntau hefyd lond ceg o'r chwisgi a rhoi'r botel yn ei boced. Erbyn hynny, roedd Alban wrthi'n tanio mwgyn ac yn barod i barablu.

"Weles ti nhw 'de?" holodd Efrog.

"Do. O bell. Ro'dd un yn 'i gwrcwd o flaen y llall, wedi hanner cuddio tu ôl i goeden lawr wrth y llyn."

"Be 'nest ti?"

"Dim i ddechrau, jyst gwylio. Ceisio gweithio mas beth oedd yn digwydd. Guddies i yn yr hide… y cwt pren 'na i wylio adar."

"O't ti'n gallu eu gweld nhw o'r fan 'na?"

"Ddim yn glir iawn, ond fi'n credu ma jyst cwpwl o Julians o'n nhw, yn hytrach na doggers… Ta beth, yn y diwedd, penderfynes i fynd i gael gair, dim ffws, dim ffwdan, jyst gair yn eu clust, ti'n gw'bod, "put it away, boys, haven't you got a house where you could do this", fath o beth. O'n i ddim yn mynd i roi rhybudd iddyn nhw hyd yn oed, ond pan es i'n nes atyn nhw, off â nhw fel milgwn ar ôl sgwarnog…"

"Ma pawb mor paranoid erbyn hyn…"

"Ti'n iawn, ond fel ni'n gw'bod, ar ôl iddi dywyllu ma'r doggers yn dod mas. Ta beth, am ryw reswm dechreues i eu cwrso nhw. Fuck knows pam, instinct siŵr o fod, ond cyn i fi fynd gan metr fe gwympes i ar 'y nhin, yn y baw, a dyna pryd y sylwes i 'mod i 'di colli esgid yn rhywle yn ystod y sprint, os gelli di alw fe'n hynny. Chwilies i amdani, ond methes i â'i ffeindio. Ma'n nhroed i'n socan a 'nillad i'n sops. Edrycha arna i, Ef…" Ac fe wnaeth Efrog hynny a dechrau chwerthin cyn cynnig y botel iddo unwaith eto.

09

Dychwelodd y ddau dditectif i'r orsaf er mwyn i Alban gael newid ei ddillad. Awgrymodd Efrog y dylai fynd adref i newid; wedi'r cyfan, roeddent yn pasio'n agos at ei dŷ ar y ffordd yn ôl i'r pencadlys. Ond mwmiodd Alban ei esgusodion, a gwyddai Efrog mai dim ond poen oedd yn ei ddisgwyl yno: atgofion erchyll ac euogrwydd parhaus.

"Bollocks, bollocks, bollocks!" ebychodd o dan ei anal pan agorodd ddrws ei locer, a chofio'i fod yn gwisgo'i siwt sbâr yn barod a bod yr un arall adref ar ôl iddo fynd â hi i'r dry cleaners ryw fis ynghynt. Treuliai Alban gyn lleied o amser â phosib yn ei gartref, gan ymolchi a chael cawod yn yr orsaf… pan fyddai'n cael cawod, hynny yw. Ystyriodd ei opsiynau, a mynd i chwilota yn y cwpwrdd pethau coll am rywbeth addas i'w wisgo. Ond, doedd dim byd addas yno, ac felly roedd yn edrych yn debycach i drempyn dryslyd wedi iddo ailwisgo amdano. Neu fel golffiwr tlawd efallai ar ei ffordd i'r pitch and putt cyhoeddus.

Am ei goesau, gwisgai bâr o drowsus siec, lliw coch, du a melyn. Am ei draed, roedd pâr o slip-ons gwyn, wedi melynu. Roedd e'n dal i wisgo'i grys a'i dei ond yn lle'r gôt hir a wisgai gynt, roedd wedi ffeindio bomber jacket ddu yn llawn blim burns bach a mawr.

"Classy iawn," meddai Efrog yn goeglyd, pan gerddodd i mewn i'r ystafell newid yn cario coffi crasboeth mewn cwpan cardfwrdd ym mhob llaw.

"Fuck off," daeth yr ateb, heb unrhyw goegni'n agos at y geiriau.

"'Co ti, coffi," meddai Efrog gan geisio atal y wên rhag lledu dros ei wyneb. Methodd.

"Look, fi'n gw'bod bo' fi'n edrych fel twat, ond beth alla i neud?" Brathodd Efrog ei dafod gan osgoi dweud "mynd adref i newid". "Beth nawr 'te?"

"Ma Crandon eisiau'ch gweld chi," ymunodd 'Dangerous' Danny Finch, aelod diweddaraf yr adran dditectifs, yn y sgwrs, wrth agor ei locer yn dilyn cawod dwym ar ddiwedd ei shifft. Roedd cyhyrau tyn hanner uchaf ei gorff yn atgof o'i gefndir fel cyn-bencampwr cicbaffio Cymru ac yn gwneud i Efrog deimlo'n hŷn byth. Ond roedd gan y ditectif ifanc yrfa dda o'i flaen, gan ei fod eisoes wedi profi ei hun ar fwy nag un achlysur yn ystod ei dri mis cyntaf yn y swydd. Edrychodd ar wisg Alban, ond roedd Danny'n gwybod ei le yn yr hierarchaeth a chadwodd ei geg ar gau er ei fod yn ysu am echdynnu'r meical. Fel yn y mwyafrif o leoliadau gwaith, gallai'r dychan aros tan y byddai Alban yn troi ei gefn.

"Beth ma fe moyn?" gofynnodd Efrog.

"Update."

"Update?" Daeth yr ateb cydadroddllyd.

"Ie, 'na beth ddywedodd e. Chi 'di ateb galwad am ryw dogging incident arall, do?"

"Do, ond sdim byd i'w adrodd…"

"Jyst cwpwl o Julians…"

"Wel, glywoch chi fe'r bore 'ma – ma fe moyn results. Dim esgusodion."

"Wel, fuck that," meddai Alban yn colli'i amynnedd am eiliad. "Geith e aros, ma pethe pwysicach 'da ni i' neud nac adrodd yn ôl bob dwy funud!"

"Wel, dyna ddywedodd e, 'na i gyd. Peidiwch ffwcio'r negesydd."

"Iawn, iawn. Diolch, Danny, ond 'so ti 'di'n gweld ni, reit," ychwanegodd Efrog gan daro'i drwyn gyda'i fynegfys, cyn arwain Alban am y drws cefn a'r Vauxhall llwyd oedd yn aros amdanynt yn y maes parcio, gan gario'i ddillad brwnt o dan ei fraich.

Wedi stopio am ginio cloi yn Burger King, lle bochiodd y ddau dditectif bryd Go Large yr un mewn record byd, cyrhaeddodd y car nendyrau gwyllt Y Coed a hithau'n tynnu at hanner awr wedi un. Roedd y lle'n diflasu Efrog bob tro y deuai yma. Roedd y merched, y puteiniaid hynny yw, eisioes wrth eu gwaith, yn aros am fusnes yn yr oerfel wrth ochr y ffordd. Edrychodd un neu ddwy ohonynt tuag at y car, wrth i Alban yrru'n araf heibio iddynt, er mwyn gweld pwy oedd e'n eu hadnabod o'u plith. Yr un hen wynebau a welai, a'u gwythiennau gleision yn amlwg dan eu crwyn, diolch i'r oerfel a'r diffyg dillad.

Trodd oddi ar y gylchffordd a redai o gwmpas y fflatiau uchel yng nghanol yr ystâd, a dod â'r car i stop ger cragen cerbyd wedi'i losgi'n ulw. Arferai fod yn Ford Focus, os oedd Alban yn adnabod ei geir. Camodd y ditectifs o'r car, cyn gorfod cymryd lloches i lawr wrth ei ochr rhag y taflegrau a hedfanai tuag atynt o gyfeiriad grŵp o fechgyn yn eu harddegau oedd yn yfed seidr yn y parc chwarae gyferbyn.

"Orrr, itssa fuckin' rozzers," daeth llais uchel o ganol y gang, cyn i gawod arall o falurion ddisgyn ar ben y car. Edrychodd Efrog ar Alban gan ysgwyd ei ben. Roedd hyn yn digwydd bob tro. Bob fuckin tro, 'fyd. Roedd e'n rhy hen i hyn, yn lot rhy hen. Gwyliodd wyneb Alban yn crychu a'i bartner yn gorchuddio'i drwyn â'i law, cyn i'r arogl ei fwrw yn ei ddwyffroen. Shitbombs. Ro'n nhw'n taflu shitbombs. Sef cachu ci wedi'i lapio mewn papur tŷ bach a'r rheiny wedi'u dipio mewn dŵr cyn eu taflu at y targed.

Caeodd ei drwyn rhwng ei fawd a'i fynegfys, cyn codi'i ben i weld beth oedd y bechgyn yn ei wneud. Ond, pan wnaeth hynny, daeth cawod arall yn syth amdanynt, â'r cachu'n ffrwydro dros y car. Wrth i'r cachu hedfan tuag atynt eto, cofiodd Efrog am y parch a gâi gan y cyhoedd pan ddechreuodd fel heddwas – gan gynnwys pobl ifanc. Wrth gwrs, roedd y dyddiau hynny, ynghyd â'r parch, wedi hen ddiflannu. Ac wrth gwrcydio yno wrth ochr y car, dymuniad Efrog oedd eu bod, fel heddlu'r Amerig a nifer o wledydd eraill, yn cario gynnau; o leiaf wedyn gallent adennill ychydig o'u hawdurdod.

"Fuckin' hell, mae'n drewi 'ma," meddai Efrog gan estyn am garn drws y car. "Dere, M.O.M."

"No way," daeth yr ateb gan Alban, ond ni chafodd Efrog gyfle i ofyn pam nac i gwestiynu'r rheswm roedd arno eisiau aros yma yng nghanol y cach, achos clywodd lais cyfarwydd yn dod i'r adwy.

"Bant â chi'r bastards bach!" Daeth y floedd o geg yr Hen Fenyw, ac wrth glywed hynny, cododd y ditectifs i weld beth oedd yn digwydd. Rhwbiodd Efrog ei ben-glin wrth sythu, a gwylio'r gang yn symud yn araf o 'na. Trodd Jack Devine i edrych ar yr heddweision, a gwên fawr ar ei wyneb.

"Chi'n neud jobyn da fyn'na, bois, weles i ddim disgybleth

fel 'na yn 'y myw. Keepin' the peace, myn uffach i!"

"Diolch Jack," mwmiodd y ddau, wrth edrych ar eu dillad i sicrhau nad oedd y bomiau budr wedi'u bwrw.

"Dewch 'da fi, coffi ffres a 'bach o ry`m i gynhesu'r fron," meddai gan ddal ei fag siopa llawn i fyny am ryw reswm, cyn arwain y ddau dditectif at y lifft a fyddai'n mynd â nhw i'w gartref ar lawr uchaf y bloc o fflatiau. Roedd Jack wedi symud yno ryw chwarter canrif ynghynt ar ôl iddo briodi menyw o ochrau Port Talbot, ond er na pharodd y briodas yn hir, arhosodd Jack yno gan fod ei fusnes ef yn fwy llwyddiannus o lawer na'i neithiorau.

Wrth i'r lifft godi tua'i gartref ar y pymthegfed llawr, sgwrsiodd y triawd fel hen ffrindiau, yn hytrach na'r gelynion traddodiadol y dylent fod, gan ganolbwyntio'n bennaf ar wisg ffansi Alban. Mae'n wir fod y mwyafrif o heddweision ychydig bach yn amheus; wedi'r cyfan, yn groes i'r gred gyffredin, roeddent oll yn ddynol. Ond, roedd Jack wedi cynorthwyo heddlu Gerddi Hwyan ar fwy nag un achlysur ac felly roedd eu perthynas nhw'n fwy cymhleth na hynny. Er iddo fod yn ddihiryn drwy gydol ei oes, eto i gyd roedd Jack yn ennyn parch yn rhengoedd uchaf yr heddlu. Roedd ei gyffuriau mor bur a diogel ag y gallent fod, ac roedd ei barodrwydd i wneud cymwynas yn cael ei werthfawrogi a'i gofio gan geidwaid y gyfraith leol. Ar ben hynny, roedd Jack yn ffwc o foi clên, ac mor hoffus ag ewythr meddw mewn priodas.

Agorodd y drws i'w fflat, a chamu'n ôl i adael i'r heddweision fynd i mewn o'i flaen. Roedd y lle fel palas a Jack wedi gwario'i arian yn ddoeth ar greiriau chwaethus. Fe oedd pia'r ddau fflat ar y llawr uchaf bellach, wedi iddo brynu'r un drws nesaf ar ôl i Mrs Jenkins, ei gymydog ers pymtheg mlynedd, farw rhyw ddeng mlynedd yn ôl. Roedd e'n byw yn un fflat ac yn rhedeg ei fusnes o'r llall, gan gyflogi tri pherson i'w helpu gyda'r dosbarthu. Menter fach, menter broffidiol. Ar wahân i ambell eithriad, ni fyddai neb yn 'galw draw' yn ddirybudd; a dweud y gwir, prin iawn fyddai'r busnes a gâi ei wneud yn y 'swyddfa' – dim ond hen ffrindiau fyddai'n cael prynu'n uniongyrchol oddi wrtho fe. Roedd y 'swyddfa' fel Fort Knox, a Jack wedi defnyddio'i gysylltiadau yn yr heddlu i osod y mesurau diogelwch diweddaraf dros y blynyddoedd. Ar ôl i Jack brynu'r ail fflat, cyflwynwyd system ddiogelwch yn y lifft a oedd yn golygu mai dim ond fe ei hun oedd yn gallu ei gweithredu. Heb ei ganiatâd, ni allai neb gael mynediad i'r lifft nac i'w gartref. Prin iawn, felly, oedd y trafferth a gâi Jack a'i dîm o gwmpas yr ystâd. Roedd pawb yn gwybod am ei gysylltiadau â'r heddlu, ac felly'n gwybod bod Jack a'i griw y tu hwnt i'w crafangau – symbiosis oedd o fantais i'r heddlu yn ogystal ag e. Er ei gysylltiadau â'r gyfraith, roedd Jack yn cadw rheolaeth lwyr dros ei fusnes. Dyn doeth oedd Jack Devine, doeth a gweithgar, yn ogystal â chyfoethog.

"Steddwch i lawr ac fe ro i'r tecell mlân nawr," meddai, gan ei throi hi am y gegin.

Eisteddodd Alban, tra aeth Efrog at y ffenest. Edrychodd allan dros y dref, dros ei lecyn, gan werthfawrogi'r olygfa am y tro olaf, efallai. Nid oedd yn bwriadu dychwelyd i'r Coed ar ôl heddiw, ac nid oedd yn disgwyl gweld Jack byth eto, chwaith. Crwydrodd ei lygaid dros y dref, gan ysgogi ambell atgof, ond ni chafodd gyfle i bendroni'n hir oherwydd dychwelodd Jack o'r gegin a dechrau siarad fel pwll y môr.

"O'n i'n meddwl 'mod i 'di gweld dy wyneb salw di am y tro olaf, wir nawr, Efrog," meddai'n gyfeillgar, wrth i Efrog ddal i syllu allan trwy'r ffenest, ar y puteiniaid islaw. Gwyliodd gar yn aros ac un ohonynt yn camu i mewn. Teimlai'n ddiflas yn sydyn.

"Dyma hi, Jack," atebodd Efrog. "Dyma fi 'di dod i ddweud ta-ta."

"A diolch i ti am wneud, fi'n gwerthfawrogi 'ny. Ac mae'n hen bryd i ti ymddeol, on'd yw hi?"

"Paid â sôn," cytunodd yr hen ddyn. "Bydda i yn Sbaen cyn diwedd yr wythnos…" Edrychodd Efrog ar Alban i weld a fyddai'n ymateb i'w gyfeiriad at ei fywyd newydd, ond roedd ei bartner ymhell i ffwrdd, yn cnoi ei ewinedd fel plentyn petrusgar.

"Sbaen?" Cododd Jack ei aeliau trwchus, wrth i'r tecell ferwi yn y cefndir.

"Ie, fi 'di prynu tŷ yn Andalucia. Ger Nerja. Dim byd fflash, ond digon cyfforddus."

"Da iawn ti, Efrog. Swnio'n syniad da i fi, yn'dyfe." Dychwelodd Jack i'r gegin a dilynodd Efrog e, er mwyn parhau â'r sgwrs – roedd hi'n neis cael pâr ffres o glustiau i'w mwydro am ei hoff bwnc.

"Ma gen i olygfa i lawr at Fôr y Canoldir, a phwll nofio reit tu fas i'r drws cefn," esboniodd Efrog wrth i Jack lenwi cafetière gyda choffi ffres a dŵr berwedig.

"Uffach gols, Efrog, paid ffycin' sôn neu bydda i moyn dod 'da ti," daeth yr ateb, wrth i Jack arwain y ffordd yn ôl i'r ystafell fyw yn cario hambwrdd yn llawn coffi, cwpanau, jwg laeth, potel o ry`m Mount Gay a bocs bisgedi. Gosododd yr hambwrdd ar y ford goffi, cyn eistedd yn ei hoff gadair. Parciodd Efrog ei din wrth ymyl Alban ar y soffa a gwyliodd Jack yn pwyso ar y pwmp er mwyn cywasgu'r coffi a'i arllwys i mewn i'r cwpanau.

"Llath a dau shiwgr i ti, ie Al, a choffi du i ti, Ef?" Nodiodd y ddau eu cadarnhad. "Clywed bod 'na barti mowr nos Iau."

"Sut yn y byd wyt ti'n gw'bod am hynny?"

"Wel, ma rhai o'ch adran, who shall remain anonymous,

yn'dyfe, wedi rhoi archeb fach am hyn a'r llall i mewn gyda
fi ar 'i gyfer…"

"Wrth gwrs eu bod nhw, a galla i ddyfalu pwy 'fyd,"
ychwanegodd Efrog, er nad oedd ots gyda fe am arferion
personol ei gyd-weithwyr o gwbl. Each to his own, oedd ei
agwedd ef.

Eisteddodd Jack yn ôl yn ei gadair a golwg feddylgar ar
ei wyneb. Roedd Efrog yn gwybod beth fyddai'n dod nesaf;
roedd e wedi clywed y cyfan y tro diwethaf y galwodd e
heibio.

"Unrhyw ddatblygiadau 'te?"

"Datblygiadau?" Deffrodd Alban, cyn tawelu eto a gadael
i Efrog ddelio â Jack.

"Ffi-ffi, bois. Y'ch chi'n agos at ddarganfod beth
ddigwyddodd iddi, neu beth?" Ffi-ffi oedd 'ffrind' arbennig
Jack. Merch ifanc, putain, hanner ei oedran a oedd wedi
diflannu ryw fis ynghynt ar ôl camu i'r nos gyda chwsmer
anhysbys. Yn draddodiadol, byddai gwerthwyr cyffuriau fel
Jack yn cyfnewid cyffuriau am bleser rhywiol. Ond, yn ôl
Jack, roedd pethau'n wahanol rhyngddo fe a Ffi-ffi, gan nad
oedd e eisiau dim oddi wrthi ar wahân i'w chwmni. Roedd
ganddo deimladau tuag ati, ond rhai tadol oedden nhw yn
hytrach na rhai rhywiol. Roedd e eisiau edrych ar ei hôl hi
ac yn mynnu ei fod yn ei helpu, yn ceisio'i chadw oddi ar
y stryd, ymhell o grafangau tywyll y byd mawr drwg. Ond,
wrth gwrs, aeth pethau o chwith pan ddiflannodd hi, ac roedd
Jack yn dal i deimlo'n hollol euog am yr holl beth.

Teimlai Efrog drueni drosto, ond ni fyddai hynny'n dod
â hi'n ôl. Dim nawr. Gobeithio'i bod wedi dychwelyd adref,
ble bynnag oedd hwnnw, ond fel ditectif profiadol ar ddiwedd
ei yrfa, gwyddai Efrog fod y gwir yn siŵr o fod yn llawer
gwaeth.

"'Sdim newyddion yn anffodus, Jack. Sorri. Ond dyna ni."

Ysgydwodd Jack ei ben yn drist, cyn yfed ei goffi a thanio rôl. Gwnaeth Efrog ac Alban yr un fath cyn parhau â'r sgwrs.

"Dim leads, 'de?"

"Dim leads. Dim suspects. Dim..." Roedd Efrog am ddweud 'gobaith' and stopiodd cyn iddo yngan y gair.

"Beth am y car? Beth am y Blaidd?"

"Beth *am* y car? A pwy yn y byd yw'r Blaidd?"

"Ma'r merched ar y stryd yn dweud bo' Ffi-ffi wedi mynd mewn car cyfarwydd y noson honno, car ma nhw 'di 'i weld droeon o'r blân, yng nghwmni dyn ma nhw'n ei alw'n 'Y Blaidd'. Sa i'n meddwl mai dyna'i enw iawn, cofiwch..." Distawodd ei eiriau.

"Falle fod hynny'n wir, Jack, ond 'so ni 'di gallu ffeindio'r car. Ni 'di gwneud ein gorau ond ro'dd y rhif cofrestru wedi'i ddwyn o Birmingham ryw flwyddyn yn ôl..."

"Ond ma'r merched wedi gweld y car 'na droeon o'r blaen."

"Na, ma nhw 'di gweld car *tebyg* i'r un aeth Ffi-ffi i mewn iddo ar y noson honno. 'Sneb yn cofio rhifau cofrestru'r ceir blaenorol, felly 'sdim modd gwybod ai'r un ceir oedden nhw, a 'sneb wedi gweld y car ers hynny chwaith."

Gwelodd Efrog ddeigryn unig yn llithro i lawr boch Jack ond doedd dim y gallai ei wneud am y peth, dim nawr, dridiau cyn ei ymddeoliad.

Wedi gorffen y sgwrs a'r coffi, cododd y triawd a ffarwelio â'i gilydd am y tro olaf. Er y byddai Alban yn siŵr o weld Jack yn y dyfodol, ni fyddai Efrog yn gwneud hynny. Wrth ysgwyd llaw ger y drws, edrychodd Jack i fyw llygaid Efrog.

"Ef," dechreuodd yn bwyllog. "Gwna un ffafr â fi cyn

gadael am dy fywyd newydd. Un ffafr fach i hen ffrind."

"Beth?"gofynnodd Efrog, er y gallai ddyfalu beth fyddai Jack yn ei ofyn.

"Ffeindia'r ffycyrs nath fynd â Ffi-ffi. Un ffafr olaf..." ailadroddodd.

"Fe wna i 'ngorau," atebodd Efrog, er nad oedd yn bwriadu gwneud dim byd o'r fath. *Sorri Jack.* Roedd yna rai achosion na fyddai byth yn cael eu datrys, a dyma un ohonynt, yn enwedig gyda diwedd ei yrfa 'mhen dyddiau. Anelodd am y lifft gyferbyn â'r drws yr ochr arall i'r coridor cul, cyn gwasgu'r botwm a throi mewn pryd i weld Jack yn rhoi amlen frown i'w bartner. Gallai Efrog ddyfalu beth oedd ei chynnwys; gwyddai am arferiad 'cudd' Alban ers blynyddoedd, ond roedd gan bawb eu cyfrinachau, hyd yn oed Efrog. Ni ddywedodd y ddau yr un gair wrth i'r lifft ddisgyn tua'r llawr, ond bellach roedd Efrog yn gwybod fod gan Alban hefyd ei reswm ei hun dros ymweld â Jac y diwrnod hwnnw.

Gyrrodd Alban y car cachlyd i ffwrdd o ardal y Coed gan deimlo'r rhyddhad croesawgar sy'n mynd law yn llaw â chael gafael ar ddigon o gynnyrch i'w gadw'n hapus am fis a mwy. Gallai ymlacio'n awr, a heb feddwl, trodd at Efrog gyda gwên.

"Pub?" gofynnodd, gan wybod yn iawn beth fyddai'r ateb. Byddai cwpwl o beints a chinio'n cadw'r diafol oddi wrth y drws, yn enwedig o gofio'i fod e, ar ffurf yr amlen foliog, yn curo'n dawel ac eisoes yn sibrwd ei enw... Albaaaan... Albaaan... Albaaan...

Oedodd Efrog cyn ateb, gan edrych ar gloc y car. Roedd hi'n tynnu am bedwar o'r gloch bellach a'i fola'n cwyno unwaith eto.

"Pam lai," atebodd. Wedi'r cyfan, doedd dim byd o bwys ganddo i'w wneud yn ystod gweddill y dydd. A gweddill yr wythnos, wedi meddwl.

"Ble neith hi?"

"Beth am y Butchers, ma eisiau bwyd arna i."

"Butchers amdani te…"

Roedd hyn yn newyddion gwych i Alban, gan fod y dafarn wedi'i lleoli rownd y gornel i'w gartref. Gallai adael y car yno am heno a'i gasglu ar y ffordd i'r gwaith yn y bore.

O fewn deng munud roedd y car wedi'i barcio yn y maes parcio tu ôl i'r dafarn. Dyma un o'r ychydig sefydliadau yfed yn y dref nad oedd wedi cael ei dreisio gan law y corfforaethau. Does dim llawer tebyg ar ôl bellach, ac wrth i Efrog ac Alban gerdded i mewn, cofleidiwyd y ddau gan gyfforddusrwydd cyfarwydd y lle.

Roedd y waliau'n drwch o luniau'n talu teyrnged i dreftadaeth leol y bêl hirgron. Ac er efallai fod y rhanbarthau wedi hanner lladd clwb y dref erbyn hyn, roedd y dystiolaeth ar y wal yn folawd balch i hanes y clwb lleol a'i chwaraewyr. Ymysg y ffotograffau roedd crys Cymru wedi'i fframio, y crys a wisgai Gary Hughes pan enillodd ei unig gap dros ei wlad 'nôl ar ddiwedd y 90au. Asgellwr lleol oedd e – gwibiwr o fri ond cachwr o daclwr.

Eisteddodd Efrog yng nghornel pella'r dafarn dawel. Dim ond dau gwsmer arall oedd yno heddiw, ond wedyn, dydd Mawrth oedd hi. Byddai'n stori wahanol ar brynhawn Gwener neu ar y penwythnos. Edrychodd Efrog ar y fwydlen wrth i Alban archebu rownd.

Ar ôl yfed cwpwl o beints yn hamddenol braf a bwyta pei a chips a ddaeth yn syth o'r popty ping yn hytrach na bod yn 'fwyd cartref' fel roedd y bwrdd du bach wrth fynediad y dafarn yn honni, roedd Efrog wedi setlo am weddill y dydd. Ond, roedd ei swydd yn dal i fod ar feddwl ei bartner.

"Ti'n meddwl y dylwn i ffonio Crandon?" gofynnodd y gwr ifancaf, a'r moelaf.

"Pam?"

"Wel, ti'n gw'bod, touch base bach, cadw fe off 'yn cefne ni..."

"Tase fe wir eisiau gair, byse fe 'di ffonio dy fobeil erbyn hyn. Sa i hyd yn oed yn troi fy un i mlân bellach. Radio silence yw 'mholisi i."

"A pholisi da yw e 'fyd," meddai Alban dan wenu, cyn estyn ei ffôn symudol a'i diffodd hefyd.

Diflannodd y prynhawn rywbryd ar ôl y pedwerydd peint, ac wrth i'r chwerw lifo, dyna wnaeth y sgwrs hefyd. Er iddo wadu'r ffaith, byddai Efrog yn gweld eisiau ei bartner. Yn wir, dyna'r unig agwedd o'i swydd y byddai'n gweld ei heisiau. Trafododd y ddau rai atgofion, ambell stori ddoniol a ddigwyddodd iddynt ar hyd y blynyddoedd, ond gyda'r cloc yn tician tuag at wyth o'r gloch sylwodd Efrog ar newid cynnil yng ngwedd ei bartner. Dim byd rhy amlwg, ond sylwodd fod Alban yn dechrau crynu rhyw fymryn, a chwysu hefyd ar yr un pryd. Gallai Efrog ddyfalu beth oedd y broblem, felly ar ôl iddo orffen ei seithfed peint, dywedodd ei fod yn bwriadu ei throi hi am adref. Roedd y cwrw wedi gwneud y job ac Efrog yn barod i ymlacio o flaen y bocs am gwpwl o oriau cyn mynd i'r gwely.

Ffarweliodd y ditectifs tu allan i ddrws y dafarn, gan drefnu cwrdd yn yr orsaf yn y bore gan fod yn rhaid i Alban ddychwelyd y car.

Cerddodd Efrog yn hamddenol tuag adref. Roedd glaw'r bore'n atgof pell a'r sêr yn disgleirio uwchben, gan oleuo'i lwybr. Edrychai i fyny o bryd i'w gilydd, gan ddiawlio'r llygredd golau, ond gwenodd wrth gofio na fyddai hynny'n amharu arno ymhen llai nag wythnos…

Brasgamodd Alban tuag adref, a'r chwys yn diferu i lawr ei dalcen a rhwng palfais ei ysgwyddau. Teimlai'r amlen yn ei boced yn anadlu bron, wrth i'r cyffro a'r disgwyl ei arwain tuag adref gerfydd ei gaethiwed.

Agorodd Efrog ddrws ei gartref a chamu i mewn i'r tywyllwch. Yr unig sŵn a'i groesawai oedd *hmmmmm* bythol yr oergell. Dyna sut roedd e'n hoffi pethau. Fe'i hagorodd a gafael yn yr hambwrdd rhew o'r rhewgell fach uwchben y caws, y cig a'r cwrw. Rhoddodd dri darn iâ mewn gwydryn a'i lenwi â chwisgi, cyn tynnu ei got a'i sgidiau, cynnau'r tân nwy ac eistedd yn ei gadair gyffforddus. Gafaelodd yn y remote a deffro'r teledu, cyn setlo i wylio rhyw raglen ddogfen am hanes Prydain ar BBC4. Roedd Efrog yn chwyrnu'n braf ac yn breuddwydio am Sbaen cyn cyffwrdd yn ei ddiod…

Gwenodd Alban wrth agosáu at ei gartref a llyfodd ei wefusau wrth deimlo'r amlen drwchus ym mhoced ei got. Agorodd y drws a sleifio i fyny'r grisiau i'w ystafell fach yn nho'r tŷ. Caeodd y drws y tu ôl iddo ac estyn yr amlen â'i ddwylo'n crynu. Roedd y chwys yn rhaeadru bellach, er bod ei ddwylo'n oer. Brwydrodd i agor yr amlen a gwenodd wrth weld fod Jack, fel y byddai'n ei wneud bob tro, wedi rhannu'r 20 gram o bowdr gwyn yn 40 dos unigol.

Fel y mwyafrif o junkies, nid oedd Alban yn ei ystyried ei hun yn un ohonyn nhw. Ac, a bod yn deg gydag e, roedd wedi cadw rhyw fath o reolaeth dros ei arferiad, yn enwedig o'i gymharu â'r hyn a ddigwyddai fel arfer i ddefnyddwyr hirdymor y Losin Du, fel y galwai heddlu Gerddi Hwyan gynnyrch Jack Devine. Ni fyddai'r mwyafrif o ddefnyddwyr yn gallu cadw'u harferiad at hanner gram y dydd. Roedd y ffaith fod Alban wedi gallu gwneud hyn yn beth rhyfeddol, gan fod yr opiad yma, fel pob cyffur o'r fath, yn felys moes mwy, a dweud y lleiaf.

Cyfrinach ei hunanddisgyblaeth oedd na wnaeth Alban erioed chwistrellu'r cyffur yn syth i'w wythiennau. Trwy barhau i gwrso'r ddraig yn ddyddiol, roedd yn dal i'w dwyllo'i hun fod popeth yn iawn.

Gafaelodd yn un o'r bagiau gwerthfawr a symud at y ffwton gan estyn y ffoil a'r fflachiwr ar y ffordd. Rhwygodd ddarn o'r papur arian a pharatoi ar gyfer y ddefod cyn tynnu'i got wrth lyfu'r chwys hallt oddi ar ei wefusau.

Gyda'r powdwr gwyn yn aros yn amyneddgar am y gwres, edrychodd Alban o gwmpas yr ystafell gan geisio ffeindio'r tiwb sugno roedd wedi'i ddefnyddio'r noson cynt. Pan na ddaeth y tiwb i'r amlwg, estynnodd feiro Bic o boced ei got a thynnu'r top oddi arno â'i ddannedd cyn gwaredu'r min a'r inc o'i ganol.

Pwysodd yn ôl ar ei wely gan ddal y ffoil o'i flaen. Gyda'r tiwb rhwng ei wefusau, taniodd y fflam a dechrau erlid y powdwr – a oedd bellach yn hylif – ar hyd a lled yr arwyneb arian. Sugnodd yr anwedd mor chwantus ag y gwnaethai'r tro cyntaf, cyn i'r cyffur afael ynddo, ei ysgwyd at fêr ei esgyrn, a'i chwydu allan ar yr ochr arall ag un troed yn uffern a'r llall gyda'r angylion. Gydag Esther. Ei marwolaeth hi, neu, a bod yn fanwl gywir, ei gyfraniad ef at ei marwolaeth hi, arweiniodd Alban at ddrws Jack Devine yn y lle cyntaf. Cafodd y brown wared ar ei holl broblemau, gan fwytho'r poen a chynnig dihangfa iddo. Toddodd i mewn i'r gwely â gwên fawr o dan ei lygaid trwm. Diflannodd ei holl bryderon, ond ni pharodd y teimlad hwnnw'n hir.

Fel arfer, wrth i Alban ffarwelio â'r byd hwn ar ddiwedd diwrnod arall, deuai'r bwganod a'r ellyllon i'w boenydio, ac er efallai fod ei gorff o'r farn fod popeth yn wych, roedd ei emosiynau'n tynnu i'r cyfeiriad arall. Peidiodd y chwys ond disodlwyd hynny gan hylif hallt arall: dagrau. Gallai glywed Esther yn rhywle, yn galw ei enw cyn chwerthin a rhedeg i ffwrdd gan edrych arno dros ei hysgwydd. Ceisiodd Alban symud, er mwyn ei dilyn i rywle gwell, ond roedd wedi'i angori i'r unfan gan bwysau parlysol y cyffur. Dychwelodd Esther ato, a'i gusanu ar ei gopa moel, cyn diflannu o flaen ei lygaid a'i adael yn beichio crio fel baban, fel y gwnâi bob nos, wrth deimlo'r euogrwydd cyfarwydd yn llifo drwyddo a'r edifeirwch yn dynn wrth ei sodlau...

BETH YW'R AMSER, MR BLAIDD?

10

Wrth i'r cwsmer olaf adael y Badell Ffrio, roedd Fflur ar ei phengliniau ac eisoes yn ysu am fynd i'r gwely, neu o leiaf yn barod i gael sit down bach. Roedd hi'n haeddu hynny o leiaf. Er ei bod wedi hen arfer â gwaith caled, gwaith corfforol, nid oedd hi wedi arfer â chael rhywun fel Carlos yn cadw llygad arni drwy'r dydd, yn ei hatal rhag cael pum munud o seibiant o bryd i'w gilydd wrth wneud ei gwaith.

Ers cymryd archeb Alban ar ddechrau'r dydd, nid oedd hi wedi stopio, dim hyd yn oed i gael cinio. Ddim ei bod hi eisiau bwyta unrhyw beth ar y pryd, gan fod gweini'r fath fwyd am oriau lu yn ddigon i'w hatal rhag bwyta bwyd wedi'i ffrio byth eto.

Roedd ei ffedog mor frwnt â phe bai wedi bod yn sgwaru dom, er nad oedd Fflur yn cofio colli unrhyw fwyd arni chwaith. Nid oedd yn gallu cofio unrhyw fanylion, a dweud y gwir, gan fod y diwrnod yn gorwynt o weithgaredd, yn ddilyniant diderfyn o siarad mân, archebion, cario, rhuthro, chwysu, gweiddi, sychu ac arllwys.

Roedd y bwyty'n drewi ar ddiwedd y dydd, o saim a bacwn, rhechfeydd a mwg, ond roedd y gweithwyr i gyd yn anymwybodol o hynny, gan eu bod yn gweithio yn ei ganol gydol yr amser.

Gwyliodd Fflur Yvonne yn clirio'r bwrdd olaf cyn cario'r platiau ac ati'n feistrolgar tua'r gegin, lle roedd llond sinc o swigod yn aros amdanynt. Yn rhyfeddol, nid oedd Fflur wedi gollwng yr un darn o grochenwaith yn ystod y dydd, ond er hynny, nid oedd ganddi'r arbenigedd a ddaw law yn llaw â phrofiad, na'r gallu felly i gario pedwar plât, pedwar mwg a'r cyllyll a'r ffyrc angenrheidiol heb hambwrdd, fel y gallai Yvonne ei wneud yn ei chwsg. Gwnaeth campau Yvonne gyda'r crochenwaith i Fflur feddwl am ei chwaer. *Pa fath o weinyddes oedd hi? Y gorau yn y bwyty o bell ffordd, mae'n siŵr.* Wedi'r cyfan, dyna sut buodd Ffion erioed – yn rhagori ym mhopeth y byddai'n troi ei llaw ato.

Dilynodd Fflur ei chyd-weinyddes i'r gegin, cyn anelu am y cefn lle roedd ei chot yn hongian. Roedd Carlos a Kev yn cael mwgyn wrth y drws, ond pan welodd y rheolwr Fflur yn estyn am ei bag ac yn cipio'i chot oddi ar y bachyn, trodd ar unwaith i'w hatal.

"Ma'r mop yn y cornel, fan yna," datganodd, gan bwyntio'i fys i'w gyfeiriad.

"Beth?" atebodd Fflur, gan nad oedd wedi'i ddeall yn iawn. Roedd ei phen ar chwâl erbyn hyn, ac nid oedd ei chlustiau eisiau credu'r hyn roeddent newydd ei glywed.

"Mop. Draw fyn'na. Chop-chop. Ni gyd eisiau mynd gartre Fflur, ond rhaid glanhau'r hen le cyn gwneud."

Bu bron i Fflur gwympo ar ei chluniau a dechrau wylo, ond nid oedd am ddangos ei gwendid i Carlos. Felly, rhoddodd ei chot yn ôl ar y bachyn, codi'r mop a'r bwced, ei lenwi yn y gegin a dychwelyd i'r bwyty lle roedd Yvonne wrthi'n brwsio'r llawr.

"Ti'n iawn, dol?" gofynnodd, pan welodd wyneb Fflur.

"Ydw," atebodd Fflur, gan gynhyrchu gwên o rywle. "Jyst beth o'n i angen ar ddiwedd diwrnod o waith…"

Gwenodd Yvonne arni. "Rhaid gweithio'n galed am ein minimum wage fan hyn."

"Pam nag yw *e'n* gwneud rhywbeth?" sibrydodd Fflur, gan ystumio â'i phen tuag at Carlos.

"Paid becso, dol, bydd Carlos a Kev yn glanhau'r gegin ar ôl cael smôc, a byddwn ni mas o 'ma mewn deg munud ar ôl i ni frwsio a mopio'r llawr."

Pefriodd llygadau Fflur wrth glywed y newyddion da, ac aeth ati i sgleinio'r feinyl, gan ddilyn ôl brws Yvonne o gwmpas llawr y bwyty. Ymhen rhai munudau, roedd y llawr tywyll yn sgleinio fel llyn wedi rhewi ar noson glir a'r lleuad yn llawn. Rhoddodd y merched eu hoffer 'nôl yn eu priod le yng nghefn yr adeilad, ac wedi i'r ddwy wisgo'i cotiau, gafaelodd Fflur yn ei bag a dilyn Yvonne tua'r drws ffrynt a'u rhyddid. Ond, cyn iddi gyrraedd yr awyr iach, gwaeddodd Carlos ar ei hôl a'i hatal rhag gadael.

"'Na i aros amdanat ti tu fas, iawn dol," meddai Yvonne, gan agor y drws a chamu i'r nos yn tanio sigarét haeddiannol.

Beth yn y byd mae hwn eisiau nawr, meddyliodd Fflur, wrth i'r blinder a'r rhwystredigaeth gyfuno i greu rhywbeth yn agosáu at atgasedd.

"Ti 'di anghofio rhywbeth?" gofynnodd Carlos, wrth agor y til.

"Eh?"

"Dy gyflog, Fflur. Dy arian."

"Beth am Yvonne?"

"Ma hi'n cael ei thalu'n wythnosol, ond gan mai dim ond heddiw ti'n debygol o weithio'r wythnos hon, 'na i dy dalu di nawr, cash in hand, hush-hush, wink-wink, say no more. Iawn?"

"Grêt," meddai Fflur, gan deimlo ychydig o euogrwydd am ei chasineb cynharach.

"Reit," dechreuodd Carlos, gan estyn llond dwrn o bapurau decpunt o'r til. "Fiver yr awr, gan na fyddi di'n talu treth ar dy gyflog. Felly, beth yw hynny?" Nid atebodd Fflur gan fod y cwestiwn yn amlwg yn un rhethregol, a safodd yno'n gwylio Carlos yn cyfrif y cyfanswm yn ei ben o'i blaen. "Pryd dechreues ti'r bore 'ma, dwed? Alwn ni fe'n naw o'r gloch. A beth yw hi nawr?" gofynnodd gan edrych ar ei oriawr. "Saith. Deg awr, pump punt yr awr. Fifty quid. Hawdd." Llyfodd ei fynegfys a'i fawd gyda'i dafod porffor, cyn tynnu pump decpunt o'r pentwr a'u rhoi nhw i Fflur. "Diolch am dy help di heddiw, Fflur. Beth yw dy rif ffôn, fel y galla i dy ffonio pan fydd angen help arna i nesaf. Falle bydd dy angen arna i fory, ond sa i'n addo dim. Mae hynny'n dibynnu a yw 'salwch' Jen a Carly'n ddilys, neu ai hangovers sydd ganddyn nhw, fel dw i'n amau."

Wedi i Fflur roi'r rhif iddo, ffarweliodd â Carlos a Kev ac ymuno ag Yvonne tu allan i'r drws.

Anadlodd Fflur yn ddwfn wrth i Yvonne orffen ei sigarét. Ac er gwaethaf llygredd yr aer trefol, roedd Fflur yn falch iawn o adael y Badell Ffrio a llenwi ei ffroenau ag awyr iach.

"Ti ffansi diod bach, dol?" gofynnodd Yvonne. "Ti'n edrych fel bo' angen un arnot ti…"

"Oes. Ti'n haeddu un hefyd, cofia."

"Fi'n haeddu un bob dydd ar ôl gorffen shifft yn y blydi lle 'na!" Gwenodd Fflur ar hynny, cyn codi'i gwarfag dros ei hysgwyddau a dilyn Yvonne tua'r dyfrdwll agosaf.

"Beth alwes ti nhw?" Sgrechiodd Fflur mewn anghrediniaeth wrth i Yvonne ddychwelyd o'r bar a gosod dau ddiod egsotig yr olwg ar y bwrdd o'i blaen.

"Sex on the Beach i ti, a Sloe Comfortable Screw Against a Wall i fi," atebodd Yvonne yn ddidaro, cyn eistedd a phlygu tua'i gwydryn a sugno'n hir ar y gwelltyn.

"Www-yyy missus," chwarddodd Fflur eto, fel plentyn yn clywed rheg am y tro cyntaf. "Sa i erioed wedi yfed dim byd o'r fath," cyfaddefodd, cyn dilyn Yvonne a mynd ati i sugno'r hylif oren drwy'r gwelltyn pinc.

"Sa i byth yn yfed cwrw na seidr fy hunan," esboniodd Yvonne. "Gormod o galorïau, dol, ac ma digon o fraster arna i'n barod…"

"Paid bod yn ddwl," ebychodd Fflur, gan gymryd yr abwyd. "'So ti'n dew o gwbl. Ti'n ddigon slim i fod yn fodel…"

"Ti'n meddwl? Ond edrych ar rhain, thunder thighs, or what?"

Plygodd Fflur i edrych ar goesau Yvonne o dan y bwrdd, ond nid oedd unrhyw beth taranllyd amdanynt o gwbl.

"Wel, sa i'n cymyrd unrhyw siawns, OK. Spirits yn unig i fi. Ac anyway, ti'n meddwi'n llawer cynt wrth yfed rhain…"

"Fi'n gw'bod, ma hwn yn mynd yn syth i 'mhen i."

"Cheap night fydd hi heno 'te!" A chododd Yvonne ei gwydryn a'i glencian yn erbyn un Fflur. "I'r Badell Ffrio ac i ffrindiau newydd!"

"I ffrindiau newydd… sa i moyn gweld y lle na byth 'to."

"Fi'n gw'bod sut wyt ti'n teimlo, ond swydd yw swydd a 'sdim lot o gyfleoedd arall i ni o gwmpas fan hyn."

"Ers pryd ti'n byw 'ma?"

"Dwy flynedd. Bron."

"Pam dest ti 'ma?"

"Yr un rheswm â phawb arall. Eisiau bod yn seren…"

"Actio, ti'n feddwl?"

"Ie, actio. Ond mae'r freuddwyd yna wedi hen ddiflannu…" Tawelodd Yvonne am eiliad neu ddwy a daeth golwg bell i'w llygaid wrth iddi ystyried realiti ei sefyllfa. "Lle ti'n aros heno?" gofynnodd, gan newid cyfeiriad y sgwrs.

"Sa i'n gw'bod," cyfaddefodd Fflur, gan ddwrdio'i hun am

ei diffyg cynllunio. Fyse Stephanie Plum ddim mor ddifeddwl â hyn, ond wedi meddwl, efallai y bydde hi. Cododd hyn galon Fflur; roedd rhai o'r ditectifs gorau'n mynd o gliw i gliw heb wybod ble i fynd a beth i' wneud nesaf. Weithiau, mae meddwl gormod yn gallu amharu ar ddatblygiad achos. Pwy ddywedodd hynny? Miss Marple efallai. Neu Veronica Mars? Pa ots, mae'n ddigon gwir. Hyd yn hyn.

"Gei di aros gyda fi."

"Ti'n siŵr?"

"Wrth gwrs. Bydd hi'n neis cael cwmni. Ma'r lle 'di bod reit ddiflas ers i Ffion adael…"

"Ffion," cipiodd hynny sylw Fflur. "Fy chwaer i, Ffion?"

"Ie."

"Wel, wel. Fi'n gw'bod mai ti ddywedodd wrth yr heddlu ei bod wedi diflannu, ond do'n i ddim yn sylweddoli'ch bod chi mor agos…"

"Wel, aeth pethau braidd yn gymhleth tua'r diwedd. Ond ro'n i'n agos iawn ar y dechrau. Roedd 'da ni lot o bethau'n gyffredin – actio, perfformio ac ati. A methiant hefyd, mae'n siŵr."

"Beth ddigwyddodd? Y cymhlethdodau, hynny yw?"

"Pam wyt ti 'di dod 'ma, Fflur?" gofynnodd Yvonne, wrth i'r sgwrs droi'n ddifrifol ar unwaith.

Ystyriodd Fflur beth oedd y ffordd orau o ateb, cyn dewis ei geiriau'n ofalus.

"Fi 'di colli fy chwaer, Yvonne, fy efaill a fy ffrind gorau. Sa i'n credu ei bod hi 'di diflannu fel mae'r heddlu'n honni. Dw i'n meddwl ei bod hi 'di marw. Wedi'i llofruddio, hynny yw. 'Sdim tystiolaeth 'da fi ar hyn o bryd, a dyna pam dw i yma. Dw i ar ei thrywydd hi a dw i'n mynd i ffeindio mas beth ddigwyddodd iddi."

Nodiodd Yvonne ei phen yn araf, wrth amsugno'i geiriau a sylweddoli'r artaith roedd Fflur a'i theulu'n siŵr o fod yn mynd drwyddo, yn ogystal â rhyfeddu at ei dewrder a'i phenderfyniad i ddod yma i erlid yr euog a darganfod y gwir am dynged ei chwaer.

"Gad i fi hôl cwpwl o ddrincs arall cyn i fi geisio esbonio…"

"Fy rownd i," meddai Fflur, gan godi ar ei thraed a chamu tua'r bar.

Wedi iddi ddychwelyd, eisteddodd Fflur ac aros i Yvonne ddechrau. Oedodd a brwydro i geisio dod o hyd i'r geiriau cywir, ond yn y diwedd penderfynodd fynd amdani, a datgelu'r gwir yn blwmp ac yn blaen.

"Ymddangosodd Ffion, fel 'nest ti heddiw, yn y Badell Ffrio un diwrnod yn edrych am waith. Ges i sioc a hanner bore 'ma pan weles i ti, gyda llaw, gan i fi wneud yr un camgymeriad â Carlos i ddechrau. Rwyt ti'n fwy na dy chwaer – a phaid cymryd hynny yn y ffordd anghywir, ond roedd Ffion yn tiny, yn enwedig erbyn y diwedd – felly ro'n i'n amau mai ei chwaer hi oeddet ti. Chi *yn* debyg iawn, wedi'r cyfan. Am resymau amlwg. Ta beth, sorri, fel wedes i'n barod, daethon ni'n ffrindiau da ac o fewn wythnosau, symudodd hi mewn i'r fflat. Roedd hi'n reit cagey am ble roedd hi 'di bod yn aros cyn dod ata i, ac roedd ganddi arferiad bach annifyr cyn iddi symud mewn."

Roedd Fflur fel delw wrth wrando ar hanes ei chwaer, hanes *cudd* ei chwaer. Roedd hi'n anodd gwrando, a dweud y gwir, gan fod hynny'n cadarnhau cyn lleied roedd Fflur yn ei wybod am Ffion yn ystod misoedd olaf ei bywyd.

"Roedd Ffion eisoes yn dablo gyda hyn a'r llall, ond wedyn, ni i gyd wedi gwneud hynny…"

"Sa i'n deall. Beth ti'n siarad amdano?" gofynnodd Fflur

gan chwalu damcaniaeth Yvonne yn deilchion.

"O, sorri. Cyffuriau. Ti'n gw'bod. Ond smack yn benodol – heroin – yn achos Ffion. Anyway, wrth i'r wythnosau droi'n fisoedd roedd Ffion yn mynd yn fwy a mwy dibynnol ar y cyffur ac fel sy'n digwydd o dan y fath amgylchiadau, fe ddechreuodd hi newid."

Oedodd Yvonne a gwthio'i gwallt tywyll tonnog y tu ôl i'w chlustiau wrth gymryd llond ceg o'i choctêl. Gwnaeth Fflur yr un peth, er mwyn gwneud y tawelwch yn llai chwithig.

"Dechreuodd ddiflannu am ddiwrnod neu ddau ar y tro, heb ddweud wrtha i ble roedd hi'n mynd na gyda phwy roedd hi, cyn troi lan yn y gwaith yn flinedig ac yn edrych yn hollol rough. Ti'n gw'bod, croen gwelw, blotchy, dannedd melyn. Dim byd tebyg i'r Ffion go iawn oedd yn dal i lechu rhywle tu mewn i'r gragen druenus 'ma. Ro'n i wir yn poeni amdani, ond doedd hi ddim yn fodlon gwrando. Fel 'na mae hi gyda phobl sy'n gaeth i gyffuriau. Mae'n anodd derbyn y gwir, yn enwedig pan fo'r corff yn galw, yn wir yn mynnu, cael ei fwydo, ei wenwyno'n gyson. Gwadu. Dyna beth sy'n digwydd bob tro. Tan ei bod hi'n rhy hwyr, wrth gwrs. Anyway, un diwrnod, penderfynais ei dilyn i weld ble roedd hi'n mynd, i ble roedd hi'n diflannu ac o'n i methu credu'r peth, wir nawr…"

Oedodd Yvonne unwaith eto, gan syllu ar Fflur er mwyn gweld sut roedd hi'n ymdopi â'i geiriau. Ddim yn rhy dda, oedd ei chasgliad, gan fod y dagrau'n ymgasglu yn ei llygaid a'i gwên gynnes wedi hen ddiflannu.

"Ble roedd hi'n mynd?" gofynnodd Fflur, gan annog Yvonne i ailgydio yn yr hanes a chyrraedd diwedd y stori arswyd, yn hytrach na'i bod hi eisiau clywed y gwirionedd.

"I'r Coed."

"I'r Coed?"

"Ie, ystâd yw'r Coed, sy'n gartref i buteiniaid y dref, ymysg nifer o bobl eraill annymunol iawn. Gwyliais o bell wrth i Ffion ymuno â'r merched eraill wrth ochr y ffordd yn aros am fusnes. Gwyliais tan i Ffion fynd mewn car gyda chwsmer. Ro'n i 'di gweld digon ac yn gw'bod yn iawn i ble roedd hi'n diflannu nawr. Y tro nesaf y daeth hi i'r fflat, fe wnes i ei holi hi am ei ffordd o fyw, ond aeth pethau o chwith ac fe symudodd hi allan ar unwaith. Sa i'n gw'bod i ble'r aeth hi, ond roedd ganddi ddigon o 'ffrindiau' yn yr un cwch â hi draw yn y Coed, mae'n siŵr. Yn wyrthiol, roedd hi'n dal i droi lan i'r gwaith, byth yn colli shifft. Yn amlwg, roedd angen yr arian arni, er ei bod hi'n gweithio gyda'r nos hefyd. Ac er i ni gwympo mas, ro'n i'n dal i boeni amdani, ac yn ddigon pryderus i alw'r heddlu ar ôl iddi fod yn absennol o'r caff am dri diwrnod. Fel y dywedes i, doedd hi byth yn colli shifft, felly ro'n i'n gw'bod bod yna rywbeth o'i le. Sa i'n gallu dweud mwy wrthot ti, yn enwedig am ei hanes yn ystod yr wythnosau olaf cyn iddi ddiflannu, gan nad oedden ni'n ffrindiau agos erbyn hynny. Bydd yn rhaid i ti fynd i'r Coed i gael mwy o wybodaeth, mwy o gliwiau..."

Edrychodd Yvonne i fyny – roedd hi wedi bod yn syllu ar y bwrdd ers rhai munudau – a dod wyneb yn wyneb â llongddrylliad dynol. Roedd y dagrau'n llifo i lawr bochau Fflur a'i gwefusau'n crynu wrth iddi geisio rheoli ei hemosiynau. Cododd Yvonne o'i chadair ac eistedd wrth ochr Fflur gan ei chofleidio'n dynn tan iddi dawelu. Mwythodd ei gwallt a rhwbiodd ei chefn tan i Fflur ddod o hyd i'w llais unwaith eto. Arhosodd Yvonne lle roedd hi, a'i braich am ysgwydd ei ffrind newydd.

"Sa i'n deall hyn o gwbl," dechreuodd Fflur gan geisio datrys yr holl gwestiynau oedd yn gwibio trwy ei phen.

"Ffion, yn junkie! 'So fe'n gwneud unrhyw synnwyr. Roedd hi mor... mor... wel, sa i'n gw'bod... does dim byd fel 'na ar gael yn yr ardal lle ni'n byw. Roedd hi'n beth sy'n cael ei alw'n 'high achiever'. 'So fe'n gwneud unrhyw synnwyr..."

"Fi'n credu mai dyna beth oedd y broblem yn y lle cynta..."

"Beth?"

"O gofio'r hyn ddywedodd Ffion wrtha i, y rheswm dechreuodd hi ddablan oedd oherwydd ei bod hi'n teimlo'n fethiant..."

"Methiant! Doedd hi'n ddim byd o'r fath."

"Fi'n gw'bod, ond pan nad oedd hi'n gallu ffeindio gwaith actio, hyd yn oed ar ôl misoedd o geisio, dechreuodd amau ei hun, a dyna pryd mae temtasiynau'n gallu cymryd mantais..."

"Mae hynny'n gwneud rhyw fath o synnwyr, am wn i," ac wrth sylweddoli hynny teimlai Fflur ryddhad rhyfedd. "Doedd hi ddim wedi ffaelu erioed o'r blaen, gydol ei hoes. Roedd hi'n llwyddo gyda phopeth roedd hi'n gwneud. Sa i'n synnu iddi ddechrau digalonni..."

Anadlodd Fflur yn ddwfn wrth i'r gwirionedd am ei chwaer wawrio arni. Nid oedd y ffeithiau'n newid dim ar ei bwriad; yn wir, roedd yr hanes yn ei gwneud hi'n fwy penderfynol byth o ddarganfod y gwir. Roedd bywyd ei chwaer yn gymhleth erbyn y diwedd, roedd hynny'n amlwg, ac roedd Fflur yn benderfynol o ddatrys y pos. A diolch i Yvonne, roedd Fflur yn gwybod yn iawn beth oedd yn rhaid iddi ei wneud nesaf, a ble roedd angen iddi fynd.

Sychodd Yvonne ddagrau Fflur yn ofalus, cyn ei chusanu ar ei thalcen a mynd yn ôl at y gadair yr ochr arall i'r bwrdd. Sugnodd y ddwy weddillion eu diodydd, cyn i Yvonne gael syniad.

"Dere, dol, fi'n gw'bod yn gwmws beth fydd yn codi dy galon."

"Beth?" gofynnodd Fflur, wrth godi ar ei thraed a gwisgo'i chot.

"Yr unig beth sy'n sicr o helpu."

"Siocled?"

"Na, dawnsio."

Dychwelodd y ddwy i fflat Yvonne er mwyn cael gwared ar fag trwm Fflur a gwisgo dillad ychydig mwy addas. Wedi hanner awr dda o sgwrsio, gwisgo ac ymbincio, roedd Fflur wedi cael ail-wynt o rywle cyn i Yvonne ei harwain i'r Roxy, unig glwb nos Gerddi Hwyan. Fel mae'r enw'n ei awgrymu, mae'r clwb yn fwy cawslyd na ffatri Edam, ond dim ond un peth oedd ar feddwl y ddwy heno, a siglo'u tinau oedd hynny.

Cafodd Fflur andros o sioc i ddechrau gan nad oedd erioed wedi gweld y fath oleuadau o'r blaen, a phan fflachiodd y strob am y tro cyntaf, bu bron iddi gael trawiad. Roedd hi fel plentyn bach yn ymweld â'r ffair am y tro cyntaf, ond cyfarwyddodd cyn hir a gyda chymorth Yvonne, cymerodd at ei chynefin newydd fel broga at bwll o ddŵr.

Gyda'r DJ yn chwarae caneuon yr 80au, roedd Yvonne – a oedd ychydig yn hŷn na Fflur – yn ei helfen. Er bod Fflur wedi clywed y rhan fwyaf o'r caneuon, nid oedd yn gyfarwydd iawn â nhw. Ond mewn gwirionedd, doedd dim ots, gan mai'r curiadau oedd yn bwysig heno, hwnnw a'r bas oedd yn dirgrynu drwy eu hesgyrn gan ysgogi eu cyrff i symud yn reddfol.

Gwisgai Yvonne sgert ddenim fer a bŵts hyd at ei phengliniau, â'i bronnau bychain wedi'u cuddio gan fest ddu sgleiniog. Taflai ei gwallt hir o gwmpas yn wyllt i'r gerddoriaeth, gan atgoffa Fflur o ymladdwyr cyntefig llwythau'r Affrig a welsai ar y teledu rywdro. I ddechrau, synnai Fflur at ei diffyg rheolaeth, ond cafodd hithau ei hysbrydoli o fewn dim i ddilyn esiampl ei ffrind a gadael i'w chorff symud i'r rhythmau estron. Gwisgai Fflur ddillad ychydig yn fwy ceidwadol, er i Yvonne roi dillad iddi gan nad oedd y rhai yn ei bag yn gweddu ar gyfer noson ar y dawnslawr. Roedd y trowsus du'n dynn am ei phen-ôl a'r top coch yn cyd-fynd yn berffaith â'i minlliw a'i killer heels. Wel, efallai na fyddai'r merched sy'n mynychu clybiau nos yn rheolaidd yn ystyried sodlau dwy fodfedd yn 'killer heels', ond i rywun a dreuliasai'r rhan fwyaf o'i bywyd yn gwisgo wellies, roedd y canlyniadau a'r anghysur yr un fath. Roedd hynny'n brofiad arall hollol newydd iddi, ac yn un na fyddai Fflur yn awyddus i'w ailadrodd gan fod ei thraed yn brifo y munud y gadawodd hi'r fflat. Er hynny, nid oedd erioed wedi edrych mor rhywiol, ac Yvonne oedd yn gyfrifol am wneud iddi deimlo felly.

Wrth iddi chwyrlïo i 'Rio' gan Duran Duran, rhyfeddodd Fflur ei bod yn gallu gwthio'r hyn a ddysgodd am ei chwaer yn gynharach i gefn ei meddwl mor hawdd, ond wedyn, mae alcohol a cherddoriaeth fyddarol yn gyfuniad peryglus, yn enwedig i rywun nad oedd wedi arfer â hynny.

Diflannodd y noson mewn fflach wrth i Yvonne a Fflur (Yvonne yn bennaf) yfed mwy o fodca na gwesteion priodas yn St. Petersburg, chwerthin ar ddim byd a phopeth ar yr un pryd (ond yn bennaf ar y dynion oedd yn cael eu denu atynt fel clêr at gachu ac yn dawnsio fel ewythrod anabl), gweiddi ar ei gilydd dros y gerddoriaeth uchel, anwybyddu a dwrdio mwy o ddynion seimllyd wrth iddynt afael a theimlo, bodio a byseddu gan orfod esgus eu bod nhw'n gariadon er mwyn cael gwared ar y diddordeb annymunol. Heb fawr o lwyddiant, mewn gwirionedd.

Gadawsant y clwb gyda'r chwys yn diferu a'u calonnau'n carlamu ar gyflymder o 120 bpm. Ymbalfalodd y ddwy am adref yn canu 'Relax' ar dop eu lleisiau, â'u breichiau o gwmpas ei gilydd i'w hatal rhag cwympo i'r gwter.

Nid oedd Fflur erioed wedi cael noson debyg, ond roedd hi'n falch iawn o gyrraedd cartref Yvonne. Roedd ei thraed yn gleisiau ac yn bothelli i gyd, a suddodd i'r soffa heb feddwl ddwywaith.

"Paned," meddai Yvonne, gan anelu am y gegin heb aros am ateb ei ffrind. Ond, pan ddychwelodd ymhen munud i weld sut oedd Fflur yn hoffi ei hylif, roedd anturiaethau ei ffrind wedi ei tharo'n anymwybodol a dyna lle roedd hi'n chwyrnu'n dawel yn yr ystafell fyw, ac Yvonne yn reit siomedig nad oedd modd parhau gyda'r parti a gweld beth fyddai'n digwydd...

Eisteddodd yn y gadair gyfforddus ger y ffenest a brwydro i dynnu ei bŵts. Efallai eu bod nhw'n edrych yn dda, ond roedd eu tynnu ar ddiwedd noson yn frwydr a hanner. Anadlodd ei thraed ochenaid o ryddhad ond chwalwyd y ddelwedd rywiol wrth i bâr o sanau cerdded trwchus ddod i'r golwg o dan y gorchudd lledr. Tynnodd y rheiny hefyd, cyn gorwedd yn ôl ar y clustogau meddal er mwyn yfed ei the a smocio sigarét ola'r noson. Nid oedd angen un arni, ond doedd dim byd yn well na phaned a ffag ar ôl noson ar y pop. Wrth wneud, gwyliodd Fflur yn cysgu ar y soffa. Sylwodd ar ei VPL, a chwarddodd yn dawel wrth gofio ymateb chwithig Fflur pan gynigiodd G-string iddi i'w wisgo'n gynharach. O'i hymateb, dyfalai Yvonne nad oedd Fflur erioed wedi gwisgo dim o'r fath yn ei byw o'r blaen. Nid oedd hi mor ferchetaidd â'i chwaer, roedd hynny'n sicr, ond doedd hynny ddim yn beth negyddol yn ei barn hi. Roedd rhywbeth llawer cadarnach amdani, yn gorfforol ac yn feddyliol.

Roedd rhyw benderfyniad dwfn yn llechu y tu mewn iddi ac roedd hynny'n ddeniadol iawn i Yvonne. Ar ben hynny, nid oedd Fflur yn ymwybodol pa mor brydferth oedd hi, dim fel Ffion oedd mor sicr o'i harddwch... er nad edrychai felly'r tro diwethaf i Yvonne ei gweld hi chwaith. Efallai mai dyna beth a apeliai fwyaf ati am Fflur – y diffyg ymwybyddiaeth, y diniweidrwydd, y rhywioldeb diymdrech, dihalog. Roedd hi'n hoffi'r hyn a welai, yn sicr, yr hyn a oedd wedi cerdded i mewn i'w bywyd y bore hwnnw.

Ar ôl gorffen, aeth i estyn blanced o'r cwpwrdd yn ei hystafell wely, a dychwelyd ar goesau sigledig at Fflur. Tynnodd esgidiau ei ffrind gan sugno gwynt drwy ei dannedd wrth weld yr olwg ar ei thraed, cyn gwneud yr un peth gyda'i throwsus tyn. Oedodd am eiliad ar ôl gwneud, gan edmygu ei choesau cyhyrog, cyn eu gorchuddio â'r flanced feddal, mwytho'i gwallt, cusanu'i thalcen a mynd i'r gwely. Aeth i gysgu'n meddwl am ei hen ffrind a'r un newydd: tebyg iawn, ond eto'n hollol wahanol...

11

Safai Efrog wrth ymyl ei bwll nofio, gyda haul y bore'n tywyllu'i groen lliw grefi'n fwy fyth. Ymestynnodd ei gorff drwy sefyll ar fodiau ei draed a phwyntio bysedd ei ddwylo tua'r awyr las. Clywodd glic cyfarwydd ei asgwrn cefn ac ymlaciodd eto cyn dilyn ei batrwm llacio boreol. Wedi blynyddoedd o ymarfer yn ystafell fyw fechan ei fflat yng Ngerddi Hwyan, roedd cael gwneud hyn yn yr awyr agored yn bleser pur ac yn siŵr o ychwanegu blwyddyn neu ddwy, os nad mwy, at ei fywyd. Dyna sut roedd e'n teimlo, ta beth.

Wedi gwneud ei wneud, yfodd ychydig o'r sudd oren

ffres, a oedd wedi dod yn syth o'r berllan orenwydd drws nesaf, a gadwai'n oer ar y bwrdd yn y cysgod cyn camu at ochr y pwll, llacio'i ysgwyddau unwaith eto a phlymio i'r dŵr yn fedrus heb aflonyddu braidd ddim ar yr arwyneb.

Pwll pymtheg metr o hyd oedd ganddo, a byddai'n nofio can hyd bob bore, cyn troi ei sylw at fwyta'i frecwast a mwynhau gweddill y diwrnod. Byddai Efrog yn dechrau pob sesiwn gyda deg hyd ar hugain o strôc broga, cyn troi ar ei gefn am dri deg arall. Wedyn, byddai'n ei wthio'i hun am ddeg hyd yn dynwared pili-pala cloff cyn gorffen y sesiwn gyda deg hyd ar hugain o nofio yn y ffordd gonfensiynol. Erbyn iddo frwydro, dofi a threchu'r pili-pala, byddai'n mwynhau'r rhan olaf gan mai hon oedd ei hoff strôc, yr un a alluogai iddo agor ei ysgyfaint a chadw'i galon yn tician. Yn dilyn mis o ymarfer dyddiol, roedd Efrog yn symud fel Thorpedo drwy'r dŵr – yn enwedig erbyn cymal olaf ei sesiwn yn y pwll – gan godi ei ben o'r dŵr bob tair strôc a throi din dros ben yn gelfydd ar ddiwedd pob hyd fel y bydd y nofwyr proffesiynol yn ei wneud yn y Gêmau Olympaidd.

Wrth iddo dorri arwyneb y dŵr ar ddechrau hyd rhif wyth deg tri, jyst ar ôl troi'n feistrolgar unwaith eto, gwelodd Efrog fod cwmni ganddo yn sefyll ar ochr y pwll. Ond nid arhosodd i'w chyfarch, gan ei fod eisiau cwblhau ei sesiwn, cyn troi ei sylw at Esmerelda, a oedd wedi aros dros nos neithiwr am y tro cyntaf ers iddynt ddechrau'r berthynas dros bythefnos ynghynt.

Dechreuodd bendroni wrth wibio tua phen pella'r pwll. A ddylai stopio, tarfu ar ei sesiwn, er mwyn cyfarch ei gariad? Nid oedd yn gwybod yr ateb, gan nad oedd ganddo unrhyw brofiad yn y maes. Sefyllfa ryfedd, drist hyd yn oed, i ddyn yn ei chwedegau a gâi'r profiad am y tro cyntaf.

Yn ffodus iddo, gwnaeth Esmerelda'r penderfyniad ar ei

ran, wrth iddi eistedd ar ben pella'r pwll, yn syth yn llwybr Efrog. Felly, pan gyrhaeddodd ddiwedd hyd rhif 85, yn lle troi am 'nôl er mwyn dechrau ar y nesaf, gafaelodd yn ochr y pwll a chodi ei ben o'r dŵr. Pan gyfarwyddodd ei lygaid unwaith eto â disgleirdeb y dydd, a gâi ei adlewyrchu oddi ar waliau gwyngalchog y tŷ, gwenodd Efrog wrth weld fod Esmerelda'n hollol noeth, yn eistedd a'i thraed yn y dŵr a'i choesau ar led. Edrychodd o'i gwmpas, rhag ofn bod rhywun yn eu gwylio, ond cofiodd wedyn nad oedd ganddo unrhyw gymdogion, felly trodd ei sylw at wyneb hardd ei senorita. Gwenodd hithau'n ôl, cyn mwytho'i wallt gwlyb a thynnu ei ben yn araf tuag at ei chanol, ei chraidd, ei chath a'i chariad.

Heb fod angen ail-wahoddiad, aeth Efrog ati i lyfu ei llabedau a'i chlitoris nes bod ei gwain yn diferu o bleser a chwant, ac Esmerelda'n pwyso'n ôl yn yr heulwen yn gwingo mewn pleser ac yn grwnian fel lyncs Iberaidd. Ar ôl ei thywys yn gelfydd tuag at anterth o bleser pur, cododd Efrog ei ben o'i cheudwll, sychu'i wefusau â chefn ei law, a'i thynnu i mewn i'r pwll cyn llithrio'i ddynoliaeth i mewn iddi a… a…

BEEP-BEEP-BEEP-BEEP-BEEP-BEEP-BEEP-BEEP-BEEP-BEEP-BEEP

Agorodd Efrog ei lygaid. Edrychodd o'i gwmpas a gwenu. Tri diwrnod i fynd. Tri diwrnod. Cofiodd ei freuddwyd, caeodd ei lygaid, cydiodd yn ei bidyn caled a dychwelyd at Esmerelda am funud fach arall.

Wedi iddo orffen, sychodd y llanast a brasgamu i'r gawod lle golchodd ei gorff, ei wallt a'i wyneb. Eilliodd hefyd cyn gafael yn ei dywel a'i sychu ei hun. Dychwelodd i'w ystafell wely i wisgo'i ddillad isaf ac anelu am yr ystafell fyw i wneud ei ymarferion. Pan gyrhaeddodd y lolfa, cafodd ôl-fflach i'r noson cynt a gwawriodd arno mai'r peth olaf y gallai ei gofio oedd eistedd i lawr o flaen y teledu. Roedd y ffaith iddo ddihuno yn ei wely'n profi iddo symud rywbryd yn ystod y nos, ond pryd yn gwmws, doedd dim syniad ganddo.

Ymestynnodd ei gorff gan gofio'i freuddwyd – y freuddwyd a gâi ei gwireddu o fewn dyddiau, oriau hyd yn oed. Wel, rhan ohoni, ta beth. Gwenodd. Ar ôl gorffen, dychwelodd i'r ystafell wely, lle gwisgodd ei siwt. Cyn gadael, cofiodd roi croes arall ar y calendr. Gwenodd. Cofiodd wedyn nad oedd yn cwrdd ag Alban yn y Badell Ffrio'r bore hwnnw, felly bwytaodd fowlen o greision ŷd wrth sefyll yn y gegin ac edrych allan drwy'r ffenest ar yr ardd fechan a gawsai ei hesgeuluso cyhyd. Pan symudodd i mewn i'r fflat, gwnaeth ymdrech i gadw'r ardd yn lân, o leiaf, heb fynd dros ben llestri na dim byd. Nid oedd Efrog yn meddu ar ddwylo gwyrdd, ond roedd yn ddyn taclus, er nad oedd ei ardd yn brawf o hynny erbyn hyn. Brwydrai'r chwyn gyda'r gwair tal am oruchafiaeth ac nid oedd golwg o'r llwybr concrit a arweiniai at y ffens gefn, y drws pren a'r lôn gul dywyll tu hwnt.

Diwrnod diflas arall roedd yr awyr lliw llechi'n ei addo, ond nid oedd hynny'n amharu dim ar hwyliau Efrog. Gyda dim ond tri diwrnod tan ddiwedd ei yrfa, roedd yr hen blismon yn teimlo mor ffres â heddwas glas ar ei ddiwrnod cyntaf. Er ei fod yn falch nad oedd e ar ddechrau ei yrfa. Yn falch iawn, 'fyd.

Nid oedd ei ben-glin yn brifo na dim. Cyn gadael y fflat gwisgodd Efrog ei oriawr am ei arddwrn, rhoi ei waled ym mhoced ei siaced a'i fathodyn heddlu ym mhoced ei drowsus. Camodd allan i'r awyr iach â sigarét gynta'r diwrnod yn hongian o gornel ei geg. Er ei fod yn ceisio cyfyngu ar y nifer i ddeg y dydd, mewn gwirionedd nid oedd wedi llwyddo i wneud hynny o gwbl ers iddo gyflwyno'r 'rheol'. Gwendid fyddai rhai'n galw hynny, ond roedd Efrog yn rhy hen i adael i'w gydwybod effeithio arno'n ormodol. Cyn cau'r drws, clywodd y ffôn yn canu, felly arhosodd yno i weld a oedd angen ei ateb petai rhywun yn dechrau gadael neges. Taniodd ei fwgyn cyn i'r peiriant ateb godi ei lais. Chwythodd Efrog fwg tua'r llwydni gan wenu eto wrth gofio Esmerelda. Ond pan glywodd y llais cyfarwydd yn dechrau gadael neges, caeodd y drws yn glep ar ei ôl a gadael ei gartref ac anelu am yr orsaf.

Â'i hwyliau wedi suro, cerddodd Efrog i'r gwaith yn ystyried sut roedd y swydd wedi effeithio ac amharu arno dros y blynyddoedd. Roedd wedi hen flino ar yr archwilio parhaus, y ddrwgdybiaeth, y bygythiadau, y cwestiynau diderfyn. Gwnâi'r swydd iddo deimlo'n frwnt, ac roedd wedi teimlo fel hyn ers blynyddoedd. Roedd y busnesa parhaus ym mywydau pobl eraill wedi gadael ei farc arno, heb os. Yn enwedig o gofio nad angylion yw heddweision chwaith. Roedd rhywbeth bach yn poeni pawb o hyd, ond roedd mwy nag un peth yn poeni'r rhan fwyaf o heddweision. Teimlai fel carcharor yn ei groen ei hun – mor ddefodol â'r troseddwyr roedd e'n eu herlid a'u carcharu, ar ôl chwarter canrif o fod o dan glo.

Ond, wrth gwrs, roedd dedfryd Efrog bron ar ben a Sbaen yn cynnig dihangfa a lloches iddo rhag ei fywyd blaenorol, y bywyd na fyddai e byth yn ei anghofio, a'r atgofion y bwriadai geisio'u hanwybyddu weddill ei oes…

Agorodd Alban ei lygaid pan glywodd ddrws ffrynt y tŷ'n cau'n glep yn ddwfn yn atgofion tywyll ei isymwybod. Roedd ei gorff wedi'i barlysu ar y matras tenau, ond edrychodd ei lygaid o gwmpas yr ystafell ar yr aflendid. Roedd wedi gweld sgwats mwy taclus na hyn. Yna, edrychodd ar ei ddillad. Roedd wedi gweld cardotwyr mwy taclus hefyd.

"Iesu fuckin' Grist," mwmiodd wrth i'r cyfog cyfarwydd godi i'w geg. Ysgogodd y bwrlwm boreol yn ei fogel iddo symud ac anelodd ar ei bedwar, fel anifail gwyllt mewn cawell, am y bin wrth droed y gwely. Penliniodd wrth ei ochr â'i ddwylo'n gafael yn dynn ynddo a'i figyrnau'n troi'n wyn.

Gwagiodd ei gylla o'r cwrw, y bwyd a gwenwyn y diwrnod cynt, cyn troi ar ei gefn a gorwedd ar y llawr yn syllu ar y nenfwd llaith a sylwi yn ei ddagrau fod hwnnw wedi llwydo fel ei fodolaeth drist.

Caeodd ei lygaid mewn ymdrech i atal yr ystafell rhag troi, ond llanwyd ei ddychymyg gan ddelweddau annymunol – ellyllon annifyr ei isymwybod. Agorodd ei lygaid eto gan feddwl am Efrog, y bastard lwcus, oedd mor agos at ymddeol. Ceisiodd Alban gyfri faint o flynyddoedd oedd ganddo ef ar ôl cyn ennill ei ryddid, ond gwawriodd arno'i fod yn gaeth i rywbeth llawer mwy difrifol na gyrfa, ac felly estynnai'r tywyllwch ymhell y tu hwnt i'w ben-blwydd yn chwe deg pump oed.

Er gwaetha'r gwadu a'r twyllo, roedd Alban yn gwybod y gwir. Ond er hynny, ni allai wneud dim byd am y peth. Roedd yn gaeth. Ac yn ddyn gwan. Cyfuniad gwael. Doedd dim gobaith iddo.

Meddyliodd am Efrog unwaith eto. Doedd dim byd yn ei boeni e, ar wahân i dymheredd ei bwll nofio newydd a blas ffrwyth yr olewydd lleol. Ac Ikea, wrth gwrs. Sut ddigwyddodd hyn iddo? Wedi'r cyfan, Efrog oedd y dyn drwg, yr heddwas llwfr, pan ddechreuodd y ddau weithio gyda'i gilydd yng Nghaerdydd. Alban oedd yr un a chanddo foesau cryf, tra bod Efrog yn hapus i gymryd cildwrn a throi ei gefn ar y gwir. Ond nawr… wel, roedd y ddau wedi newid lle a'r haul yn tywynnu o dwll tin Efrog Evans, tra na lifodd dim byd ond cachu drewllyd o din Alban Owen: ditectif, dynleiddiad, cyffurgi.

Cododd braidd yn rhy gyflym cyn pwyso ar wal gyfagos wrth i'r chŵd drewllyd oedd yn gorwedd yn y bin wrth ei draed yn ymosod ar ei synhwyrau. Ar ôl i'r chwyrlïo beidio, gafaelodd yn y bin a'i wagio i lawr y tŷ bach. Yna fe'i llenwodd â dŵr twym ac arllwys gweddillion potel Radox i fewn iddo. Wrth adael yr ystafell ymolchi, gwelodd ei hun yn y drych a safodd yn stond am sbel yn syllu ar yr olwg oedd arno. Ysgydwodd ei ben ar y ddilad benthyg. Roedd e'n edrych fel clown. Clown sâl. I'r gegin nesaf i estyn bag du cyn dychwelyd i'w stafell ac agor y ffenest er mwyn ceisio cael gwared ar ychydig o'r arogl afiach a aiff law yn llaw gyda byw fel anifail. Dechreuodd dwtio – am y tro cyntaf mewn blwyddyn o leiaf – ac i mewn i'r bag aeth llu o ffoil du resinaidd, caniau cwrw, bocsys pizza, cartonau dal cyrri, beiros diwerth oedd wedi'u defnyddio fel tiwbiau i sugno mwg i mewn i'w sgyfaint a dillad oedd yn dechrau llwydo a phob gwrthrych unigol yn cynrychioli darn bach o'i enaid afradlon.

Wrth wneud hyn, sylweddolodd Alban fod angen help arno. Gwyddai fod yn rhaid iddo wneud rhywbeth, neu ni châi byth edrych ymlaen at ymddeoliad, nac at unrhyw beth arall, fel y gwnâi ei bartner yn awr. Roedd yn rhaid cael gobaith yn yr hen fyd 'ma, ond nid oedd unrhyw beth o'r fath yn rhan o'i fywyd erbyn hyn. Roedd hynny wedi diflannu pan fu farw Esther, ymhell cyn i'w wraig ei adael. Byddai'n rhaid iddo newid ei ffordd o fyw, er mwyn iddo yntau hefyd allu edrych ymlaen at gael cyfle i ddianc rhag y lled-dywyllwch yn hytrach na pharhau i fodoli yn ei uffern byw.

Taniodd sigarét a phesychu fel plentyn yn dioddef o'r pas, cyn i'r storom ostegu a'i adael i fwynhau mwgyn cynta'r diwrnod mewn heddwch o fath. Gyda'r bag du'n bolio wrth y drws, pwysodd Alban ar silff y ffenest ac anadlu aer y bore bob yn ail â'r gwenwyn pleserus.

Er gwaetha'r chwydu, y chwys a'r anobaith, nid oedd yn teimlo mor grac ag y gwnâi fel arfer. Rhyfedd. Rhyfedd iawn. Fel arfer, byddai cwmwl du'n ei ddilyn o gwmpas gan beri iddo fod yn ddrwg ei dymer a gwneud oriau cynta'r diwrnod yn hunllef. Iddo fe yn ogystal â'i gyd-weithwyr, mae'n siŵr. Wrth gwrs, gyda'i waith yn llenwi'r gwacter ac yn cymryd lle'r gofidiau, byddai pethau'n gwella yn ystod y dydd. Ac wedyn, fel petai'n darganfod pot o aur o dan yr enfys, byddai'n dychwelyd adref gyda'r hwyr ac ailgychwyn y cylchdro dieflig unwaith eto.

Wrth syllu ar doeon llwydaidd y tai teras oedd yn ymestyn o'i flaen ar y bore hwn, ffrwydrodd fflach o gochni o flaen ei lygaid. Ysgydwodd ei ben ac wrth iddo wneud hynny, cofiodd ei freuddwyd. Wedi i'r hunllefau arferol bylu ac i'r tywyllwch llwyr eu disodli, dechreuodd freuddwydio wrth i'r wawr dorri, a hynny am y tro cyntaf ers amser maith. Tynnodd yn galed ar ei sigarét gan geisio cofio cynnwys y freuddwyd, ond er nad oedd y manylion yn dod i'r amlwg, gallai gofio un peth yn eglur, sef y lliw coch. Llachar. Sgarlad. Gwaed? Na, nid breuddwyd felly oedd hwn, ond un hapus, cadarnhaol, llawn gobaith. Roedd y freuddwyd yn goch, ac er nad oedd syniad ganddo beth oedd ystyr hynny, roedd Alban yn falch nad du ydoedd, am unwaith.

Taflodd y sigarét i'r awyr gan anelu am y cafn ar do'r tŷ. Methodd. Yna gwenodd wrth gofio am Fflur. Oedd ganddi hi rywbeth i'w wneud â'r newid cynnil ynddo'r bore hwn? Pwy a ŵyr, ond roedd meddwl amdani'n ddigon i wneud i Alban ddychwelyd i'r ystafell ymolchi, tynnu ei ddillad a chamu i'r gawod, lle golchodd ei gorff o'i foelni i'w fodiau, ac o'i ben-ôl i'w glochben. Eilliodd, brwsiodd ei ddannedd a phenderfynodd fynd i dorri ei wallt cyn gynted ag y câi gyfle. Dim heddiw, efallai, nac yfory chwaith gan fod seremoni Efrog yn dechrau yng nghanol y prynhawn, ond ddydd Gwener neu dros y penwythnos fan pellaf.

Ffeindiodd ei siwt lân yn hongian yn wardrob ei stafell, o dan orchudd plastig y siop lanhau dillad. Gwisgodd grys glân nad oedd yn cofio ei fod ganddo, a theimlai fel dyn newydd. *Am faint fyddai hynny'n para?* meddyliodd. Ond roedd yn gwybod yr ateb yn barod a cheisiodd anwybyddu'r llais bach a lechai y tu mewn i'w ben, yn galw arno ac yn ei boenydio bob dydd, fel bwli isymwybodol.

Gwisgodd ei got a chario'r bag du i lawr a'i osod yn y wheelie-bin tu allan i'r drws ffrynt, cyn cynnau mwgyn arall, pesychu, a cherdded tua'r Badell Ffrio gan edrych ymlaen at weld gwên gynnes y weinyddes ifanc.

Roedd hi'n fore diflas arall, gyda'r cymylau'n bygwth glaw a'r gwynt yn gwneud i'r croen ar ei gopa dynhau mewn ymateb i'r oerni. Ar ôl iddo orffen ei fwgyn, palodd Alban ei ddwylo i bocedi ei got a dyna pryd y cofiodd am y car, diolch i jingl-jangl yr allweddi.

"Bollocks!" mwmiodd, wrth gofio'i fod yn cwrdd ag Efrog yn yr orsaf heddiw, yn hytrach nag yn y caffi, cyn newid ei drywydd ac anelu am y Butchers, gan feddwl tybed pryd byddai'n cael y pleser o weld Fflur unwaith eto.

Parciodd Alban y car ym maes parcio gorsaf yr heddlu a chamu ohono gan danio mwgyn arall. *Dyna arferiad arall fyddai'n syniad rhoi'r gorau iddo,* meddyliodd. *Ond un cam ar y tro. Gan bwyll bach, blah blah blah.*

"O's tân 'da ti, Al?" Clywodd lais Efrog a throi i wynebu ei bartner. Edrychodd Efrog arno ddwywaith gan nad oedd wedi gweld Alban yn edrych mor effro a glân ers oesoedd. "Fuckin' hell, Alban, beth ddigwyddodd i ti?"

"Be ti'n feddwl? Jyst wedi cael cawod ydw i, 'na gyd," atebodd, gan estyn y taniwr a gwylio'i bartner yn brwydro gyda'r gwynt i gynnau'r fflam. Wedi iddo lwyddo, syllodd Efrog ar Alban unwaith eto gan wenu a chwythu mwg tua'r llwydni uwchben.

"Nawr, fi 'di clywed am y Tooth Fairy," dechreuodd gan bwyntio'i fwgyn tuag at ei bartner. "Ond sa i erioed wedi dod ar draws y New Improved You Fairy…"

"Fuck off, Efrog!" ebychodd Alban, gan wthio heibio iddo ac anelu am ddrws cefn yr orsaf ac ychydig o gysgod rhag y gwynt. Dilynodd Efrog ef yn dal i chwerthin yn dawel, cyn i'r ddau wynebu ei gilydd eto er mwyn gorffen eu mwg. Tynnodd y ddau ar eu sigarennau mewn tawelwch. Nid oedd Alban wedi'i dramgwyddo mewn gwirionedd; roedd e'n ymwybodol o'r gwir ac yn gwybod bod siwt lân a chawod ben bore'n welliant mawr ar yr hyn a fyddai fel arfer yn cyfarch Efrog. A ta waeth, roedd cymryd y piss yn rhan anochel o'r swydd; roedd pawb wrthi, ac roedd yn rhaid gallu derbyn yn ogystal â dosbarthu'r iwrin.

Agorodd y drws wrth eu hochr a throdd Efrog ac Alban i weld gwallt cyrliog tyn a llygaid glas WPC Sally Brooks yn edrych i'w cyfeiriad.

"Word of warning i chi'ch dau, y bechgyn drwg…"

"Beth?" daeth yr ateb cydadroddllyd.

"Fuck me, gadewch i fi orffen, let me finish. Word of warning, iawn, mae Crandon yn edrych amdanoch chi, ac mae'n pissed off…"

"'Sdim byd yn newydd am hynny, Sal," atebodd Alban yn goeglyd.

"Just watch it, OK. Ma fe fel vampire…"

"Beth?" Cydadroddodd y ddau dditectif unwaith eto.

"He's after your blood. Fuck me pinc, chi'n araf heddiw!"
A gyda hynny diflannodd yn ôl drwy'r drws gan adael y
rhybudd yn hongian yn y gwynt.

"Shit," meddai Alban.

"Paid becso, Al, ti'n gw'bod shwt ma fe. Bydd e'n wyllt
am ryw ddeg munud, drama fawr, gweiddi, rhegi, cochi a
chwysu, ti'n gw'bod, the usual, cyn bydd y storom yn pasio
a Crandon yn dychwelyd i normal..."

"Ma'n beth hawdd i ti ddweud hynny, fyddi di ddim
yma'r wythnos nesa i ddelio 'da fe."

"Gwir. Ond fi'n dal i ddweud y gwir. Dere, ewn ni i
weld beth sy'n bod arno fe nawr..."

"Beth yw'n stori ni?"

"Be ti'n feddwl?"

"Alibi, ti'n gw'bod, os bydd e eisiau gw'bod ble ro'n ni
brynhawn ddoe."

Ystyriodd Efrog yr opsiynau. Roedd dweud celwydd yn
rhan annatod o waith ditectif – i gael atebion gan y rheiny
oedd dan amheuaeth ac i gael mynediad i leoliadau ac at bobl
yn ystod archwiliad, ond yn amlach na hynny roedd yn rhaid
dweud celwydd wrth eich uwch-swyddogion er mwyn cadw
mas o drwbwl.

"Beth yw'r prif achos sy 'da ni ar hyn o bryd?" Roedd
angen cael ei atgoffa ar Efrog, gan nad oedd wedi bod yn
canolbwyntio rhyw lawer ar ei swydd ers amser maith.

"Wel, y blydi dogging 'ma, wrth gwrs," atebodd Alban
gan ysgwyd ei ben.

"Ar wahân i'r dogging."

"Oh, reit, fi'n gweld. Mae 'na ddau – y trais 'na
ddigwyddodd ar y degfed a'r gyfres o B&Es 'na."

"Hawdd 'te, ro'n ni'n dilyn lead i'r B&Es 'na ar ôl derbyn

tip-off. Aethon ni i'r Coed, yr archwiliad yn parhau, blah blah blah – bydd hynny'n ddigon i Crandon. Wedi'r cyfan, dim ond y doggings 'ma sy o ddiddordeb iddo fe'r dyddie 'ma."

"Sorted, tyd 'te," ac i mewn â'r ddau gan anelu'n syth am swyddfa Crandon.

Wedi cyrraedd, eistedd a gwrando ar eu bòs yn gweiddi arnynt am dair munud am beidio ag ateb eu ffonau a mynd AWOL am brynhawn cyfan, gostegodd y gwylltineb a throdd Crandon ei sylw at y rheswm roedd e mor awyddus i gysylltu â'r ddau'r diwrnod cynt.

"Karl Homolka, ddynion." Roedd clywed ei enw'n ddigon i ddal eu sylw ac eisteddodd y ddau dditectif i fyny gan wrando ar eu bòs am y tro cynta'r bore hwnnw. "A-k-a Jacknife, a-k-a Robson Sauza, a-k-a Lewis Blackman, a-k-a Marty Cartwright ac yn y blaen ac yn y blaen, fel alla i gario mlaen os y'ch chi moyn?"

"Na, ni'n gw'bod pwy sydd 'da chi," atebodd Efrog, gan ei fod e ac Alban wedi bod ar drywydd y dihiryn yma ers cyn cof.

"Wrth gwrs, wrth gwrs. Reit, ni 'di bod ar ôl y bastard ers blynyddoedd…" tawelodd Crandon wrth i'w feddyliau grwydro. I ble, nid oedd Efrog nac Alban yn gw'bod.

"Beth amdano fe?" gofynnodd Alban, gan dorri'r tawelwch a chipio Crandon yn ôl o ble bynnag.

"Ie, sorri. Ie. Ni 'di dal e, bois. Neu o leiaf ni 'di…"

"Ble ma fe?" torrodd Efrog ar ei draws, wrth i'r cynnwrf a'r casineb ddod i'r wyneb. "Fi'n ysu i glywed beth sy 'da fe i' ddweud."

"Yn anffodus, Ditectif Evans, bydd Mr Homolka – neu Peter Stumpp, a defnyddio'i alias diweddara, ei alias ola – yn ei ffeindio hi braidd yn anodd i gyfathrebu gan ei fod ar slab oer yn Ysbyty Tywysoges Cymru …"

Syllodd y ddau dditectif arno'n gegagored. Wedi'r holl flynyddoedd, dyma sut roedd y stori'n gorffen? Am lwc.

"Ma Quincy wedi cynnal post mortem yn barod, ddoe fel mae'n digwydd. Dyna pam o'n i'n ceisio cael gafael arnoch chi. Ta beth, ma fe'n aros amdanoch chi'r bore 'ma. Ma fe eisie dangos y corff i chi. Rwy'n siŵr eich bod chi eisie 'i weld e."

"Beth ddigwyddodd?" gofynnodd Alban.

"Ble ffeindioch chi'r corff?" gofynnodd Efrog. Roedd ystyried y cyfan ar unwaith yn ormod, ond dyna beth roedd yn rhaid iddynt ymdrechu i'w wneud.

"Bydd Quincy'n esbonio popeth i chi yn yr elordy, ond galla i ddatgelu mai Karl, neu Peter fel roedd ei drwydded yrru'n datgan, oedd testun y darganfyddiad ben bore ddoe, yr un ro'n i a Clem newydd ddod 'nôl ohono, cyn cynnal y cyfarfod brys."

"Oedd e wedi cael ei lofruddio?"

"Falle. Mae'n gymhleth. Cerwch i weld Quincy. Neith e esbonio. Yr unig beth sy'n sicr yw fod y bastard wedi cael yr hyn roedd e'n ei haeddu. Hen bryd, os chi'n gofyn i fi…"

Roedd Karl Homolka, neu Peter Stumpp, wedi bod o dan amheuaeth mewn cysylltiad â nifer o ymosodiadau rhywiol dros y pymtheg mlynedd diwethaf. Er hynny, nid oedd erioed wedi cael ei ddal. Defnyddiai enwau ffug a dogfennau tebyg i gadw o leiaf un cam o flaen y gyfraith. O'r Almaen i'r Alban ac o Loegr i Gymru, roedd dros ugain rhanbarth yr heddlu am ei holi ynghylch ymosodiadau rhywiol ar ferched na chawsant eu datrys. Roedd e ar restr 'most wanted' Interpol ond nid oedd wedi gweithredu ers dros flwyddyn. Tan nos Lun, hynny yw. 'Jacknife' oedd enw'r archwiliad eang, a hynny oherwydd ei fod yn bygwth y merched â chyllell, ac yn hoff o dynnu gwaed wrth dreisio'i dargedau. Roedd yr heddlu'n gwybod hynny gan nad oedd erioed wedi lladd un o'r merched; yn hytrach byddai'n eu gadael gyda'r atgofion gwaethaf y gallai unrhyw un ei ddychmygu a'r rheiny'n llechu tu mewn i'w pennau.

Roedd Efrog ac Alban wedi bod ar ei drywydd ers digwyddiad erchyll rhyw bymtheg mlynedd ynghynt, lle gadawsai Homolka ei ysglyfaeth yn friwiau i gyd dros ei chorff, a'i hwyneb yn debycach i bincas na dim byd arall.

Rhynnodd Efrog wrth gofio am y digwyddiad hwnnw, ond roedd hyn yn newyddion gwych ac yn ffordd arbennig o orffen ei yrfa. Gyda Karl Homolka chwe troedfedd o dan y pridd, roedd strydoedd y dref, y wlad a'r cyfandir tu hwnt yn llefydd llawer mwy diogel i'w troedio heddiw.

12

Agorodd llygaid Fflur yn araf bach wrth i'r storom rhwng ei chlustiau ei chroesawu'n ôl i dir y byw. Er bod y tir yn anadlu efallai, roedd hi wedi gweld ŵyn marwanedig ar y fferm oedd yn edrych yn fwy effro na'r ffordd roedd hi'n teimlo'r eiliad honno. *Ooo!* ebychodd, gan ddal ei llaw dros ei thalcen. Dychlamai ei llygaid yn eu soced, felly caeodd nhw eto a thoddi'n ôl i glustogau'r soffa. *Hangover*, daeth i'r casgliad cywir. Y cyntaf erioed.

Ychwanegai'r synau di-baid y tu hwnt i wydr dwbl y ffenest fwa at ei hartaith, ac agorodd ei llygaid yn araf bach unwaith eto. Edrychodd o gwmpas yr ystafell gan geisio cofio ble yn gwmws roedd hi. Fflat Yvonne, cofiodd pan welodd fŵts tal ei ffrind newydd yn pwyso'n erbyn y gadair gyfforddus ger y ffenest. Gwenodd am eiliad, ond roedd hynny'n ormod o straen ar ei chyflwr bregus, a chododd ei llaw at ei thalcen er mwyn ceisio lleddfu'r boen. Dim gobaith.

Dŵr! Daeth y neges o'i cheg – a oedd mor sych ag enaid yn yr anialwch, os nad sychach – fel tasai'n berchen ar uchelseinydd, ac agorodd ei llygaid am y trydydd tro a gweld peint o ddŵr ar y bwrdd o'i blaen, fel gwerddon groesawgar yng nghanol y Kalahari.

Cododd ar ei heistedd gan ddatguddio'i choesau noeth i'r ystafell oer. Troellodd y byd yn wyllt am eiliad cyn i'r cynnwrf beidio. Anadlodd Fflur yn ddwfn wrth i'r taranu yn ei phen barhau i'w phoenydio. Tynnodd y flanced yn dynn amdani wrth iddi geisio cofio tynnu ei throwsus y noson cynt. Gwagedd o wagedd. Gafaelodd yn y gwydryn a llarpio'r dŵr fel ci defaid sychedig ar ddiwedd diwrnod caled yn y caeau. Diflannodd yr hylif i lawr ei chorn gwddwg, ar ôl iddi gofio dyfrhau ei cheg yn drylwyr, a diolchodd ei thafod iddi am wneud.

Curodd atsain o gerddoriaeth neithiwr yn ddwfn ynddi, a gwenodd wrth gofio Yvonne yn dawnsio fel menyw wyllt o'i blaen â'i gwallt yn chwyrlïo fel tas wair mewn tornado. Daeth mwy o atgofion yn ôl i godi ei chalon – Sex on the Beach a Sloe Comfortable Screw, gwên Yvonne, bŵts Yvonne, sgert Yvonne, coesau Yvonne. *Yvonne, Yvonne, Yvonne, Yvonne!* Gwenodd eto wrth groesawu teimladau estron i'r parti, cyn i'w thraed bach ddechrau sgrechen, yn mynnu ychydig o sylw cyn i'w phen a'i cheg hawlio'r cyfan.

Symudodd y flanced ac edrych ar ei thraed noeth gan synnu wrth weld yr olwg oedd arnynt. *Killer heels!* ebychodd. *Yn llythrennol!* ychwanegodd â gwên arall, cyn archwilio'r cleisiau a'r pothelli a'r enfys o liwiau oedd drostynt i gyd.

Cododd ar goesau sigledig ac anelu am y gegin er mwyn ail-lenwi'r gwydryn. Edrychodd allan drwy'r ffenest ar yr ardd gefn fechan â mainc i ddau mewn un cornel, bath adar yn y canol a chlematis diflodyn yn tyfu'n ddireolaeth dros y wal gefn. Wrth i'r hylif lifo i'w gwydryn, syllodd Fflur ar ei hadlewyrchiad yn y tecell dur gloyw a sylwodd fod ei chroen mor llwyd â'r awyr tu allan. Dychwelodd at y soffa, llarpiodd y dŵr ac edrych ar y bwrdd o'i blaen uwaith eto. Trwy'r niwl anghyfarwydd, gallai weld nodyn mewn llawysgrif daclus, allwedd arian, tiwb o Savlon a phedair pilsen ar y papur – dwy paracetamol a dwy ibrufen.

Symudodd y tabledi a'r allwedd cyn gafael yn y nodyn. Straeniodd ei llygaid wrth geisio darllen y neges, felly cododd ar ei thraed er mwyn agor y llenni a gadael ychydig o olau naturiol i mewn i'w helpu gyda'i thasg. Dyna welliant; gallai weld yn awr, er bod ei llygaid yn dal i ddychlamu o dan straen a phwysau ôl-effeithiau alcohol y noson cynt.

Grwniai ei bola, felly gorweddodd yn ôl ar y soffa gyda'r flanced yn dynn amdani a'r gwydryn hanner llawn yn ei llaw chwith. Yn ei llaw dde, daliodd y nodyn, a oedd wedi'i sgwennu ar post-it pinc.

Bore da (?!) dol, sut mae'r pen?! Ma'n un i'n hollol fucked os yw hynny o unrhyw gysur i ti. A dwi 'di gorfod mynd i'r gwaith, cofia! Un, dau, tri, ahhhhhh! Anyway, yfa'r dŵr, llynca'r pils, rhwbia'r Savlon ar dy draed, a cher 'nôl i gysgu am awr neu ddwy a byddi di'n teimlo'n tip-top erbyn hynny. Croeso i ti gysgu yn fy ngwely i os yw'r soffa'n anghyfforddus.

Ma dy fag yn fy ystafell os ti'n chwilio amdano fe. Helpa dy hun i fwyd a diod – ma'r ffrij yn llawn am unwaith! Gei di aros eto heno, os ti'n moyn. In fact, gei di aros am wythnos, mis, blwyddyn… beth bynnag. Ma allwedd y drws ffrynt ar y bwrdd. Cadwa hi am nawr. Dyma fy rhifau ffôn os byddi di moyn rhoi galwad – 07941779852 / 01656 210784. Bydda i 'nôl tua 7. 'Na i goginio swper, felly paid poeni am hynny, iawn dol.

Luv, Yvonne x

Gwenodd Fflur ar ddefnydd cynhenid ei ffrind o'r gair 'dol', hyd yn oed ar bapur! Roedd rhywbeth annwyl iawn am hynny.

Wedyn, gwnaeth yn gwmws fel yr awgrymodd nodyn Yvonne. Llyncodd y tabledi, un ar y tro, cyn gorffen gweddill y dŵr, gafael yn y flanced, llenwi'r gwydryn eto yn y gegin a chamu'n ansicr drwy ddrws yr ystafell wely. Roedd y llenni ar gau yn barod – wel, chawson nhw mo'i hagor ben bore, ta beth – ond roedd Fflur yn gallu gweld yn ddigon eglur fod yr ystafell yn daclus tu hwnt, gyda lle i bopeth a phopeth yn ei le.

Llithrodd i mewn i'r gwely cyn cau ei llygaid ac anadlu arogl melys ei ffrind – a lynai wrth y gwely fel gwlith at wair ar doriad gwawr – a mynd i gysgu'n breuddwydio am Yvonne, y Coed a thynged anffodus ei hannwyl chwaer.

Eisteddodd Fflur i fyny'n gyflym pan ganodd y ffôn ar y bwrdd ger y gwely a tharfu ar ei thrwmgwsg. Edrychodd o'i chwmpas yn sydyn er mwyn gweld lle roedd hi, cyn ystyried codi'r ffôn. Ond, â'i llaw yn hofran uwchben y derbynnydd, penderfynodd beidio â'i godi, rhag ofn mai Carlos oedd yno'n gofyn am gymorth yn y caffi. Nid oedd Fflur eisiau gweithio heddiw, ddim yn y bwyty beth bynnag – roedd ganddi archwiliad i'w gynnal a chliw neu ddau angen eu dilyn, a doedd saim y Badell Ffrio ddim yn mynd i amharu ar hynny. Dim nawr. Dim heddiw. Dim peryg.

Ond, wedi i'r peiriant ateb ddweud ei ddweud, llais Yvonne a lenwai'r ystafell, gyda neges arall a ddaeth â gwên i wyneb Fflur.

"Helô, dol, jyst meddwl os wyt ti'n iawn. Gobeithio dy fod ti. Falle bod ti mas yn cael awyr iach, beth bynnag, meddwl amdanat a wela i di heno. Ta-ra... *Beeeeeeeeeeeeeeeeee eeeeeeeeeeeeeeeeeeeeeeeeeeeeeeeeeeeeep!!!!!!!!!*

Ceisiodd Fflur gofio a oedd hi erioed wedi cwrdd ag unrhyw un mor hoffus a chyfeillgar ag Yvonne, ond 'na' oedd yr ateb. Er i Fflur addo nad oedd yn mynd i wneud yr un camgymeriad ag y gwnaethai ar y daith i Erddi Hwyan – sef ymddiried yn Peter Stumpp a'i ffug gyfeillgarwch – roedd cyfeillgarwch Yvonne yn ddiamheuol, gwyddai hynny oherwydd ei hanes hi â Ffion, yn ogystal â'i hagwedd tuag ati dros y diwrnod diwethaf. Roedd yr allwedd ar y bwrdd coffi yn yr ystafell fyw yn dweud llawer amdani hefyd.

Yn sydyn, cipiodd y cloc digidol oedd yn ymyl y ffôn ei sylw, a chododd Fflur o'r gwely ar unwaith gan ei bod yn tynnu am ganol dydd. Fel yr addawodd Yvonne yn y nodyn, roedd y pen tost wedi clirio, er bod ei cheg yn dal cyn syched â chesail cactws. Llyncodd y peint o ddŵr ar ei ben, cyn estyn dillad glân o'i gwarfag a'u gwisgo, bwyta dau ddarn o dost a Marmite, estyn yr allwedd o'r lolfa a'i rhoi – gyda nodyn Yvonne a chyllell ei thad – yn ei phwrs cadw popeth.

Cyn gadael, edrychodd ar y map er mwyn gweld ble roedd y Coed o fflat Yvonne, cyn ceisio dyfalu pryd y byddai puteiniaid yr ystâd yn dechrau masnachu. Daeth i'r casgliad fod canol dydd ychydig yn rhy gynnar, ond doedd dim ots am hynny, gan fod 'na rywun arall roedd hi eisiau ei weld yn gyntaf...

13

"Blydi typical!" ebychodd Efrog, wrth i'r Vauxhall llwyd ymlwybro o gwmpas maes parcio Ysbyty Tywysoges Cymru am y trydydd tro. Er mai Alban oedd yn gyrru, roedd y rhwystredigaeth o fethu ffeindio lle i barcio yn fwy amlwg ar ei bartner am ryw reswm.

Roedd y ddau dditectif wedi teithio o'r orsaf mewn

tawelwch, yn methu credu bod teyrnasiad treisgar Karl Homolka wedi dod i ben. A hynny mor sydyn ac mewn ffordd mor annisgwyl. Er mai braidd yn fratiog oedd y manylion a gawsent gan Crandon, roeddent wedi clywed digon i wybod y caent eu plesio wrth ymweld â'r elordy mewn munud. Os gallent ffeindio lle i barcio, hynny yw.

Gyrrodd Alban y car mor araf ag y gallai, gan ddal i fethu cadw at y terfyn cyflymder anghyraeddadwy o bum milltir yr awr.

"Fuck it! Parcia'n agos at fynedfa'r morgue. Llinellau melyn. Beth bynnag. Ma hyn yn blydi ridiculous." Cyfarthodd Efrog ei orchymyn fel rhyw uwch-ringyll yn y fyddin, ac anelodd Alban y car tuag at gefn yr adeilad, heb unrhyw wrthwynebiad.

Fel arfer, byddai'r ifancaf o'r ddau wedi tynnu sylw at ddiffyg amynedd yr hynaf, ac wedi cymryd y piss gan ei alw'n "Victor fuckin' Meldrew" neu rywbeth tebyg, ond dim heddiw, dim nawr. Y rheswm dros fudandod Alban oedd ei fod yn cael ei atgoffa o bedwar diwrnod gwaethaf ei fywyd bob tro y byddai'n gweld yr ysbyty, gan mai dyma lle bu farw Esther yn dilyn y ddamwain. Yma y daeth Alban a'i wraig i wylio diwedd bywyd eu hunig blentyn. Yma chwalwyd eu calonnau yn filiwn o ddarnau mân. Yma diflannodd y cariad rhyngddynt, neu o leiaf, yma dechreuodd y rhwyg yn eu perthynas gael ei amlygu.

Roedd y digwyddiad – y ddamwain, hynny yw – mor fyw ag erioed ym mhen Alban, a'r ysbyty'n tynnu'r atgofion o gysgodion ei ymennydd fel archeolegydd ar hen safle Rufeinig.

Parciodd y car ryw hanner canllath o fynediad yr elordy, gyda dwy o'r olwynion ar y palmant a'r ddwy arall ar linellau melyn dwbl. Camodd Alban o'r car ac anadlu'n ddwfn.

Sugnodd yn galed ar y stwmp o sigarét oedd yn melynu ei fysedd a'i ddannedd, heb sôn am ei sgyfaint, cyn ei gollwng ar lawr a'i sodli i ebargofiant.

Cyn i Efrog ymuno ag e yn llwydni diflas y bore, roedd wedi rhoi'r golau glas – y golau glas a gâi ei roi ar do'r cerbyd pe bai angen iddynt symud ar frys drwy draffig trwm – ar y dash i bawb gael ei weld, rhag ofn y byddai warden draffig neu ryw jobsworth o'r ysbyty'n cerdded heibio ac yn penderfynu ymateb i'r parcio anghyfreithlon. Dylai'r golau glas sicrhau na fyddai'r car yn cael ei glampio, o leiaf, er bod wardeniaid traffig yn aml yn gadael tocyn parcio ar geir heddweision heb eu marcio.

"Ti'n iawn, Al?" gofynnodd Efrog, gan agor drws yr ysbyty i'w bartner. "Ti'n dawel iawn bore 'ma…" ond cofiodd Efrog y rheswm am hynny hyd yn oed cyn i'r geiriau adael ei geg.

"Fi'n OK," atebodd Alban. Ond er bod Efrog yn gw'bod nad oedd hynny'n wir, nodiodd ei ben a rhoi llaw gyfeillgar ar ysgwydd ei ffrind.

I lawr â'r triawd – Efrog, Alban a'r tawelwch – yn y lifft nwyddau tywyll i'r gwaelodion, ac anelu am yr elordy ymhell o dan y ddaear. Roedd meirwon yr ysbyty hwn ychydig yn is na chwe throedfedd o dan y pridd. Am nawr o leiaf. Roedd y tymheredd yn gostwng gyda phob troedfedd wrth i'r lifft ddisgyn, ac ar ôl gadael y lifft gwelsant Quincy'n yfed coffi ac yn sgwrsio gyda phatholegydd yr ysbyty mewn swyddfa annisgwyl o gysurus.

Quincy yw Patholegydd Swyddfa Gartref Heddlu De Cymru. Hynny yw, fe sy'n archwilio'r cyrff sy'n gysylltiedig ag achosion yr heddlu, yn hytrach na'i fod yn gweithio mewn ysbyty'n gofalu am y meirw yn y ffordd draddodiadol. Byddai Quincy'n ymweld â lleoliadau troseddau ac yn cydweithio'n agos â'r heddlu ar achosion o lofruddiaeth neu ddynladdiad. Gan iddo gyfrannu at gannoedd o achosion yn yr ugain mlynedd a mwy y bu yn ei swydd, gellid yn ddiogel ei alw'n 'arbenigwr' erbyn hyn.

Dyn difrifol oedd Quincy, gŵr yn ei 50au a oedd yn hoff o wisgo siwtiau cordyrói â chlytiau lledr ar eu peneliniau a smocio pib. Roedd ei ben mor foel ag un Telly Savalas a'i sbectol fel chwyddwydrau yn gwneud i'w lygaid ymddangos yn llawer rhy fawr i'w ben. Nid oedd yn hoff o siarad mân ond roedd ei waith o'r safon uchaf. Er bod ei lysenw braidd yn amlwg, roedd yn addas iawn o wybod mai ei enw cyntaf go iawn oedd Quentin, heb anghofio ei alwedigaeth broffesiynol. Yn ei ôl ef, Quincy fyddai ei rieni'n ei alw pan oedd yn blentyn, ac felly *fe* oedd y Quincy gwreiddiol, yn hytrach na'r cymeriad teledu o'r saithdegau. Er hynny, nid oedd neb yn ei gredu.

"Wela i di mewn munud, Reg, a diolch am y coffi," meddai Quincy, cyn i'r ditectifs gael cyfle i gamu i mewn i'r ystafell. Cododd o'r gadair ledr a cherdded allan o'r swyddfa a heibio i Alban ac Efrog, a oedd yn tin-droi yn y coridor rhynllyd.

"Dilynwch fi," mynnodd, heb edrych yn ôl dros ysgwydd ei got wen i weld a oeddent yn ufuddhau. Doedd dim angen. I lawr yn y fan hon, fe oedd y bòs.

I ffwrdd â'r ditectifs ar drywydd y doctor, a sŵn eu traed yn atseinio drwy brif ystafell yr elordy – heibio i ddrysau di-rif, reit debyg i wardrobs wedi'u ffitio ar bob ochr, a chwe rhif ar bob drws yn dynodi faint o gyrff y gellid eu cadw ynddynt; byrddau archwilio haearn; sinciau'n sgleinio; lampau a goleuadau llachar; cloriannau; trolïau, a mwy o grôm na ffeuen enwog y Ddinas Wyntog.

Roedd y lle mor dawel â mynwent, sy'n briodol iawn

wedi meddwl, ac er eu bod mor agos at y meirw, yr unig arogl yno oedd elïau antiseptig amrywiol, gan fod y lle mor lân ag unrhyw ward yn yr ysbyty uwchben, os nad yn lanach na hynny hyd yn oed.

Daeth Quincy i stop tu allan i ddrws dur ym mhen draw'r elordy ac estynnodd lond dwrn o allweddi o boced ei siaced wen. Ystafell ar gyfer achosion yr heddlu oedd hon, achosion amheus hynny yw, fel achos Karl Homolka. Wedi iddo ffeindio'r allwedd gywir ac agor y drws, camodd Quincy i mewn a chynnau'r golau; roedd bwrdd archwilio yng nghanol yr ystafell a ffurf dynol wedi'i orchuddio â lliain gwyn yn gorwedd arno. Aeth y doctor at y bwrdd a heb rybudd, chwipiodd y lliain oddi arno gan ddadorchuddio corff noeth Karl Homolka yn ei lawn ogoniant.

Wrth gamu'n agosach at y corff, synnodd Efrog wrth weld pa mor heddychlon roedd y bwystfil yn edrych yn awr, er y gobeithiai fod ei enaid yn llechu yn Uffern, neu yn rhywle yr un mor erchyll. Ymunodd Alban â'i bartner wrth y bwrdd a denwyd ei lygaid at ddau beth ar unwaith, sef y graith ddofn ym mola'r treisiwr a'r gyllell fygythiol a orweddai ar droli sgleiniog ger y lle y safai Quincy.

"Reit 'te, doc," meddai Efrog. "Beth ddigwyddodd i'r bastard?"

14

'Nôl yng Ngerddi Hwyan, camodd Fflur drwy ddrysau prif fynediad gorsaf yr heddlu ac oedi am eiliad cyn mynd at y dderbynfa, lle'r eisteddai hen heddwas hoffus yr olwg y tu ôl i haenen drwchus o wydr. Ar y welydd y tu ôl i'r fan lle'r eisteddai – yn wir, ar y welydd i gyd o gwmpas y dderbynfa – roedd posteri'n rhybuddio ac yn atgoffa pawb o'r hyn nad oeddent i fod i'w wneud, o'r effeithiol i'r ysgytiol: 'It's 30 For a Reason' a'r ddelwedd o gorff marw mewn elordy a'r geiriau "carrying a gun can get you into the coolest places" oddi tano; i'r hynod, y rhyfeddol a'r rhai sydd mor gyfarwydd bellach fel na fydd pobl hyd yn oed yn cymryd sylw ohonynt.

Yn ogystal â'r posteri, roedd y dderbynfa'n llawn pobl. Pobl yn eistedd ac yn aros. Am beth, ni wyddai Fflur. Gwybodaeth efallai, neu newyddion. Pwy a ŵyr, ond doedd dim amser gan Fflur i'w wastraffu'n pendwmpian, roedd hi ar drywydd... rhywun... a oedd wedi gwneud rhywbeth... i'w chwaer. Efallai. Na! Nid dyma'r amser i gwestiynu ei greddfau chwaith, nid dyma'r lle i ddechrau amau ei hun a pham ei bod hi wedi dod yma.

"Sut galla i'ch helpu chi?" Daeth llais yr hen heddwas yn eglur drwy'r uchelseinyddion bach oedd wedi'u lleoli wrth ochr y gwydr er mwyn i'r ymwelwyr allu clywed yr hyn a ddywedai y tu ôl i'r gwydr.

"Uh... helô..." dechreuodd yn llawn ansicrwydd. "Eisiau siarad â Ditectif Alban ydw i. Mae e'n gweithio fan hyn..."

"Ditectif Alban?" Oedodd yr heddwas gan godi'i lygaid tua'r nenfwd wrth ystyried geiriau Fflur.

"Pen moel, sbecs."

"Ditectif Owen, ie? Alban *Owen* yw ei enw, miss. Alban yw ei enw *cynta*."

"Sorri," meddai Fflur, gan edrych ar y llawr.

"'Sdim ishe i chi ymddiheuro!" ebychodd yr heddwas gan chwerthin nes gwneud i'w enau triphlyg grynu'n llon. Cododd y ffôn a phwyso tri botwm.

"Clem! Beth yffach wyt ti'n neud yn ateb y ffôn? ... Nago's secretary 'da chi lan 'na? ... O, na, fi'n cofio nawr. Wel, ma angen un arnoch chi ... 'Drych, ma menyw lawr fan hyn eisiau gweld Alban, ydy fe o gwmpas? ... Iawn, dim problem ... hwyl nawr, Clem..."

"Sorri, ond mae Directif Owen allan, dyw Clem... sorri, Ditectif Sarjant Clements ddim yn gw'bod lle ma fe na phryd bydd e 'nôl. Sorri."

"'Sdim ishe ymddiheuro," meddai Fflur yn hwyliog. "Diolch am eich help, ond fe wna i alw 'nôl yn hwyrach."

"Chi moyn gadael neges?"

Meddyliodd Fflur am eiliad, cyn penderfynu peidio â gwneud, ond cyn iddi droi oddi wrth y ddesg, cododd yr heddwas ei lais er mwyn dal sylw rhywun oedd yn cerdded y tu ôl iddi.

"Ditectif Finch!" rhuodd, gan wneud i Fflur droi i weld pwy oedd yno. Camodd Dangerous Dan at y ddesg.

"Alright, Steve, be' ti moyn?"

"Ma'r fenyw 'ma'n edrych am Alban, ti'n gw'bod pryd bydd e 'nôl?" Cyfeiriodd at Fflur â'i aeliau, a throdd Ditectif Finch i edrych arni. Edmygodd ei phrydferthwch fel Hugh Heffner yn bwrw golwg dros gwningen obeithiol. Ac er nad oedd gan Finch gymaint o brofiad â'r hen Heff, roedd e'n ddigon o foi i gydnabod merch bert pan fyddai un yn croesi'i lwybr. Atebodd gwestiwn Steve, heb dynnu ei lygaid oddi ar Fflur.

"Na, sorri. Ma fe 'di bod mas trwy'r bore. Lawr yn y morgue yn yr ysbyty. Dyle fe fod 'nôl prynhawn 'ma..." Yna, trodd at yr heddwas tu ôl i'r ddesg er mwyn esbonio ymhellach. "Ma fe ac Efrog wedi mynd i weld Quincy am y boi 'na ffeindion nhw ddoe gyda'r gyllell yn sdico mas o'i fola, ti'n gw'bod... o, sa i'n gallu cofio'i enw fe... ro'dd enw rhyfedd arno fe..."

Ond er nad oedd Ditectif Finch yn gallu cofio'r enw, roedd Fflur yn gwybod yn iawn am bwy roedd e'n sôn. Llifodd y panig drwyddi, a gwridodd ei bochau. Sbonciodd llygadau Fflur o gwmpas yr ystafell, gan edrych i bobman heblaw at wynebau'r heddweision.

"D-d-d-iolch…" Llwyddodd i boeri, cyn troi yn yr unfan ac anelu at y drws. Cerddodd oddi yno ar frys, gan geisio rhoi cymaint o bellter rhyngddi hi a'r orsaf ag oedd yn bosibl mewn cyfnod byr o amser. 'Mhen tipyn fe'i cafodd ei hun yn eistedd ar fainc mewn parc bach tawel, heb wybod yn iawn sut y cyrhaeddodd hi yno.

Curai ei chalon fel cnocell ar foncyff coeden farw, ac anadlodd yn ddwfn ac yn araf er mwyn ailafael yn ei phatrwm anadlu arferol. Wedi i'r panig dawelu, dechreuodd feddwl a'i phen yn glir unwaith eto. Roedd un peth yn sicr: doedd neb yn ei chysylltu hi â chorff Peter Stumpp. Dim eto. Ta beth, nid oedd hi wedi gwneud dim byd iddo. Wel, bron ddim. Roedd hi wedi amddiffyn ei hun, dyna i gyd; wedi amddiffyn ei hunan-barch, heb sôn am ei bywyd. Fe oedd wedi gwneud y difrod mwyaf iddo fe'i hunan, roedd hynny'n sicr, yn enwedig o glywed lle roedd e erbyn hyn.

Doedd dim pwynt poeni am hynny hyd yn oed, gan y byddai'n amlwg beth ddigwyddodd iddo petai'n rhaid iddi esbonio wrth yr heddlu. Ac roedd y byd yn lle mwy diogel yn awr, gyda'i gorff yn oeri yn yr elordy. Roedd ganddi bethau llawer pwysicach ar ei meddwl heddiw, ond absenoldeb Ditectif Owen oedd y rhwystr cyntaf i'w harchwiliad. Ag un drws wedi'i gau am y tro, edrychodd ar ei horiawr i weld a oedd hi'n bryd ymweld â'r Coed, ond penderfynodd beidio â mynd eto gan ei bod am siarad â chynifer o buteiniaid ag roedd yn bosib ar unwaith, yn hytrach na cherdded yr holl ffordd yno, ffeindio bod y strydoedd yn wag a gorfod aros yn yr oerfel iddynt ymddangos.

Meddyliodd am Ffion a'r hyn a allai fod wedi digwydd iddi, ond roedd erchyllterau ei dychymyg yn ormod iddi. Yn enwedig gyda hangover. Gwenai Yvonne arni yn ei hatgofion o'r noson cynt, a chododd Fflur er mwyn mynd i'w gweld. Byddai wyneb cyfeillgar a llond bol o saim yn gwneud byd o les iddi...

15

Gwisgodd Quincy bâr o fenig latex glas am ei ddwylo, cyn tynnu lamp gyfagos at y corff a chynnau'r bwlb er mwyn i'r triawd gael golwg agosach ar y celain a orweddai ar y bwrdd o'u blaenau.

I Efrog, edrychai corff Karl Homolka yn debyg i gwlffyn anferth o gaws Stilton, â'r gwythiennau glas yn amlwg iawn o dan y croen. Ac er iddo weld degau o gyrff marw dros y blynyddoedd, roedd Efrog yn dal i ryfeddu sut gallai colli'r gallu i anadlu wneud i fwystfilod mwya'r ddaear hyd yn oed edrych yn addfwyn ac angylaidd.

Gosododd Quincy'r golau yn union uwchben canol corff y treisiwr, a'i bwyntio at y graith fawr ar ei fola.

"Cause of death − single stab wound to the lower abdomen..." Nid oedd y ditectifs erioed wedi cwrdd â phatholegydd oedd yn adrodd termau technegol y swydd yn Gymraeg, ond roedd 'na reswm da dros hynny, wrth gwrs, gan ei bod hi'n ddigon anodd ar adegau i'w deall yn siarad Saesneg.

"Dywedodd Crandon fod hwn yn achos cymhleth..." Torrodd Alban ar ei draws, gan ennyn golwg danllyd o gyfeiriad y doctor.

"Braidd. Ond digon syml ar yr olwg gyntaf..." oedodd i greu effaith ac edrych ar y ditectifs er mwyn sicrhau eu bod nhw'n cymryd sylw. Roedd Quincy'n falch o weld eu bod nhw'n edrych ar yr olygfa fel pâr o fabis blwydd yn gwylio *Pingu*. "Roedd rhaid ystyried un peth, un ffactor, cyn mynd ati i gynnal y post mortem…"

Roedd Efrog yn ysu am glywed mwy, ond roedd gan Quincy arferiad rhwystredig tu hwnt o oedi yng nghanol brawddegau a chymryd oes i wneud ei bwynt. Er hynny, ni fyddai Efrog yn gwneud yr un camgymeriad ag y gwnaethai Alban ryw funud yn ôl a thorri ar ei draws.

"Yn wir, roedd y ffactor yma'n amlwg hyd yn oed yn y crime scene, heb gymorth unrhyw offer arbennig. Chi'n gweld, roedd dwylo Karl Homolka'n dal i afael yng ngharn y gyllell, y gyllell hon…" meddai gan gyfeirio at yr arf bygythiol oedd yn gorwedd gerllaw "… a oedd wedi'i hangori'n ddwfn yn ei fola. Gan ystyried canfyddiadau'r post mortem, gallaf gadarnhau fod ongl mynediad y gyllell a'r graith yn awgrymu… na, sorri, yn *cadarnhau*, mai Homolka ei hun wnaeth daro'r ergyd olaf…"

"Beth?" ebychodd Alban ac Efrog ar yr un pryd, prin yn gallu credu'r honiad gan nad oedd yn swnio fel hunanladdiad arferol mewn unrhyw ffordd.

Syllodd y doctor arnynt unwaith eto, y tro hwn dros frig ei sbectol, cyn mynd 'mlaen yn benderfynol.

"Er hynny, nid wyf yn awgrymu am eiliad mai hunanladdiad yw'r achos hwn," esboniodd, gan ateb cwestiwn distaw y ditectifs.

Heb oedi ymhellach, ac er syndod i'r ddau oedd yn gwylio, gafaelodd Quincy ym mhidyn y corff marw mor ddifraw â chigydd yn byseddu Bratwürst, cyn tynnu chwyddwydr o'i boced a gwahodd y ditectifs i graffu ar yr aelod porffor.

"Hoffwn dynnu eich sylw at y marciau hyn," meddai, gan bwyntio at res o farciau pinc bychain oedd yn amgylchynu'r paladr. "Reit, amser cwis," meddai gan wenu. "Pwy all ddweud wrtha i beth achosodd y rhain?"

"Dannedd," daeth yr ateb pendant ar unwaith o gegau'r

ddau dditectif. Roeddent wedi gweld digon o achosion o drais domestig ar hyd y blynyddoedd i wybod hynny'n iawn.

"Cywir. Da iawn chi." Edrychodd Alban ac Efrog ar ei gilydd wrth geisio dyfalu a oedd y doctor yn tynnu eu coesau, ond roedd hi'n amhosib dweud gan fod Quincy'n ddyn mor od.

"Felly, gan wybod hynny, a hoffech chi glywed fy namcaniaeth i am yr achos hwn?" Ond doedd dim angen iddynt ateb gan mai cwestiwn rhethregol ydoedd, ac ymlaen yr aeth Quincy heb oedi. "O wybod hanes ac arddull ymosod Karl Homolka yn yr holl achosion eraill y bu'n gysylltiedig â hwy – a heb anghofio'i lysenw wrth gwrs, sef Jacknife fel rwy'n siŵr eich bod yn gwybod – gallwn gymryd yn ganiataol fod Mr Homolka yn bygwth ei ddioddefwraig ddiweddaraf, ei ddioddefwraig olaf, diolch byth, â'r gyllell hon fan hyn. Dim ond ei olion bysedd e sydd arni, ac mae'r llafn yn gyson â'r hyn a ddefnyddiwyd ganddo yn nifer o'r ymosodiadau eraill.

"Yn syml, credaf iddo orfodi'r ferch – gan gymryd yn ganiataol nad dyn oedd yn y cerbyd gyda fe – i sugno'i bidyn, gan ddefnyddio'r gyllell i'w bygwth. Wedyn, chwarae teg iddi, yn lle sugno'i bidyn fe gnoiodd hi mor galed ag y gallai, cyn symud ei phen mewn pryd i osgoi'r gyllell a anelodd Homolka ati mewn ymateb greddfol i'r boen arswydus. Methodd ei darged a chladdu'r gyllell yn ei fola ei hun."

Gwingodd y ddau dditectif wrth glywed y ddamcaniaeth, ond ymlaen yr aeth Quincy heb gymryd sylw ohonynt.

"Nawr, hoffwn dynnu eich sylw at lafn y gyllell." Cododd yr arf o'i gorffwysle a'i ddal o'i flaen er mwyn i Efrog ac Alban edrych yn fanylach arni. "Edrychwch ar y grib ar yr ochr yma," meddai gan bwyntio at un ochr i'r llafn. "Dyna beth angorodd y gyllell yn ei gylla. Dyna, yn syml, a laddodd Karl Homolka. Tasai'r gyllell yn ddi-grib, byddai ganddo siawns o allu tynnu'r gyllell allan, atal llif y gwaed a chael cymorth meddygol brys i achub ei fywyd. Ond, oherwydd bod yr ergyd wreiddiol wedi treiddio mor ddwfn, a'r cribau'n ei atal rhag ei thynnu allan, gwaedodd Karl Homolka i farwolaeth yn araf iawn. Heb i mi leisio fy marn yn ormodol a chamu tu hwnt i fy ffiniau proffesiynol, credaf fod y bastard wedi cael ei haeddiant…"

"Clywch, clywch," meddai Efrog, gan gytuno'n llwyr â'r doctor.

"Fe hoffwn i ysgwyd llaw â'r ferch wnaeth hyn iddo. Chwarae teg iddi. Cnoi ei goc, pwy fydde 'di meddwl!" ychwanegodd Alban yn llawn rhyfeddod, cyn i'w bartner dyrchu ymhellach.

"Oes 'na siawns fod gan yr ymosodiad hwn unrhyw beth i'w wneud â'r digwyddiadau dogging diweddar?"

"Ddim o gwbl," atebodd Quincy. "Yn fy marn ostyngedig i, wrth gwrs. Cyd-ddigwyddiad llwyr oedd lleoliad yr ymosodiad, os y'ch chi'n gofyn i fi. Roedd 'na olion esgidiau yn arwain o'r cerbyd, ar ochr y teithiwr. Rhai'r ddioddefwraig, heb os. Size six. Ond yn anffodus, oherwydd glaw trwm nos Lun, roedd yr olion yn aneglur a'r rhan fwyaf o'r dystiolaeth dan draed wedi diflannu erbyn i ni gyrraedd y lleoliad."

"Oes 'na unrhyw gliwiau eraill?"

"Ma 'na ddigon o olion bysedd y tu mewn i'r cerbyd, ac ychydig o waed nad oedd yn perthyn i Homolka, ond 'sdim byd yn cyd-fynd ag unrhyw beth ar y gronfa ddata genedlaethol. Os chi'n gofyn i fi, merch anffodus arall oedd hon. Neu ffodus, os chi'n gweld beth sydd gen i. Ta beth, mae teyrnasiad hwn wedi dod i ben – dylai'r ferch wnaeth ein helpu gael medal, yn hytrach nag achos yn ei herbyn…"

"Cytuno'n llwyr," meddai Efrog.

"A fi," meddai Alban.

Ar y gair, dechreuodd ffôn symudol Efrog glochdar, ac wedi iddo'i thynnu o'i boced a chraffu ar y rhif a fflachiai ar y sgrin fach ddigidol, gwrthododd yr alwad a rhoi'r ffôn yn ôl ym mhoced ei got.

"Sorri," meddai'n foesgar.

"Dim problem, Ditectif Evans," meddai Quincy. "Rwy'n gwneud yn gwmws yr un peth pan fo'r wraig yn galw!"

A dyna ddod â'r cyfarfod i ben ar nodyn ysgafn, gyda Quincy'n dangos ei fod yn ddynol wedi'r cyfan.

16

Wrth droi'r cornel a chamu i lawr y brif ffordd drwy ganol ardal Tŷ Coch, canodd ffôn Fflur gan ddatgan fod 'na neges destun yn ei disgwyl. Estynnodd y ffôn o'i phoced a darllen:

```
Fflr¬ ffnia dy rieni c.g.a.b.m.
Ma nhw poeni amdnat. Cym bwyll¬ Gut.
```

Digon teg, meddyliodd Fflur, gan gofio'r ffordd yr edrychodd Wil Brynhyrddod arni yn y dafarn echnos. Bodiodd neges gyflym yn ôl – o gwrteisi'n fwy na dim – er mwyn cadarnhau ei bod wedi derbyn y neges ac ar fin gweithredu, cyn ffeindio rhif ei rhieni a gwasgu'r botwm gwyrdd. Canodd y ffôn am amser maith, cyn i Fflur ganslo'r alwad a rhoi cynnig arall arni. Ar ôl y trydydd cynnig, gwylltiodd am nad oedd ei rhieni'n ateb. Beth oedd y pwynt poeni yn y lle cyntaf, os nad oeddent yn fodlon derbyn yr alwad a chlywed ei llais? Wedi iddi roi un cynnig olaf arni, lluniodd Fflur neges destun a'i anfon at Guto:

Gut. Wdi csio ffnio M a D ond nb n atb.
Fin iwn. Pss it on. Pls. Fflr x.

Rhoddodd y ffôn yn ei phoced a cherdded yr hanner canllath olaf â delwedd o'i rhieni'n gwrando ar y ffôn yn canu ond ddim yn symud i'w hateb. Os nad oedden nhw am ei hateb, y peth lleia y gallent ei wneud oedd prynu peiriant ateb!

Roedd y stryd yn brysur iawn heddiw − yn brysurach hyd yn oed na bore ddoe − gyda cherbydau ym mhobman a'r bobl fel pla ar y palmentydd. Roedd y bwrlwm bron yn ormod i Fflur, ac roedd yn falch iawn o gyrraedd lloches gyfarwydd y Badell Ffrio. Agorodd y drws ac eistedd wrth yr unig fwrdd gwag yn y caffi. Edrychodd o'i chwmpas a gweld mai'r un cymysgedd o gwsmeriaid oedd yno o hyd − hynny yw, dim amrywiaeth o gwbl, dim ond heddweision gwryw bob un. Er iddi gael ei dychryn ynghynt yng ngorsaf yr heddlu, roedd y panig wedi diflannu erbyn hyn ac roedd eistedd i lawr i gael cinio yng nghmwni tua deunaw heddwas yn deimlad reit gysurus, rhaid cyfaddef.

"Hei, dol," cyfarchodd Yvonne hi wrth hwylio heibio yn cario platiau brwnt yn ôl i'r gegin. Gwenodd Fflur arni, er nad arhosodd Yvonne i sgwrsio. Roedd dwy weinyddes arall ar ddyletswydd heddiw, ac roedd Yvonne yn edrych yn llawn bywyd, o ystyried y noson cynt a'r bore cynnar a'i dilynodd.

Cododd Fflur y fwydlen a dechrau darllen, ac er nad oedd hi eisiau gweld bwyd y Badell Ffrio ar ddiwedd ei shifft y diwrnod cynt, roedd llond plât o gig a saim yn apelio'n fawr ati bellach, diolch i ôl-effeithiau'r alcohol. Ond, cyn iddi benderfynu, teimlodd law ar ei hysgwydd a throdd i weld Yvonne yn sefyll yno'n tynnu ei chot am ei sgwyddau.

"Tyd, dol, mas o 'ma. Ma angen rhywbeth cryfach na

choffi arna i i ginio," a heb oedi, cododd Fflur a dilyn ei ffrind allan i'r stryd.

"Sorri am 'na, dol, ond sa i moyn aros fan 'na i gael fy nghinio. Ewn ni i'r pub. Bloody Mary a llond plât o chips."

Y dafarn agosaf oedd y Tŷ Coch Inn, hen dafarn oedd bellach yn nwylo rhyw gorfforaeth a'r lle wedi colli pob hud o'r oes a fu, yn sgil unffurfiaeth y tu mewn a'r arogl rhyfedd a dreiddiai o'r gegin oedd yn arbenigo ar gynhyrchu prydau bwyd yn y popty ping.

Wedi iddynt archebu byrger a chips yr un wrth y bar, eisteddodd y ddwy wrth fwrdd tawel yng nghornel y dafarn. Yfodd Fflur beint o Coke, tra bod gan Yvonne ddau ddiod o'i blaen – Bloody Mary a pheint o ddŵr; un i helpu gyda'r hangover a'r llall i'w hailhydradu.

Taniodd Yvonne sigarét a thynnu'n ddwfn arni, cyn ymlacio'n ôl yn ei chadair gyfforddus a llowcio gwaed Mari fel tasai'n fampir.

"Blydi hel, dol, am fore!"

"Beth ddigwyddodd?"

"Dim byd anarferol, ond ma ceisio gwneud y job yn sobor yn ddigon anodd, tra bod ceisio'i gwneud gyda hangofer mwya'r mis yn her a hanner! Fi'n barod i fynd i'r gwely… neu o leia aros yn y pub…"

Gwenodd Fflur arni, gan ryfeddu at ei harchwaeth.

"Do'n i ddim yn teimlo'n dda pan godais i'r bore 'ma, chwaith, a diolch am dy help…"

"Be ti'n feddwl?"

"Y pils a'r diod a'r gwely. Fi'n teimlo'n tip-top erbyn hyn!"

"Paid dweud 'ny, dol, sa i moyn clywed am dy fore diog…"

"Sorri."

"'Sdim eisiau i ti ymddiheuro, dol, jyst jocan ydw i. Bai neb ond fi'n hunan yw hwn, ta beth. Dal heb ddysgu!"

"Wel, dwyt ti ddim yn edrych yn rhy wael…"

"Diolch, dol, ond dylset ti 'di 'ngweld i ben bore yn serfio bwyd am wyth o'r gloch. Llanast llwyr a digon i roi rhai off eu brecwast!"

"Sa i'n gallu credu hynny…"

Gwenodd Yvonne gan werthfawrogi'r ganmoliaeth a'r ffordd y cochodd Fflur ar ôl dweud hynny. Ond cyn iddi allu ateb, daeth y bwyd a bu tawelwch.

Wedi bochio'r byrgers a'r sglods a'r salad pitw, taniodd Yvonne sigarét arall. Gwyliodd Fflur hi'n chwythu mwgfodrwyon, ac er bod Yvonne yn ymwybodol fod ei ffrind yn syllu arni, ni ddangosodd hynny. Yn hytrach, parhaodd i fyfyrio'n fyglyd gan fwynhau'r tawelwch oedd yn gorwedd drostynt, mor gyfforddus â'r flanced y gobeithiai ei rhannu gyda Fflur yn ei gwely yn y dyfodol agos.

"Felly, sut ma'r archwiliad yn mynd, Miss Marple?" gofynnodd Yvonne wrth dagu'r mwgyn yn y blwch llwch.

"Wel, ddim yn wych ar hyn o bryd," cyfaddefodd Fflur. "Ond fi ar y ffordd i'r Coed ar ôl cinio, i gael gair gyda'r merched sy'n gweithio yno…"

"Bydd di'n ofalus, iawn, dol. Ma'r lle na'n llawn fuck-ups mwya'r ardal 'ma…" ond tawelodd cyn gynted ag y cofiodd fod chwaer Fflur wedi bod yn byw yn y Coed yn ystod wythnosau olaf ei bywyd. Ond ni sylwodd Fflur ar hynny, gan ei bod yn rhy brysur yn sychu'r sos coch oddi ar ei phlât gyda sglodion olaf ei chinio.

"Fi'n gw'bod," meddai. "Ond mae gen i rywbeth i fy amddiffyn…" ac agorodd ei phwrs er mwyn dangos ei gynnwys i Yvonne. Pan welodd hi'r gyllell rhyngddynt ar y bwrdd, ei greddf gyntaf oedd poeni fwy fyth, ond wedyn edrychodd Yvonne ar ei ffrind – ar ei sgwyddau llydan a'i breichiau cryf gan sylwi nad ar chwarae bach y byddai Fflur yn ildio wrth fynd ar drywydd ei chwaer. Ychwanegwyd parch diffuant at y cyfuniad o emosiynau a deimlai tuag ati'n barod.

17

Ar ôl rhoi corff Karl Homolka 'nôl yn yr oergell, diffodd pob golau a chloi'r drws drachefn, arweiniodd Quincy'r ddau dditectif yn ôl i gyfeiriad y lifft. Wedi iddo ailadrodd ei farn ynghylch haeddiant yr aml-dreisiwr o'r Almaen, ysgydwodd Quincy ddwylo'r ddau ymwelydd wrth iddynt aros am y lifft i fynd â nhw yn ôl i dir y byw.

Agorodd y drysau a chamodd y tri o'r ffordd er mwyn gadael i borthor ifanc â gwallt hir tywyll a chlustlysau arian di-rif yn hongian o'i labedau, wthio gwely symudol gydag aelod anffodus diweddaraf yr elordy'n gorwedd arno o dan orchudd lliain gwyn.

"Bore da," meddai'r porthor, braidd yn ddifeddwl.

"Ddim i bawb, Rhod?" atebodd Quincy, â gwên fach ryfedd yn dawnsio ar ei wyneb.

"Paid bod mor morbid, Q!" ebychodd Rhod, gan synnu'r ditectifs gyda'i ffraethineb tuag at y patholegydd profiadol. Ni fyddai Efrog nag Alban wedi mentro bod mor haerllug, ond gwenu wnaeth Quincy.

"Mae'n rhan annatod o'r swydd, yn anffodus, Rhod bach."

"Ddim i bawb," daeth yr ateb, wrth i'r porthor wthio'i lwyth rownd y cornel a diflannu o'r golwg, a'i gamau'n dal i atseinio oddi ar y welydd noeth.

"Diolch, Quincy," meddai Alban wrth gamu i'r lifft gydag Efrog wrth ei sodlau.

"Pleser. 'Sdim byd yn well na gweld bwystfil fel Homolka yn rhynnu mewn oergell."

"Clywch, clywch," ychwanegodd Efrog, wrth wasgu'r botwm ac aros i'r drysau gau.

"A phob lwc gyda'r ymddeoliad, Ditectif Evans. Gwnewch eich gorau i gadw allan o drwbl yn ystod y dyddiau nesaf nawr," meddai gan chwerthin ar ei jôc wan ei hun.

Piffian chwerthin o ran cwrteisi wnaeth y ddau ditectif.

I fyny aeth y lifft, ac yna, allan i'r awyr iach yr aeth y ditectifs, gan anelu am y car oedd yn aros amdanynt yn ei fan parcio anghyfreithlon. Hyd yn oed hanner canllath i ffwrdd, gallai Efrog weld fod yna docyn yn aros amdanynt.

Gorweddai'r tocyn o dan un o'r wipers, a chwifiai'r papur gwyn yn wyllt yn yr awel, fel aderyn y môr wedi'i ddal mewn magl.

Cyn agor drws y car, sicrhaodd Alban nad oedd clamp melyn ar un o'r olwynion, tra gafaelodd Efrog yn y tocyn a'i blygu'n ei hanner a'i roi yn ei boced. Byddai'n herio dilysrwydd y tocyn cyn gadael ddydd Gwener. Wedi'r cyfan, roeddent yn yr ysbyty ar fusnes swyddogol yr heddlu, felly ni ddylai diddymu'r ddirwy fod yn broblem.

"Blydi Nazis!" ebychodd Efrog wrth eistedd yn y car, lle'r arhosai Alban amdano â'r injan eisoes yn rhedeg. "Ma nhw i gyd yr un peth, y rhai dwi 'di cwrdd â nhw, ta beth. Jobsworths go iawn, os buodd rhai erioed. Ma'r yrfa'n eu denu nhw fel... fel..." ond ffaelodd â meddwl am gymhareb.

Gwenodd ei bartner a nodio'i ben, cyn rhoi'r car mewn gêr, rhyddhau'r brêc llaw a'i lywio'n araf tua'r allanfa.

Teithiodd y ddau yn ôl tuag at Erddi Hwyan, gan drafod

diwedd annisgwyl – ond hollol haeddiannol – Karl Homolka. Er bod yna gymhlethdod amlwg yn y ffordd y bu farw, gobeithiai Alban y gallai gau'r achos heb archwiliad pellach. Nid oedd rhai pobl yn haeddu cael yr heddlu'n ymdrechu i ganfod beth ddigwyddodd iddynt, ac roedd Karl Homolka'n ffitio'r proffil hwnnw i'r dim. Y gwir yw ei fod wedi ymosod ar ddegau o ferched dros y pymtheg mlynedd diwethaf, heb gael ei gosbi am yr hyn a wnaeth. Tan nos Lun, wrth gwrs. Ym marn Alban, dyna ddiwedd ar yr achos. Fel y dywedodd Quincy ynghynt, medal roedd y ferch a gynorthwyodd gyda marwolaeth y treisiwr yn ei haeddu, yn hytrach na chael ei herlid, ei chwestiynu a'i chyhuddo. Gobeithiai Alban y byddai Crandon yn cytuno ag ef.

Ar gyrion Gerddi Hwyan, gyrrodd y car heibio i borth dros-ben-llestri plasty'r Maer. Mynedfa i ystâd eang oedd y gatiau euraid cywrain, gyda phen ceffyl ar un hanner – yn dynodi ei lysenw o'i yrfa flaenorol – a phriflythrennau ei enw, sef GB, ar yr hanner arall. Tu ôl i'r gatiau roedd lôn gul yn arwain drwy goed am tua chwarter milltir cyn cyrraedd plasdy Eidalaidd yr olwg, gyda cholofnau marmor tal bob ochr i'r drws ffrynt, gerddi crand yn llawn planhigion estron, pwll nofio a thwll golff tair ergyd. Roedd yr adeilad fel rhywbeth o Beverly Hills, ond heb yr heulwen di-dor, wrth gwrs.

Oherwydd natur ddrwgdybus y ditectifs, roedd preifatrwydd yr ystâd a chyn-hanes y Maer yn gwneud iddynt ei amau o bob math o bethau. Roedd yna sibrydion ei fod yn cynnal partïon 'preifat' yng nghwmni rhai o 'wynebau' isfyd yr ardal leol a thu hwnt – gyda phuteiniaid, gêmau pocer a gornestau paffio anghyfreithlon, heb sôn am bethau anfoesol ac amheus, yn digwydd yno.

Nid oedd y ditectifs yn gwybod a oedd hynny'n wir ai peidio, gan nad oedden nhw erioed wedi cael gwahoddiad i ddigwyddiad o'r fath. Ond, roedd hi'n ffaith fod y Maer yn ffrind agos i Brif Gomisiynydd Heddlu De Cymru, ac roedd hynny'n golygu ei fod yn rhydd i wneud fel y mynnai.

Corddai'r casineb ym mêr esgyrn Efrog wrth ystyried hynny, a thaniodd sigarét er mwyn cael gwared ar y blas cas o'i geg. Roedd meddwl am dderbyn gwobr oddi wrth y bastard y diwrnod canlynol yn ei lenwi ag atgasedd pur, ond roedd dychmygu'r parti fyddai'n digwydd wedyn – yn nhŷ'r Maer, os oedd Crandon i'w gredu – yn waeth o lawer rywsut.

Parciodd Alban y car unwaith eto ym maes parcio'r Butchers, ac i mewn yr aeth y ddau i gael cinio. Yn wahanol i'r diwrnod cynt, nid osgoi gwaith oedd bwriad yr ymweliad heddiw, ond llenwi'u boliau. Er hynny, roedd cwpwl o beints gyda'r pryd yn anochel.

Ar ôl archebu – Clarks pie a chips bob un – fe aethant â'u diodydd ac eistedd yn union yr un lle â ddoe. Cornel tawel, mas o'r ffordd. Er, rhaid cyfaddef, roedd y dafarn gyfan yn dawel heddiw, gan mai dim ond un cwsmer arall oedd yno.

"Ti'n barod am fory, 'te?" gofynnodd Alban, cyn llowcio'i beint a llyfu ei wefusau ar ôl gwneud, er mwyn cael gwared ar y mwstásh ewynnog.

"Paid sôn am hynny, Al. Ti'n gw'bod sut dwi'n teimlo am yr holl beth."

"Blydi hel, Efrog, ti'n ffwc o foi blin. Mae'n anrhydedd, siŵr iawn. Keys to the city... Jyst gwena yn y mannau cywir a bydd yr holl beth drosodd mewn hanner awr..."

"In theory, ond beth am y blydi parti fydd yn dilyn?"

"Parti yw e, cyfle i gael 'bach o hwyl, cwpwl o ddrincs, dweud ta-ta..."

"Bullshit yw hwnnw 'fyd."

Ysgydwodd Alban ei ben a gwenu ar ei bartner. Beth yn y byd oedd yn bod arno fe?

"Wel, ti'n haeddu'r wobr, sdim ots beth ti'n feddwl."

"Ti'n swnio fel Crandon nawr, 'na beth ddywedodd e pan dries i osgoi'r holl beth, ond yr unig wobr mewn gwirionedd yw'r bywyd newydd sy'n aros amdana i yn Sbaen. Sa i'n bwriadu dod 'nôl i Gymru wedyn, ti'n gw'bod…"

"Ti *wedi* dweud 'ny o'r blaen, unwaith neu ddwy…" atebodd Alban.

"Gei di ddod i aros 'da fi, cofia, unrhyw bryd ti moyn…" meddai Efrog, gan anwybyddu coegni ei bartner.

"Diolch, Efrog." Cododd Alban ei wydr unwaith eto, ond gwyddai na fyddai byth yn gweld Efrog ar ôl dydd Gwener. Ac roedd meddwl am aros gyda'r hen ddyn yn codi arswyd arno.

"Ond 'so ti'n cál aros am fwy nag wythnos ar y tro," ychwanegodd Efrog, gan ddenu gwên arall i wyneb Alban.

"Paid poeni am hynny, Ef, sa i'n meddwl allen i handlo mwy na chwpwl o ddyddiau yn dy gwmni di, ta beth !"

"Falch clywed," gwenodd Efrog, wrth i'r barman weini'r bwyd.

18

Gwyddai Fflur ei bod ar gyrion y Coed am ddau reswm. Yn gyntaf, roedd hi wedi edrych ar y map er mwyn cael cadarnhad; ac yn ail, roedd gwedd ac awyrgylch y strydoedd a'r ardal wedi newid cryn dipyn yn ystod y canllath diwethaf. Ac yn awr, yn lle tai teras di-ben-draw, gallai weld fflatiau uchel o'i blaen, ysbwriel o dan draed ac yn mygu'r cloddiau, arhosfan bysiau wedi'i malu wrth ei hochr a char wedi'i losgi'n ulw yr ochr draw i'r ffordd.

Hwn, heb os, oedd twll din Gerddi Hwyan, hunllef dywyll breuddwyd Dickie.

Cerddodd yn ei blaen yn wyliadwrus, a'i llaw dde yn ei phwrs yn gafael yn dynn yng ngharn y gyllell. Gallai weld nifer o ferched yn sefyll ar y stryd o'i blaen. Nid oedd Fflur erioed wedi dychmygu, heb sôn am weld, y fath le yn ei byw ac roedd ei hofn bron â'i gorchfygu. Anadlodd yn ddwfn gan ddifaru dod i'r lle, ond wedyn cofiodd *pam* ei bod yno a pham fod yn rhaid iddi ddal ati.

Ceisiodd ddychmygu ei chwaer yn troedio'r un llwybr, ond roedd hynny'n amhosib. Roedd ei chalon yn torri wrth feddwl am Ffion a'r rheswm pam y daeth hi i'r Coed yn y lle cyntaf, ond ni chafodd gyfle i ymhelaethu ar hynny.

"Ffi-ffi, Ffi-ffi!"

Daeth y llais o'r tu ôl iddi, felly trodd Fflur yn ei hunfan, a'r gyllell yn ei gafael, yn barod am unrhyw beth. Yn rhedeg tuag ati roedd merch ifanc, tua'r un oed â Fflur. Putain oedd hi. Roedd hynny'n amlwg, diolch i'w sgert fer PVC lliw coch, bŵts UGG rhad a siaced denim dros fest fach a oedd yn arddangos ei nwyddau. Roedd ei gwallt yn dywyll a'i hwyneb yn goch. Roedd hi'n brydferth hefyd, er nad oedd ei phrydferthwch ar ei orau yn awr, a hithau'n rhedeg fel ffŵl tuag at Fflur.

"Ffi-ffi!" ebychodd unwaith eto pan gyrhaeddodd hi Fflur. Pwysodd ei dwylo ar ei chluniau er mwyn cael ei gwynt ati, cyn estyn pecyn o Sky Superkings o boced mewnol ei siaced a thynnu'n ddwfn ar ôl cynnau'r sigarét. "Sorri, Ffi, aros am eiliad, fi braidd yn gallu anadlu fan hyn…"meddai, gan sugno ar y mwg.

Edrychodd Fflur arni'n tynnu mwg a brwydro am anadl, a chododd ei llaw at ei boch lle roedd y graith. Rhaid oedd datgelu'r gwir wrth y ferch yma, cyn dechrau ar ei ymholiadau.

"Dim Ffion ydw i..." dechreuodd, ond ni chafodd gyfle i ddweud dim mwy.

"Ffion?" Roedd yr olwg ar wyneb y butain yn llawn cwestiynau.

"Ffion. Ffi-ffi. Dim fi yw Ffi-ffi," esboniodd Fflur yn araf mewn llais eglur.

"Ond ti yn poet and you don't knows it!" daeth yr ateb, a llond ceg o chwerthin ar ei ôl. Gwenodd Fflur arni ac estyn ei llaw.

"Fflur ydw i. Chwaer Ffion... Ffi-ffi."

"Chwaer? Ond chi'n edr..."

"Efeilliaid. Fi yw efaill Ffion, Ffi-ffi."

"Beth ti'n neud 'ma?"

"Edrych am Ffion, neu o leia ceisio ffeindio beth ddigwyddodd iddi."

"Wyt ti gyda'r cops?"

"Na, na, dim byd fel 'na," atebodd Fflur heb oedi. Roedd hi eisiau i'r puteiniaid deimlo'n ddiogel yn ei chwmni, felly roedd yn hanfodol lladd y syniad yna cyn iddo ddechrau lledu. "Fi'n trio ffeindio mas beth ddigwyddodd iddi. Yw hi wedi marw, neu wedi rhedeg i ffwrdd neu beth? Fi'n gorfod gwneud hynny achos fod yr heddlu wedi rhoi'r gorau i geisio. Dim ond y gwir dwi eisie, does dim agenda arall 'da fi. Wyt ti'n gallu'n helpu fi o gwbl? Mae'n amlwg dy fod yn 'i nabod hi..."

"Roedd pawb yn nabod Ffi-ffi – hi oedd y ferch fwyaf gorgeous yma am gyfnod..." Tawelodd llif ei geiriau wrth iddi sylwi ei bod yn sôn am Ffion yn y gorffennol. "Dere gyda fi i gwrdd â gweddill y merched. Newn ni bopeth allwn ni i dy helpu di."

Ac i ffwrdd aeth Fflur gan ddilyn Lynette, neu Lyn fel y

galwai ei hun, tuag at griw o ferched proffesiynol oedd yn aros am fusnes yn yr awyr iach.

Wrth agosáu atynt, gallai Fflur weld mai dim ond rhyw ugain o gyrff oedd yn gweithio ar hyn o bryd, ond gyda phob cam gallai deimlo'u llygaid yn syllu a'r bwrlwm yn dechrau berwi. Clywodd enw ei chwaer yn cael ei sibrwd yn y gwynt, ac erbyn iddi gyrraedd y palmant penodol, roedd yr ugain merch yn cau mewn cylch amdani. Ond, yn hytrach na'r ofn y disgwyliai ei deimlo, roedd hi'n amlwg o'r dechrau fod pob un ohonynt yn falch o weld 'Ffi-ffi', a phawb yn ei chyfarch gyda gwên. Er hynny, tawelodd Lyn nhw i gyd gyda'i geiriau.

"Stop! Shurrup! BYDDWCH YN FUCKIN' DAWEL!" gwaeddodd, a thawelodd pawb bron ar unwaith. "Dim Ffi-ffi yw hon, ond ei chwaer Fflur…" Cododd ochenaid o gyfeiriad y merched wrth glywed hyn, fel pe tasent i gyd yn cymryd rhan mewn pantomeim. "Mae hi'n edrych am Ffi-ffi…"

"Ca' dy geg, Lyn, fi'n siŵr 'i bod hi'n gallu dweud wrthon ni 'i hunan!" awgrymodd un o'r merched hŷn, garw yr olwg, a gwrandawodd Lyn arni fel merch fach dda.

"Reit… ie… wel…" dechreuodd Fflur, gan frwydro i ddod o hyd i'r geiriau. Roedd y cylch yn dynn amdani erbyn hyn, a'r llygaid colurdrwm yn disgwyl am yr hanes. "Aeth Ffion, fy chwaer…"

"Efeilliaid!"

"Ca' dy ben Lyn!"

"Sorri…"

"Caria mlaen, luv."

"Diolch. Wel, ie, 'sneb wedi gweld na chlywed gan Ffion ers dros fis bellach. Mae'r heddlu wedi rhoi'r gorau i'r archwiliad, ond sa i wedi. Fi 'di dod i Erddi Hwyan i ffeindio mas beth ddigwyddodd iddi. Sdim byd 'da fi i' neud 'da'r heddlu, dwi'n chwilio ar 'y mhen 'yn hunan…" Teimlai Fflur fel ffŵl wrth ddweud hynny a hithau'n ddim byd mwy na merch ffarm gyffredin yn gweld eisiau ei chwaer. "Fi 'di dod fan hyn, achos fan hyn roedd Ffion yn gweithio yn ystod ei hwythnose a'i misoedd diwetha. Mae angen help arna i, a bydde unrhyw wybodaeth yn cael ei gwerthfawrogi…"

Camodd y butain hŷn, a oedd wedi codi ei llais at Lyn ynghynt, i'r tu blaen, gan gynnig ei hun fel llefarydd y grŵp.

"Reit, luv, does dim lot gallwn ni weud really. Mae'n wir fod Ffi-ffi yn gweithio 'ma o bryd i'w gilydd, ond doedd hi ddim 'ma bob dydd. Casual oedd hi, dim lifer fel y rhan fwya ohonon ni. Ta beth, bob tro roedd hi 'ma, hi oedd y cynta i gael ei dewis, y cynta i gael busnes. Beth bynnag, doedd dim enemies ganddi fan hyn, ni i gyd yn one big happy family, pawb yn ceisio gwneud bywoliaeth, dim mwy, dim llai. Ma natur ein busnes yn meddwl cadw cyfrinache, ac mae pawb yn eitha gofalus. Y lleia chi'n gw'bod, y lleia chi'n gallu dweud wrth y cops. Mae'n gwneud sens ar ôl hala chydig amser yn gweithio'r stryd," ychwanegodd, pan welodd yr olwg wag ar wyneb Fflur.

"Beth am noson ola Ffi-ffi, beth ddigwyddodd, unrhyw beth amheus?"

Mwmiodd y cynulliad mewn ymateb i'r cwestiwn, ond yr un butain atebodd eto.

"Dim byd out of the ordinary, really, ond aeth Ffi-ffi gyda'r Blaidd ar ei noson ola, a sneb wedi'i gweld hi ers 'ny…"

"Y Blaidd?!" ebychodd Fflur. "Pwy yn y byd yw'r Blaidd?"

"Dim dyna'i enw iawn, obviously, jyst enw i ni 'di roi

iddo fe dros y blynyddoedd. Mystery man go iawn. Sneb yn gw'bod pwy yw e a sneb wedi gweld 'i wyneb yn glir. Ffenestri tywyll ar y car, ti'n gweld. Anyway, roedd y Blaidd yn regular, er nad yw'n dod yma fwy nag unwaith y mis…"

"Felly, dim Ffion oedd y cynta i fynd 'da fe?"

"Na, dim o gwbl. Ond, a dyma'r peth rhyfedd am y Blaidd, sneb yn cofio dim am y noson ar ôl bod 'da fe yn ei gar. Ma'r manylion yn sketchy, er bod rhai o'r merched yn meddwl mai dewis merch ar gyfer dyn arall yw 'i waith e – ei fòs e yw'r cwsmer, dim fe 'i hunan."

"Pam nag yw'r merched yn gallu cofio dim?"

"Rohypnol. GHB."

"RohypnolGHB? Beth yw RohypnolGHB?"

"Cyffur. Cyffuriau. Rohypnol a GHB. Date rape drugs. Ma nhw'n cael 'u ddefnyddio gan ddynion sydd eisie cymryd mantais o ferched mewn nightclubs ac ati. Mae'n eu bwrw nhw mas bron ar unwaith, ac felly'n ei gwneud hi'n hawdd i'r dyn eu ffwcio…"

"Ond… ond roedd y Blaidd, neu fòs y Blaidd yn talu…"

"Dyna beth sy ddim yn gwneud synnwyr. Trwy fynd yn y car, ni'n cytuno i neud beth bynnag mae'r cwsmer yn ei ofyn, ond 'na'r unig beth y gallwn ni feddwl amdano…" A mwmiodd y criw eu cytundeb.

"Ydy'r fath beth yn gyffredin?"

"Na, dim really. Ond er nad yw'r merched yn cofio rhyw lawer am y noson cynt, ma nhw'n cael eu talu'n hael tu hwnt am eu hymdrechion… beth bynnag oedd hynny. Y gwir yw ein bod yn cwrdd â lot o weirdos fel rhan o'r swydd. Freaks a fuck ups bron pob un, ond ma'r Blaidd yn talu mor dda, fel bod pawb eisie mynd 'da fe pan ma nhw'n gweld 'i gar yn gyrru heibio…"

"Hyd yn oed ar ôl i Ffion ddiflannu?"

"Wel, na, ddim cweit. Ni moyn gw'bod beth ddigwyddodd iddi 'fyd – ond sa i'n meddwl mai newyddion da fydd yn dy ddisgwyl di. Dim Pretty Woman senario. Dim byd fel 'na…"

"Fi'n gw'bod 'ny, ond rhaid i rywun dalu…" teimlai Fflur yn anghyfforddus yn siarad felly. Pwy oedd hi i wneud unrhyw beth i ddial? Ond, er mawr syndod iddi, roedd y merched yn llawn cefnogaeth.

"Too right, ond sut? 'So ni 'di gweld y Blaidd ers hynny, a 'so ni'n disgwyl 'i weld e byth 'to, chwaith."

Gyrrodd car heibio ar y gair, yn araf bach gyda'r cwsmer yn syllu ar y merched drwy'r ffenest. Torrodd cwpwl o'r merched yn rhydd o'r dyrfa gan geisio denu'r dyn i'w dewis, ond ymlaen yr aeth ac o'r golwg rownd y cornel. Wrth ei wylio'n mynd, daeth cwestiwn newydd o geg Fflur.

"Ble roedd hi'n aros yn ystod yr wythnose diwetha?"

"Gyda Jack," daeth yr ateb cydadroddllyd.

"Jack?"

"Ie. Jack Devine. Hen foi sy'n byw yn nhop y bloc o fflats 'na," meddai'r hen hŵr, gan bwyntio bys main i gyfeiriad ei chyfarwyddiadau. "Ro'dd yr hen ddyn yn obsessed 'da Ffi-ffi o'r eiliad y gwelodd hi am y tro cynta…"

"Pa rif yw'r fflat? Rhaid i fi siarad 'da fe."

"Llawr ucha, sa i'n gw'bod y rhif, ond fe sy'n berchen y llawr cyfan."

"Y llawr cyfan? Sut?"

"Y ffordd arferol," daeth yr ateb. "Cyffurie."

Ar ôl diolch i'r merched am eu cymorth a chael cyfarwyddiadau sut i gyrraedd y fflat, i ffwrdd yr aeth Fflur ar drywydd Jack Devine. Wrth edrych o'i chwmpas ar yr ystâd druenus, roedd hi'n rhyfeddu fwyfwy at hanes ei chwaer gyda phob darn o wybodaeth newydd a glywai. Cyffurgi. Putain. A nawr yn cyd-fyw gyda hen ddyn oedd yn digwydd bod yn ddeliwr cyffuriau a chael ei herwgipio gan Flaidd! Beth yn y byd oedd yn digwydd 'ma?

Er bod ei phen yn chwyrlïo, roedd hi'n ddigon effro i wybod y byddai siarad gyda Jack Devine efallai'n datgelu rhai pethau ynghylch wythnosau olaf Ffion ar dir y byw. Eto i gyd, y Blaidd oedd y person roedd gwir angen cael gafael ynddo. 'Da fe oedd yr allwedd i agor y drws; fe oedd yr oracl, ceidwad y gwir.

19

Gyda'u boliau'n llawn a'u hanadl yn drewi o alcohol, dychwelodd Efrog ac Alban i'r swyddfa er mwyn gwneud ychydig o waith papur hanfodol a llenwi'r oriau oedd yn weddill tan ddiwedd y dydd.

Ar wahân i lais dwfn Crandon, oedd i'w glywed drwy ddrws agored ei swyddfa yn taranu ar rywun anffodus ar ben arall y ffôn, roedd y lle'n hollol wag, heb unrhyw arwydd o'u cyd-weithwyr yn unman. Dim ond yr arbedwyr sgrin amrywiol oedd yn gwarchod dinasyddion Gerddi Hwyan heddiw – a chwpwl o dditectifs diod-ddiog, hynny yw.

Ond, cyn i'w tinau ymgyfarwyddo â'r cadeiriau troelli, allan o'i swyddfa daeth Crandon a brasgamu tuag atynt yn cario mw`g o goffi ffres.

"Beth chi'n feddwl o ddiwedd rhyfedd achos Karl Homolka 'te, bois?" gofynnodd, gan eistedd yng nghadair Dangerous Dan a gosod mw`g tîm rygbi'r Gweilch ar bentwr o waith papur ar ddesg y ditectif ifanc.

"Rhyfedd iawn…" dechreuodd Alban, gan syllu ar y diod

crasboeth a difaru peidio â phrynu un o'r peiriant lawr stâr
wrth basio.

"A reit ddoniol 'fyd..." ychwanegodd Efrog gan wneud
i Crandon edrych arno'n syn, ac annog yr hen dditectif i
esbonio. "Come on, mae eironi anghredadwy yn yr achos
'ma." Ni allai Efrog gredu bod yn rhaid iddo esbonio'i hun,
gan fod popeth mor eglur yn ei feddwl. "Wel, efallai dim
doniol doniol, ond roedd y ffaith iddo'i ladd ei hun gyda'r
un gyllell, yr un arf, ag roedd e wedi bod yn ei defnyddio i
ddychryn ac ymosod ar ferched ers blynyddoedd yn dod â
gwên i fy wyneb i, o leia. Fel dwedodd Quincy, ma fe 'di
cael ei haeddiant..."

"Ac mae'r wlad a'r byd yn lle mwy diogel oherwydd
hynny..." torrodd Alban ar ei draws.

"Ac mae'r diolch am hynny i'r ferch wnaeth sefyll lan i'r
bastard..."

"Sefyll lan!" ebychodd Crandon. Cyn bloeddio "Plygu
lawr!" a chwerthin fel dyn gwyllt ar ei jôc amlwg.

"Da iawn, syr," meddai Efrog gan ymuno yn y chwerthin,
er nad oedd e wir yn meddwl hynny.

"Pob parch iddi, wir nawr. A chi'n iawn hefyd, Ditectif
Evans, mae'r holl beth yn reit ddoniol."

"Ydy, syr."

"Ond beth mae hyn yn ei olygu o ran yr achos, syr?"
gofynnodd Alban, gan mai fe fyddai'n gorfod parhau â'r
archwiliad, yn sgil ymddeoliad Efrog.

"Beth?" daeth yr ateb, gan nad oedd Crandon yn gwrando
gair oherwydd yr holl chwerthin.

Ailadroddodd Alban ei gwestiwn ac ymhelaethu rhyw
ychydig.

"Beth mae hynny'n ei olygu o ran yr archwiliad, syr?
Hynny yw, mae diwedd un yn agor un arall yn yr achos

hwn. Mae marwolaeth Homolka yn golygu ein bod yn gallu cau'r holl archwiliadau agored lle mae e dan amheuaeth, ond mae ei farwolaeth ryfedd e'n arwain at achos arall, sef beth yn gwmws ddigwyddodd ac yn y blaen ac yn y blaen…"

"Medal sydd angen arni, dim…" awgrymodd Efrog, ond ni chafodd gyfle i orffen ei frawddeg gan fod Crandon bellach wedi deall ymholiad Alban.

"Dim byd am nawr, Ditectif Owen. Peidiwch gweithredu tan yr wythnos nesa o leia, ac wedyn dim ond ar fy ngorchymyn i. Rhaid cytuno'i fod e wedi cael ei haeddiant. A chi'n iawn, Ditectif Evans, mae'r ferch anhysbys yn haeddu medal am ei dewrder a'i rhan yn yr holl beth. Diweddarwch y manylion ar y system, ac wedyn anghofiwch am yr holl beth am nawr. Bydda i'n ystyried y sefyllfa eto ddydd Llun ac yn penderfynu beth i'w wneud bryd hynny…"

"Iawn, syr," atebodd Alban, gan bysgota yn ei boced am newid i'r peiriant coffi.

Cododd Crandon ar ei draed, ond cyn dychwelyd i'w swyddfa, lledodd gwên fawr dros ei wyneb.

"A sôn am fedalau, gobeithio'ch bod yn edrych ymlaen at yfory, Ditectif Evans. Mae'n siŵr y bydd yn ddiwrnod i'w gofio…"

"Mae Efrog yn edrych mlaen yn eiddgar, syr," meddai Alban, gan roi winc i gyfeiriad ei bartner. "Ac fe fydd y parti'n un reit gofiadwy, os dw i'n deall yn iawn."

"O bydd, mae'r Maer wedi gwahodd yr adran gyfan, yn ogystal â few local dignitaries, am shindig a hanner yn ei blasdy. Dim pawb sy'n cael yr anrhydedd, ond mae'r dref gyfan yn ddiolchgar am eich cyfraniad…"

Ac i ffwrdd yr aeth Crandon, gan adael Alban yn gwenu ac Efrog yn gwingo wrth iddynt droi eu sylw at eu cyfrifiaduron.

Cyn gafael yn y llygoden a shiglo'i chwt er mwyn dihuno'r peiriant o'i drwmgwsg, gwelodd Alban y post-it ar y sgrin a darllen llawysgrifen daclus Sergeant Steve Saville:

Alban.
12:15. Daeth merch ifanc i dy weld. Dim neges.
Bydd hi'n galw 'nôl yn hwyrach.
Steve

Cododd Alban y ffôn ar unwaith, â'i galon yn curo rhyw rythm estron iawn.

"Steve. Alban... do, fi 'di cael dy neges... ie... pert, o ie... gwallt melyn ife... hmmm... falle... fi'n meddwl 'mod i'n gw'bod pwy sy 'da ti... sa i'n gw'bod... wir nawr... dim ond unwaith fi 'di cwrdd â hi... paid dweud... fi'n ddigon hen i fod yn dad iddi... pryd fydd hi'n galw 'nôl?... OK... rho floedd pan fydd hi'n cyrraedd... diolch Steve..."

I lawr aeth y ffôn ac i fyny y cododd gobeithion Alban: dros ei ben, allan drwy'r to ac i fyny fry tua'r ffurfafen, ac yn uwch eto gan anelu am Wener, Mercher a thoddi'n ysblennydd yn yr haul tu hwnt.

Eisteddodd am funud yn syllu ar y pysgod lliwgar oedd yn llenwi ei sgrin, gan anadlu'n ddwfn a gadael i'w galon ddychwelyd i ryw fath o normalrwydd. Wrth gwrs, roedd Alban yn ddigon call i wybod nad oedd ymweliad Fflur yn golygu dim. Ond eto, beth roedd hi eisiau, a pham gofyn yn benodol amdano fe? Câi wybod pan ddychwelai i'r orsaf cyn diwedd y dydd. *Os* byddai hi'n dychwelyd, wrth gwrs.

"Coffi?" gofynnodd, wrth godi ac anelu am y drws.

"Plîs," daeth yr ateb. "Du, tri siwgr, fi'n cwympo i gysgu fan hyn."

Agorodd Efrog ei geg yn llydan a gadael i'r diogi ddianc.

Roedd e'n teimlo'n hen, ac roedd yn barod i fynd adref. Ond edrychodd ar y cloc bach yng nghornel y sgrin a gweld fod ganddo ddwy awr arall cyn y gallai wireddu'r freuddwyd honno.

Pwysodd yn ôl yn ei gadair gyfforddus gan edrych o gwmpas yr ystafell wag. Dyma un ochr i blismona nad oedd y cyhoedd yn ei gweld yn aml. Y gwaith ymchwil, y gwaith papur, y fiwrocratiaeth, y diflastod. Diolch yn bennaf i gyfresi teledu a ffilmiau, dim ond elfennau cyffrous gwaith yr heddlu a gâi le ym meddyliau'r cyhoedd. Dealladwy, wrth gwrs, gan na fyddai ffilm yn dangos hen dditectif yn syllu ar ei sgrin wrth grafu'i din yn denu neb i'r sinemâu. Y cwrso a'r erlid, y saethu a'r erchyllra, dyna oedd o ddiddordeb i'r mwyafrif; ond, wrth gwrs, roedd realaeth y swydd yn dra gwahanol.

Roedd yn werth ystyried achos Karl Homolka, er enghraifft. Roedd Efrog wedi bod ar ei ôl ers pymtheg mlynedd a mwy, heb sôn am y degau o dditectifs a heddweision eraill oedd wedi erlid y treisiwr, ac er yr holl ymdrechion, lwc pur ddaeth â'r achos i ben. Roedd Homolka wedi bod yn segur ers dros flwyddyn, heb sôn amdano yn unlle, ac wedyn, yn ddirybudd, dyma'i gorff yn cael ei ganfod.

Wrth gwrs, roedd yna _ffordd_ o wneud pethau – gweithdrefnau i'w dilyn a systemau yn eu lle – ond gwaith caled, dyfalbarhad, amynedd a lwc oedd y pethau pwysicaf wrth ymchwilio i droseddau. Ac roedd marwolaeth Karl Homolka a diwedd ei deyrnasiad erchyll yn profi hynny i'r dim.

Agorodd y drws ac yn ôl y daeth Alban yn cario dau goffi a gwên wirion ar ei wyneb. Gosododd un cwpan polystyren ar y ddesg o flaen ei bartner cyn dychwelyd at ei gadair a throi ei sylw at y sgrin.

Gwnaeth Efrog yr un fath ac agor Wikipedia, gyda'r

bwriad o wastraffu ychydig amser wrth i'r cloc lusgo'i din yn araf tua diwedd y dydd. Cododd y cwpan at ei geg a llosgi ei wefus ar yr hylif crasboeth, cyn ystyried ei opsiynau. Wedyn, gyda'r coffi allan o'r ffordd yn oeri, teipiodd 'dogging' yn y porwr a chlicio GO â'r llygoden…

20

Dychwelodd Fflur at fan cyfarfod y puteiniaid ar y stryd yng nghysgod y fflatiau llwm, yn ddrwg ei hwyl wedi i'r drws diweddaraf gau yn ei hwyneb. Edrychodd ar hyd yr wynebau a'r cyrff gwelw, gan chwilio am Lynette, ond nid oedd y butain ifanc i'w gweld yn unman, felly camodd Fflur at y butain hŷn, llais answyddogol y merched proffesiynol.

"Alright, luv, unrhyw lwc?" gofynnodd, ond roedd yr ateb yn amlwg cyn i Fflur agor ei cheg.

"Dim o gwbl. Dim ateb. Dim byd."

"Ma fflat Jack fel Fort Knox a 'so fe'n agor y drws i bobol ddierth…" esboniodd y butain, gan gnoi gwm a gwylio car yn gyrru heibio'n araf.

"Beth alla i' neud te? *Rhaid* i fi siarad 'da fe."

"Tell you wot, luv, oes gen ti rif mobile?"

"Oes, wrth gwrs…"

"Der' â fe i fi…" mynnodd y butain gan estyn ei ffôn o'i bag "… a fe roia i fe i Jack pan wela i fe nesa."

"Pryd fydd hynny, chi'n meddwl?"

"Ni'n 'i weld e bob dydd, bron. Ma fe'n hoff o gael awyr iach ar ôl te."

"Grêt," meddai Fflur, er nad oedd hi'n ffyddiog iawn y byddai'n clywed oddi wrtho.

Wedi i Fflur adrodd ei rhif, mewnbynnodd y butain ef a'i ffonio er mwyn gwneud yn siŵr ei fod yn gywir. Canodd ffôn Fflur ac aeth hithau ati i arbed y rhif.

"Sa i hyd yn oed yn gw'bod eich enw chi…"

"Shiraz."

"Shiraz?"

"Ie. Fel y gwin."

Ac i mewn â fe, er nad oedd Fflur yn credu am eiliad mai dyna'i henw iawn.

"Os gwelwch chi fe heddi, Shiraz, allwch chi basio neges mlân oddi wrtha i?"

"Wrth gwrs."

"Just dwedwch wrtho fod chwaer Ffi-ffi eisie siarad 'da fe a gofynnwch iddo fy ffonio cyn gynted â bo modd…."

"Cyn gynted â bo beth, luv?"

"ASAP."

"O, iawn, dim probs."

"Ffoniwch fi 'fyd os gwelwch chi'r Blaidd. Fi moyn gair 'da fe 'fyd…"

"Os felly then, bydd rhaid i ti newid y ffordd ti'n edrych…"

"Beth?"

"Disguise. Mae angen disguise arnat ti os – ac mae honno'n os massive – bydd y Blaidd yn dod 'nôl fan hyn. Bydd gweld ysbryd Ffi-ffi o gwmpas y lle'n siŵr o neud iddo fe adael ar unwaith."

"Fi'n gweld…"

"Torra dy wallt a lliwia fe'n dywyll, neu gwisga wig, a bydd angen dillad gwahanol arnat ti. I mean, ti ddim exactly'n edrych fel pro, wyt ti?"

Diolch byth am hynny, meddyliodd Fflur, ond roedd hi'n gwerthfawrogi'r cyngor.

Diolchodd i Shiraz cyn troi ei chefn ar y Coed ac anelu

yn ôl tua chanol y dref. Er bod pob drws fel petai ar gau iddi heddiw, roedd yn rhaid iddi ddal ati i guro, dim ond fel yna y câi'r atebion.

Fel Shiraz, nid oedd Fflur yn ffyddiog o weld y Blaidd yn y dyfodol agos, ond byddai sgwrs gyda Jack yn ddechrau da. Ymlwybrodd oddi yno â'i chalon yn drom, yn dal i feddwl am ei chwaer.

Sut yn y byd gwnaeth merch fel Ffion ddod i weithio mewn lle fel hyn? Ond, wrth gwrs, roedd Fflur eisoes yn gwybod yr ateb i'r cwestiwn hwn, a dyna pam roedd yn rhaid iddi barhau gyda'i harchwiliad. Byddai'n rhaid i rywun dalu, ac erbyn hyn roedd ganddi syniad go dda pwy oedd y person, neu'r anifail, hwnnw.

21

Ar wahân i bresenoldeb Efrog ac Alban, roedd y swyddfa'n parhau i fod yn wag hyd yn oed wrth i'r diwrnod dywyllu ar ddiwedd y prynhawn. Roedd Crandon wedi gadael ers rhyw hanner awr, yn llawn cyffro ynghylch dathliadau'r diwrnod canlynol, ac roedd Efrog yn awchu am fynd hefyd.

Roedd Alban, ar y llaw arall, yn bwriadu aros yno nes byddai Fflur yn dychwelyd, ac wedi cymryd ei amser yn diweddaru achos Karl Homolka ar feddalwedd HOLMES, sef system heddlu'r Deyrnas Unedig o gofnodi'r holl wybodaeth am achosion troseddol. Nid oedd yn hoff o'r elfen honno o'r gwaith, gan y gallai arafu archwiliadau, er ei fod yn sylweddoli pwysigrwydd system o'r fath hefyd. Roedd gwaith ditectif yn llawer symlach cyn i'r system ddod i fodolaeth, er bod datblygiadau'n anochel, yn enwedig mewn maes mor bwysig â gwarchod y cyhoedd. Rhaid oedd datblygu'n broffesiynol, neu byddai'r heddweision ifanc yn gadael y rhai hŷn ar ôl.

Roedd Alban wedi gallu ymdopi'n well gyda'r newidiadau na'i bensiynwr o bartner. Nid oedd Efrog erioed wedi llwyddo i fynd i'r afael yn llwyr â'r cyfrifiaduron, ac yn wir, ar wahân i Wikipedia, roedd y we fel bydysawd hollol estron i'r hen ddyn.

A dyna lle roedd Efrog yn awr, yn darllen am dogging ar ei hoff wefan. Yn y bôn, ailadrodd yr hyn roedd pawb yn ei wybod yn barod oedd hi, diolch yn bennaf i Stan Collymore am ddod â'r arferiad i sylw'r brif ffrwd. Er hynny, roedd digon yno i'w gadw'n dawel, rhoi gwên ar ei wyneb a llenwi'r amser cyn mynd adref. Roedd Efrog wedi dysgu nifer o bethau, gan gynnwys lleoliad hotspots amrywiol o fewn cwpwl o filltiroedd i'r dref, gwreiddiau'r term, sef dynion yn defnyddio cŵn dychmygol fel esgus i loetran yn y coed, yn ogystal â'r moesau(!) a'r rheolau a âi law yn llaw â'r arferiad.

Ond, heb os, darllen am seagulling wnaeth iddo wenu fwyaf ac achosi iddo dagu ar ei goffi cryf. Mae 'gwylanu' ychydig yn wahanol i dogging, gan fod y rhai sy'n ymarfer y gamp yn ymweld â meysydd parcio anghysbell am un rheswm yn unig (yn wahanol i doggers, sydd yn gwneud rhywbeth tebyg ond sy'n barod i gyfrannu a chymryd rhan mewn amryw o ffyrdd), a'r rheswm hwnnw yw er mwyn gwagio'u gwano dynol dros ochr rhyw gar wrth i bâr o orchestwyr bodlon fynd ati yn ei gefn. Nid yw'r fath gysyniad yn synnu Efrog o gwbl; wedi'r cyfan, ar ôl gyrfa hir gyda'r heddlu chi 'di gweld popeth ac wedi profi'r gweddill. Ond, mae'r ddelwedd yn gwneud iddo chwerthin.

Meddyliodd unwaith eto am Stan Collymore, wrth i ddelwedd o'r cyn bêl-droediwr yn gwisgo cit coch Lerpwl fflachio o flaen ei lygaid. Gyda'i goc caled yn un llaw ac wyneb Graeme Souness o dan haenen o ysgytlaeth dynol yn pipo mas drwy ffenest gefn Ford Mondeo mewn maes parcio tywyll, roedd Efrog ar fin rhannu'u ganfyddiadau gydag Alban pan ganodd y ffôn ar ddesg ei bartner...

"Helô," atebodd Alban, ar ôl y caniad cyntaf. "Iawn, bydda i lawr nawr," ychwanegodd. "Ma'n rhaid i fi fynd i gwrdd â rhywun..." meddai wrtho, ac i ffwrdd â fe gan adael Efrog yng nghmwni Stan a Graeme a'i fwstásh yn ewynnog unwaith eto.

Wrth i'r drws gau ar ei ôl, rhoddodd Efrog bwt i'r cyfrifiadur, gwisgo'i got a gadael yr orsaf drwy'r drws cefn, gan anelu am adref wrth i ddiwrnod arall ddiflannu, gan ddymuno un tebyg yfory, yn hytrach na'r hunllef oedd yn aros amdano.

22

Eisteddai Fflur ar gadair blastig anghyfforddus yn nerbynfa gorsaf yr heddlu yn aros am Dditectif Owen, gan ryfeddu at y trawsnewidiad oedd wedi digwydd yma ers ei hymweliad diwethaf rai oriau ynghynt.

Gyda dyfodiad y tywyllwch, wrth i'r dydd droi'n nos, allan o'r cysgodion daeth y rhyfeddodau dynol, gan ymgasglu yma o dan ffroenellau'r gyfraith yn ystafell aros y twlc.

Gyferbyn â hi, roedd mam ifanc yn eistedd yng nghwmni ei chariad. Syllai'r dyn ar ei draed gan ei hanwybyddu'n llwyr, fel tasai ganddo gywilydd ei bod yn bronfwydo mewn man cyhoeddus. *Chwarae teg iddi*, meddyliodd Fflur, *roedd yn hollol naturiol ac... ac...* Craffodd Fflur ar y plentyn oedd ar y fron, er mwyn gwneud yn siŵr nad oedd ei llygaid yn chwarae triciau arni. Doedden nhw ddim. Nid baban oedd yn bwydo, wel, ddim un go iawn 'ta beth. Doli roedd y ferch yn ei magu, un reit real yr olwg, wedi'i gwisgo mewn dillad pinc a bwtîs gwyn. Roedd y fam hyd yn oed yn sychu'i gên gyda mwslin melyn. Doedd dim rhyfedd fod ei phartner yn ei hanwybyddu…

Yn ymyl y rheiny, yn pwyso ar y wal lle roedd posteri'n rhybuddio am beryglon cyffuriau, safai dau ddyn ifanc yn gwisgo plisgwisgoedd Adidas piws a glas a sbardiau Nike gwyngalchog ac roedd mwy o aur yn hongian o gwmpas eu gyddfau ac yn addurno'u garddyrnau a'u bysedd nag oedd wedi'i gladdu ym meddrod Tutankhamun. Adlamai eu capiau pêl-fas i rythm a bas y gerddoriaeth hip-hop oedd yn treiddio o'r bŵmflwch ar gadair gyfagos, fel pâr o gŵn Churchill ar ffenest gefn car.

Yn y cornel pellaf, yn aros ei dro'n dawel, eisteddai cawr o ddyn canol oed. Syllai o gwmpas yr ystafell, a'i ben anferth yn symud yn araf, fel tasai'n dethol ei swper oddi ar fwydlen.

Ac yn olaf, yn dwrdio'r heddwas oedd yn gwarchod y porth, roedd hen drempwraig â'i gwallt yn goch a gwyllt. Edrychodd Fflur ar ei bysedd main yn gafael yng ngharn y troli Tesco wrth ei hochr a honno'n llawn dop o'i heiddo – carafán y digartref. Roedd hi'n mynnu gweld y 'rheolwr', ac yn cwyno ar dop ei llais nad oedd tywelion glân yn yr 'Imperial Suite'.

Edrychodd Fflur ar wyneb syn yr heddwas, ond ni chafodd gyfle i glywed ei ateb, gan i'r drws wrth ochr y dderbynfa agor ac i mewn i'r anhrefn camodd Ditectif Owen.

Edrychodd y ditectif o'i gwmpas yn gyflym, cyn diffodd y bŵmflwch ac anwybyddu cwynion y gangstas gwyn.

"Helô Fflur, sut galla i dy helpu?" dechreuodd y ditectif, gan eistedd wrth ei hochr. "Deall bo' ti 'di galw draw amser cinio ond do'n i ddim yma."

"Gair, 'na i gyd. Moyn pigo'ch breins, fel petai."

"Wel, bydd hi'n her i ti eu ffeindio nhw, ond croeso i ti

drio," ac roedd Alban yn falch o weld y ferch ifanc yn gwenu ar ei jôc. "Ty'd 'da fi, ma'r swyddfa'n wag…" meddai Alban gan godi ar ei draed, ond oedodd ar unwaith pan welodd yr olwg ar wyneb Fflur. "Be sy?"

"No offence, ond byse'n well 'da fi fynd i dafarn. Fi 'di cael diwrnod a hanner ac mae angen diod arna i."

Nid oedd angen ail wahoddiad ar Alban.

"Aros fan hyn am funud," gorchmynnodd. "A' i nôl 'y nghot. Bydda i 'da ti nawr…" ac i ffwrdd â fe drwy'r drws oedd yn gwahanu'r gyfraith a'r gwallgofiaid, gan frasgamu tua'r swyddfa â'i galon yn gwenu ac yn curo mewn gorfoledd.

Eisteddodd Fflur a gwrando ar yr hip-hop byddarol gafodd ei ailgyflwyno i'r ystafell aros hyd yn oed cyn i'r drws gau wrth i Dditectif Owen adael. Rhyfeddai at yr hyn a welai yma a'r hyn a welsai yn ystod ei hamser byr yng Ngerddi Hwyan. Ond, er yr holl ryfeddodau, nid oedd yn teimlo gormod· ar goll yn y ddinas fawr ddrwg. Wedi'r cyfan, roedd cefn gwlad yn llawn freaks hefyd. Anffodusion y cyflwr dynol. Nid oedd gan ardaloedd trefol fonopoli ar y rheiny, ddim o bell ffordd. Efallai nad oedd rhyfeddodau cefn gwlad yn ymgasglu mewn mannau mor gyhoeddus, ond roedden nhw yno, heb os, yn byw ac yn bod yn y cysgodion, gan ymddangos o bryd i'w gilydd ac atgoffa'r bobl 'normal', beth bynnag yw hynny, pa mor lwcus oedden nhw. Wedi'r cyfan, Russian roulette genetig yw'r cyflwr corfforol a meddyliol, yn enwedig yn y gorffennol agos, cyn i'r datblygiadau meddygol wibio ymlaen ac achub y blaen ar yr unfed ganrif ar hugain.

Wrth eistedd yno'n ystyried hynny, meddyliodd Fflur pa mor hawdd fu'r profiad o symud o fywyd gwledig i un trefol. Ond, roedd llawer wedi digwydd yn y tridiau diwethaf ac, efallai y byddai'n teimlo'n wahanol iawn petai'n aros am eiliad i ystyried y peth yn iawn. Peidio gwneud hynny fyddai'r dacteg orau, o leiaf am nawr, nes byddai'r achos ar ben ac enaid ei chwaer yn gallu gorffwys go iawn.

Crwydrodd ei meddyliau – o'r Coed yn ôl i'w chartref ac o wyneb ei chwaer i wely Yvonne. Cododd ambell gwestiwn, a bu'n ystyried tybed oedd hi'n gwneud y peth cywir yn dod i'r fan hyn i siarad â Ditectif Owen. Cyn iddi allu dod i gasgliad, dychwelodd y dyn moel a'i harwain allan, ond nid cyn iddo gydio yn y bŵmflwch, a thynnu'r batris o dwll ei din. Gyda phrotestiadau'r plisgwisgwyr yn gyfeiliant wrth iddyn nhw adael, gwenodd Fflur arno unwaith eto, gan roi'r argraff iddo'i bod hi'n edmygu'i ryfyg.

23

Gadawodd Efrog Mr Wah's, a'i swper mewn bag plastig a'i fola'n cwyno oherwydd yr arogleuon llawn addewydion. Chicken chow-mein a chwe spring roll oedd yn y bag, un o hoff gyfuniadau'r hen dditectif, ac un a fyddai'n siŵr o fodloni'i fola, cyn gynted ag y cyrhaeddai ei gartref. Byddai fel arfer yn bwyta'n reit iach, ond gyda chynnwys ei gegin ar y ffordd i Sbaen, byddai'n gorfod goroesi ar ddeiet afiach am weddill yr wythnos cyn ailafael yn y bywyd iachus pan gyrhaeddai ei gartref newydd.

Camodd ar hyd y strydoedd tywyll gan ryfeddu at y tawelwch. Ble roedd pawb? Oedd yna syrcas yn y dref, neu rywbeth? Roedd hi'n noson reit fwyn mewn gwirionedd, ddim fel gaeaf o gwbl, a dweud y gwir. Ble roedd y bobl ifanc a'u poteli seidr a'u spliffs llac llawn soapbar? Ble roedd y meddwon a'u trwynau coch? I gyd gartref o flaen y teledu, roedd yn siŵr, a dyna ble roedd Efrog yn bwriadu bod hefyd ymhen rhyw bum munud. Bwyd ar ei blât, can o Beamish yn setlo yn ei wydr a'i draed lan o flaen y tân.

Canodd ei ffôn ac estynnodd amdani, gan wybod eisoes pwy oedd yn ei alw. Roedd e hefyd yn gwybod nad oedd am siarad â'r person hwnnw, felly gwasgodd y botwm coch cyn gynted ag y gwelodd y rhif a'r enw'n fflachio.

Surodd ei hwyliau ar unwaith, ond yna fe welodd yr eglwys. Roedd y drws yn gilagored ac fe dreiddiai golau cynnes o'i amgylch drwy'r bylchau, fel eurgylch nefolaidd yn ceisio'i ddenu i mewn. Yn reddfol, camodd Efrog tuag at yr addewid o achubiaeth ond pan oedd ar fin agor y porth, arhosodd yn ei unfan ac ailfeddwl. Yn rhyfeddol, roedd crefydd ei rieni, crefydd ei blentyndod, yn dal i gydio ynddo, hyd yn oed heddiw, ond gwan oedd ei afael erbyn hyn...

Mewn gwirionedd, nid oedd Efrog yn credu ei fod yn haeddu unrhyw fath o waredigaeth. Roedd wedi hen droi ei gefn ar ei gredoau, felly byddai gofyn am faddeuant yn awr yn rhagrith pur. Teimlai'n llawn cywilydd am yr holl bethau a wnaethai dros y blynyddoedd, yn ystod ei yrfa yn enw'r gyfraith, yn ogystal ag yn ei amser sbâr, am elw ariannol personol.

Fel pob heddwas, heb eithriad, roedd Efrog wedi chwarae bod yn Dduw ar fwy nag un achlysur, fel arfer er mwyn cael canlyniad mewn rhyw achos neu gilydd. Roedd gosod tystiolaeth yn rhan gyffredin o arfer yr heddlu, tra bod curo rhyw berson anffodus er mwyn iddo gyffesu yn haeddu pennod ei hun yn llawlyfr y llu. Ar ben hynny, roedd Efrog wedi dweud celwydd yn y llys ac wedi tyngu llw ar y Beibl, i Dduw nad oedd yn credu ynddo mwyach. A dyna'r prif reswm pam y trodd ar ei sodlau a gadael yr eglwys, gan gerdded oddi yno ar frys, fel dyn yn cael ei erlid gan euogrwydd tywyll ei hanes trist.

Gyda'r chow-mein yn oeri a'r spring rolls yn caledu, roedd Efrog yn bwriadu addoli mewn ffordd debyg i'r

mwyafrif o'r boblogaeth heno – o flaen y bocs ar ei ben ei
hun.

24

Eisteddodd Alban a Fflur yn y snyg, yn ddigon pell oddi wrth
weddill yr yfwyr, yng nghefn y Butchers, eu bwrdd yn llawn
gwydrau gwag a'r blwch llwch yn cyflym lenwi.

Wrth danio mwgyn arall, y chweched ers iddo eistedd
a dechrau yfed, ystyriodd Alban eiriau Fflur. Roedd wedi
gwrando ar ei stori fel bachgen da yn rhes flaen y dosbarth.
Roeddent wedi rhannu eu teimladau ynghylch colli
perthynas agos; wedi'r cyfan, roedd Alban yn gwybod yn
iawn sut y teimlai hi, ac fe gydymdeimlodd Fflur ag yntau
pan adroddodd hanes Esther.

Wrth gwrs, roedd Alban wedi clywed yr hanes o'r blaen.
Nid y fersiwn hon o'r hanes, ond fersiwn Jack Devine.
Putain anhysbys roedd Jack wedi'i cholli, junkie diwerth a
oedd wedi diflannu fel miloedd o'i blaen. Ond nawr, deallai
Alban fod llawer mwy i 'Ffi-ffi' na ffwcio a'r nodwydd.

Roedd e'n ei hedmygu'n fawr am ddod yno i chwilio am y
gwirionedd ac yn awyddus i'w helpu, ym mha ffordd bynnag
y gallai. Roedd Fflur wedi dweud wrtho am ei helyntion yn
y Coed, ac am y Blaidd dirgel a oedd fel ffigwr chwedlonol
yn yr holl hanes.

"Dydw i ddim eisiau ymddangos yn ddideimlad na dim,
ond beth yn gwmws wyt ti moyn i fi i' neud am y peth?"
gofynnodd yr heddwas wrth i Fflur gael seibiant a llyncu llond
ceg o win. Cododd Alban ei beint er mwyn ceisio lleddfu'r
cryndod yn ei ddwylo ac oeri'r don gynnes gyfarwydd a
dorrai drosto.

"Wel... sa i'n gw'bod, a dweud y gwir," dechreuodd

Fflur yn ansicr, cyn i'r ateb ddod yn amlwg. "Fi jyst eisiau gw'bod pa dystioleth sy 'da'r heddlu, 'na i gyd. Chi 'di rhoi'r gorau i'r archwiliad, felly dwi am gymryd yr awenau ar eich rhan mewn ffordd. Ni gyd moyn yr un peth – dod o hyd i'r gwirionedd am beth ddigwyddodd i Ffion. Ble mae ei chorff, pwy yw'r Blaidd, a sut buodd hi farw?"

"So…"

"So, fi moyn gweld y ffeil."

"Y ffeil?"

"Ie. Ffeil yr archwiliad. Ymchwiliad yw hwn, Ditectif Owen, un answyddogol wrth gwrs, ond fe hoffwn i wybod popeth am yr achos cyn penderfynu beth i'w neud nesa."

"Sa i'n gwy…" dechreuodd Alban, wrth i ddiferyn o chwys redeg i lawr ei dalcen a dod i stop yng nghornel ei lygad. Sychodd yr annifyrrwch â'i fys wrth i Fflur barhau i erfyn am weld y ffeil.

"Dewch, Ditectif Owen…"

"Alban, plîs Fflur, galwa fi'n Alban."

"Iawn, *Alban*, ond pa wahaniaeth fydd dangos y ffeil i fi'n ei neud i chi? Sneb yn gweithio ar yr achos, felly sneb arall eisie gweld y ffeil. Ac os bydda i'n llwyddo i ddod o hyd i unrhyw beth pwysig fydd yn help i ddatrys yr achos, *chi* fydd y cynta i gael gw'bod, ac felly *chi* fydd yn cael yr holl glod… y clod swyddogol, hynny yw."

"Ie… wel… OK…" cytunodd Alban yn ansicr, cyn gorffen ei beint ac estyn am ei sigarennau unwaith eto. Anodd oedd gwrthod Fflur, fel y Losin Du mewn gwirionedd. Roedd y chwant am y cyffur yn codi cyn gryfed ag erioed ynddo, ac er holl addewidion a phendantrwydd y bore, roedd yr archwaeth yn drech nag ef unwaith eto.

"Gwych iawn," meddai Fflur gan guro'i dwylo fel morlo

mewn sw môr. Estynnodd ei ffôn er mwyn rhoi ei rhif i Alban. "Chi moyn fy rhif i?" gofynnodd, gan ddeffro Alban o'i freuddwydion.

"Beth? Pam? Wrth gwrs!" meddai gan ddrysu Fflur ryw fymyrn.

"Er mwyn i chi allu cysylltu â fi pan fyddwch chi 'di ffeindio'r ffeil."

"Ie, ie," meddai Alban, gan estyn ei ffôn o boced ei got.

Ar ôl iddynt gyfnewid rhifau, aethant allan i'r nos er mwyn ei throi hi am adref. Anelodd Fflur am fflat Yvonne â'i bola'n llawn cynnwrf dieithr, tra brasgamodd Alban tuag at ei gartref gwag, yn ysu am gysur y cyffur.

25

Croesawodd Yvonne Fflur i'r fflat fel chwaer afradlon. Cyn iddi gael cyfle i dynnu'i sgidiau, roedd gwydryn llawn gwin rhosliw o'i blaen ac Yvonne yn eistedd wrth ei hochr ar y soffa, â'i thraed noeth wedi'u plygu'n dynn o dan ei phen-ôl.

Er bod Yvonne wedi bod yn gwylio *Eastenders* cyn i Fflur gyrraedd yn ôl, roedd hi wedi diffodd y bocs bellach ac roedd nodau swynol record ddiweddaraf Jill Scott yn cadw cwmni iddynt yn awr.

Roedd ei gwallt yn wlyb yn dilyn y gawod hir a gawsai er mwyn gwaredu'r saim oddi ar ei chroen yn dilyn diwrnod hir yn y Badell Ffrio. Roedd yr hangover wedi hen ddiflannu, diolch yn bennaf i'r Fari Waedlyd roedd hi wedi'i hyfed amser cinio, ond roedd ei choesau wedi blino a'i chorff y tu hwnt i hynny.

Teimlai Fflur rywbeth yn debyg, yn ogystal â bod ychydig yn feddw ar ôl y ddau wydraid mawr o win gwyn roedd hi wedi'u hyfed yn y dafarn yng nghwmni Alban.

Aeth Fflur ati i adrodd hanes ei phrynhawn wrth ei ffrind – ei hymweliad â'r Coed; Shiraz, Lynette a gweddill y merched; y Blaidd a Jack Devine; cymeriadau ynfyd ystafell aros gorsaf yr heddlu a'i chyfarfod buddiol â Ditectif Owen.

Ar ôl gwrando'n astud, cwynodd Yvonne am ei hymdrechion hithau yn y gwaith, ac am Carlos yn bennaf, cyn i'r sgwrs droi'n ôl at yr hyn a awgrymodd Shiraz ynghynt.

"Beth ti'n feddwl am newid y ffordd ti'n edrych? Ti'n edrych yn grêt fel rwyt ti, dol!" ebychodd Yvonne gan gamddeall amcan y newid yn llwyr.

"Ti'n meddwl? Diolch... ond, na, dim dyna'r pwynt o gwbl..." brwydrodd Fflur i ddod o hyd i'r geiriau ar ôl i ganmoliaeth Yvonne ei drysu a'i llonni ar yr un pryd. "Fi'n edrych am fy efaill, Yvonne, oedd yn edrych fel fi. Ddim yn hollol efallai, ond yn ddigon tebyg i wneud i'r Blaidd ddiflannu pe bai'n dychwelyd i'r Coed rywbryd..."

"O... fi'n gweld... so dy gynllun yw..."

"Mae fy rhif ffôn gan Shiraz, a gweddill y merched erbyn hyn mae'n siŵr, a bydd hi neu rywun arall yn ffonio os bydd y Blaidd yn dod 'nôl..."

"Ac mae angen i ti edrych yn wahanol..."

"Yn gwmws. Y peth pwysig yw fod angen i fi edrych mor annhebyg i Ffion ag sy'n bosib..."

"Felly, beth ti'n bwriadu 'i wneud?"

"Wel... gwisgo'n wahanol i ddechrau... doedd Shiraz ddim yn credu 'mod i'n edrych fel pro, medde hi!"

"Mae hynny'n wir, ti'n lot rhy classy, dol!"

"Sa i'n gw'bod am hynny, oni bai dy fod yn meddwl fod ffermwyr yn classy!"

"Dim ond rhai," meddai Yvonne gan lygadu Fflur yn chwantus.

"Hmmm... OK... a torri 'ngwallt... yn fyr... a'i liwio..."

"O na, plîs, paid!"

"Mae'n rhaid, Yvonne, sdim dewis 'da fi."

"Oes, mae 'na, dere 'da fi."

Ac i ffwrdd â nhw i'r ystafell wely, lle dringodd Yvonne ar ben y gadair ac estyn bocs llychlyd o ben y wardrob.

"Dyma ti,"meddai, gan estyn penwisg ddu i Fflur.

"Wig! Perffaith..."

"Morticia," meddaiYvonne.

"Beth?"

"Morticia. The Addams Family. Angelica Houston."

"Beth? Pwy?"

"Ti heb glywed am yr Addams Family?"

"Do. Ond..."

"Wel, Morticia yw'r fam ac Angelica Houston nath actio'r rôl yn y ffilmiau. Ta beth, roedd ganddi wallt hir tywyll, hollol gorgeous, hence y wig 'ma..."

"Sorri. Sa i'n deall."

"Fancy dress, dol. Es i i barti fancy dress fel Morticia Addams rhyw galan gaeaf rai blynyddoedd yn ôl. O'n i'n edrych yn lush 'fyd. Dyma'r ffrog 'nes i wisgo..." esboniodd Yvonne gan dynnu ffrog ddu laes o'r wardrob. "Ond sa i'n credu bydd hynny'n gwneud i ti edrych fel prossie chwaith!"

"Oes gen ti rywbeth addas yma i fi gael treial?" gofynnodd Fflur gan dynnu'r benwisg dros ei phen. "Anghofies i bacio fy mini skirt, boots PVC a fy fest binc yn anffodus..." *Pretty Woman* oedd unig gyfeirnod Fflur yn y maes.

"Paid poeni, dol, ma gen i ddigon o ddillad addas..."

"Wyt ti'n treial dweud rhywbeth wrtha i, Yvonne?"

"Dim byd fel 'na, ond mae'n rhaid gwisgo'n slutty ar rai adege, 'yn does?"

Ond atebodd Fflur mo'r cwestiwn gan nad oedd hi'n ymwybodol o'r rheol benodol yna, ac roedd hi'n llawer rhy brysur yn dadwisgo er mwyn rhoi cynnig ar y dillad roedd Yvonne yn eu pentyrru ar y gwely o'i blaen. Fests a tops bach tyn, sgertiau mini a bŵts uchel. Roedd gan Yvonne bopeth roedd ei angen arni – popeth a mwy, mewn gwirionedd.

Aeth Yvonne i estyn y gwydrau a photelaid arall o win, a phan ddychwelodd i'r ystafell wely, gwelodd fod Fflur wedi'i thrawsnewid yn llwyr ac yn eistedd ar y gwely yn brwydro i dynu'r bŵts am ei thraed. Penliniodd Yvonne o'i blaen er mwyn rhoi help iddi, ond roedd y bŵts yn rhy dynn. Tynnodd y ddwy gan chwerthin a chwysu oherwydd yr holl ymdrech, cyn llwyddo yn y diwedd a disgyn yn bentwr pifflyd ar y gwely.

Tawelodd y chwerthin yn sydyn ac edrychodd y ddwy yn ddwfn i lygaid ei gilydd, cyn i Yvonne, a oedd yn gorffwys ar ei phenelin wrth ochr ei ffrind, symud yn araf tuag at Fflur â'i gwefusau'n crynu oherwydd yr holl gyffro…

26

Troellodd y Maer yn ei gadair ledr foethus, yng nghysgod y portread chwaethus ohono'n gwisgo'i gadwynau seremonïol a oedd yn hongian ar y wal y tu ôl i'w ddesg yn ei swyddfa ar lawr cyntaf ei gartref. Taniodd y sigâr ddeg modfedd rhwng ei ddannedd ar daniwr siâp pistol oedd wedi'i angori ym marmor du'r ddesg. Sugnodd a sugno nes ei bod wedi tanio, cyn gafael yn y ffôn a deialu.

Gallai glywed y bwrlwm o'r llawr islaw, wrth i hwn a'r llall baratoi'r lle ar gyfer y parti – stocio'r bar, gosod y llwyfan a chodi byrddau. Cymaint i'w wneud, a chyn lleied o amser.

Sugnodd din y sigâr gan flasu haul Havana yng nghefn ei geg, ac yna atebwyd y ffôn.

"Be ti moyn?" gofynnodd y llais yn bigog.

"'So honna'n ffordd neis o gyfarch dy frawd," atebodd y Maer yn dyner a digyffro.

"Be ti moyn?" Ailadroddodd y Blaidd y cwestiwn, rhag ofn nad oedd ei frawd wedi clywed yn iawn y tro cyntaf.

"OK. Iawn. Digon teg. Straight to the point. No messing…" meddai'r Maer, heb fynd yn agos at y pwynt.

"Be ti moyn?"

"Ffafr."

"Ffafr? Ha! Dim gobaith, ma arna i ofn. Wedes i wrthot ti'r tro diwetha, ar ôl i fi gael gwared o'r corff, dyna ni. Quits. Dyna ddiwedd arni…"

"Dim cweit. Ma pethe wedi newid ryw ychydig ers 'ny."

"Sdim byd wedi newid, nawr gad fi fod." Ac i lawr aeth ffôn y Blaidd gan ddod â'r sgwrs i ben.

O ydyn, ma popeth *wedi newid erbyn hyn…* meddyliodd y Maer, gan wenu drwy gwmwl o fwg ac ailosod y derbynnydd yn y crud.

WEL DYNA I CHI DRIC...

27

O'i safle'n eistedd ar waelod ei wely, gallai Efrog glywed y glaw yn taro arwyneb ei bwll nofio tu allan, tu hwnt i'r drws cul agored a'r balconi bach. Syllodd ar yr awyr lwyd-ddu a'r cymylau'n gollwng eu llwyth heb ystyried am eiliad y twristiaid yn nhref Nerja islaw'r dyffryn, a oedd wedi dod i Andalucia am haul a chynhesrwydd.

Trwy'r drws agored, gallai hefyd weld yr adeiladau'n codi o gwmpas ei dŷ: cartrefi ei gymdogion newydd, cymdogion nad oedd arno eisiau eu gweld ar unrhyw gyfrif. Yn enwedig yn awr. Yn sgil y tywydd gwlyb a'r segurdod, roedd y taberna lleol yn gwneud elw go dda yr wythnos hon o bocedi'r adeiladwyr. Roedd rhywbeth hollol ddigalon am y datblygiadau diddiwedd, yn enwedig gan fod Efrog wedi symud yma yn y gobaith o ddianc rhag y fath arferion – rhai digon cyffredin yng Nghymru'r unfed ganrif ar hugain. Ond wedi meddwl, ni ddylai fod wedi credu gair o honiadau'r asiant gwerthu tai, pan ddywedodd na fyddai unrhyw adeiladau'n cael eu codi o fewn hanner milltir i'w gartref. Sut gallai e wedi bod mor ffôl, a chwympo am honiadau gwag y gwerthwr? Ac yntau'n dditectif profiadol, wedi hen arfer delio â chelwyddgwn, gwnâi'r ffaith iddo gael ei dwyllo e'n gandryll. Ond, o'i gymharu â'r cawl a oedd yn mudferwi ynddo'n awr, doedd y datblygiadau diweddaraf hyn yn ddim byd i boeni amdanynt.

Edrychodd eto ar y llanast ar y llawr wrth ei draed. Caeodd ei lygaid yn y gobaith y byddai'r erchyllra'n diflannu pan agorai nhw eto, ond yn amlwg, ni ddigwyddodd dim byd o'r fath. Edrychodd yn y drych tal ar y wal wrth ddrws yr en suite. Roedd ei groen tywyll yn gwrthgyferbynnu'n effeithiol â'i bants gwyn glân, ond llenwodd y smotiau coch ef ag edifeirwch.

Ffrwydrodd y dagrau, a thrwy'r niwl, edrychodd eto am unrhyw arwydd o fywyd yng nghorff ei gariad – ei gyn-gariad, erbyn hyn – ond roedd ei chalon wedi peidio a'i henaid wedi hen ymadael.

Doedd y ffaith nad oedd ei chalon yn curo ddim yn syndod o ystyried fod carn cyllell hela wyth modfedd yn ymwthio allan o'i brest, â'r llafn wedi'i angori rhwng ei bronnau brown hyfryd ac wedi rhwygo'i chroen a'i hasennau. Roedd llygaid Esmerelda'n llydan agored ac yn dal i syllu ar Efrog, yn gyhuddgar yn eu llonyddwch ac yn llawn cwestiynau na chaent eu hateb bellach.

Wylodd y cyn-dditectif eto, cyn penlinio wrth ei hymyl a theimlo gwres y gwaed ar groen noeth ei goesau. Caeodd ei lygaid yn dyner, cyn sibrwd 'sorri' o dan ei anal a dechrau meddwl am y ffordd orau o gael gwared ar y corff...

Agorodd Efrog ei lygaid ac edrych o gwmpas yr ystafell fel dyn gwyllt. Curai ei galon yn gyflym a glynai'r chwys ei grys nos at ei groen. Hunllef a hanner, a'r delweddau'n ddigon i drechu dyn. Cyn iddo gael cyfle i bendroni ynghylch ei hystyr, cododd a theimlo'r boen yn ei ben-glin. Rhwbiodd ei goes yn ysgafn ac estyn am yr eli ibrufen ar y bwrdd bach wrth ochr y gwely.

Wrth fwytho'r gel ar ei wendid, edrychodd Efrog ar y calendr. Gafaelodd mewn beiro ac ychwanegu croes arall at y degau oedd yno'n barod. Un groes arall a... Ond, yn hytrach na chodi'i galon y bore hwn, roedd y calendr yn ei ddiflasu gan ei fod yn ei atgoffa o'r hyn oedd yn ei ddisgwyl heddiw. Cododd yn araf ac anelu am yr ystafell ymolchi er mwyn ceisio dileu wyneb Esmerelda o'r sgrin lydan tu ôl i'w amrannau.

Yna, aeth i'r lolfa er mwyn gwneud ei ymarferion, ond rhoddodd y gorau iddynt o fewn munud neu ddwy oherwydd y boen yn ei ben-glin. Gwisgodd, cynnau sigarét, ac estyn am y botel wisgi. Byddai'n rhaid iddo wneud ei ddyletswydd heddiw, ond ddywedodd neb fod yn rhaid iddo fwynhau'r profiad.

Roedd yn rhaid bwyta rhywbeth er mwyn amsugno'r alcohol, ac roedd bowlen o greision ŷd yn llenwi'r stumog er nad oedd yn ei fodloni mewn unrhyw ffordd arall. Yna, llenwodd ei fflasg boced, cyn cefnu ar y fflat gan hercian fel Verbal Kint a meddwl pa mor bell i ffwrdd roedd Sbaen yn teimlo'r bore hwn...

28

Dechreuodd diwrnod Alban Owen yn yr un ffordd â phob diwrnod arall y gallai ei gofio ers tro byd – gyda'i ben yn y bin. Er na allai gofio'r tro diwethaf iddo fwyta moron, gallai weld tri darn oren yn arnofio yn y gybolfa afiach o dan ei drwyn. Roedd ei ben ar chwâl a'r arogl yn ei arteithio, ond ni symudodd o'i safle ar y llawr gan nad oedd ei gorff yn gweithio fel y dylai eto.

Gyda phoer trwchus yn hongian o'i ên a gwacter y nos yn bygwth ei orlethu a'i foddi yn ei hunandosturi, cododd ar ei draed yn sigledig a chamu at y ffenest. Agorodd honno a thanio sigarét, gan chwythu'r mwg allan a cheisio dygymod â'i wendid truenus.

Roedd hi'n amhosib goroesi ei gaethiwed ar ei ben ei hun, roedd hynny'n amlwg, ac ymhen deuddydd fyddai ganddo neb ar ôl, yn dilyn ymddeoliad Efrog i bellafoedd Ewrop. Nid bod Efrog yn debygol o'i gynorthwyo mewn unrhyw ffordd chwaith, gan nad oedd ei bartner yn gwybod dim am ei 'broblem fach', ond roedd meddwl am gael partner newydd a newid byd yn y fath ffordd yn ychwanegu at ei bryderon.

Nid oedd erioed wedi bod yn berson cymdeithasol ac nid oedd ganddo'r un ffrind yn y gwaith. Dim rhai go iawn, ta beth. Nid oedd Efrog ac yntau'n gwneud llawer gyda'i gilydd tu allan i'r gwaith chwaith, ond ar ôl byw a bod ym mhocedi'i gilydd ers dros ddau ddegawd, byddai'n rhyfedd iawn heb yr hen ddyn. Teimlai Alban yn fwy unig yr eiliad honno nag y teimlasai erioed o'r blaen, hyd yn oed ar ôl colli Esther.

Beth ddigwyddodd? meddyliodd, cyn gweld yr ateb yn syllu'n ôl arno o'r ffwton ar ffurf ffoil arianddu, Clipper melyn a thiwb beiro gwag.

Trodd a thaflu'r stwmpyn tua'r gwter cyn codi'r sbwriel a'i osod yn y bin. Yna, aeth i gael cawod, ac yna cofiodd am gais Fflur a'i addewid iddi'r noson cynt, cyn i reddf estron ymosod arno a'i ysgogi i wneud rhywbeth nad oedd wedi'i wneud ers blynyddoedd lawer. Gyda'r dŵr poeth yn cynhesu'i gorff, caeodd ei lygaid a phwyso yn erbyn y teils, gan ganolbwyntio ar y ddelwedd o Fflur oedd mor fyw yn ei ymennydd.

Camodd o'r gawod ryw chwarter awr yn ddiweddarach yn teimlo fel dyn newydd, yn lân ei groen ac yn wag ei geilliau. Teimlad rhyfedd ac estron, ond eto mor gyfarwydd â'r dyn yn y drych. *Fel reidio beic...* meddyliodd gan wenu, wrth dynnu'r dillad amdano a chofio'r holl gyffro oedd yn disgwyl Efrog a gweddill adran dditectifs Gerddi Hwyan y prynhawn hwnnw. Ond roedd gan Alban lawer i'w wneud cyn hynny...

29

Dihunodd Fflur â gwên fawr ar ei hwyneb a heulwen hyfryd hapusrwydd yn tywynnu'n ddwfn ynddi. Trodd ei chorff noeth tuag at y man lle gorweddai Yvonne rhyw awr ynghynt ond roedd ei chariad newydd – os mai dyna oedd hi – wedi mynd i'r gwaith gan adael dim ond atgofion melys ac ambell staen amheus yn ei lle – tystiolaeth o'r tân gwyllt nwydus a ffrwydrodd y noson cynt.

Trodd Fflur ar ei chefn a thynnu'r dwfe'n dynn amdani. Gallai arogli persawr Yvonne ar y gwely, a llenwodd hynny hi â llawenydd pellach.

Edrychodd ar y cloc. 08:30. Cynnar. Rhy gynnar. Edrychodd ar y bwlch yn y llenni a'r cymylau llwyd tu hwnt. Caeodd ei llygaid unwaith eto, ond doedd dim gobaith cysgu gan fod ei phen yn llawn atgofion anhrefnus o'r pedwar diwrnod blaenorol. Gwelodd wyneb Ffion, nad oedd byth ymhell oddi wrthi, cyn i'r cast helaeth ddychwelyd un ar y tro am gymeradwyaeth: Wil, Guto, Peter, Carlos, Yvonne. Shiraz, Lynette, Alban, Yvonne. Yvonne, Yvonne, Yvonne, Yvonne.

Crwydrodd ei meddyliau gan ddilyn ei hatgofion am Yvonne yn ôl at ddigwyddiadau'r noson cynt, ac arweiniodd hynny ei dwylo yn is na'i botwm bol i lawr yn ddwfn i'r wain rywiol oddi tani. Roedd ei chedor yn dal i fod yn wlyb ac ochrau mewnol ei morddwyd yn dal yn ludiog yn dilyn y gloddesta a oedd wedi digwydd rhwng ei choesau'r noson cynt. Nid oedd Fflur erioed wedi meddwl fod y fath bleser yn bosib, ond doedd hynny ddim yn dweud rhyw lawer, gan fod gan rai lleianod fwy o brofiad rhywiol na hi.

Aethai Yvonne â hi ar siwrne bleserus, gan ei chyflwyno i fyd nad oedd Fflur yn gwybod ei fod yn bodoli. Wrth gwrs, gwyddai Fflur y gwir ers rhai blynyddoedd, ond nid oedd wedi meddwl gormod am y peth na gweithredu mewn unrhyw ffordd er mwyn darganfod a oedd yn wir go iawn. Hyd yn oed petai hi wedi bod eisiau gwrando ar ei greddfau, i ble ac at bwy y gallai droi yng nghefn gwlad Cymru? Doedd pobl fel hi ddim yn hysbysebu eu rhywioldeb, a doedd dim clybiau'n darparu ar gyfer y gymuned hoyw yn unlle chwaith. Roedd hi wedi crybwyll ei theimladau wrth Ffion unwaith, ond teimlai'n rhy chwithig ynghylch y sefyllfa i ddweud y cyfan wrthi yr adeg honno. A nawr, wrth gwrs, roedd hi'n rhy hwyr i wneud hynny. Roedd hynny'n ei thristáu, gan mai gyda Ffion y byddai wedi rhannu hanes neithiwr.

Eisteddodd i fyny a gweld nodyn wrth y cloc. Cododd ei chalon ar unwaith a gafaelodd yn yr ohebiaeth.

Fy annwyl Fflur,

Hmmmm, ble i ddechrau? Diolch yn fawr. Sa i erioed wedi mwynhau fy hun fel 'na o'r blaen. Erioed. A fi mor flin yn gorfod dy adael ar dy ben dy hun heddiw. Ma gyda ni lot i'w drafod ... dim byd heavy cofia, jyst eisiau hala amser gyda ti a dod i dy adnabod yn well. Sa i erioed wedi teimlo fel hyn am neb o'r blaen. Ti'n rhywbeth arall, dol, serious nawr. Anyway, bydda i 'nôl ASAP ar ôl gwaith ac fe newn ni 'siarad' bryd hynny. Wink wink ...

Bydda i'n meddwl amdanat trwy'r dydd.

Cariad MASSIVE, Y xxx

Wedi darllen y geiriau deirgwaith, gan geisio darllen rhwng y llinellau, er bod y neges yn hollol eglur, cododd Fflur ac anelu am y gawod. Wrth sefyll yn llif y dŵr â'i llygaid ar gau a'r swigod sebonllyd yn gwneud eu gwaith, meddyliodd am ei hantur hyd yn hyn. Er nad oedd eto wedi darganfod y gwir am 'ddiflaniad' ei chwaer, roedd hi'n sicr ei bod ar y trywydd cywir. Ond, heb geisio, trodd ei meddyliau yn ôl at Yvonne a deffroadau rhywiol y noson cynt. Gwenodd. Roedd hi'n sicr yn benderfynol o ffeindio *rhywbeth* pan ddaeth i Erddi Hwyan, ond nid oedd cariad ar y rhestr honno.

30

Roedd eistedd mewn swyddfa wag ar ddechrau diwrnod gwaith yn brofiad hollol estron a rhyfedd iawn. Yn enwedig i rywun a fu'n chwydu gwenwyn allan o'i system i fin yng nghornel ei ystafell wely lai nag awr ynghynt. Er bod yna *rywun* yn bresennol bob adeg o'r dydd a'r nos mewn gorsaf heddlu, roedd adran dditectifs Gerddi Hwyan yn debycach i fynwent y foment hon, gydag un enaid colledig yn tarfu ar y tawelwch.

Syllodd Alban ar y sgrin drwy lygaid coch – eu lliw rhagosodedig bellach – wrth i'r peiriant fynd drwy ei bethau ac atgyfodi ar ôl noson o gwsg. Roedd realaeth tywyll ei wendid yn parhau i bori'n farus ar ei gydwybod, gan chwyddo'r paranoia, felly roedd Ditectif Owen yn falch iawn o weld siwts rhad, ond glân, Ditectifs Phillips a Hewlett yn cerdded drwy'r drws. Cariai'r ddau folgi fwcedaid o goffi yr un o'r Costas oedd newydd agor ar y stryd fawr, a bacon bap wnaeth ddenu dŵr i geg Alban am yr eilwaith y bore hwnnw.

"Albaaaaaan!" Udodd y ddau fel pâr o udfilod, gan godi'u cwpanau coffi i'w gyfeiriad fel tasent yn wydrau siampên.

"Bore da," meddai Alban yn ôl, a gwên gynta'r bore'n lledu o dan ei drwyn. "Beth sy'n bod arnoch chi?"

"Ffycin' hel Alban, wyt ti 'di anghofio neu rywbeth?"

"Anghofio beth?" gofynnodd Alban, gan geisio'i orau i ffeindio'r ateb yng ngheunentydd tywyll ei ben.

"Paaaaaaaaaaaaaaaaaaaaaaaaarti!" Daeth yr ateb ar yr un pryd o gegau'r ddau. Gwenodd Alban eto, wrth i'r rhyddhad nad oedd yn colli ei gof donni drosto.

"Na, ddim wedi anghofio. Er, fi'n gw'bod am un dyn bach fyddai'n hoffi anghofio am yr holl beth…"

"Pwy?"

"Efrog, wrth gwrs. 'So fe'n edrych ymlaen rhyw lawer…"

"Bastard diflas," daeth yr ymateb ar yr union adeg pan agorodd y drws. Trodd Nigel a Steve, gan obeithio'n fawr nad Efrog oedd newydd gyrraedd, ond yn ffodus iddynt, Crandon gamodd i mewn gyda Clements yn dynn wrth ei sodlau, fel ci petrus yn dilyn ei feistr.

"Fi'n meddwl bod rhain yn siarad amdanot ti, Clem," meddai'r Pennaeth gyda winc, cyn cyfarch ei dîm a diflannu i'w swyddfa yng nghwmni ei anifail anwes.

Trodd Nigel a Steve yn ôl at Alban, a chwarddodd y tri fel plant drwg – yn gymysgedd o ryddhad ac euogrwydd. Er bod pob aelod o'r adran yn parchu Efrog, roedd pawb hefyd wedi profi ei lid ar fwy nag un achlysur. Roedd e'n berffeithydd, heb os, yn haeddu'r anrhydedd a dderbyniai, ond roedd hefyd yn ddyn rhyfedd, anodd ei ddeall, ac yn hoff o gadw pawb hyd braich oddi wrtho, hyd yn oed ei bartner.

Ymhen deng munud roedd pob aelod o'r adran yn bresennol – ar wahân i un, sef Efrog – ac roedd pawb mewn hwyliau da. Hwyliau gwych, mewn gwirionedd. Gyda'r jôcs yn hedfan a'r gwaith yn cael ei osgoi, roedd hi'n debyg i ddiwrnod olaf ysgol cyn dechrau gwyliau'r haf, a'r athrawon hyd yn oed yn gwneud dim byd mwy na chwarae DVD i'r disgyblion ac encilio i ystafell yr athrawon i yfed coffi a smocio ffags.

Er yr holl rialtwch, roedd gan Alban dasg i'w chyflawni cyn y gallai droi ei sylw at y dathlu. Teimlodd y pecyn o bowdwr gwyn ym mhoced fewnol ei siaced frown, gan wybod eisoes beth oedd yn ei ddisgwyl cyn diwedd y dydd… Nid oedd e hyd yn oed yn cofio gafael yn ei gymar cemegol cyn gadael y tŷ, ond roedd yr arfer mor reddfol iddo bellach fel nad oedd hynny'n ei synnu.

Cliciodd ar yr eicon ar y sgrin, ac agorodd y meddalwedd a fyddai'n ei alluogi i gamu'n nes at Fflur, ac a fyddai efallai'n ei thynnu hi tuag ato yntau hefyd. Siglodd ei ben er mwyn gwaredu'r fath feddyliau. Beth oedd pwynt codi'i obeithion? Yr unig beth oedd o bwys mewn gwirionedd oedd canfod y gwir am Ffion a rhoi diwedd ar yr achos unwaith ac am byth...

Mewnbynnodd ei enw, ei rif swyddogol a'i gyfrinair yn y blychau penodol, gan ddeffro HOLMES o'i drwmgwsg. Cyfeiriodd at ei nodiadau a gosod rhif yr archwiliad i ddiflaniad Ffion yn y man priodol, gwasgu RETURN ac aros i'r system chwydu'r manylion dros y sgrin o'i flaen. Ond, yn hytrach na'r llif gwybodaeth disgwyliedig, roedd rhywbeth llawer mwy annisgwyl yn aros am Alban ar y system yn yr achos hwn – dim byd o gwbl. Syllodd ar y sgrin wag mewn penbleth am ychydig, cyn gwneud penderfyniad. Agorodd ei fewnflwch, anwybyddu'r holl ohebiaeth newydd oedd yn aros amdano a mynd ati i ysgrifennu e-bost at Alastair yn yr adran IT.

Byddai rhai o'r bois ifanc wedi mynd ati i archwilio'r system HOLMES a cheisio dod o hyd i'r gwaith colledig, ond nid oedd Alban yn rhy hyderus gyda chyfrifiaduron. Roedd perfeddion peiriannau mor estron iddo ag arwyneb Wranws neu ddyfnderoedd yr Iwerydd, a job i'r arbenigwr oedd sorto pethau fel hyn.

Ond roedd gan y dechnoleg newydd rai manteision amlwg, ac roedd peidio gorfod codi'r ffôn i siarad â phobl fel Alastair yn un o'r rheiny. Alastair *yw* adran IT gorsaf yr heddlu, ac felly roedd yn hollbwerus mewn nifer o ffyrdd. Ond dyn unig ydoedd, yn cymdeithasu drwy ei gyfrifiadur yn hytrach na chyda phobl o gig a gwaed. Y rheswm am hyn oedd ei ddiffyg personoliaeth... hynny a'r ffaith ei fod yn debycach o ran golwg i faedd gwyllt nag i ddyn.

Wedi iddo anfon y neges, diolchodd Alban i bwy bynnag ddyfeisiodd yr e-bost, cyn eistedd yn ôl yn ei gadair a gwylio Efrog yn cerdded i mewn i'r swyddfa a golwg flin ar ei wyneb.

Dechreuodd y clapio yng nghefn yr ystafell, o gyffiniau desg Nigel a Steve, ond ymhen dim roedd pawb wrthi – hyd yn oed Alban – yn cymeradwyo'r hen ddyn wrth iddo gerdded yn araf tuag at ei gadair a syllu o gwmpas y swyddfa ar ei gyd-weithwyr yn rhoi standing ovation iddo.

Gwenodd Alban arno, ond anwybyddodd ei bartner ef, ac eistedd o flaen ei ddesg. Peidiodd y twrw ar unwaith, wrth i bawb droi'n ôl at eu gwaith gan synnu pa mor surbwch oedd yr hen ddyn, yn enwedig ar ddiwrnod fel heddiw. Wedi'r cyfan, nid pob heddwas gâi ymddeol fel arwr.

Syllodd Alban ar Efrog. Syllai Efrog ar sgrin wag ei gyfrifiadur. Aroglodd Alban y chwisgi. Toddodd Efrog yn ddyfnach i'r tywyllwch. Yna, cyrhaeddodd e-bost oddi wrth Alastair, felly gadawodd Efrog i'w hunandosturi a darllen y geiriau oedd yn cadarnhau nad 'ar goll' oedd manylion yr achos o dan sylw, ond 'ddim yn bodoli'. Hynny yw, nid oedd neb wedi mewnbynnu unrhyw wybodaeth i'r system, na chreu ffeil yn y lle cyntaf – Efrog yn yr achos hwn, gan mai ei swydd ef oedd gwneud hynny.

Ystyriodd Alban yr hyn roedd newydd ei ddarganfod cyn meddwl am ymddygiad ei bartner yn ddiweddar. Wedi meddwl, roedd yr hen ddyn yn ymddwyn yn debyg iawn i'r ffordd y gwnaeth e ymddwyn pan wnaed yr archwiliad i ddiflaniad Ffion. Yn fyr ei amynedd ac yn flin, yn ddrwgdybus a pharanoid fel tasai'n cadw un llygad dros ei ysgwydd. Roedd Alban yn ysu am ofyn iddo beth oedd wedi digwydd i nodiadau'r achos, ond nid oedd yn credu fod hynny'n syniad da yr eiliad hon … Trodd ei feddyliau at Fflur, wrth iddo gofio'i addewid iddi hi, ond byddai ei bartner yn dod cyn ei reddfau rhywiol yn yr achos yma… am heddiw o leiaf.

Syllodd Efrog ar y sgrin wrth i'r cyfrifiadur ymestyn a chegrythu ar ddechrau diwrnod arall. Nid oedd yn gwybod beth a wnâi ar ôl i'r peiriant ddihuno, gan nad oedd ganddo unrhyw waith i'w gyflawni.

Teimlodd wacter eithafol yn ei lenwi wrth i realaeth ei fywyd ei fwrw. Roedd y diwedd o fewn cyrraedd, ond eto roedd ei ymddeoliad yn teimlo mor bell i ffwrdd rywfodd.

Cyn cyrraedd y gwaith y bore hwnnw, roedd Efrog wedi cerdded o gwmpas y dref, gan wylio dechrau'r dydd ar ei strydoedd am y tro olaf. Dyna pam roedd e mor hwyr yn cyrraedd. Roedd wedi treulio amser hir yng Ngerddi Hwyan erbyn hyn, yn frodor yn erbyn ei ewyllys, ond nid oedd meddwl am droi ei gefn ar y lle'n ei ddiflasu. Y tu mewn iddo roedd y diflastod. Yn anochel erbyn hyn. Fel y seremoni, y parti, y Maer a'r…

Pwysodd ei beneliniau ar y ddesg a rhoi ei ddwylo dros ei lygaid. Tywyllwch i ddechrau, yna, wyneb Esmerelda a gweddill cynnwys ei freuddwyd. Ei hunllef. Symudodd ei ddwylo a dychwelyd i dir y byw gan deimlo diferyn o chwys yn rhedeg rhwng ei ysgwyddau, ar ras tuag at grac ei din.

"Reit 'te bois," torrodd llais Crandon ar draws y swyddfa, gan fynnu sylw pawb. Pawb ond Efrog, hynny yw, gan iddo ef barhau i syllu ar y sgrin gan esgus bod yn rhywle arall. Unrhyw le. "Fel chi gyd yn gwybod, mae heddiw'n ddiwrnod mawr. Ddim yn unig i Ditectif Efrog Evans, sy'n cael ei anrhydeddu'r prynhawn 'ma gan y Maer, ond i ni i gyd fel adran…" Er iddo glywed ei enw, nid oedd hynny'n ddigon i dynnu Efrog yn ôl o'r pydew tywyll roedd yn boddi ynddo. "Mae wedi bod yn bleser gweithio gydag Efrog... ar adegau..." pawb yn chwerthin. "Ac mae wedi bod yn aelod pwysig o'r adran hon ac o hanes y dref. Falle nad yw'r young bucks yn ein plith yn gallu gwerthfawrogi beth mae Efrog yn mynd drwyddo ar hyn o bryd, ond fe fyddwch chi i gyd yn ymddeol rywbryd ac efallai bryd hynny y bydd ei mood swings, ei hwyliau drwg a'r arogl wisgi hyfryd yn gwneud synnwyr i bawb..." Mwy o chwerthin, gan fachu sylw Efrog ar adeg allweddol yn yr araith. "Ond, o ddifrif nawr, dw i jyst moyn dweud, cyn i bethe fynd yn swyddogol i gyd y prynhawn 'ma ac yn llanast llwyr yn y parti wedyn, faint dwi'n bersonol a ni fel adran gyfan yn ddiolchgar i Efrog am ei ymroddiad a'i waith caled, a phob lwc i ti yn dy fywyd newydd yn yr haul..."

Syllodd Efrog ar ei fòs, cyn i'w lygaid grwydro o gwmpas yr ystafell ar ei gyd-weithwyr. Gwenodd gan fwmian ei ddiolch fel plentyn swil.

"Oes unrhyw un arall eisiau talu teyrnged i Ditectif Evans?" gofynnodd Crandon wedi i'r tawelwch ddatblygu i fod yn embaras annioddefol.

Cododd Nigel Phillips ei law a nodiodd Crandon i'w gyfeiriad.

"Diolch, Nige, cer amdani."

"Diolch, syr, ond dim 'na beth o'dd 'da fi..."

"Beth 'te?" gofynnodd y Pennaeth, yn hollol ddryslyd ac yn ysu am ddychwelyd i'w swyddfa am sit down.

"Newydd gael neges gan Brynley ar reception. Ma'r ffotograffydd o'r papur lleol wedi cyrraedd i gymryd llun ein harwr..."

"Diolch..." dechreuodd Crandon, cyn troi ei sylw at Efrog, ond yr unig beth a welodd oedd cefn yr hen ddyn yn gadael y swyddfa heb ddweud gair wrth neb. Trodd pob llygad yn ôl at yr arweinydd. "Neis gweld bod yr hen fastard mor hapus. Jyst gobeithio gofith e wenu pan fydd y ffotogaffydd yn gofyn iddo..."

Ond nid dyna oedd bwriad ymadawiad sydyn Efrog. Nid at y dderbynfa yr anelodd, ond am y drws cefn a'r awyr iach tu hwnt, er mwyn anadlu rhyw ychydig a cheisio dianc rhag y ddrysfa a ymgartrefai'n barhaus bellach yn ei ben.

31

Ar ôl gorffen yn y gawod, gwisgodd Fflur a bwyta brecwast llawn braster – wyau 'di ffrio ar ddau ddarn o dost wedi'u gorchuddio o dan haenen drwchus o fenyn go iawn – wrth wylio'r byd yn mynd yn ei flaen tu allan i'r ffenest fwa, yn hollol anymwybodol o'i phresenoldeb. Roedd hi'n hoffi'r wefr – y ffaith nad oedd neb yn gwybod ei bod yn eu gwylio – a dyna lle buodd hi ymhell wedi i'r bwyd ddiflannu. Fel merch ffarm, roedd tindroi fel hyn a gwneud dim byd yn beth anarferol iawn. Roedd hi wedi etifeddu'r morgrug oedd yn byw'n barhaol yn nicers ei mam, felly pan sylweddolodd nad oedd hi wedi gwneud dim – ar wahân i wylio pobl – ers chwarter awr, fe gododd er mwyn gwneud rhywbeth. Unrhyw beth. Meddyliodd am lanhau'r fflat i Yvonne, ond y gwir oedd fod ei ffrind yn cadw'r lle cyn laned â bwyty sy'n disgwyl archwiliad iechyd a diogelwch unrhyw eiliad.

Edrychodd ar ei ffôn symudol, rhag ofn iddi golli galwad oddi wrth Jack neu Shiraz. Na. Dim syndod. Ond dal yn siomedig. Gwnaeth y ffôn iddi feddwl am Ffion, a gwnaeth Ffion iddi feddwl am Yvonne. Hmmmm. Roedd patrwm eglur yn dechrau cael ei amlygu, a phob trywydd yn arwain at Yvonne. Ceisiodd ganolbwyntio ar yr archwiliad, ond fe wnaeth hynny ei harwain yn ôl at y fferm, at ei chartref, at ei rhieni.

Yn sydyn, teimlai'n drist, yn unig ac yn llawn dryswch ar yr un pryd ac eto'n hollol hapus hefyd. Pwysodd yn ôl yn y gadair gyfforddus. Anadlodd yn ddwfn a gafael yn y ffôn. Gwasgodd y rhifau na fyddai byth yn eu hanghofio a chanodd y ffôn am funud a mwy. Yn amlwg, ac er mawr siom iddi, nid oedd ei rhieni wedi dechrau ateb y ffôn. Ar yr eiliad hon, ysai Fflur am glywed eu lleisiau ond gyda'r ddau'n parhau i fod mewn galar mud, nid oedd hynny'n bosib. Roedd angen cysur arni, y math o gysur y gallai rhieni – a dim ond rhieni – ei gynnig.

Wrth i'r ffôn ddal i ganu yn ei chlust, crwydrodd ei llygaid o gwmpas yr ystafell. Roedd y lle'n llawn nic-nacs bach diystyr, ond pob un ohonynt yn rhan o hanes a phersona Yvonne. Roedd Fflur eisiau gwybod popeth amdani, pob manylyn. Am ryw reswm, teimlai'n agosach at Ffion ers iddi gwrdd ag Yvonne, er nad oedd erioed wedi bod mor agos at ferch arall yn y ffordd y closiodd y ddwy neithiwr. Gwenodd.

Caeodd y ffôn yn glep cyn ei hagor eilwaith a phori am rif Guto. Byddai'n rhaid iddi adael neges i'w rhieni gyda fe, ond pan nad atebodd yntau'r ffôn chwaith, rhegodd a mynd ati i lunio neges destun. Cadwodd hi'n syml, heb wastraffu llythyren, a'i hanfon i'r gofod gan obeithio byddai'r neges yn cyrraedd ei rhieni cyn diwedd y dydd. Er y dechnoleg ddiweddaraf, byddai anfon telegram wedi eu cyrraedd yn gynt.

Gyda'r dasg wedi'i chyflawni, cododd o'i chadair a dychwelyd i'r ystafell wely. Ar unwaith, llanwyd ei phen ag atgofion melys – yr atgofion melysaf erioed. Ysgogodd y bŵts pen-glin PVC oedd yn gorwedd ar y llawr wrth droed y gwely iddi gael ôl-fflachiadau o'r noson cynt: Yvonne yn cwrcydio o flaen y drych hir yn gwisgo dim byd ond y bŵts, a'i choesau ar led, bysedd main ei llaw dde'n lledu'i chedor a chwarae â'i chlitoris, a'i llygaid yn syllu yn syth i lygaid Fflur, a orweddai ar y gwely'n gwylio'r olygfa heb wybod yn iawn beth i'w wneud. Yn ffodus iddi, roedd Yvonne yn gwybod yn *gwmws* beth i'w wneud... ond stori arall oedd honno.

Ysgydwodd Fflur ei phen i geisio deffro'i hun. Roedd angen iddi wneud rhywbeth. Ond beth? Roedd hi'n rhy gynnar i fynd i'r Coed i weld a oedd gan y merched unrhyw beth arall i'w ychwanegu at yr archwiliad. Ta beth, roedd hi'n ymddiried ynddynt i'w galw petai'r Blaidd yn ymddangos.

Gafaelodd yn y benwisg dywyll, a'i rhoi – ynghyd â dillad addas, hynny yw, *anaddas* iawn – mewn gwarfag y cafodd hyd iddo yng nghwpwrdd dillad Yvonne. Byddai angen cael y dillad wrth law ar bob adeg, jyst rhag ofn. Fel un o fechgyn bach Baden Powell, byddai'n barod, er nad oedd wir yn credu y deuai'r alwad.

Ar ôl iddi estyn ei chot a gwisgo'i sgidiau, agorodd y drws a chael braw ei bywyd pan ganodd ei ffôn. Cyflymodd ei chalon a sychodd ei cheg yn grimp, ond pan edrychodd ar y sgrin fach, nid oedd yn adnabod y rhif. Roedd hi'n gobeithio gweld enw Shiraz yn fflachio yno, ac felly tawelodd ei chalon drachefn.

"Helô."

"Fflur?"

"Yn siarad."

"Myn uffach i, ti'n swnio jyst fel hi..."

"Fel pwy?"

"Ffi-ffi, wrth gwrs. Dy chwaer..."

Cyflymodd calon Fflur unwaith eto. Roedd hi'n gwybod ar unwaith pwy oedd yno. Rhywun arall nad oedd hi wir yn disgwyl clywed oddi wrtho...

"P-w-y s-y'n s-s-iarad?" Llwyddodd i boeri'r geiriau ag ymdrech enfawr.

"Jack. Jack Devine. Ffrind i Ffi-ffi. Ges i neges gan Shiraz i dy ffonio…"

"Diolch am wneud…"

"Dim problem, bach. Fi'n awyddus i siarad 'da ti 'fyd. Deall dy fod ti'n ymchwilio i achos Ffi-ffi. Chwarae teg i ti. Ma angen i rywun wneud. Ma rhywbeth am yr holl archwiliad yn drewi, os ti'n gofyn i fi. Os gallet ti alw'r ffiasco'n archwiliad hynny yw…"

"B-e-th?" gofynnodd Fflur, gan gamddeall Jack a meddwl ei fod yn siarad am ei harchwiliad hithau.

"Y blydi cops 'ma, yn 'dyfe. Ma nhw'n cuddio rhywbeth, os ti'n gofyn i fi…"

"Beth?"

"Sa i'n lico siarad dros y ffôn. Ti'n rhydd prynhawn fory? Tua tri o'r gloch. Fi'n brysur tan hynny. Ti'n gallu dod draw i'r fflat bryd hynny?"

"Ydw," atebodd Fflur heb oedi, er y byddai wedi hoffi mynd i gwrdd â Jack yr eiliad honno.

"Good. Rho alwad ar y rhif hwn pan fyddi di ar fin cyrraedd y fflat."

A gyda hynny diflannodd llais Jack. Dychwelodd ei chalon i'w rhythm arferol, a phwysodd ar y wal, yn anadlu'n drwm wrth iddi geisio cofio cynnwys yr alwad. *3 o'r gloch. Prynhawn fory. Ffiasco. Drewi. Cuddio rhywbeth.* Diddorol iawn. Ond byddai'n rhaid aros am esboniad, ac roedd hynny'n artaith yn ei hunan.

Golygai hynny fod Fflur yn rhydd am weddill y diwrnod. Er nad oedd hi eisiau bod. Meddyliodd am y miliynau o bobl wrth eu gwaith yn ysu am ddiwrnod o wyliau. Yvonne, er enghraifft. A dyna hi eto. Gwenodd a gadael y fflat gan wybod yn iawn i ble y byddai'n mynd nesaf: dylai fod gan Dditectif Owen rywbeth ar ei chyfer erbyn nawr…

32

Gyda'r botel fach arian yn hanner gwag a'r chwisgi fel blanced gynnes yn gorchuddio cefn ei wddf, cerddodd Efrog Evans strydoedd Gerddi Hwyan yn ddigyfeiriad, heb syniad ble byddai pen ei daith. Roedd breuddwyd y bore'n parhau i'w boenydio, ac erbyn hyn roedd syniad go dda ganddo o'i hystyr, er nad oedd eisiau meddwl gormod am hynny chwaith. Gwyddai fod ganddo rywbeth a rhywun i'w herio cyn diwedd y dydd, ond roedd hynny'n ymddangos ymhell i ffwrdd ar yr eiliad hon, os nad yn anghyraeddadwy.

Bellach, roedd yr hen dditectif wedi cyrraedd Y Wern, sef ystâd o dai cyngor deulawr a dinod y tu hwnt i'r Coed a'u fflatiau tal. Gallai glywed grwnian parhaus y cerbydau'n teithio ar yr M4 yn y pellter, lai na milltir o'r fan lle safai yn awr, ond roedd y twrw yn ei ben, yn ei isymwybod, yn amlycach o lawer heddiw.

Eisteddodd ar fainc wedi'i gorchuddio â graffiti, gan ddarllen y dryswch geiriol wrth gynnau sigarét arall. Darllenodd y geiriau gwag. *Pa fath o lysenw yw 'The Offender'?* Meddyliodd. *A pha fath o berson sydd yn ddigon balch o'r enw hwnnw i'w ysgrifennu ar fainc mewn man cyhoeddus?* Ond feddyliodd e ddim mwy am y peth, gan fod gwneud hynny'n chwyddo'r teimlad o henaint ac oferedd oedd yn llechu ynddo, gan eu denu'n agosach at yr wyneb.

Wrth smygu, edrychodd o'i gwmpas ar yr ardal gyfagos. Yn syth o'i flaen, roedd parc chwarae i blant, parc gwag yr adeg yma o'r dydd. Yn wahanol i barciau ardaloedd eraill y dref – yr ardaloedd mwy parchus, hynny yw – roedd hwn wedi'i falu, a dim ond un siglen, allan o bedair, yn dal yn hongian, a thwll mawr yn yr unig lithren fel na fedrai unrhyw un ei defnyddio. Yn ogystal â'r adnoddau drylliedig, roedd y llawr llwyd o dan orchudd o sbwriel – yn fagiau plastig, cartonau MacDonalds ac ambell botel Coke dwy litr wedi'u haddasu i'w defnyddio fel bongs cyntefig. Wrth borth y 'castell', yr unig le i blant yr ardal gysgodi rhag y glaw, gorweddai pentwr o ganiau erosol, tystiolaeth o gamdrin sylweddau ac un ffordd effeithiol o ddianc rhag y byd a'r bywyd oedd wedi'i orfodi ar breswylwyr yr ystâd.

Meddyliodd Efrog am hynny am eiliad, cyn troi at ei ddull ef o ddianc. Wedi i'r wisgi gynhesu ei berfedd, rhoddodd y botel 'nôl yn ei boced, codi, ac ysgwyd ei ben er mwyn ceisio cael gwared ar y tywyllwch. Ond ofer fu pob ymdrech. Cerddodd heibio i'r man chwarae ac ar draws y cae pêl-droed anwastad, canolbwynt yr amffitheatr anobeithiol hwn, cyn cyrraedd y palmant ac anelu yn ôl tuag at y dref a'i weithle. Rhaid oedd iddo gladdu ei bryderon am y tro, goroesi'r diwrnod a delio â'r hyn fyddai'n ei ddisgwyl, cyn gallu troi ei sylw unwaith eto at Sbaen, ei ymddeoliad a'i ryddid. Doedd dim dewis ganddo, gwyddai hynny'n awr.

Cerddodd yn benderfynol, heibio i lu o famau ifanc yn gwisgo tracwisgoedd felôr rhad ac yn gwthio'u babanod amryliw. Roedd hi'n ymddangos i Efrog mai menywod yn unig oedd yn byw yn Y Wern: rhai ifanc yn bennaf, ond gyda digon o rai hŷn o gwmpas y lle i warchod y babanod pan fyddai'r mamau eisiau meddwi.

Wedi ymgolli braidd yn labrinth dryslyd yr ystâd, daeth Efrog o hyd i Ffordd Celyn, yr allanfa, ond cyn iddo allu dianc yn llwyr, clywodd sgrech fain yn hollti tawelwch y bore ac yn reddfol anelodd at ei tharddle, sef tŷ rhif tri ar ddeg. Aeth heibio i'r Ford Cortina di-olwyn ar frics yn y dreif, gan fwriadu rhoi ysgwydd i'r drws er mwyn ei agor. Roedd ei waed yn byrlymu a'r adrenalin yn ei annog i fod mor uniongyrchol â phosib. Ond, pan gyrhaeddodd y drws plastig melynwyn, arhosodd, cyn estyn ei law at y ddolen a'i throi. *Bingo!* Roedd y drws ar agor, felly i mewn ag Efrog gan ddilyn y sgrechiadau i'r gegin yng nghefn y tŷ.

Yno gwelodd fastard tew yn dyrnu ei wraig – hanner ei faint, os nad llai – gan achosi iddi fwrw'i phen yn erbyn cornel y sinc. Cwympodd i'r llawr a'r gwaed yn tasgu. Er gwaetha'r ergyd drom, roedd hi'n dal yn ymwybodol. Agorodd ei llygaid yn llydan pan welodd y dieithryn yn sefyll yno, a throdd ei hymosodwr i wynebu'r tresmaswr. Edrychodd ar Efrog, ei lygaid yn fflamgoch a'i ddyrnau'n barod. Syllodd y ditectif yn ôl arno, cyn i'r atgasedd ynddo ffrwydro. Agorodd y paffiwr ei geg, ond cyn iddo yngan gair, roedd Efrog wedi'i gau gyda dwrn fel pelen craen yn chwalu adeilad. Cwympodd y bastard boliog i'r llawr, a gwelodd Efrog ddau ddant o leiaf yn hedfan o'i geg, ynghyd â chawod goch yn tasgu dros ddrws yr oergell.

"Sut mae'n teimlo?" gwaeddodd Efrog arno, ei ddwrn yn dal wedi'i chau'n dynn ac yn barod i balu i mewn i'r cachgi unwaith eto.

Ymgreiniodd y bolgi ar feinyl rhad y gegin, gydag Efrog yn ymgodi fel duw uwch ei ben. Er bod ugain mlynedd o leiaf rhyngddynt o ran oedran, roedd Efrog fel Bruce Lee o'i gymharu â'r Pavarotti a orweddai'n belen ar lawr o'i flaen. Pwysodd Efrog tuag ato, a'i ddyrnau'n awchu am ymosod. Roedd yn mynd i fwynhau ei hun fan hyn. Roedd y bastard yn haeddu crasfa, ac roedd Efrog yn hapus i gyflawni'r dasg. Anwybyddodd y boen a rwygai drwy ei ben-glin, diolch i'r adrenalin yn bennaf, ond yna digwyddodd rhywbeth annisgwyl iawn. Cyn iddo anelu ergyd arall, teimlodd ddwylo'n gafael yn ei fraich a throdd i weld wyneb y wraig a fu ar lawr rhyw funud ynghynt, yn pledio arno i beidio ag ymosod ymhellach ar ei gŵr.

"Peidiwch. Plîs," erfyniodd arno mewn llais llygoden, a'r dagrau'n llifo i lawr ei bochau gan gymysgu â'r gwaed.

Rhyfeddodd Efrog ati, ond dyma'r gwir mewn achosion o drais domestig, fel y gwyddai ar ôl delio â gormod ohonynt dros y blynyddoedd. Roedd hi'n ffordd o fyw i nifer o bobl, ac er gwaetha'r trais, gallai erlid yr ymosodwr arwain yn aml at ganlyniadau llawer gwaeth i'r dioddefwr, neu'r ddioddef*wraig* yn y rhan fwyaf o achosion.

Trodd Efrog i edrych ar y dyn a orweddai ar y llawr o'i flaen. Gwenodd hwnnw arno'n gyfrwys a bu raid i Efrog frwydro yn erbyn ei awydd i chwalu ei wyneb mewn storm o ergydion. Fyddai hynny'n datrys dim yn awr. A ta beth, nid dyma'r person y dymunai roi crasfa iddo mewn gwirionedd...

33

Eisteddai Fflur yn nerbynfa gorsaf yr heddlu, mewn tawelwch y tro hwn yn hytrach nag anhrefn tebyg i'r noson cynt. Roedd y fam ifanc a'i baban plastig wedi hen ddiflannu, yn ogystal â'r gangstas a'u bŵmflwch, y cawr a'r hen wraig wallgof. *Lle roedden nhw i gyd erbyn hyn?* meddyliodd, ond cyn iddi gael cyfle i ystyried ymhellach, agorodd y drws ac i mewn y cerddodd Ditectif Owen yn edrych ychydig yn betrusgar. Gwenodd arni, ond heb y cynhesrwydd arferol.

"Bore da, Fflur. Sorri i dy gadw di. Mae fel syrcas yma am ryw reswm. Sut wyt ti heddiw?"

"Iawn, diolch, ond mae'n brynhawn erbyn hyn," daeth yr ateb a ysgogodd Alban i edrych ar ei oriawr. *Roedd hi'n iawn,* meddyliodd. *Ond i ble'r aeth y bore?*

"Sut galla i dy helpu?" gofynnodd, er ei fod yn gwybod yn iawn beth oedd hi ei eisiau.

"Sgwrs. Update. Gweld y ffeil..." sibrydodd y tri gair diwethaf, fel tasai'n ysbïwraig yn ystod y Rhyfel Oer, a symudodd ei llygaid o ochr i ochr yn gynllwyngar i gyd-fynd â'r weithred.

"Wrth gwrs. Dim problem," meddai Alban, er *bod* yna broblem yn amlwg, ac un reit fawr gyda hynny. "Tyrd 'te," ychwanegodd Alban, gan agor drws yr ystafell gyfweld gyfagos.

Gan fod y ditectif mewn hwyliau drwg, ceisiodd Fflur godi ei galon, cyn troi at y mater difrifol a'r rheswm dros ei hymweliad.

"Chi'n edrych yn smart heddiw," dechreuodd, gan beri iddo edrych arni'n rhyfedd. "Beth yw'r achlysur?"

Gwenodd Alban wrth i eiriau Fflur gyflawni eu bwriad.

"Seremoni yn neuadd y dref prynhawn 'ma. Ma'r Cyngor yn anrhydeddu fy mhartner. Ma fe'n ymddeol fory, ti'n gweld. Yn swyddogol ta beth, ond rhyngddot ti a fi, sa i'n meddwl bydd e'n gwneud llawer o waith dros y deuddydd nesa... a dweud y gwir, 'so fe 'di gwneud llawer ers rhyw fis!"

Eisteddodd y ddau gyferbyn â'i gilydd, a'r iâ wedi toddi rhyw fymryn a'r hwyl ychydig yn ysgafnach.

"Reit, y ffeil. Sa i'n siŵr sut i ddweud hyn. A dweud y gwir, sa i'n gw'bod a ddylen i ddweud hyn wrthot ti o gwbl..."

"Beth?"

"Wel..."

"Dewch, Ditectif Owen..."

"Alban."

"Alban. Plîs. Fi'n erfyn arnoch chi. Beth bynnag sydd ynddi, rhaid i chi rannu hynny â fi. Fi'n disgwyl y gwaethaf yn barod, felly fydd cynnwys y ffeil ddim yn sioc, ddim ar ôl y pethau dwi 'di bod yn eu dychmygu..."

Ond llenwodd mudandod y ditectif hi â phryder. Ni allai edrych i'w llygaid, ac roedd fel petai'n ystyried a oedd datgelu'r gwir wrthi'n beth doeth ai peidio. O'r diwedd, edrychodd arni. Gwenodd Fflur yn ôl, ac roedd hynny'n ddigon i Alban...

"Dyna'r broblem, Fflur..."

"Beth?"

"Ym... does dim byd yn y ffeil... a dweud y gwir... does yna ddim ffeil..."

"Beth? Sa i'n deall."

"Na fi."

"Sorri?"

"OK, dyma sut ma pethe'n gweithio. Neu o leia, dyma sut ma' pethe i *fod* i weithio. Ni'n defnyddio system gyfrifiadurol i gofnodi pob achos. Mae 'na ffeil unigol ar gyfer pob archwiliad, yn cynnwys holl fanylion perthynasol yr achos. Gall y ffeiliau gael eu diweddaru gan unrhyw un sy'n gweithio ar yr achos. Pan fydd 'na wybodaeth newydd, caiff ei hychwanegu..." Edrychodd Alban arni eto, i wneud yn siŵr ei bod yn ei ddilyn. "Ond, yn achos dy chwaer, does dim ffeil yn bodoli o gwbwl..."

"Pam?"

"Sa i'n gw'bod..."

Aeth yr ystafell yn ddistaw. Syllodd Fflur ar ben moel Alban, gan fod y ditectif yn edrych ar y bwrdd o'i flaen.

"Jyst fel dwedodd Jack..."

"Beth ddwedest ti?" Cododd Alban ei ben a syllu'n galed ar Fflur. Ei dro fe oedd hi i gwestiynu'n awr.

"Jyst fel dwedodd Jack."

"Pwy yw Jack?" gofynnodd y ditectif, ond cyn i Fflur ateb, roedd y gwir wedi gwawrio arno. "Jack Devine?"

"Sa i'n gw'bod beth yw ei gyfenw, ond ma fe'n byw yn y Coed. Yn y fflats. Roedd e'n nabod Ffion..."

"Jack Devine. *Beth* ddwedodd Jack wrthot ti?"

"Dim lot..."

"Dere, Fflur, fi 'di bod yn streit gyda ti."

"Dim ond ei fod e'n credu bod 'na cover up yn achos Ffion..."

"Wel, paid credu gair ma fe'n weud. Cofia beth yw e."

"A *beth* yw e'n gwmws?"

"Gwerthwr cyffuriau. Pusher. Crackpot. Troseddwr. *Dyn drwg.*" Daeth y geiriau'n rhwydd o geg Alban, fel ymateb greddfol i'r cyhuddiadau. Er nad oedd eisiau dweud y fath bethau am Jack, roedd yn *rhaid* iddo amddiffyn ei bartner, gan mai Efrog oedd yn gyfrifol am greu'r ffeil a'i llenwi. Ond nid oedd Alban eisiau gwybod pam nad oedd wedi gwneud ei ddyletswydd; roedd y posibiliadau'n rhy erchyll i'w hystyried.

"Wel, efallai fod hynny'n wir, Ditectif Owen, ond mae'n ymddangos fel petai'n dweud y gwir yn yr achos hwn."

Nid atebodd Alban. Beth allai e ddweud?

"Ai chi oedd yn gyfrifol am yr achos, *Ditectif Owen*? Ai chi oedd yn gyfrifol am greu'r ffeil?" Wrth i Fflur ddechrau ei ddrwgdybio, saethodd y cwestiynau'n gyflym o'i cheg, fel bwledi llafar wedi'u hanelu'n syth amdano.

"Na," gwadodd Alban y cyhuddiad.

"Pwy felly?"

"Sa i'n siŵr." Roedd hi'n hawdd dweud celwydd ar ôl gyrfa o ymarfer. "Ond fi'n mynd i ffeindio mas, dwi'n addo hynny i ti."

34

Pan ddychwelodd Alban i'r swyddfa, roedd rhywbeth tebyg i gyfarfod yn cael ei gynnal yno. Roedd y ditectifs i gyd yn sefyll wrth eu desgiau – naill ai'n gwisgo eu cotiau neu â'u cotiau wedi'u plygu dros eu breichiau – a Crandon yn sefyll wrth ddrws ei swyddfa'n cyfarth gorchmynion fel Capten Mainwaring o flaen ei blatŵn.

"Thirteen twenty hours, ddynion. Dim eiliad yn hwyrach, os gwelwch yn dda. Mae'r seremoni'n dechrau'n brydlon am hanner awr wedi, felly peidiwch â bod yn hwyr. Gorchymyn yw hwnna, gyda llaw, ac os bydd unrhyw un yn hwyr, y gosb fydd aros yn sobor heno er mwyn cynnig gwasanaeth tacsi i'n tywys ni i gyd adref. Deall?"

Dim ateb.

"Deall?"

"Ydyn," oedd yr ateb y tro hwn, mewn corws o fwmian gan ychwanegu at yr awyrgylch fod yr adran yn mynd ar drip ysgol.

"Reit." Edrychodd Crandon ar ei oriawr eto, cyn ystumio ar Clements ei bod hi'n bryd iddynt adael. I ble ro'n nhw'n mynd, nid oedd neb yn gwybod. Am ginio, mae'n siŵr. Cinio clou, hynny yw. "A!" ebychodd Crandon wrth weld Alban. "Ditectif Owen, jyst y boi."

"Syr?"

"Ti'n gw'bod ble mae Efrog erbyn hyn?"

"Dim syniad, syr."

"Wel, ma angen ei ffeindio fe, tout suite."

"Sorri syr, beth?"

"Chop-chop!" atebodd Crandon, er nad oedd hynny'n helpu dim ar Alban. Gwelodd Clements y dryswch ar ei wyneb, ac ychwanegodd.

"Nid yw Ditectif Evans yn ateb ei ffôn, ac roedd DI Crandon yn ofni y byddai e'n hwyr yn cyrraedd y seremoni…"

"A?"

"Ewch i'w ffeindio fe, Ditectif Owen!" taranodd Crandon. "Tout suite!"

"Chop-chop," ychwanegodd Clements, cyn i'r ddau ddiflannu drwy'r drws.

Ymhen dim, roedd y swyddfa'n wag unwaith eto, a chydweithwyr Alban i gyd wedi mynd am ginio. Cinio hylifol, hynny yw. Roedd gweddill y diwrnod yn rhydd ganddynt i bob pwrpas, ac roedd y dathlu'n dechrau yr eiliad hon. I bawb ond Alban.

Edrychodd ar ei oriawr. 12:41. Roedd ganddo hanner awr i ffeindio Efrog, ond byddai pum munud wedi bod yn ddigon, gan fod Alban yn gwybod yn iawn ble roedd yr hen ddyn.

Ar ôl iddo barcio'r Astra llwyd yn y maes parcio tu ôl i'r dafarn, cerddodd Alban i mewn i'r Butchers a gweld ei bartner yn pwyso ar y bar ym mhen pella'r stafell, yn syllu i mewn i'w beint fel rhyw glaf o ysbyty'r meddwl ar ei ddiwrnod rhydd yn y gymuned. Nid oedd neb ar ei gyfyl. Yn union fel yr hoffai fod. Camodd Alban ato ac archebu peint o SA gan y barman, cyn i'r ddau hen ffrind sefyll yno mewn tawelwch yn yfed eu diodydd. Ni ofynnodd Alban iddo ble roedd wedi bod. Doedd dim angen, gan fod yr ateb yn amlwg ar ei fochau cochion a'i anadl afiach.

Gorffennodd Alban ei beint ac edrych ar wydr hanner llawn ei bartner. Daliodd sylw'r barman ac archebu un arall, er y byddai hynny'n sicr o'u gwneud nhw'n hwyr i'r seremoni. Ond, nid ei fai e fyddai hynny heddiw, bai Efrog a neb arall. Wedi'r cyfan, doedd dim syniad 'da Crandon o'r trafferth – neu'r *diffyg* trafferth, a bod yn fanwl gywir – a gawsai Alban cyn dod o hyd i Ditectif Evans. Gan fod Efrog bellach wedi'i eithrio rhag unrhyw weithdrefnau disgyblu, man a man cymryd mantais ohono tra oedd e'n dal yno.

Diflannodd yr ail beint mewn tawelwch tebyg i'r un oedd yn gwmni i'r cyntaf, gydag Efrog yn syllu ar yr ewyn a lynai at ochr y gwydryn ac Alban yn smygu un sigarét ar ôl y llall, gan feddwl am Fflur a'i chwaer a rhan ei bartner yn yr helbul.

Wedi iddo orffen ei ail beint, gosododd Alban ei law yn ysgafn ar ysgwydd Efrog. Roedd hi'n bryd iddynt adael, ac er nad oedd Efrog eisiau mynd ar gyfyl neuadd y dref y diwrnod hwnnw, daliai i fod yn ddigon sobor i wybod nad oedd dewis ganddo yn yr achos hwn. Arllwysodd y chwerw i'w geg a dilyn Alban at y cerbyd llwyd oedd yn aros amdanynt yn y maes parcio.

Gyda'r oriawr ddigidol ar ei arddwrn yn dangos 13:28, edrychodd Crandon unwaith eto tua'r drws yng nghefn Neuadd y Dref, yn y gobaith y byddai Ditectif Owen yn cyrraedd, gan lusgo Ditectif Evans tu ôl iddo fe, gerfydd ei goler os oedd raid.

Roedd y neuadd yn llawn, gyda nifer o wynebau cyfarwydd i Crandon ymhlith y dorf.

Gwenodd Iwan Lloyd arno pan drodd unwaith eto i edrych i gyfeiriad y drws, gan ychwanegu winc fach gyfeillgar i gyd-fynd â hi. Cynghorydd Tref lleol yn agosáu at ei hanner cant oedd Iwan, â barf a gwallt brown tywyll a gâi, heb amheuaeth ym meddwl Crandon, got o baent o bryd i'w gilydd. Boi da a gŵr busnes llwyddiannus, a fyddai wastad yn llawn storïau, yn enwedig ar ôl cwpwl o beints. Edrychai Crandon ymlaen at gael sgwrs gydag e, ond roedd yr Arolygydd ar bigau'r drain oherwydd absenoldeb seren y sioe.

Eisteddai Iwan gyda'r cynghorwyr tref lleol eraill yn agos at gefn y stafell. Deg ohonynt i gyd. Dynion bob un. Rhyfeddodd Crandon fod cynifer yn bresennol, ond gyda bwyd a diod yn rhad ac am ddim i ddilyn y seremoni, nid oedd hynny'n syndod mewn gwirionedd. Dim ond tri â chysylltiad ag Efrog oedd yno, tra bod y saith arall i gyd yn 'gwneud eu dyletswydd'... ac yn cael prynhawn off gwaith, wrth gwrs.

O flaen y cynghorwyr tref eisteddai nifer o bobl bwysig yn cynrychioli'r heddlu, gan gynnwys Prif Arolygydd Heddlu De Cymru yn eu plith. O'i gwmpas, roedd amryw o heddweision anghyfarwydd, yma i wasanaethu'r Pennaeth, heb wybod yn iawn pwy oedd yn cael ei anrhydeddu.

Jôc oedd y seremoni i bawb bron, gan gynnwys Efrog – yn *enwedig* Efrog – gyda'r wobr mor ddiwerth iddo â phâr o Speedos ar daith i Siberia. Ond roedd treulio'r prynhawn fan hyn, yn hytrach nag yn y swyddfa, yn siwtio Crandon i'r dim, ac roedd yn edrych ymlaen yn fawr at y parti i ddilyn. Roedd partïon y Maer yn chwedlonol, a gwyddai Crandon na fyddai'r un y noson honno'n siomi. Ond cyn iddo allu troi ei sylw'n gyfan gwbl tuag at y dathliadau, roedd yn rhaid i Efrog ddod i hawlio'i anrhydedd...

Ni allai Crandon weld unrhyw un yn cynrychioli Heddlu Caerdydd yn y cynulliad, ond o ystyried yr amgylchiadau a arweiniodd at ymadawiad Ditectif Evans o'i swydd yn y fan honno, nid oedd hynny'n syndod o gwbl.

Yn y rhes flaen, yn union o flaen y pulpud, eisteddai Clive Thomas, Prif Weithredwr y Sir, ac atgof o gyngor cynta'r dref a'r adeg ryfedd honno pan ddaeth Dickie a'i darlings yma yn eu cannoedd, a Bob Cleaver, Cadeirydd y Cyngor Sir. Dau bric ym marn Crandon. Perchennog cadwyn o fwytai gyda safleoedd ar draws de Cymru oedd Mr Thomas, ac, o edrych ar faint ei fola, roedd hi'n ymddangos ei fod yn bwyta cynnwys ei fwydlen yn ddyddiol. Cyn-feddyg oedd Mr Cleaver, bellach wedi ymddeol er mwyn canolbwyntio ar chwarae golff. Yn ôl ei swyddogaeth, roedd e'n bwysicach o ran ei awdurdod na'r Maer gan ei fod yn gadeirydd ar gorff uwch yn hierarchaeth llywodraeth leol, ond pan gerddodd y Maer i mewn, doedd dim amheuaeth pwy oedd yn rhedeg y sioe yng Ngerddi Hwyan.

Trodd y rhes gyfan o dditectifs a eisteddai wrth ochr Crandon i wylio Grontius Bach yn cerdded ar hyd canol yr ystafell. Roedd pob un ohonynt yn difaru cael ail beint yn y dafarn cyn dod, ac roedd pob pledren yn bygwth borstio. Roedd dyfodiad y Maer yn golygu ei bod hi'n rhy hwyr i ddianc am ryddhad i'r pisdy, yn enwedig â Crandon yn eistedd ar ben y rhes.

Brasgamodd y Maer i flaen y neuadd yn llawn hyder, fel model ar lwyfan yn arddangos casgliad diweddaraf Mugatu. Edrychodd o'r naill ochr i'r llall, gan wenu ar bawb ar yr un pryd â'i ddannedd llachar. Nid oedd blewyn o'i le ganddo ac roedd ei siwt Eidalaidd frown yn glynu wrth y mannau cywir gan atgoffa pawb o'r hyn oedd oddi tani. Er ei fod bellach yn ei chwedegau, roedd rhywbeth bythol ifanc amdano, rhyw rin anweledig ac anghyffyrddadwy.

Roedd pob llygad arno, a'r gwir oedd bod pob llygad wedi gweld y Ceffyl yn ei lawn ogoniant, rhai ar fwy nag un achlysur. Y peth amlycaf amdano oedd ei bidyn deuddeg modfedd â'i chlochben borffor y gallai llond pentref o Smurfs gysgodi oddi tani. Ond, er mai dyna oedd yn hawlio sylw pawb, yr hyn oedd yn ei wneud mor arbennig yn y diwydiant pornograffaidd oedd ei allu i reoli'i 'allbwn', oedd yn ffinio ar fod yn dantrig ar adegau. Cofiodd Crandon am un o'i ffilmiau mwyaf adnabyddus – *Tri Mochyn Bach*

– gyda'r Ceffyl yn chwarae rhan y Blaidd a thair merch ifanc yn cymryd rhan y moch. Y ddelwedd a ddeuai i gof Crandon wrth iddo wylio'r Maer yn cyfarch Clive a Bob yn y rhes flaen oedd y moch bach ar eu pengliniau yn cymryd eu tro i lyfu ei gloch, am mai dyna'r cyfan y gallent ei gyflawni, gan nad oedd hi'n bosib iddynt agor eu cegau'n ddigon llydan i wneud cyfiawnder â diamedr y borfforben.

Roedd Maer Gerddi Hwyan yn hollol ymwybodol o'r hyn a âi drwy feddwl y cynulliad – wedi'r cyfan, dyna'r ymateb arferol lle bynnag yr âi – ac roedd hynny'n chwyddo'i hyder. Roedd gwybod mai ganddo fe roedd y bidlen fwyaf yn yr ystafell yn arf gwerthfawr yn y byd hwn, ac wrth iddo gamu at y pulpud, roedd pob llais yn tawelu a phob llygad yn syllu arno.

"Diolch am fod mor brydlon, ond rwy'n gweld fod un dyn bach ar goll, ac un dyn go bwysig ar hynny."

Edrychodd y Maer yn syth at Crandon er mwyn gweld ei ymateb ac efallai gael esboniad, ond nid oedd unrhyw atebion ganddo. Gallai Crandon deimlo llygaid ei uwch-swyddogion yn syllu tuag ato, a diawlodd Efrog am fod mor amhroffesiynol. Byddai hynny'n adlewyrchu arno fe yn fwy na neb.

Ymlaen yr aeth y Maer fel tasai sefyllfaoedd o'r fath yn rhan gyffredin o'i ddyletswyddau. "Newn ni aros am bum munud fach, cyn anfon sgwad car i chwilio yn nhafarndai'r dref," a gyda hynny, chwarddodd pawb a chamodd y Maer i gael gair â Crandon.

Gwyliodd Crandon ef yn agosáu ato gan barchu ei hyder a'i rwyddineb wrth annerch torf – un peth nad oedd Crandon yn ei fwynhau. Y dwylo chwyslyd, y geg sych a'r pilipalas yn ei fol. Ond roedd hi'n hawdd siarad â llond stafell o bobl, mae'n siŵr, ar ôl gyrfa'n ffwcio merched o flaen camera…

Doedd neb yn gwybod pam y gadawodd Y Ceffyl y diwydiant porn ac ni allai Crandon feddwl am unrhyw actor pornograffaidd arall a drodd at wleidyddiaeth. Symudodd i Erddi Hwyan a chael ei ethol yn faer o fewn blwyddyn, â sibrydion ei fod wedi cynnig cildwrn i rai a bygwth eraill yn rhemp, er nad aeth neb at yr heddlu i gwyno. Wrth gwrs, roedd digon o bobl yn anghytuno â'r penderfyniad, ond daeth Grontius Bach yn faer poblogaidd, gyda Chyngor y Dref a'r trigolion. Roedd yr hyder a'r hwyl yn llifo ohono, a thrwy ei gyfeillgarwch a'i garisma gallai eu swyno.

Roedd y Maer wedi annerch cynulleidfaoedd mewn capeli ac eglwysi, mewn clybiau rygbi ac yn Sefydliad y Merched, gan argyhoeddi'r anghredinwyr gyda chyfuniad o onestrwydd ac egni nad oedd gan neb arall ar Gyngor y Dref. Tueddai'r menywod i gwympo amdano tra bod y dynion oll yn eiddigeddus o'i fywyd. Roedd hi bron yn amhosib peidio â'i hoffi, ac ar wahân i Efrog Evans, doedd gan y Maer ddim gelynion yng Ngerddi Hwyan. Ni wyddai neb y rheswm dros gasineb y ditectif, ond cawsai ei amlygu wrth i'r seremoni hon agosáu.

Plygodd y Maer er mwyn cael gair yng nghlust Crandon, ond cyn iddo wneud hynny, agorodd y drws a throdd pawb i wylio'r anrhydeddus Efrog Evans yn camu i mewn gan edrych o'i gwmpas yn syn. Cododd y Maer a'i gyfarch gyda gwên, ond nid oedd Efrog yn gwenu. Anwybyddodd y Maer hynny, ac arwain yr hen ddyn tua'r blaen er mwyn cwblhau'r seremoni cyn gynted ag y byddai modd a dechrau ar y dathliadau, sef y gwir reswm pam roedd pawb wedi ymgynnull yno.

Eisteddodd Alban yn y sedd tu ôl i Crandon a throdd Danny Finch i edrych arno a chodi peint dychmygol i'w wefusau gan ddyfalu'n gywir lle ffeindiodd e Efrog. Nodiodd

Alban, a phasiodd Danny'r neges i lawr y rhes. Gwyliodd Alban ei bartner a cheisio dychmygu beth oedd yn mynd drwy ei feddwl yr eiliad honno, o wybod beth oedd ei farn am y Maer. Gallai Alban weld Efrog yn syllu arno drwy lygaid cochion a rhagfarnau eithafol, yn crechwenu drwy niwl trwchus y brag sengl.

Gwyliodd Efrog y Maer yn symud o'i flaen, heb glywed yr un gair a lifai o'i geg. Roedd fel petai ei gasineb tuag ato'n atal ei eiriau rhag llygru ei glyw…. Mwmiodd yn y mannau cywir – pan fyddai'r Maer yn ystumio a'i annog i wneud – ond syllai arno fel llew yn dilyn sebra o'r prysgwydd. Cododd ar un achlysur a bu bron iddo faglu wrth wneud hynny, diolch i'r holl alcohol yn ei system. Clywodd ochenaid y gynulleidfa, a chwerthin rhai o'i gyd-weithwyr. Anwybyddodd bopeth gan geisio cadw rheolaeth dros yr anhrefn mewnol. Tasg anodd, ond heb fod yn amhosib.

Ymhen rhyw chwarter awr roedd popeth ar ben, ac yna dechreuodd camera'r ffotograffydd fflachio. Yr un ffotograffydd ag a ddaethai i gyfarfod ag Efrog ben bore ydoedd a châi fwy o lwyddiant yma, gan fod y Maer yn cyfarwyddo gan wenu'n llydan a rhannu jôc. Cydiodd llaw'r Maer ym mraich Efrog, a llwyddodd y cyffyrddiad corfforol hwn i droi stumog yr hen dditectif. Sylweddolodd Efrog nad oedd yr un o'i gyd-dditectifs yn bresennol bellach. *Y bastards wedi mynd i'r dafarn,* dyfalodd yn anghywir, gan fod pob un ohonynt naill ai *yn* pisio neu'n *aros* i bisio yn y tŷ bach i lawr y coridor.

Ysgydwodd Efrog law gyda degau o wynebau anghyfarwydd, yn ogystal ag ambell un cyfarwydd, tra bloeddiai'r lleisiau a fflachiai'r camerâu. Deuai'r llongyfarchiadau o bob cyfeiriad a phan edrychodd i lawr ar ei ddwylo, gwelodd Efrog ei fod yn gafael mewn allwedd arian fawr. Syllodd arni am eiliad hir ac ystyried pa mor ddiwerth oedd yr holl beth – y seremoni, hynny yw, heb sôn am yr allwedd fyddai'n mynd i'r bin cyn gynted ag y cyrhaeddai Efrog adref. Nid oedd yn haeddu'r fath anrhydedd yn y lle cyntaf, ond roedd y ffaith fod y Maer wedi mynnu ei wobrwyo yn waeth byth ym marn Efrog. Fel tasai'n ceisio dwyn ychydig o ddilysrwydd y ditectif, ei ddwyn a'i hawlio ar ei ran ei hun. Gwelodd ambell un o'i gyd-weithwyr yn dychwelyd i'r neuadd a rhyddhad ar eu hwynebau. Yna aeth y dorf gyfan allan i dynnu eu llun ar risiau Neuadd y Dref. Roedd pawb yn gwenu, ac eithrio un person, a phawb yn edrych ymlaen at y parti yn nhŷ'r Maer... ar wahân i un person.

"Gwena'r bastard anniolchgar!" sibrydodd y Maer yng nghlust Efrog, wrth i'r dyn camera weiddi 'Caws' ar dop ei lais unwaith eto. Edrychodd Efrog arno heb allu credu'n iawn beth a glywodd, a throdd wyneb y Maer i fod yn wyneb y wraig-gurwr a welsai'r bore hwnnw, cyn newid yn ôl yr un mor gyflym. Roedd Efrog eisiau torri ei drwyn fan hyn, o flaen pawb am y gwyddai, ym mêr ei esgyrn, fod y Maer wedi gwneud pethau llawer gwaeth yn ystod ei fywyd na rhoi crasfa i fenywod ...

Yna, tawelwch llwyr y car llwyd. Trodd Efrog i edrych ar Alban, a oedd yn eistedd wrth ei ochr tu ôl i'r olwyn, heb wybod yn iawn sut cyrhaeddodd y fan hon. Taniodd Alban y mwgyn oedd yn ei geg a gwneud yr un fath â'r un oedd yn hongian rhwng gwefusau Efrog.

Llwyddodd i ddweud "Diolch", cyn estyn ei botel o'i boced a llacio'r top.

"Wel, wel," meddai Alban gyda gwên. "O'n i'n meddwl dy fod ti wedi anghofio sut i siarad ar ôl y perfformiad yna!"

"Ble ni'n mynd?" gofynnodd Efrog, wrth i'w bartner danio'r injan.

"Ble ti'n meddwl? I'r parti, wrth gwrs."

"Oes rhaid i fi fynd?"

"Oes!" Daeth llais Crandon o gefn y car – roedd ef a Clements yn cael lifft er mwyn osgoi gadael eu car yng nghartref y Maer. "Beth uffach sy'n bod arnot ti, Efrog, ti newydd gael dy anrhydeddu a ti bron ag ymddeol... a ti mor... ti mor... Aaa... fuck it... ti'n embarrassment, Efrog. Nawr tynna dy fys mas neu... neu... neu..." Ond tawelodd yr Arolygydd gan nad oedd pwynt bygwth Ditectif Evans, gan mai dim ond diwrnod oedd ar ôl ganddo yn y swydd.

Teithiodd y pedwarawd i'r parti mewn tawelwch, â bochau Crandon cyn goched â llygaid yr hen dditectif.

35

Cyflymodd calon Fflur pan glywodd allwedd Yvonne yn datgloi'r drws, a thynnodd y ffedog er mwyn mynd i'w chyfarch, gan godi'r botel win – roedd hi eisoes wedi'i hagor – a'i chario at ei chariad. Nid oedd yn disgwyl i unrhyw chwithdod godi o'r sefyllfa, ond nid oedd hi chwaith yn disgwyl i Yvonne ei thynnu tuag ati heb yngan yr un gair a'i chusanu'n nwydus a chaled ar ei cheg, cyn tynnu'n ôl a gwenu.

"Fi 'di bod yn breuddwydio am neud hynna i ti drwy'r dydd!"

"A fi 'fyd." A gyda hynny, tynnodd Yvonne hi tuag ati unwaith eto, gan ychwanegu'i thafod at y gybolfa frwd y tro hwn.

"Beth yw hwnna?" mwmiodd Yvonne, wrth i'w llaw gyffwrdd yn y botel oer.

"Gwin." Atebodd Fflur, yr un mor aneglur. Datgymalodd y ddwy o gegau ei gilydd, wrth i chwant newydd drechu'r weithwraig, ac i ffwrdd â nhw, law yn llaw, tua'r ystafell fyw. Gorweddodd Yvonne ar unwaith, wrth i ymdrech y dydd ei threchu, ac aeth Fflur i'r gegin i estyn gwydryn. Llenwodd hwnnw a'i roi i Yvonne.

"Diolch, dol, ma angen hwn arna i," a gyda hynny, cymerodd lond ceg o win cyn sylwi ar y bwrdd bwyd a'r canhwyllau roedd Fflur eisoes wedi'u cynnau. "Beth yw ystyr hyn?" gofynnodd yn llawn hwyl.

"Dim..."

"Dim! Wyt ti'n siŵr?"

"Wel... fi 'di neud pryd o fwyd i ti... i ni... 'na gyd..." esboniodd Fflur wrth i'w bochau gochi, gan feddwl tybed a oedd hi wedi mynd i ormod o drafferth.

"Ti'n ffab, Fflur! Ond doedd dim angen. Ti'n gw'bod hynny. Ma dy gwmni di'n ddigon..." a thro Yvonne oedd hi i gochi nawr. Gwenodd y ddwy ar ei gilydd, heb ddweud gair. Doedd dim angen.

"Bydd y bwyd yn barod mewn rhyw ddeg munud," eglurodd Fflur wrth godi a dychwelyd i'r gegin. "Digon o amser i ti gael cawod, os ti moyn..."

"Fi'n ffansïo bath wedyn, a dweud y gwir. Gwin a lie down cyn bwyta, fi'n credu... Ma fe'n smelo'n lush, gyda llaw. Beth ni'n gael?"

"Cawl. Cawl Cymreig," atebodd Fflur, wrth gario pedair rôl roedd hi newydd eu pobi at y bwrdd. "A bara ffres, wrth gwrs..."

"Ti sy 'di gwneud y rheina?"

"Ie."

"Mmmm. Gei di ddod i aros 'to, dol..."

Eisteddodd y ddwy gyferbyn â'i gilydd wrth y bwrdd bwyd yng nghornel yr ystafell fyw. Yng ngolau isel y canhwyllau, gwyliodd Fflur ei chariad yn palu i mewn i'r bwyd. *Wwwmiai* a *Mmmwmiai* bob hyn a hyn, gan olchi'r cig, y llysiau a'r bara i lawr gyda'i gwin. Gwnaeth hynny i Fflur deimlo'n falch iawn, fel tasai ei hystumiau'n ategu ei theimladau mewn rhyw ffordd, gan atgyfnerthu'r cariad oedd yn amlwg yn datblygu rhyngddynt.

Yn gyfeiliant i'r wledd roedd cerddoriaeth Sia. Er nad oedd Fflur erioed wedi clywed am yr artist o'r blaen, roedd yn ddewis gwych ac yn gyfeiliant perffaith i'r bwyd a'r diod a'r awyrgylch cyffredinol cariadus.

"Sut oedd hi lawr yn y Badell heddiw?" gofynnodd Fflur, er iddi ddifaru gofyn pan ddechreuodd Yvonne barablu mewn ymateb.

"Wel, braidd yn dawel mewn gwirionedd. Lot o amser i feddwl, i bendwmpian. Hence y snog fawr pan ddes i gartre. Ro'dd hi'n rhyfedd, a dweud y gwir. Fel ti'n gw'bod, ma'r lle'n llawn copers tew yn bwyta fry-ups fel arfer, ond heddiw, weles i ddim un got hir yn agos at y lle. Ddim ar ôl naw y bore 'ma, ta beth. Sa i'n gw'bod pam, ond gobeithio nad y'n nhw 'di ffeindio rhywle arall i fwyta, achos bydd y Badell yn stryglan os ydyn nhw. Ond wedyn, falle bydde hynny'n beth da. Falle bydde hynny'n fy ngorfodi i neud rhywbeth. I adael. I ffeindio rhywbeth gwell. I mean, fi 'di cael digon, dol. Dyw gweithio mewn greasy spoon ddim yn lot o hwyl. Fel ti'n gw'bod. O'n i'n meddwl symud i Gaerdydd falle. Neu i Lundain. Dyna lle mae'r gwaith, yn 'dyfe? Dyna lle mae'r cyfleoedd. Tref farw yw hon bellach. Sdim lot o gyfleoedd i actorion 'ma nawr. Actually, sdim cyfleoedd o gwbl. Rhaid dilyn y gwaith, dyna'r gwir. Ond eto, sa i'n gw'bod ai dyna beth dwi eisiau neud hyd yn oed. Fi mewn 'bach o muddle, dol. Ond rhaid gadael y fan hyn, mae hynny'n sicr…"

Gwyliodd Fflur ei cheg yn moduro, a phan ddaeth y

rhefru i ben, dywedodd: "Gei di ddod i aros yn 'y nghartre i os ti moyn. Ti'n gw'bod, ar y fferm. Jyst am sbel, nes byddi di'n gw'bod beth ti moyn neud nesa. Brêc o'r dref, brêc o'r Badell. Awyr iach. Dim sŵn traffig. Beth ti'n feddwl?"

"Paradwys, dol. Paradwys. Ond ma'n *rhaid* gweithio. Rhaid cael arian…"

"Dim ond gwyliau o'n i'n feddwl. Cwpwl o wythnosau. Mis falle. Ac wedyn…"

"Ac wedyn?"

"Pwy a ŵyr?" atebodd Fflur, wrth iddi lenwi ag anobaith.

"Paid bod mor drist, dol. Sa i'n bwriadu neud dim hebddot ti o nawr mlân. Iawn?" Gwenodd Fflur wrth glywed hyn, ond wedyn daeth ei phryderon yn donnau drosti drachefn, gan ddod i orffwys ar ei hwyneb.

"Beth sy'n bod, dol? God! Sa i hyd yn oed wedi gofyn sut ddiwrnod gest ti. How rude! Ni fel hen gwpwl priod yn barod! Beth ti 'di bod yn neud? Unrhyw ddatblygiadau?"

Nid atebodd Fflur yn syth. Llyncodd lond ceg o win ac eistedd yn ôl yn ei chadair gan syllu ar Yvonne oedd wrthi'n cynnau sigarét, neu 'bwdin' fel yr hoffai alw'r weithred ar ôl bwyta.

"Dyna'r broblem. *Does* dim datblygiade. Dead end arall heddiw. Sa i'n gw'bod beth i' neud nesa. Sa i'n gw'bod beth fi 'di bod yn neud drwy'r holl amser, mewn gwirionedd." Siglodd ei phen. Roedd hi'n teimlo fel merch fach â breuddwydion mawr, sy newydd ddysgu gwers. "Beth ydw i'n neud, Yvonne? Chwarae ditectifs. Chwilio am beth? A beth alla i neud am y sefyllfa tasen i *yn* ffeindio'r rhai sy'n gyfrifol?"

"Digon, fysen i'n dweud…" atebodd Yvonne, gan gofio'i chorff noeth y noson cynt a'r cyhyrau cryf yn codi a disgyn gyda phob gwefr. "Sa i 'rioed 'di cwrdd â neb mor ddewr â ti, dol..." Wfftiodd Fflur, ond anwybyddodd Yvonne hynny. "Wir nawr. Ti'n dod fan hyn ar dy ben dy hunan gydag un peth ar dy feddwl. Un dasg i'w chyflawni. A ti'n neud yn reit dda hyd yn hyn. I mean, ti 'di ffeindio fi, ti 'di ffeindio'r Coed a'i thrigolion, ti 'di dilyn y trywydd a nawr ma fe 'di mynd yn sych, a ti 'di gwneud hynny i gyd mewn tridie. Blydi hel, dol, meddylia beth fyddi di wedi'i gyflawni mewn pythefnos."

Gwenodd Fflur arni, a diolch am ei geiriau caredig, cefnogol. Ac er nad oedd angen mwy o hwb arni mewn gwirionedd, ymlaen aeth Yvonne ta beth.

"A beth am Jack? Ti 'di siarad 'da fe 'to. Fi'n siŵr y bydd e'n gallu dy helpu di..."

"Dim eto, fi'n cwrdd â fe fory."

"Ti'n gweld. Dim dead end ti 'di cyrraedd, dol, ond lay-by!" Chwarddodd y ddwy ar y gymhariaeth. "So, os nad oes gan Jack ddim byd i'w ychwanegu, wedyn falle cei di ddechre sôn am roi'r gore iddi, *falle*, ond dim cyn hynny. Ti 'di dod yn rhy bell i roi lan nawr... OK?"

"Iawn," cytunodd Fflur, gan fynd ati i glirio'r bwrdd.

"Fi'n mynd i redeg bath," meddai Yvonne gan anelu am yr ystafell ymolchi. "Ti moyn 'i siario fe gyda fi?"

"Www, ie. Ma angen golchad arna i..." atebodd Fflur, ond nid dyna'n union oedd gan Yvonne mewn golwg...

36

A'r nos wedi hen gau am blasdy'r Maer, roedd y parti yn ei anterth, ac wedi bod felly ers dros ddwy awr bellach.

Ymestynnai patio eang – bron hanner maint cae pêl-droed – o gefn y tŷ i lawr tua'r coed trwchus yng ngwaelod yr ardd. Yng nghanol y patio roedd pwll nofio siâp pen ceffyl – nodwedd oedd i'w gweld trwy gydol yr ystâd, o glwyd y dreif i byst gwely mahogani'r perchennog. Ar ochr dde'r pwll, safai bar hir a ddarparai bob math o ddiodydd dan yr haul – neu'r lleuad yn yr achos hwn – o dan oruchwyliaeth chwe model ifanc, eu bronnau'n bolio o'u blaenau o dan orchudd cotwm gwyn, tenau gan swyno pob dyn a âi ar eu cyfyl – a dynion yn unig oedd yn westeion yno heno. Ym mhen draw'r patio, yn edrych yn ôl tua'r tŷ, safai llwyfan eang oedd yn gartref i fand ffync, gyda saith aelod yn chwarae cerddoriaeth heb fod yn annhebyg i drac sain rhai o ffilmiau'r Maer gynt, yn wah-wahs i gyd a chyrn rhasgliog.

Roedd cyrff ym mhobman, rhai'n dal yn eu dillad ond nifer yn gwisgo shorts nofio bellach – anrhegion gan y Maer, a'r pen ceffyl wedi'i frodio ar bob un ohonynt – ac yn dringo i mewn ac allan o'r pwll, yn ôl ac ymlaen at y bar, fel amffibiaid sychedig mewn paradwys trofannol. Safai gwresogyddion patio o gwmpas y pwll, fel na fyddai neb yn rhy oer, ac roedd gynau a thywelion moethus ar gael i'r rheiny oedd wedi cael digon ac eisiau gwisgo'u dillad eto.

Wrth lwc, roedd hi'n noson glir, a'r sêr yn disgleirio yn yr awyr. Er hynny, tasai hi'n dechrau bwrw glaw, roedd ferandâu wrth ochr y tŷ, yn barod i'w tynnu dros y patio a'r gwesteion pe byddai rhaid. Roedd y Maer wedi meddwl am bopeth wrth gynllunio'i gartref, ac ni fyddai rhywbeth mor elfennol â glaw yn tarfu ar ei hwyl.

Ymysg cyrff dynol y gwesteion, ymgymysgai cyrff perffaith y merched proffesiynol. Nid puteiniaid, cofiwch, ond actoresau a modelau o'r diwydiant pornograffaidd oedd yma, wedi'u cyflogi gan y Maer i roi gwên ar wyneb y gwesteion, a dim byd arall… wel, heblaw eu bod yn cael cynnig anodd ei wrthod, wrth gwrs.

Tu hwnt i'r patio roedd hoff nodwedd y Maer, sef y twll golff tair ergyd, yn ymestyn am ryw ddau ganllath, o'r twmpath ger y patio i'r lawnt lyfn o dan lifoleuadau yn y coed islaw. A dyna lle'r oedd y Maer, yn herio unrhyw un a fyddai'n ddigon dwl i dreial, ac yn betio decpunt yr ergyd i weld pwy fydde agosaf at y twll o'r tî. Roedd y Maer wedi hen feistroli'r twll, felly anaml iawn y byddai'n colli. Roedd yn ei elfen fan hyn, yn ganolbwynt y byd roedd wedi'i greu ar ei gyfer ei hun.

Bob ochr i'r twll golff, roedd gerddi ffurfiol yr ystâd, a'r naill asgell yn adlewyrchu'r llall. Canolbwynt y ddwy ochr oedd y pistyll wedi'u goleuo, gyda cheffylau'n codi ar eu coesau ôl o'r canol yn poeri dŵr tua'r ffurfafen. Yn amgylchynu'r cyfan roedd trwch o goed a wal uchel â chamerâu cylch cyfyng yn cadw llygad parhaus arnynt, er mwyn sicrhau preifatrwydd y Maer a'i westeion – rhywbeth hanfodol yn y rhan fwyaf o achosion, ac yn arbennig pan fyddai hanner heddlu De Cymru wedi meddwi yn yr ardd gefn yng nghmwni rhai o sêr porn amlycaf y diwydiant.

Eisteddodd Crandon a Clements yn y jacuzzi, a oedd yn rhan o'r pwll nofio, y ddau â gwên fawr ar eu hwynebau. Dyma'r bywyd. Roedd hyn tu hwnt i unrhyw beth a ddychmygodd y ddau, ac yn rhywbeth y byddent yn ei drafod o bryd i'w gilydd am weddill eu bywydau.

"Dyma chi," meddai'r llais meddal, a throdd y ddau i weld Julie yn gosod potel o Glenmorangie ffres mewn bwced iâ wrth ochr y pwll. Syllodd y ddau ar ei bronnau, gan fwmian eu diolch a gobeithio nad oedd eu codiadau yn rhy amlwg o dan y dŵr. Gwyliodd y ddau hi'n codi ac yn camu at y dawnslawr, lle roedd Dangerous Danny Finch eisoes yn mwynhau cwmni tair merch arall. Roedd rheswm da dros hynny hefyd, gan na wisgai'r ditectif ifanc ddim byd ond

pâr o Speedos pitw du, â dwy stribed felyn i'r chwith o'i
becyn sylweddol. Roedd wedi dod â nhw, jyst rhag ofn bod
y sibrydion yn wir. Arddangosai ei gorff cyhyrog i'r byd, a
dangosai ei sgiliau cic-baffio i'r merched, gan droelli a chicio
a fflic-fflacio i guriad y gerddoriaeth. Dechreuodd y band
chwarae 'Kung-Fu Fighting', gan hawlio sylw pawb a denu
gwên ar bob wyneb bron.

Ar ôl i'r gân orffen, diolchodd arweinydd y band iddo
wrth i ddwy o'r merched lapio gŵn nos am ei ysgwyddau a'i
arwain tua'r tŷ, a thua'r nefoedd oedd yn aros amdano yno.
Torsythodd drwy'r dorf gan wenu ar ei gyd-weithwyr, gyda
'The Boss', cân mwyaf cŵl James Brown, yn gyfeiliant i'w
orymdaith.

Ond, ymysg y miri mawr a'r mwynhad, roedd dau o blith
y dyrfa'n dymuno bod yn rhywle arall, am resymau gwahanol
iawn i'w gilydd.

Dychwelodd Alban i'r parti, gan anelu'n syth at y bar
ac archebu ry`m a chwrw sinsir cryf. Roedd y chwys yn
rhaeadru oddi ar ei dalcen, a'i grys yn glynu wrth ei gefn.
Crynai ei law wrth iddo godi'r gwydryn. Roedd yn *rhaid* iddo
ffeindio cornel tawel. Yn rhywle. Un ai hynny, neu ddianc
i'r coed a cholli'i ben yn llwyr. Roedd eisoes wedi bod am
dro o gwmpas y gerddi yn chwylio am guddfan dywyll a
chysgodol, ond doedd dim gobaith cael unrhyw lonydd i lawr
yn y fan yna. Roedd pobl ym mhobman, cyplau'n bennaf,
wedi dianc i'r drysni i gamfihafio. A ta beth, roedd awel fach
yn treiddio drwy'r prysgwydd gan ei gwneud hi'n amhosib
iddo gyflawni ei dasg yn yr awyr agored. Felly, doedd dim
byd amdani, byddai'n rhaid iddo ffeindio rhywle yn y tŷ.
Edrychodd ar yr adeilad gan feddwl na ddylai hynny fod yn
dasg anodd, wedi'r cyfan, gan fod y lle'n anferth. Archebodd
ddiod arall cyn arllwys yr un oedd yn ei law i lawr ei wddwg.

Wedi i'r ddiod nesaf gyrraedd, diolchodd i'r weinyddes heb wenu arni na syllu ar yr awyrlongau oedd yn ymwthio tuag ato, cyn anelu am y tŷ â'r pecyn bach yn ei boced yn ei annog a'i arwain at yr anochel.

Gwyliodd Efrog ei bartner yn mynd gan wybod yn iawn beth oedd ar ei feddwl. Roedd mewn hwyliau gwaeth byth – os oedd hynny hyd yn oed yn bosib – ac felly trodd yn ôl at ei ddiod. Mewn gwrthgyferbyniad â phawb arall, roedd Efrog wedi cyrraedd y parti'n feddw a bellach wedi sobri. Roedd ei ben yn taranu a'i ben-glin ar dân. Nid oedd prin wedi dweud gair wrth neb ers iddo gyrraedd, ac roedd pawb bellach yn ei anwybyddu ac yn ei osgoi. Gwyliodd ei gyd-weithwyr yn mwynhau eu hunain yng nghwmni'r merched hanner noeth. Gwyliodd y Maer yng nghanol popeth a diflasodd yn llwyr. Roedd y casineb cynharach wedi esblygu erbyn hyn, ac er bod yna awch o atgasedd i'w emosiynau, roedd y rheiny o dan reolaeth bellach a rhyw lonyddwch yn fantell drostynt.

Yr unig reswm roedd e'n dal i fod yma oedd oherwydd bod ganddo rywbeth i'w wneud, rhywbeth i'w gyflawni. Roedd yn aros am ei gyfle ond, a dweud y gwir, roedd bron wedi cael digon ar aros. *Hanner awr arall*, meddyliodd. *Hanner awr*. Ond, ni fu'n rhaid iddo aros cymaint â hynny hyd yn oed, oherwydd gadawodd y Maer y golff ac anelu am y tŷ yng nghmwni dwy ferch – un â gwallt melyn a'r llall â gwallt brown, y ddwy â bronnau enfawr. Gwyliodd Efrog nhw'n mynd drwy'r drws, cyn codi a'u dilyn.

Aethant i mewn drwy'r gegin ac allan i'r neuadd – a oedd yn fwy na fflat Efrog – a chlywodd y ditectif nhw'n dringo'r grisiau llydan â'u lleisiau llon yn arwain y ffordd. Wedi iddynt gyrraedd y brig, dilynodd Efrog hwy yn araf ond roedd y triawd wedi diflannu erbyn iddo gyrraedd y landin. Edrychodd o'i gwmpas ar yr holl ddrysau a'r coridorau hir a ymestynnai i dri chyfeiriad, gan wrando'n astud am unrhyw sŵn. Clywodd y merched yn chwerthin o ystafell gyfagos, a chamodd at y drws gan bwyso'i glust yn erbyn y derw. Wedi oedi am ychydig, er mwyn gadael i'w galon arafu ryw fymryn, cnociodd yn gadarn. Tawelodd y lleisiau.

"Mewn."

Trodd Efrog y bwlyn a chamu i mewn i swyddfa breifat y Maer, er nad yw 'swyddfa' yn cyfleu maint a chynnwys yr ystafell mewn unrhyw ffordd. Y peth cyntaf a dynnai sylw Efrog oedd ehangder y lle. Roedd hi mor fawr â swyddfa adran dditectifs Gerddi Hwyan, ond yn llawer mwy crand. Atgoffai Efrog o lyfrgelloedd mewn hen ffilmiau – silffoedd pren tywyll, llyfrau wedi'u rhwymo mewn lledr, lle tân anferth, lluniau chwaethus mewn fframiau aur addurnedig, dwy soffa ledr, dwy gadair ledr wrth y ddesg dderw ym mhen pella'r stafell o dan bortread mawreddog o'r Maer ei hun. Yn ogystal â'r hen greiriau, roedd teledu plasma 60 modfedd yn hongian ar y wal i'r dde o'r ddesg, bar bach yn gwasanaethu'r soffas yn y cornel arall, a ffenest fwa fawr yn edrych i lawr dros y pwll.

Roedd y lle'n chwaethus tu hwnt, ym marn Efrog, ar wahân i'r tri pidyn aur ddeng modfedd o daldra ar y silff ben tân, sef Oscars y diwydiant porn a enillodd Y Ceffyl am ei berfformiadau yn y ffilmiau *Dacw Mam yn Dwad* (1976), *Tri Mochyn Bach* (1979) a *Gwyn a Gwen* (1984).

Safodd Efrog yn y drws a syllu i gyfeiriad y Maer a'r merched. Arhosodd i'r Maer ofyn iddynt adael, a dyna'n union a ddigwyddodd. Caeodd Efrog y drws tu ôl iddynt a chamu tuag at ei elyn. Aeth hwnnw at y bar ac arllwys dau wydraid mawr o chwisgi, dros ddigon o iâ. Camodd at Efrog ac estyn y gwydryn i'w gyfeiriad. Cymerodd Efrog y ddiod, er nad oedd yn bwriadu ei hyfed.

"Blydi hel, Efrog, sa i erioed wedi gweld rhywun yn edrych mor ddiflas, wir nawr. Ti ddim yn mwynhau dy barti, neu rywbeth?"

"Nac ydw. Ond wedyn, ddim i fi ma'r parti hwn mewn gwirionedd…"

"Beth ti'n feddwl?"

"Paid actio mor dwp. Sweetener bach i'r heddlu yw hwn. Cildwrn o fath. Rhywbeth i'w cadw nhw rhag edrych yn rhy agos ar dy fusnes di…"

"Ti'n meddwl? Wel, falle bo' ti'n iawn. Yn rhannol iawn. Ond ma fe lot mwy na hynny 'fyd…"

"Fi'n gw'bod. Dyma'r unig ffordd o 'nghael i i ddod yma. Ti'n gw'bod na fydden i byth yn dod ar gyfyl y lle fel arfer."

"Ydw. Ac ma fe 'di gweithio'n wych 'fyd, nac wyt ti'n cytuno… frawd?"

Achosodd y gair i'r blew ar ei gefn godi. Nid oedd yn teimlo fel 'brawd', nac yn *frawdol* chwaith. Ddim heno. Ddim nawr. Ddim erstalwm.

Roedd pedair blynedd rhyngddynt o ran oedran. Yr un oedd eu mam ond roedd ganddynt dadau gwahanol – a chyfenwau gwahanol oherwydd hynny. Magwyd y ddau o dan yr unto, ac ni fu erioed ddau frawd agosach. Roedd y Maer, neu 'Bach' fel y galwai Efrog ef, yn addoli ei frawd mawr, yn ei ddilyn i bobman ac eisiau bod yn debyg iddo. Ac roedd Efrog yn esiampl ardderchog hefyd – yn rhagori yn academaidd ac ar y maes chwaraeon gan ennill ysgoloriaeth i Brifysgol Loughborough ym 1969 i astudio Addysg Gorfforol, gyda'r bwriad o ddychwelyd i Gaerdydd i fod yn athro wedi iddo raddio.

Y tair blynedd pan fynychodd Efrog y brifysgol yn Swydd Gaer oedd rhai hiraf a mwyaf diflas bywyd byr Grontius

Bach. Ysgrifennai at ei frawd bob wythnos, er na lwyddodd Efrog i ymateb i bob llythyr, ddim o bell ffordd. Roedd e'n rhy brysur yn llwyddo, yn rhagori, yn yfed, yn chwarae ac yn cwrso merched. Ond nid effeithiodd hynny mewn unrhyw ffordd ar sut y gwelai Bach ei frawd. Yn wir, roedd yn fwy na brawd iddo. Roedd yn arwr. Edrychai ymlaen at y gwyliau ysgol, pan ddychwelai ei frawd mawr yn fwy dynol a phell bob tro, er na sylwodd Bach ar hynny o gwbl.

Roedd bywyd y brifysgol wedi agor llygaid Efrog, ac roedd pellhau oddi wrth ei frawd bach yn anochel. Yn ystod ei addysg uwch, roedd y pedair blynedd yn ymddangos yn fwlch oedran enfawr iddo ef. Wedi iddo orffen y cwrs, trodd sylw Efrog at yr heddlu, a oedd yn chwilio am swyddogion newydd ac yn cynnig telerau ardderchog a chyfleoedd gyrfaol tebyg, heb sôn am fwy o gyffro na bywyd ym myd addysg. Ond, ar benwythnos olaf mis Tachwedd 1972, chwe mis wedi iddo orffen astudio, a phythefnos cyn eistedd arholiadau mynediad yr heddlu, chwalodd byd y brawd mawr mewn eiliad erchyll afreolus.

Roedd y brodyr yn teithio'n ôl o barti yn y Barri yn oriau mân y bore, yn canu am eifr amryliw ar dop eu lleisiau, pan gollodd Efrog reolaeth ar ei gar am eiliad yn unig, ond eiliad a oedd yn ddigon o amser i esgyn i'r palmant, lladd cerddwr anffodus gan chwalu unrhyw obeithion a oedd ganddo am yrfa o unrhyw fath, heb sôn am un fel heddwas. Ond yn y dryswch a ddilynodd, gwelsai Bach yr effaith a gafodd y digwyddiad ar ei frawd, ei arwr, a daeth i'r adwy, gan gymryd y bai ar ei ran, pan ddaeth car yr heddlu i wneud ymholiadau.

Dim ond ers mis roedd ganddo drwydded, ac oherwydd yr alcohol oedd yn ei waed, cafodd ddedfryd o ddwy flynedd am ei gymwynas. Ond, rhaid cofio na orfododd Efrog i'w frawd wneud hyn ar ei ran mewn unrhyw ffordd. Bach oedd eisiau gwneud hynny, fel tasai'n rhagweld y fantais fyddai'n dod iddo ef yn y dyfodol yn sgil y digwyddiad.

O'i gell, clywodd am ei frawd mawr yn ymuno â'r heddlu ac yn parhau â'i fywyd, heb lawer o ystyriaeth iddo ef na'i aberth. Wrth gwrs, byddai Efrog yn ymweld ag e yn y carchar, ond fu eu perthynas byth yr un fath wedi hynny. Roedd Bach yn gobeithio y byddai ei weithred wedi atgyfnerthu eu cyfeillgarwch, ond y gwrthwyneb a ddigwyddodd. Hwyliodd Efrog ymhellach oddi wrtho, peth hawdd i'w wneud pan oedd yn gaeth yn y carchar, a dyna fel buodd hi am flynyddoedd maith. Dim cyswllt. Dim hyd yn oed garden Nadolig. Yn enwedig ar ôl i Bach gael ei ryddid a manteisio ar ei nodwedd naturiol amlycaf, sef ei bidyn ddeuddeg modfedd. Dyna roddodd iddo'i lysenw cofiadwy, Y Ceffyl, wedi iddo ddechrau gweithio yn niwydiant y ffilmiau glas yn Llundain, ac wedyn yng Nghaerdydd, lle sefydlodd ei gwmni cynhyrchu ei hun, yn dilyn ei lwyddiant mawr yn y maes.

Tan iddo ymddangos wrth ddrws ei fflat ryw ddegawd yn ôl, nid oedd Efrog wedi gweld ei frawd ers deng mlynedd ar hugain. Ar wahân i un noson anffodus, ar stag Alban fel mae'n digwydd, pan welodd ei wyneb a lot mwy ar sgrin fawr yn y parti. Roedd y ddau wedi byw bywydau tra gwahanol erbyn hynny: rhai cyfochrog, llawn rhyfeddodau bywyd ac anturiaethau aneglur.

Bu'r blynyddoedd yn garedig wrth i'r ddau heneiddio'n reit barchus – o ran ymddangosiad o leiaf – er mai Bach oedd yn berchen ar yr holl hyder. Fe oedd mewn rheolaeth yn awr, yn ôl datganiad ei siwt Eidalaidd ddrud, ac erbyn hyn roedd eisiau i'w ei frawd mawr ad-dalu'r ddyled.

Ymhelaethodd ar ei uchelgais wleidyddol gan ychwanegu ei fod wedi prynu darn o dir ar gyrion y dref, lle bwriadai adeiladu cartref. Doedd Bach ddim hyd yn oed yn gofyn rhyw lawer. Help Efrog un noson bob mis. Casglu putain. Gyrru i motel. Aros. Gadael yng nghwmni ei frawd. Dyna ni. Hawdd. Ychydig o amddiffynfa i ddarpar faer Gerddi Hwyan, gan ei frawd annwyl, y ditectif. Wrth gwrs, atgoffodd Bach ef o'i ddyled, ond doedd dim angen iddo wneud hynny gan nad oedd Efrog erioed wedi anghofio beth a wnaethai ar ei ran. A dyna fel y bu eu perthynas. Un gymwynas fach bob mis. Dim mwy. Dim llai.

Dros y blynyddoedd, serch hynny, cafodd Efrog ddigon ar gael ei drin fel gwas, a daethai eu perthynas i ben ryw fis ynghynt yn ei dyb ef, gyda helynt Ffion. Yn arbennig yr hyn a wnaeth â'r corff er mwyn gwarchod 'enw da' y Maer.

Nid oedd Efrog wedi datgelu'r gwir am eu perthynas wrth unrhyw un, a doedd neb wedi gwneud y cysylltiad rhyngddynt chwaith, diolch yn bennaf i'r ffaith nad oeddynt yn edrych yn debyg iawn i'w gilydd. Roedd genynnau eu tadau yn gryfach o lawer na rhai eu mam, er bod yna un adran lle roedd tebygrwydd amlwg. Er na chafodd Efrog erioed yr ysfa i rannu hynny gydag unrhyw un arall... yn wahanol i'w frawd, a wnaeth fywoliaeth o'i un ef am dros ugain mlynedd.

Roedd eu hanes cythryblus wedi effeithio'n ddirfawr ar Efrog gan ddylanwadu'n fawr ar y person oedd e erbyn hyn. Gellid olrhain yr euogrwydd parhaus, y chwerwder, yr unigrwydd hunanosodedig, yr anallu i garu neu o leiaf y diffyg hyder i geisio, y cywilydd, y gwarth, yr ofn a'r pryder, ond yn bennaf yr euogrwydd yn ôl at ei berthynas â'i frawd bach. Nid oedd dianc rhagddo, ddim hyd yn oed yng ngwaelod potelaid o chwisgi.

Byddai'r Maer yn arfer bod fel ci ufudd wrth draed ei feistr, Efrog, ond diflannodd y teimladau hynny yn ystod ei fisoedd coll yn y carchar. Ond roedd wedi bod yn trin ei frawd fel ei ast bersonol ers degawd. A dyna y bwriadai ei wneud eto heno… Ystumiodd y Maer â'i eiliau tua'r teledu enfawr, gan anelu'r remote i'w gyfeiriad a gwasgu PLAY.

Mynnodd y ddelwedd gyntaf sylw Efrog yn syth. Roedd hi'n olygfa adnabyddus iddo. Gwely mewn ystafell mewn motel. Corff merch mewn cot goch yn gorwedd yn llonydd arno. Gwyliodd yn gegagored, wrth iddo fe ei hun gamu i mewn i'r olygfa, gafael yng ngarddwrn y ferch ac oedi. Yna, gwyliodd wrth iddo'i gorchuddio â lliain a'i chodi dros ei ysgwydd cyn ymadael. Doedd dim mwy. Doedd dim angen mwy. Ac er bod y delweddau ychydig yn aneglur, ac nad oeddent yn dangos unrhyw beth rhy ddamniol, roeddent yn ddigon i wneud bywyd yn reit anghyfforddus iddo, a heb os yn ddigon i'w atal rhag symud i Sbaen. Roedd ei frawd wedi'i gorneli unwaith eto. Doedd dim gwadu hynny.

Trodd Efrog i edrych arno. Roedd y bastard yn gwenu'n wybodus. *Gotcha!* Wrth gwrs, oherwydd yr alwad ffôn y noson cynt, gwyddai Efrog fod gan ei frawd rywbeth i'w rannu ag e, ond eto nid oedd yn disgwyl unrhyw beth fel hyn chwaith.

"Beth ti moyn y tro 'ma?"

"Dim lot. The usual, a dweud y gwir. A dim ond unwaith 'to. Fi'n gw'bod dy fod ti off i Sbaen ddydd Sadwrn a sa i moyn difetha hynny. Gallwn ni'n dau gytuno fod y ddyled wreiddiol wedi'i had-dalu bellach, ond roedd y ffilm yna'n rhywbeth bach ychwanegol, jyst i wneud yn siŵr o dy gydweithrediad. Sa i'n gofyn lot y tro 'ma…"

"Ar ôl y tro diwetha, ti'n gofyn gormod."

"Falle wir, ond sdim dewis 'da ti, ta beth."

"Nag wyt ti'n meddwl amdani hi o gwbl?"

"Pwy?"

"Ffion…"

"Pwy yw Ffion?"

"Y butain. Y ferch yn y ffilm!"

"O," oedodd y Maer gan ystyried y cwestiwn. "Na," atebodd, gan godi ei sgwyddau a'i aeliau 'run pryd. "Pam dylwn i? Jyst putain oedd hi. Junkie brwnt. Dim 'y mai i oedd ei marwolaeth. Jyst dewis anffodus oedd hi, 'na gyd. A dy waith di yw gwneud y dewis…"

"Paid meiddio pwyntio'r bys ata i!" arthiodd Efrog o dan bwysau'r atgasedd.

"Beth sy'n bod arnot ti? Teimlo dy oed neu rywbeth?"

"Fi'n gweld hi o gwmpas y lle… ei hwyneb…" cyfaddefodd Efrog, gan wneud i'w frawd chwerthin. "Roedd hi yn y Badell Ffrio ar ddechrau'r wythnos…"

"Beth? Yn gweini brecwast i ti?!"

"Ie…" atebodd, ond tawelodd Efrog rhag ychwanegu at ddifyrrwch Bach yn fwy byth.

"Paid bod mor fuckin' soft, ddyn. Ac fel gwedes i, sdim dewis 'da ti, ta beth…"

Roedd y casineb yn llosgi'n ffyrnig o dan arwyneb tawel Efrog, ac er ei fod yn ysu am wrthod, gwyddai nad oedd hynny'n opsiwn. Roedd Bach yn iawn; rhaid oedd cytuno, ufuddhau, a gobeithio na fyddai unrhyw beth tebyg i'r tro diwetha'n digwydd, cyn camu ar yr awyren a ffarwelio â'r lle 'ma unwaith ac am byth. Er hynny, roedd yna un peth roedd yn rhaid iddo wybod…

"Dwed un peth wrtha i, Bach…" Cododd y Maer ei aeliau, mewn cytgord â'r gwydraid o chwisgi, gan groesawu'r cwestiwn heb addo'i ateb. "Beth yn gwmws wyt ti'n neud 'da'r merched?"

Oedodd y Maer, ond nid atebodd y cwestiwn. Wedi'r

cyfan, sut roedd dweud wrth rywun ei fod yn hoff o yfed eu gwaed?

Dechreuodd yr arferiad yn y carchar, o dan arweiniad ei gell-gyfaill, lleidr cyfrwys – ond ddim yn *ddigon* cyfrwys – o'r enw Malcolm Varney. Cyflwynodd hwnnw'r Grontius ifanc i isfyd o fewn isfyd, lle yfai llond dwrn o garcharorion waed eraill. Pump aelod oedd i'r gymdeithas gudd wedi i Grontius ymaelodi – fe a Mal, Rum Smith, Pip Kinkladze a Terry McNulty – ac roedd carchardai'r 1970au yn llefydd delfrydol i gyflawni'r fath weithred, gyda heroin yn llifo drwy wythiennau canran uchel o garcharorion, a chyrff anymwybodol i'w hysglyfaethu yn fwy cyffredin o bell ffordd na bwyd blasus o'r ffreutur.

Gwrthododd Bach ymuno â'r criw i ddechrau, tan iddo weld y wefr a gâi Mal wrth wneud. Credai Mal fod yfed y gwaed yn ei wneud yn anfarwol, ac er i'r honiad hwnnw gael ei chwalu'n llwyr pan fu farw'r dihiryn mewn lladrad arfog ym 1977, parhau i wneud a wnaeth Bach gan fod yfed gwaed yn well nag unrhyw gyffur a gawsai erioed – a dylai ef wybod, gan iddo arbrofi gyda phob cyffur dan haul.

Roedd diflastod parhaus y carchar yn gallu arwain at nifer o bethau – gamblo, gorhalio, cam-drin cyffuriau, gor-godi pwysau a gwrywgydiaeth dros dro yn eu plith – ond syndod llwyr oedd yr arferiad y bu Bach yn ei ymarfer.

Nid Fampir oedd Mal, a nid dyna yw Bach chwaith. Nid oedd unrhyw elfen reibus i'r hyn a wnâi, dim ymosodiad corfforol na chnoi gyddfau na dim. Yn y carchar, byddai un o'r cylch cudd yn canfod corff anymwybodol, ac yn echdynnu llond syrinj – tua 50 ml – o waed o'r corff hwnnw, cyn dychwelyd i'r gell a rhannu'r hylif gwaharddedig ymhlith y gweddill.

Ac er na allai Bach esbonio'r teimlad na'r wefr a gâi o'r

weithred, nid oedd erioed wedi rhoi'r gorau i'r arfer. Wrth gwrs, roedd y diwydiant pornograffaidd yn lle delfrydol arall i barhau â'r arferiad, gyda phawb yn cymryd rhywbeth ac yn byw a bod mewn niwl cyffuriol trwchus. Roedd digon o gyrff anymwybodol o gwmpas i'w gwaedu a bu bron i'w chwant ei lethu ar un adeg ar ddechrau'r 1980au pan wnâi hynny'n ddyddiol gan yfed llawer gormod. Ond, roedd wedi llwyddo i ddofi'r anghenfil heb gymorth gan neb – wedi'r cyfan, at bwy y gallai droi gyda'r fath gyfrinach? – a bellach roedd yr arferiad o dan reolaeth lwyr ac nid oedd yn niweidio neb. Yn wir, roedd y merched a ddefnyddiai erbyn hyn yn elwa'n fawr o'r ddefod, o ystyried nad oedd yn rhaid iddynt wneud fawr ddim, ar wahân i orwedd yn dawel o dan effeithiau'r tawelydd, colli llai na 50 ml o waed a chael £500 am eu hymdrechion...

"Aros funud!" ebychodd y Maer, gan achosi i Efrog oedi wrth y drws roedd ar fin ei agor, wedi i'w frawd anwybyddu ei gwestiwn yn llwyr.

"Beth nawr?"

"Cer â hwn," esboniodd y Maer, gan estyn darn o bapur iddo. Edrychodd Efrog arno, gan ddarllen y geiriau cyn gadael. Manylion y noson ganlynol oeddynt – enw'r motel, rhif yr ystafell, gorchymyn i ddewis putain â gwallt du y tro hwn – ac i mewn i'w boced â nhw. Trodd Efrog ac agor y drws, heb air pellach.

"Dere i nôl y car tua saith!" gorchmynnodd y Maer, ond nid atebodd y ditectif. Doedd dim byd ar ôl i'w ddweud...

Caeodd y drws drachefn ac oedodd ar ben y grisiau. Roedd yn *rhaid* iddo adael y funud honno, roedd wedi cael hen ddigon. Ond roedd yn rhaid iddo ffeindio Alban, gan mai gyda fe roedd allweddi'r car. Cofiodd ei weld yn dod i'r tŷ, ond doedd ganddo ddim syniad i ble'r aeth e wedyn.

Roedd yn siŵr fod dros dri deg o ystafelloedd yma i gyd a gallai chwilio ym mhob un ohonynt gymryd oesoedd. Gafaelodd yn ei ffôn symundol a dechrau galw am dacsi, ond cyn iddo gyrraedd diwedd y rhif, ymddangosodd Danny o'i flaen, gyda dwy ferch yn gwmni iddo a gwên gyfrwys ar ei wyneb.

"Iawn, Ef, ti'n edrych am Alban, per chance?"

"Ym... sort of. Pam, ti 'di weld e?"

Am ryw reswm, chwarddodd y tri ar hynny. Roedd Efrog wedi drysu, ac ar fin colli ei amynedd, yn ogystal â'i dymer.

"Sorri, Ef, in joke bach 'da fi a'r merched. Ond, do, ni wedi'i weld e. Ma fe'n fucked ar y llawr yn yr ystafell yna..." esboniodd, gan bwyntio at y trydydd drws i lawr y coridor o'u blaenau. "Ma fe'n cysgu, fi'n credu, neu o leia wedi cael KO."

"Diolch, Danny. Ferched."

Ac i ffwrdd ag Efrog ar drywydd ei bartner gan adael i'r ditectif ifanc barhau gyda noson orau ei fywyd.

Camodd i'r ystafell gan ryfeddu at foethusrwydd y lle. Roedd pren tywyll yn yr ystafell hon eto ac roedd y gwely pedwar postyn yn fwy nag ystafell wely gyfan y ditectif. Ond, nid oedd amser ganddo i syllu, gan fod traed Alban i'w gweld yr ochr draw i'r gwely a'i rochian yn shiglo'r siandelïer uwchben. *Wel*, meddyliodd, wrth gamu tuag ato. *O leiaf ma fe'n dal ar dir y byw.* Roedd Alban yn gorwedd â'i wyneb ar goll yn y carped trwchus. Plygodd gan wingo wrth i'r boen rwygo drwy ei ben-glin unwaith eto, ond gorchfygodd yr artaith er mwyn troi ei bartner ar ei gefn a gadael iddo anadlu'n iawn. Tawelodd ar unwaith er na ddihunodd.

Yn ffodus i Alban, roedd yn gorwedd ar y ffoil, ac felly ni welodd Danny mo hynny pan ddarganfu'r corff ar lawr. Cododd Efrog y dystiolaeth ddamniol, ynghyd â'r tiwb beiro a'r bag plastig bach gwag, a'u rhoi yn ei boced, cyn chwilota ym mhocedi ei ffrind am allweddi'r car. Ar ôl iddo eu ffeindio nhw, ymdrechodd i godi'r corff er mwyn gadael yn glou cyn i neb weld y llanast oedd arno. Er, wedi meddwl, roedd pawb arall yn feddw gaib erbyn hyn, ac felly dim ond un claf anffodus ymhlith nifer fyddai Alban iddyn nhw.

Â braich Alban dros ei ysgwydd, llwyddodd Efrog i'w gario o'r ystafell wely, i lawr y grisiau, allan drwy'r drws ffrynt ac at y car heb weld neb. Roedd coesau ei bartner fel petaen nhw'n gweithio ar wahân i weddill ei gorff, ac er na fyddai wedi gallu cerdded pum metr heb help, roedd digon o fywyd ynddynt i fod o ryw gymorth i Efrog.

"Esther," sibrydodd Alban, gan wneud i Efrog sefyll yn stond ac edrych ar ei lygaid. Roeddent yn dal ar gau ond roedd yr atgofion yn effro, ei geg yn symud a'r geiriau'n llifo'n ansicr. "Paid mynd, 'bach. Plîs, paid mynd. Tyrd 'nôl. Aros gyda fi…"

Syllodd Efrog ar ei bartner gan ystyried y geiriau. Roedd ei galon yn torri wrth gofio'r hyn aeth Alban drwyddo. Doedd dim rhyfedd ei fod yn cwrso'r ddraig…

Gosododd y gelain feddw ar y sedd gefn a dechreuodd Alban wylo'n dawel. Gwyliodd Efrog e am eiliad neu ddwy cyn cau'r drws ac edrych yn ôl tua'r tŷ a'i barti. Gallai glywed y band yn chwarae a lleisiau ei gyd-weithwyr yn canu a chwerthin yn y cefndir. Ni fyddai'n gweld eisiau yr un ohonynt, dyna'r gwir.

Eisteddodd tu ôl i'r olwyn a chau'r drws. Taniodd yr injan gan wybod y byddai 'mhell tu hwnt i'r terfyn cyfreithiol tasai'n cael prawf anadl, ond er hynny, rywfodd, nid oedd erioed wedi teimlo mor sobor â hyn, …

HEN FENYW FACH CYDWELI YN CARIO GWN MAWR DU

37

Agorodd llygaid Efrog yn araf, wrth i haul y bore rwygo drwy'r bwlch yn llenni'r lolfa a'i brocio'n ôl i dir y byw. Dim breuddwyd y bore hwn, a dim hunllef chwaith. Roedd hynny'n rhyfeddol ar ôl helynt y noson cynt. Teimlodd y tân yn llosgi yng ngwaelod ei gefn a chododd yn araf er mwyn sythu. Ond sylweddolodd mai syniad gwael oedd hynny, pan sgrechiodd ei ben-glin a'i orfodi i roi ei holl bwysau ar y goes arall. Pwysodd ar gefn y gadair ac edrych o'i gwmpas. Roedd potelaid wag o chwisgi ar y gadair, yn adlewyrchu gweddill ei gartref. Doedd dim lot ar ôl i'w bacio nawr, ond eto, roedd Sbaen yn teimlo ymhell iawn i ffwrdd, diolch i dric brwnt ei frawd. Gwichiai ei frest wrth iddo estyn am sigarét gynta'r dydd, ac ymosododd ei bersawr personol ar ei ddwy ffroen. Heb rybudd, dechreuodd ei ben guro, a phenderfynodd mai cawod oedd ei hangen arno. Cawod ac Alka-Seltzer, cyn troi at y coffi a'r ffags.

Herciodd i'r gegin a llenwi'r tecell, a ffeindio'r tabledi yn un o'r drors, ond cyn i'r ewyn setlo yn y gwydryn dŵr, clywodd Alban yn brasgamu o'r gwely at y tŷ bach a hyrddio cynnwys ei gylla i'r badell gan ollwng ochenaid ddofn a phoenus yn gyfeiliant i'r cyfogi.

Roedd Efrog wedi cario'i bartner i'w wely'r noson cynt, ar ôl dychwelyd o'r parti, gan ei fod yn dal i fod yn anymwybodol. Roedd ei goesau'n hanner gweithio erbyn iddo ei gael yn ôl gartre, ond roedd ei lygaid a'i geg ar gau. Penderfynodd ei osod ar y gwely gan nad oedd yn disgwyl y byddai ef ei hun yn gallu cysgu. Ond, gyda'r boen eithafol yn ei gefn a'i goes, roedd yn difaru iddo wneud hynny bellach. Y gwir yw y gallai fod wedi'i adael yn y car, neu ar lawr y neuadd heb ei ddihuno.

Trwy waliau tenau ei gartref, gwrandawodd ar ei westai'n hyrddio, gan geisio cofio pa bryd oedd y tro diwethaf iddo gael cwmni yma am noson gyfan. Alban oedd y person hwnnw hefyd, ond roedd blynyddoedd ers hynny, tua'r adeg pan fu farw Esther, os oedd yn cofio'n iawn.

Llyncodd y moddion gan obeithio y byddai'n cyflawni'i ledrith yn gyflym, cyn arllwys y dŵr berw dros y gronynnau tywyll yng ngwaelod y ddau gwpan. Doedd dim llaeth yn yr oergell, ond roedd coffi du melys yn gymar selog i rywun sy'n yfed cymaint o alcohol ag Efrog. Ychwanegodd dair llond llwy o siwgr i bob mw`g, cyn troi'r cyfan a chreu trobyllau tywyll llesmeiriol, a hawliodd ei holl sylw am eiliad neu ddwy a'i atal rhag clywed Alban yn camu i'r gegin yn sychu ei geg â chefn ei law.

Nid oedd e'n cofio rhyw lawer am y noson cynt, ac roedd yn gwybod pam. Ni allai gredu iddo fod mor ffôl, mor annisgybledig, a gobeithiai'n arw mai Efrog oedd wedi dod o hyd iddo, yn hytrach nag unrhyw un arall o'i gyd-weithwyr. Er hynny, nid oedd am ofyn i Efrog chwaith, gan na wyddai faint roedd yr hen ddyn yn ei wybod eisoes. Ond wedi meddwl, roedd e'n siŵr o fod yn gwybod y cyfan erbyn hyn. Safodd yno'n gwylio Efrog, wrth i hwnnw wylio'r mygiau coffi, fel petasent yn rhannu rhyw gyfrinach hynod ag e. Pesychodd Alban yn dawel i hawlio sylw a throdd Efrog i'w wynebu, gan gynnig un o'r mygiau iddo.

"Sdim lla'th 'da fi, ond ma digon o siwgwr. Gobeithio dy fod ti'n licio coffi melys..."

"Ti'n gw'bod 'mod i," atebodd Alban, gan gymryd y ddiod a diolch iddo.

"Ti'n teimlo'n iawn?"

"Ddim yn wych..." meddai Alban, gan ychwanegu, *'ond ddim yn wahanol i unrhyw fore arall,'* yn ei ben.

"Better out than in," datganodd Efrog, gan arwain y ffordd i'r ystafell fyw. "Eistedda di yn y fan yna," gorchmynnodd, gan bwyntio at yr unig gadair.

"Na na, dy gadair di yw honna," protestiodd Alban, ond esboniodd Efrog fod ei gefn yn brifo ac wedi iddo osod ei fw`g ar y silff ben tân, aeth ati i ymestyn ei gorff yn araf, wrth i Alban eistedd a dechrau yfed ei goffi.

"Beth amdanot ti?"

"Beth *amdana* i?" Daeth yr ateb amddiffynnol, gan synnu Alban ryw ychydig.

"Hangover, Ef, hangover."

"Y lleia o 'mhrobleme i. Stopes i yfed tua saith o'r gloch. Ond ma 'mhen-glin i'n rhacs a 'nghefn i 'fyd. Fi'n teimlo fy oed, dyna'r gwir..."

"Lwcus bo' ti'n ymddeol heddiw, 'te..."

"Fi *wedi* ymddeol yn barod."

"Beth?"

"Sa i'n mynd ar gyfyl y lle 'na heddi, felly dwi 'di ymddeol yn barod, 'yn dydw i..."

"Ond beth am dy ddesg di? Beth am ddweud hwyl fawr?"

"Gei di gadw unrhyw beth o werth ar fy nesg i, ond paid gobeithio am ormod, achos sdim lot 'na. Beiros yn bennaf. Clips papur. Ffan. Digon o asprins yn y drôr. Dim byd o werth, mewn gwirionedd. Ac o ran ffarwelio, beth yw'r pwynt?"

Nid atebodd Alban y cwestiwn, achos roedd yntau'n teimlo'r un fath. Nid oedd ganddo ffrind go iawn yn y gwaith. Ar wahân i un efallai, ac roedd yntau eisoes wedi ymddeol, yn ôl y sôn.

Wrth wylio'i gyn-bartner yn ymestyn, cofiodd am y ffeiliau coll, ond penderfynodd beidio â dweud gair am hynny. Anwybyddu'r broblem oedd ei fwriad yn awr, o leiaf hyd nes bod Efrog wedi gadael y wlad ac yn ddiogel o grafangau'r alltudwyr. Rhyw fath o anrheg ymadael i'w hen ffrind. Gallai roi rhyw esgus i Fflur yn hwyrach heddiw. Honni mai camgymeriad mewnol oedd diflaniad y ffeil, rhyw glitsh technegol, a'i bod bellach wedi cael ei ffeindio ond nad oedd unrhyw beth o werth ynddi. Byddai'n gweithio ar y manylion yn ddiweddarach, wedi i'r niwl glirio.

Wedi iddo orffen ei ymarferion, pwysodd Efrog ar y silff ben tân a chynnau sigarét. Pesychodd yn galed ar ôl y mewnanadliad cyntaf, cyn i'r storom dawelu gyda help llond ceg o goffi. Gwnaeth Alban yr un fath, ond heb y peswch, a dyna fel bu'r ddau am ddeng munud, yn mygu'n dawel a myfyrio, heb rannu gair â'i gilydd. Er y tawelwch, nid oedd yr awyrgylch yn rhyfedd mewn unrhyw ffordd. Roeddent wedi treulio cymaint o amser yng nghwmni ei gilydd dros y blynyddoedd fel nad oedd llawer ar ôl i'w ddweud, yn enwedig yn awr, gydag Efrog eisoes wedi ymddeol. Teimlodd Alban yn drist pan feddyliodd am hynny, ond efallai nad *tristwch* oedd y teimlad mewn gwirionedd, ond ofn. Roedd y ddau ohonynt ar drothwy dechrau newydd, er mai ansicrwydd oedd yn llenwi dyfodol Alban, yn hytrach na rhyddid, heulwen a digon o cerveza.

"Sorri am fod yn sick, gyda llaw".

"Beth... o... dim problem..." oedd yr ateb llipa. Ac ailddechreuodd Efrog ar ei ymarferion yn dawel, gan ysgogi Alban i feddwl ei fod braidd yn bell y bore 'ma, ymhell i ffwrdd, fel tasai ei ben eisoes yn Sbaen tra oedd ei gorff yn dal yng Nghymru. *Ond efallai mai'r hyn a welodd e fi'n gwneud neithiwr sy'n gwneud iddo bellhau?* meddyliodd Alban, wrth i'r poenydio ddechrau.

Aeth Efrog am gawod wedyn, gan adael Alban yng

nghmwni ei gur pen, a'r amheuon ynghylch ei bartner yn dal i droelli, ond unwaith eto, rhoddodd nhw i'r naill ochr wrth i'w ddyfodol ansicr ei hun hawlio'i holl sylw. Roedd y paranoia'n ei brocio, gan ei arteithio a'i wawdio. Roedd angen iddo adael. Roedd yn *rhaid* iddo adael. Roedd angen iddo lenwi ei amser drwy wneud hyn a'r llall. Gwaith, hynny yw. Gallai fynd ar ôl y cwynion dogging 'ma, 'bach o laff a fyddai'n plesio Crandon hefyd. Dim byd difrifol, cwpwl o alwadau ffôn, allan yn y car efallai, ychydig o awyr iach, rhywbeth i lenwi'r oriau yn ogystal â'i ben.

Dychwelodd Efrog ar ôl cawod sionc yn gwisgo gŵn nos rhacs, ei wallt yn wlyb a'i draed mewn pâr o sliperi tartan, fel tasai wedi darllen meddwl ei bartner ac yn gwybod ei fod yn ysu am adael. Cododd Alban a chymryd ei got a oedd yn llaw Efrog. Ystyriodd Efrog a ddylai ddychwelyd y ffoil a'r tiwb i Alban, ond penderfynodd beidio â gwneud hynny, gan nad oedd eisiau gwthio'i drwyn i mewn i'r busnes, yn enwedig gan na fyddai yma ar ôl fory i'w gefnogi mewn unrhyw ffordd. Roedd rhywbeth bach yn poeni pawb, gwyddai hynny'n well na neb, ac roedd ganddo ddigon ar ei blât ei hun ar hyn o bryd heb gynnwys problemau Alban hefyd.

"Peint heno?" gofynnodd Alban yn ddifeddwl ac o gwrteisi, yn hytrach nag unrhyw awydd i gyflawni'r weithred, wrth iddo gamu at y drws.

"Na," daeth yr ateb ar unwaith, cyn i Efrog ymhelaethu. "Dim diolch, dwi'n 'i feddwl. Ma lot 'da fi i' neud heddi gan 'mod i'n cychwyn yn gynnar yn y bore. Bydda i ar y ffordd yr amser 'ma fory, ti'n gw'bod…"

"Paid sôn, y bastard lwcus!"

Gwenodd Efrog ar ei ymateb. Roedd e *yn* lwcus, gwyddai hynny. Ond fe gâi weld *pa* mor lwcus yn hwyrach y noson honno.

Edrychodd y ddau ar ei gilydd heb yngan gair a heb fawr o emosiwn. Roedd hi'n rhyfeddol, ar ôl dros ugain mlynedd, nad oedd mwy i'w ddweud. Estynnodd Alban ei law i Efrog ac edrychodd yntau arni. Am eiliad, meddyliodd Alban nad oedd am ei hysgwyd, ond yna, gafaelodd yr hen ddyn ynddi'n gadarn a'i dynnu tuag ato a'i gofleidio'n dynn.

"Diolch," sibrydodd Efrog yn ei glust, ond nid oedd Alban yn gallu dychmygu pam roedd yn dweud hynny.

"Ac i ti 'fyd," atebodd Alban, wrth i ôl-fflachiad o'r noson cynt ymddangos am hanner eiliad o flaen ei lygaid.

"Cofia ddod i 'ngweld i rywbryd…"

"Fe wna i," meddai Alban, wrth gamu allan i'r bore gan wybod na fyddai byth yn gwneud y fath beth.

A dyna'r diwedd. Dim dagrau. Dim gair o gyngor. Dim tristwch na phob lwc. Dau ddyn unig ar drothwy dechrau bywydau mwy unig fyth.

Clywodd Alban y drws yn cau y tu ôl iddo, a theimlodd ryw ryddhad rhyfedd yn tonni drosto. Roedd e wedi disgwyl mwy o ffarwelio, ond mewn gwirionedd, roedd cyflawni'r dasg yn sydyn ac yn ddiseremoni'n siwtio'r ddau ohonynt yn well o lawer.

Gwenodd wrth agor y glwyd er mwyn anelu am adref. Roedd angen cawod arno cyn mynd i'r swyddfa…

Ond, cyn iddo gau'r glwyd bren bydredig, clywodd y drws yn agor unwaith eto. Trodd Alban i wynebu Efrog yn ei ŵn nos, a'r gwythiennau glas ar ei goesau gwyn yn tynnu ei sylw yn syth, gan feddwl efallai fod gan yr hen ddyn ryw berl o ddoethineb i'w rhannu wedi'r cyfan. Ond na, nid dyna'i fwriad; yn hytrach, taflodd Efrog allwedd y car iddo, a methodd Alban ei dal. Wrth blygu i'w chodi, clywodd Efrog yn mwmian rhywbeth am "beidio anghofio'r car", cyn i'r drws gau'n glep ar ei ôl.

Cododd gan ysgwyd ei ben a syllu i gyfeiriad y drws. Gwenodd wedyn cyn ceisio cofio ble parciwyd y car y noson cynt. Ond, yn ffodus iddo, roedd yn aros amdano ryw ddecllath o'r glwyd, ac wrth agor y drws, cafodd ôl-fflach arall o'r noson cynt. Gwelodd Efrog yn ei wthio i'r sêt gefn ac ynatu'n mwmian yn wyllt o Annwn ei isymwybod. Rhynnodd wrth eistedd y tu ôl i'r olwyn, ond diflannodd yr atgof pan daniodd yr injan.

38

Ar ôl treulio diwrnod hir, diflas ac unig yn fflat Yvonne, yn gwneud dim byd mwy na phendwmpian am yr archwiliad, breuddwydio am ei chariad a cheisio, ond methu cael gafael ar ei rhieni, aeth Fflur ati i gasglu ei phac er mwyn gadael yn brydlon i gyfarfod â Jack. Er iddi fod ar bigau'r drain drwy gydol y dydd, nid oedd yn disgwyl llawer. Oni fyddai Jack eisoes wedi gwneud rhywbeth am y sefyllfa petai'n gwybod mwy na hithau?

Wrth syllu i ebargofiant drwy'r ffenest fwa, meddyliodd am Ffion unwaith yn rhagor, cyn penderfynu gwisgo'i chot. Roedd y glaw mân yn disgyn a'r cymylau llwyd-ddu'n bygwth gwaeth. Gafaelodd yn ei gwarfag, a oedd yn cynnwys ei gwisg ffansi, cyn meddwl ddwywaith am fynd ag e gyda hi. *Beth oedd y pwynt?* Nid oedd y Blaidd yn mynd i ymddangos. Ddim nawr. Ddim heno. Ddim byth eto. Ond, mynd â'r wisg wnaeth hi gan y byddai'n difaru am byth petai ei hangen arni a'r bag wedi'i adael yn y fflat.

Wrth gerdded ar hyd strydoedd llaith y dref – heibio i siopau, tafarndai, bwytai ac ambell berson oedd yn dod yn gyfarwydd – crwydrodd meddyliau Fflur yn ôl at oriau mân y bore. Cofiodd led-ddihuno wrth deimlo corff cynnes Yvonne yn gadael y gwely, a'i chariad yn cwyno fod ganddi wddwg tost. Ni chymerodd fawr o sylw ohoni ar y pryd gan fod gymnasteg neithiwr wedi cipio'i holl egni a'i guddio yn rhywle tu hwnt i'w gafael. Gobeithiai Fflur na fyddai hi'n dal yr aflwydd ganddi, er bod hynny'n debygol iawn o gofio tenis tonsilaidd y noson cynt. Meddyliodd am alw i mewn i'w gweld yn y Badell Ffrio, ond ar ôl iddi edrych ar ei horiawr, penderfynodd nad oedd digon o amser ganddi ac felly aeth ati i sgwennu neges destun gariadus iddi yn lle hynny. Bodiodd wrth gerdded, gan roi ei llaw chwith dros sgrin ei ffôn er mwyn atal y glaw rhag gwneud difrod. Byddai galwad ffôn wedi bod yn gynt, ond o adnabod Carlos, ni fyddai Yvonne wedi gallu ateb. Er bod Yvonne yn ymwybodol o'i chynlluniau – mynd i weld Jack, hynny yw – atgoffodd Fflur hi o hynny, cyn gorffen y neges gyda llond dwrn o gusanau.

Wedi iddi orffen, edrychodd i fyny a gweld y fflatiau uchel ar y gorwel dinesig. Trodd y cornel olaf, gan adael y tai teras tu ôl iddi, a gweld clwstwr o goesau gwynion noeth, cotiau lledr rhad a gwalltiau amryliw yn cysgodi o dan gwmwl o fwg a choeden lwydfrown ar ochr y ffordd.

Camodd tuag atynt gan deimlo tosturi llwyr drostynt. Unwaith eto, trodd ei meddyliau tuag at ei chwaer. *A oedd hi wedi gwneud rhywbeth tebyg? Brwydro'n erbyn yr elfennau er mwyn tawelu ei chwantau? Wrth gwrs ei bod hi...*

"Alright, Fflur?" Cododd llais Shiraz o ganol y sgarmes.

"Iawn. A chi?"

"Gwlyb," cydadroddodd y côr anfoesol.

"A dim in a good way!" ychwanegodd Lyn, oedd yn llochesu tu cefn i'r sgrym. Yr wythwr lleiaf erioed... a'r cyntaf i wisgo colur ar y maes chwarae... efallai. Chwarddodd y puteiniaid yn unllais ar ei jôc, a gwenodd Fflur hefyd wrth feddwl na fyddai wedi deall y jôc ryw dridiau yn ôl hyd yn oed, er ei bod hi'n deall yn iawn bellach.

"Ble ti'n mynd?" Shiraz eto, fel arfer yn arwain.

"I weld Jack."

"Cool. Beth sydd yn y bag?"

"Disguise."

"Da iawn. Gobeithio bod 'na wig mewn fan 'na…"

"Oes. Un Morticia o'r Addams Family. Ond sa i'n disgwyl gweld y Blaidd a dweud y gwir…"

"You never know," atebodd Shiraz gyda winc, fel tasai hi'n gallu gweld i'r dyfodol neu rywbeth. Ond wrth i Fflur eu gadael o dan y goeden, gwawriodd arni nad wincio arni roedd Shiraz, ond cau eu hamrannau'n reddfol wrth i ddŵr glaw ddisgyn o'r goeden i'w llygad.

Ar y ffordd i fflat Jack, pasiodd Fflur posse o ddynion ifanc yn smocio, yn yfed ac yn poeri ar lawr, wrth lochesu rhag y glaw o dan ffrâm ddringo'r maes chwarae drylliedig. Adnabu ddau ohonynt, ar ôl eu gweld yng ngorsaf yr heddlu y noson o'r blaen, er nad oedd yn gallu clywed curiadau eu bŵmflwch heddiw. Fel arfer, byddai'r bechgyn wedi gweiddi ar Fflur wrth iddi gerdded heibio, ac efallai wedi seiclo draw ar eu BMXs bychan am olwg agosach, ond roedd hi'n rhy wlyb heddiw a'u hwyliau cyn wlyped â'r palmant.

Wrth agosáu at y llifftiau, cofiodd Fflur fod yn rhaid iddi ffonio Jack er mwyn cael mynediad. Ac wedi gwneud hynny, gwasgodd y bwtwm priodol yn ôl ei gyfarwyddyd, ac aros i'r llifft ddisgyn o'r llawr uchaf i'w chodi. Wrth iddi aros, edrychodd o'i chwmpas ar y graffiti ar y waliau, y sbwriel ar y llawr a'r anobaith cyffredinol oedd yn rhan annatod o feinwe'r ystâd. Gallai arogli'r amonia oedd yn codi o gorneli tywyll y cyntedd agored, a diolchodd nad oedd hi erioed wedi gorfod byw yn y fath le. Doedd dim dianc o'r cylch dieflig cymdeithasol hwn, yn enwedig i'r rhai a gawsai eu magu yno.

Ping aeth y lifft, ac agorodd y drws. Camodd Fflur i mewn gan ddal ei thrwyn rhwng ei bawd a'i mynegfys, ond roedd rhywbeth o'i le… roedd y lifft yn lân! Nid dyna beth roedd hi'n ei ddisgwyl. Symudodd ei llaw ac anadlu'r aer. Dim awgrym o iwrin. Yn wir, roedd rhyw atgof o gemegion glanhau yn y lifft. Ar wahân i'r larwm, dim ond dau fotwm oedd yn opsiwn iddi. Lan (↑), neu lawr (↓), felly gwasgodd y saeth briodol a gwylio'r drysau'n cau ar yr aflendid allanol.

Teimlai fel petai mewn golygfa yn ffilm James Bond a newydd gamu drwy borth i fyd cudd o fewn y byd, a chyflymodd ei chalon wrth i'r lifft godi. Ymhen dim, agorodd y drysau, a syllodd Fflur ar Jack Devine, wrth i hwnnw wenu arni yn y coridor glân a thaclus o'i blaen. Camodd Fflur o'r lifft, gan ryfeddu at foethusrwydd y carped trwchus o dan draed a'r lliw paent chwaethus ar y waliau. Unwaith eto, nid dyma beth roedd hi'n ei ddisgwyl mewn fflat ar ystâd fel y Coed.

Estynnodd Jack ei law ati, gan ysgwyd ei ben mewn rhyfeddod llwyr at y tebygrwydd rhyngddi a'i annwyl Ffi-ffi.

"Helô, Fflur, a chroeso," meddai, gan sychu deigryn unig o gornel ei lygad â'i law rydd. Teimlai Fflur braidd yn rhyfedd wrth i'w lygaid llwydaidd syllu arni o dan ei aeliau trwchus. "Sa i'n gw'bod beth i'w ddweud nawr, ond do'n i ddim yn disgwyl i chi edrych mor debyg…"

"Ond, ro'n ni *yn* efeilliaid."

"Fi'n gw'bod hynny, ond… wel… sa i'n gw'bod… wir nawr… chi mor debyg, mae'n anghredadwy…" Bu bron i Jack ychwanegu fod Fflur ychydig yn fwy o ran maint na Ffi-ffi, ond roedd e'n gwybod digon am fenywod i beidio â bod mor ansensitif.

Sychodd Jack ddeigryn arall o gornel ei lygad.

"Sorri," ymddiheurodd. "Ond fi 'di gweld eisie dy chwaer fwy nag y byddet ti byth yn 'i gredu, ac ma dy weld ti, fan hyn, fel dod wyneb yn wyneb â'i hysbryd…"

Twymodd Fflur ato ar unwaith. Roedd hi'n amlwg iddi fod Jack a Ffion yn agosach ym misoedd olaf ei bywyd nag roedd Fflur wedi'i gredu. Ac er bod natur eu perthynas yn parhau i'w phlagio, roedd Fflur yn falch ei bod wedi dod i'w weld.

"Reit. Te neu goffi?" A gyda hynny, trodd Jack a'i harwain i mewn i'r fflat. Tra oedd Jack yn y gegin, aeth Fflur at y ffenest er mwyn edrych i lawr ar y dref oddi tanynt. Roedd yr olygfa'n wefreiddiol a'r nos eisoes yn cau amdani oherwydd y cymylau tywyll, a goleuadau'r ardal yn dechrau tanio. Tywysodd yr olygfa Fflur yn ôl at pick-up Peter Stumpp a'i phrofiad cyntaf yng Ngerddi Hwyan. Roedd hynny'n teimlo fel petai oesoedd yn ôl, er bod llai nag wythnos ers hynny. Edrychodd ar y strydoedd islaw, ond doedd dim sôn am y puteiniaid. Rhaid eu bod nhw'n dal i lochesu rhag y glaw. Crynodd Fflur a thynnu ei chot wlyb, gan ddiolch eto nad oedd ei bywyd hi wedi'i harwain i'r un gyrchfan â'i chwaer.

Pan ddychwelodd Jack gyda hambwrdd yn cario tebot dur gloyw, dau gwpan gwyn, jwg laeth a blwch bisgedi, trodd Fflur ei chefn ar y ffenest ac eistedd ar y soffa, a pharciodd Jack ei din yn ei hoff gadair. Wrth i Jack fân siarad ac arllwys y te, crwydrodd llygaid Fflur o gwmpas y fflat. Roedd busnes Jack yn amlwg yn talu'n dda, ond roedd hi'n dal i ryfeddu at ei chwaeth. Gallai weld pam y byddai Ffion wedi teimlo'n gartrefol yn aros yma. Ond yr hyn a ddaliodd ei sylw yn bennaf oedd y gwn a bwysai'n erbyn y wal wrth y drws a arweiniai o'r fflat i'r neuadd a'r lifft tu hwnt. Reiffl ydoedd, a bod yn gwbwl gywir. Roedd Fflur yn ddigon cyfarwydd â gynnau o'r fath gan fod ei thad yn berchen ar hanner dwsin o rai tebyg. Ond, roedd rhesymau tra gwahanol dros gael gwn ar fferm i fod yn berchen ar un mewn dinas…

Gosododd Jack ei the ar y bwrdd coffi du o'i blaen, a thawelodd y sgwrs wrth iddo barhau i syllu ar Fflur. Gwnaeth hynny iddi deimlo braidd yn anghyffordddus, ac fe'i holodd e.

"Beth o'ch chi'n olygu ar y ffôn pan ddwedoch chi fod yr heddlu'n claddu'r gwir am ddiflaniad Ffion?"

Oedodd Jack ac edrych trwyddi, fel tasai'r ateb yn aros amdano ym mhen draw'r ystafell, yn y gwagle rhwng y silff lyfrau a'r tân, efallai. Ebychodd ac anadlu'n ddwfn drwy ei drwyn, cyn ateb.

"Wel… sa i'n gw'bod mewn gwirionedd…" gwelodd y siom yn llygaid Fflur, ond roedd yn rhaid iddo ddweud y gwir wrthi. "Fi'n tueddu i fod ychydig bach yn fyrbwyll am bethe. Yn enwedig rhywbeth mor bersonol â beth ddigwyddodd i Ffi-ffi. Sorri dy siomi, ond y gwir yw nad oes syniad 'da fi beth ddigwyddodd iddi. Wrth gwrs, fi'n drwgdybio'r heddlu, fel bydde unrhyw un yn fy sefyllfa i'n 'i wneud, ond dwi'n deall iddyn nhw fynd drwy'r motions a dyna i gyd…"

"Wel *dwi*'n deall bod ffeil yr achos wedi diflannu, neu hyd yn oed nad yw hi erioed wedi bodoli," ymatebodd Fflur, gan wneud i Jack godi'i aeliau.

"Shwt? Pwy ddywedodd 'ny wrthot ti?"

"Ditectif Owen."

"Alban?"

"Ie." Tawelodd y sgwrs wrth i Jack ystyried yr hyn roedd newydd ei glywed.

"Pam bydde fe'n cyfadde hynny wrthot ti?"

"Sa i'n gw'bod…" ond roedd Jack yn gallu dyfalu.

"Diddorol iawn. Ond 'so hynny'n newid dim mewn gwirionedd…"

"Beth chi'n feddwl?"

"Putain oedd Ffi-ffi i'r heddlu. A junkie 'fyd. Dim mwy, dim llai. Nid chwaer i ti na ffrind i fi. Ystadegyn arall ac un hŵr yn llai iddyn nhw boeni amdani. Nid eu bod nhw'n poeni rhyw lawer am ferched y nos yn y lle cynta, cofia. Mae gan yr heddlu draddodiad llewyrchus o gladdu'r gwir a chei di ddim lot o help ganddyn nhw. Ddim hyd yn oed oddi wrth Alban Owen…"

"Ond…"

"Does dim *ond* yn anffodus. Os ti moyn dod o hyd i'r gwir, bydd rhaid i ti wneud yr holl waith ar dy ben dy hunan."

"Dyna beth fi wedi bod yn gwneud, ond sa i'n gw'bod beth i neud nac at bwy i droi nesa. O'n i'n gobeithio y gallech chi…"

"Sorri dy siomi di unwaith 'to, bach, ond sa i'n gw'bod mwy na ti. Sa i'n gw'bod *cymaint* â ti, mewn gwirionedd."

Tawelodd Fflur gan wynebu wal arall, y rhwystr diweddaraf ar hyd y daith. Efallai na allai Jack ei helpu i ddatrys y pos, ond roedd hi'n dal eisiau gw'bod mwy am ei berthynas ef â'i chwaer.

"Jack…" dechreuodd, gan deimlo'n chwithig ar unwaith. "Pa fath o berthynas oedd gyda chi a Ffion?"

Synhwyrodd Jack ei chwithdod ac oedodd cyn ateb er mwyn dewis ei eiriau'n ofalus.

"O ystyried ein sefyllfaoedd, ein *statws* mewn bywyd fel petai, roedd ein perthynas yn un reit bur a diniwed…"

Pefriodd llygaid Fflur wrth glywed yr honiad gan ei ddrwgdybio'n syth. Synhwyrodd Jack hynny hefyd, felly aeth ati i'w darbwyllo.

"Efallai ei bod yn anodd credu hynny, ond dyna'r gwir. Do'dd dim byd rhywiol rhyngon ni. Dim awgrym hyd yn oed. Wrth gwrs, ro'n i'n gwerthfawrogi ei harddwch, ond rhai tadol oedd fy nheimladau i tuag ati. Roedd Ffi-ffi eisoes ar goll pan gwrddon ni, felly lloches a chwmnïaeth oedd gen i i'w cynnig iddi. Dim mwy, dim llai…"

"Beth am y cyffuriau?"

"Roedd Ffi-ffi'n gaeth iddyn nhw cyn cwrdd â fi, os mai dyna beth rwyt ti'n 'i feddwl. Paid â meddwl am eiliad mai fi nath ei chyflwyno hi i'r byd 'na. Os rhywbeth, fe geisies i 'i chael hi i roi'r gorau…"

"Ond chi'n *gwerthu* cyffuriau! Dyna'ch *swydd* chi…"

"Gwir, ond mae 'na wahaniaeth mawr rhwng *gwerthwr* cyffuriau a *gwthiwr* cyffuriau. 'Nes i erioed werthu na rhoi cyffuriau i Ffi-ffi. Erioed. Dyna'r gwir, Fflur, sa i'n dweud celwydd wrthot ti."

"Ond 'so hynny'n gwneud unrhyw synnwyr…"

"Ddim synnwyr economaidd efallai, ond roedd yn golygu y gallwn i gysgu'r nos. Mae 'na ddwy ochr i ni i gyd, Fflur. Pob un ohonon ni."

Tawelodd hynny Fflur, ac roedd yn credu Jack. Roedd rhywbeth didwyll iawn amdano.

"Felly, beth roeddech chi'n 'i gynnig iddi, Jack, os nad oeddech chi'n cynnig cyffuriau na rhyw iddi?"

"Cyfeillgarwch. Lloches. Cysur. Clust. Ychydig bach o normalrwydd yng nghanol llanast 'i bywyd. Wrth edrych yn ôl, tasen i *wedi* rhoi cyffuriau iddi, efallai bydde hi'n dal gyda ni nawr…"

"Sut?"

"Wel… trwy wrthod gwneud, ro'n i'n 'i gorfodi hi i ffeindio'i ffics yn rhywle arall. Ar y stryd, hynny yw, a thrwy werthu 'i chorff i dalu am 'i harfer… wel, dyna sut cwrddodd hi â'i thynged drist."

Tawelodd Jack, wrth i'r dagrau gronni unwaith eto. Roedd e'n beio ei hun am ffawd Ffion, ond ceisio'i helpu roedd ef, yn hytrach na'i chondemnio. Toddodd calon Fflur pan ddechreuodd Jack grio'n dawel, gan ddal ei ddwylo o flaen ei wyneb. Cododd a phenlinio o'i flaen gan ei gofleidio'n dynn. Cydiodd Jack ynddi hithau hefyd, ac ymunodd Fflur yn y crio. Llifai'r emosiynau ohonynt, nes nad oedd dim ar ôl. Cododd Fflur a dychwelyd at y soffa. Gwenodd Jack arni. Roedd ei fochau'n goch ac yn wlyb.

"Diolch," meddai. "Fi'n beio fy hunan ond 'so hynny'n mynd i ddod â Ffi-ffi'n ôl…"

"Ond ma'n rhaid i ni ddod o hyd i'r gwir."

"Ti'n iawn. Ac ma'n rhaid i rywun dalu…" ychwanegodd Jack, gan ei chefnogi'n llwyr. "Ti'n aros am swper?" gofynnodd heb oedi, fel tasai heb yngan yr un gair am ddial.

"Ym…" edrychodd Fflur ar y cloc ben tân. Roedd hi'n tynnu am chwech erbyn hyn ac roedd ei bola'n cwyno eisiau bwyd. Meddyliodd am Yvonne ac estyn ei ffôn o'i phwrs a gweld bod neges newydd ei chyrraedd. "Sorri, Jack, rhaid i fi ddarllen y neges 'ma. Falle bod bwyd yn aros amdana i adre…"

Cododd Jack a mynd i'r gegin er mwyn twymo'r ffwrn, tra darllenodd Fflur neges Yvonne.

Hei dol. Fi'n sâl. Gwddwg tost. Fi yn y gwely. Fi 'di dweud wrth Carlos byddi di'n gwneud fy shifft i fory. Gobeithio bod hynny'n iawn. Paid bod yn hwyr. Luv, Y xxx

Wedi iddi fodio neges gariadus yn ôl, a chadarnhau y byddai'n gweithio'i shifft, gwaeddodd Fflur ar Jack y byddai'n aros i gael bwyd, er nad oedd hi eisiau iddo fynd i unrhyw drafferth.

"Dim trafferth o gwbl, Fflur. Steak and ale pie. Home-made wrth gwrs. 'Nes i ei pharatoi hi'r wthnos ddwetha. Dadrewi hi heddiw. Beth ti moyn 'da hi, chips neu datws newi?"

"Chips," atebodd Fflur heb oedi.

"Oes ishe gofyn?" chwarddodd Jack.

Wrth i Jack baratoi'r pryd, ymunodd Fflur ag e yn y gegin, gan eistedd ar stôl uchel a sgwrsio'n bennaf am Ffion. Wrth wneud, gallai Fflur ddeall yn iawn sut y gwnaeth ei chwaer ymddiried ynddo. Roedd e'n hoffus, yn ddoniol, yn ddiddorol ac yn llawn gofal. Doedd dim byd creepy amdano o gwbl. Yn wir, roedd e'n gwneud i Fflur deimlo'n ddiogel, rywfodd. Gwnaeth hynny iddi edrych ar y gwn unwaith eto; roedd hwnnw heb os yn cynrychioli ochr dywyll Jack Devine.

Bwytaodd y ddau y pryd bwyd yn y gegin, gyda photelaid yr un o Leffe yn gwmni iddo. Cynigiodd Jack lwncdestun i gofio am Ffion ac aeth y ddau ati i sgwrsio'n wyllt am eu hatgofion amdani. Llifodd y straeon, ynghyd ag ambell ddeigryn, a daeth Fflur i'r casgliad fod ei chwaer wedi cael diwedd rhyfedd tu hwnt i'w bywyd. Rhyfedd a thrist mewn nifer o ffyrdd, ond yn sicr, nid Jack oedd wrth wraidd ei phroblemau. Yn wir, doedd e heb hyd yn oed gyfrannu at y tywyllwch hwnnw. Jack oedd ei hunig oleuni erbyn y diwedd. Neu enfys ar gefndir tymhestlog, o leiaf.

39

Am y tro olaf, gyrrodd y Blaidd gar crand ei frawd yn araf bach drwy'r Coed. Gyda'r glaw mân yn dal i ddisgyn gan orchuddio cragen y Chrysler mewn miliynau o ddafnau sidanaidd, ymgollodd y Blaidd yn nhic-toc hypnotig y wipers. Yn wahanol i'r tro diwethaf y gyrrodd y ffordd yma, nid oedd yn teimlo unrhyw dosturi tuag at y merched – y cig, y cynnyrch – oedd yn disgwyl am fusnes yn y gwlybaniaeth tywyll. Na, nid heno. Dim ond un person oedd ar ei feddwl heno, a fe ei hun oedd hwnnw.

Roedd yn bwriadu cyflawni ei dasg, gwneud yr hyn roedd ei frawd yn mynnu, a gadael. Syml. Dim cwyno, dim brwydro. Gwneud ei wneud a dychwelyd adref. Casglu ei basport a'i gês a mynd yn syth i'r maes awyr. Troi ei gefn ar y twll hwn o le, a dechrau o'r newydd o dan haul poeth Andalucia.

Hwyliodd heibio i'r felt gludo ddynol, gan gadw llygad am ferch addas. *Gwallt du*, dyna'r unig gyfarwyddyd.

Gwyliodd y merched yn camu o'r cysgodion gan obeithio na fyddent yn ei gysylltu ef â diflaniad Ffion fis ynghynt. Ond roedd hynny'n beth hurt i'w feddwl. *Wrth gwrs* y bydden nhw'n ei gysylltu â hi, ond roedd Efrog yn sicr na fyddent yn gwneud dim byd, gan fod puteiniaid yn tueddu i gilio rhag y gyfraith a'r gwir, yn hytrach na'i herio. Nid oedd 'run o ferched Y Coed yn awyddus i dynnu sylw ati hi ei hun, gwyddai'r Blaidd hynny. Arian oedd yr unig beth o bwys i'r fath bobl. Arian i fwydo'u harfer. Ac oherwydd hynny, byddent oll yn edrych tu hwnt i Ffion a'r hyn ddigwyddodd iddi, ac yn gobeithio y byddai'r Blaidd yn dal i'w dewis, gan fod y wobr ariannol yn ddigon iddynt wledda ar Losin Du, yn hytrach na phigo briwsion o'r llawr o dan y bwrdd.

Wrth sleifio heibio'n dawel am yr eildro, nid oedd dim byd i danio'i bryderon. Roedd y rhan fwyaf o'r merched yn edrych fel tasent wedi diflasu'n llwyr ar y glaw, yr oerfel a'u tynged. Roeddent yn cnoi gwm fel gyr o wartheg, yn smocio fel llinell o simneiau diwydiannol, yn tecstio ac yn siarad ar y ffôn. Roedd popeth fel y dylai fod.

Un cylchdaith arall a byddai'r Blaidd yn gwneud ei benderfyniad...

40

'Nôl yn fflat Jack, canodd ffôn Fflur yng nghanol stori arall am Ffion. Roedd Jack wedi agor potelaid ddrud o Rioja bellach, a'r ddau gyfaill newydd ill dau'n llowncio'u hail wydraid.

Aeth yr alcohol yn syth i ben Fflur ac roedd wedi ymlacio'n llwyr ar y soffa, ond trawodd yr enw a fflachiai ar ei ffôn hi'n ôl i sobrwydd yn syth.

"Shiraz?" meddai heb esgusodi ei hanghwrteisi. Roedd ei chalon ar ras a'i cheg yn sych.

Gwrandawodd Fflur ar eiriau'r butain wrth i Jack syllu arni o'i gadair gyfforddus. Gallai synhwyro fod rhywbeth mawr yn cael ei ddatgelu yn ôl y ffordd wyllt yr edrychai Fflur o gwmpas yr ystafell, fel tasai hi'n chwilio am rywbeth. Rhywbeth nad oedd yno.

"Diolch, Shiraz. Fi ar fy ffordd." Cododd Fflur ar unwaith gan ddal i syllu o'i chwmpas.

"Ble ma 'mag i?" gwaeddodd ar Jack, gan wneud iddo yntau godi hefyd a mynd i'w nôl o'r gegin. Roedd Fflur wrthi'n dadwisgo'n wyllt pan ddychwelodd. Oedodd ac edrych mewn rhyfeddod ar gyhyrau ei choesau noeth.

"Beth sy'n digwydd?"

"Y Blaidd! Ma fe 'nôl."

Taflodd Jack y bag ati, cyn camu at y drws ffrynt a gafael yn ei wn. Edrychodd Fflur arno wrth dynnu'r sgert fer dynn amdani. Gwelodd newid eithafol yn Jack ar unwaith.

Diflannodd yr hen ddyn caredig, ac yn ei le, roedd anifail gwyllt â'i fryd ar ddial.

"Rhowch y gwn i lawr, Jack," meddai Fflur wrth osod y benwisg a throi at y bŵts. "A rhowch help i fi gyda'r rhain…"

Gwnaeth Jack fel y gofynnwyd iddo, ac ymhen dim roedd Fflur yn barod. Trodd Jack a gafael yn ei arf unwaith eto, cyn agor y drws ac aros am Fflur.

"After you," meddai â gwên sadistaidd yn tywyllu ei wyneb.

"'So chi'n dod, Jack…"

"O ydw. Fi 'di bod yn aros am yr eiliad 'ma ers mis a mwy."

Anadlodd Fflur yn ddwfn drwy ei thrwyn. Nid oedd amser ganddi i'w wastraffu ond doedd Jack ddim yn cael gadael y tŷ. Nid ar hyn o bryd, ta beth.

"Jack…" dechreuodd yn bwyllog, gan nad oedd arni eisiau gwylltio dyn â gwn yn ei feddiant. "Fi'n gw'bod bod chi moyn dial, moyn atebion, moyn gweld gwaed, ond dim nawr yw'r amser am hynny…"

Edrychodd Jack arni heb ddweud gair. Culhaodd ei lygaid o dan ei aeliau trwchus, felly ymlaen aeth Fflur i esbonio.

"Os gwelith y Blaidd chi nawr, bydd e'n diflannu eto a fydd e byth yn dod 'nôl. *Byth*. Rhaid i ni fod yn glyfar fan hyn a chofio bod y merched yn honni bod y Blaidd yn gweithio i rywun arall. Hynny yw, *nid fe* yw'r cwsmer. Ei fòs yw'r cwsmer, ac felly ei fòs sy'n debygol o fod yn gyfrifol am ddiflaniad Ffion. Jack, fi'n gw'bod 'ych bo' chi'n beio eich hunan am yr hyn ddigwyddodd, ond rhaid bod yn gyfrwys fan hyn, a dyna pam dwi am fynd ar 'i ôl e. Hebddoch chi. Am nawr o leia…"

"Be ti'n feddwl?" gofynnodd Jack gyda stêm yn chwythu o'i glustiau.

"Bydda i mewn cysylltiad cyn gynted ag y bydda i'n gw'bod pwy sydd tu ôl i bopeth ac wedyn fe gewch chi neud fel mynnwch chi. Ond bydd martsio lawr 'na yn gafael yn eich gwn yn gwneud i'r Blaidd ffoi. A fydd hynny'n helpu dim ar neb."

Canodd ffôn Fflur unwaith eto. Roedd hi'n gwybod pwy oedd 'na heb edrych, felly rhedodd o'r fflat ac i mewn i'r lifft gan adael Jack wrth ddrws ei gartref.

"Cadwa mewn cysylltiad!" bloeddiodd ar ei hôl, wrth i'r drysau gau a'r lifft ddechrau disgyn.

Brysiodd Fflur allan o'r lifft a bu bron iddi gwympo o fewn decllath gan fod rhedeg mewn bŵts pen-glin PVC â sodlau pum modfedd mor ddieithr iddi ag y byddai madfall ym Mhegwn y Gogledd. Adfeddiannodd yn ei chydbwysedd, diolch yn bennaf i help llaw gan Lyn, a oedd yn aros amdani yn y cyntedd rhynllyd.

"C'mon," meddai'r butain ifanc. "Mae'r merched wedi'i gadw fe am funud, ond sdim lot o amser 'da ni."

Gydag ymdrech enfawr, llwyddodd Fflur i gerdded at weddill y puteiniaid yn reit gyflym. Defnyddiodd Lyn fel ffon fagl ddynol ond cafodd ei synnu pan welodd yr olygfa oedd yn disgwyl amdanynt.

Roedd Lyn wedi esbonio rhyw ychydig, ond torrodd calon Fflur pan welodd fod un o'r merched eisoes yn eistedd yng nghefn y car. Roedd y gweddill – tua ugain putain i gyd – yn amgylchynu'r cerbyd, gan atal y Blaidd rhag gadael. Safai rhai o flaen y car ac eraill bob ochr iddo, â mwy fyth yn ysgwyd y cefn a phawb yn codi twrw mawr.

Shiraz oedd wrth ffenest dywyll y gyrrwr, yn poeri cyhuddiadau at y Blaidd ynghylch diflaniad Ffion.

Eisteddai'r Blaidd â'i ddyrnau'n wyn yn gafael yn yr olwyn. Nid oedd yn disgwyl hyn o gwbl. Ond eto, ni allai eu beio nhw chwaith. Roedd e'n hollol anghywir yn ei farn amdanynt, ac yn parchu eu hunoliaeth amlwg. Roedd y ferch ganddo yn y sedd gefn yn barod, ond ni fwriadai anafu 'run o'r merched eraill drwy yrru drostynt er mwyn dianc.

Er hynny, ni allai gael ei ddal yn y fath sefyllfa gan heddlu Gerddi Hwyan, ond roedd y pac yn gryf a'u llygaid a'u lleisiau oll yn ei gyhuddo. Roedd arno awydd dweud y gwir wrthynt, beio'i frawd a gadael iddo ef ddelio â'r canlyniadau, ond fflachiodd y fideo o flaen ei lygaid gan waredu'r dewis hwnnw'n syth.

Pan ymunodd Fflur â gweddill y merched, aeth Lyn o'i blaen i hysbysu Shiraz. Dychwelodd Lyn at Fflur wedyn a'i thynnu drwy'r dorf tua'r drws cefn. Ar y gair, dechreuodd y merched ysgwyd y car a chodi eu lleisiau, gan ddenu sylw'r Blaidd oddi ar y ferch a eisteddai'r tu ôl iddo. Ond, mewn gwirionedd, nid oedd e wedi bod yn canolbwyntio rhyw lawer arni ers iddi gamu i mewn i'r sedd gefn.

Tra byddarodd y sgrechian a'r bloeddio'r Blaidd, agorodd y butain ddrws cefn y car cyn sleifio oddi yno a gadael i Fflur gymryd ei lle. Gyda'r car yn parhau i adlamu o dan rym boneddigesau'r nos, pwysodd y Blaidd ei droed ar y sbardun, refio'r injan unwaith eto, cyn gollwng y brêc llaw a diolch yn daer pan ymrannodd y rheng oedd yn sefyll o flaen y car gan alluogi iddo ddianc rhag yr anhrefn, y gwallgofrwydd a'r holl gyhuddiadau.

Cyn troi'r cornel a gadael Y Coed am y tro olaf, edrychodd yn ei ddrych ôl a gweld y butain â'r gwallt hir tywyll yn eistedd yno'n edrych yn hollol syn, a'r puteiniaid eraill yn syllu ar ei hôl drwy'r ffenest gefn. Ond yng ngolau isel y noson wlyb, ni allai'r Blaidd weld y wên ar eu hwynebau na chlywed y gorfoledd yn eu lleisiau chwaith.

Byth eto, meddyliodd, wrth i'w galon arafu rhyw ychydig. *Byth*. Rhoddodd sigarét rhwng ei wefusau a'i thanio, cyn agor y ffenest er mwyn gadael i'r mwg ddianc.

Teimlai Fflur ddiferyn o chwys yn llithro'n araf i lawr ei hasgwrn cefn. Roedd ei chroen ar dân yn dilyn yr holl gyffro, ond roedd y chwys fel rhewfryn pitw ar daith tua phegwn ei de. Roedd hi'n synnu ar ddau gyfrif. Yn gyntaf, ni allai gredu nad oedd y gyrrwr wedi sylwi ar y gyfnewidfa. Wedi'r cyfan, doedd dim byd cynnil am gynllun Shiraz. Doedd dim byd cynnil o gwbl am Shiraz, mewn gwirionedd, ond roedd ei chynllun wedi gweithio. Hyd yn hyn, ta beth. Yn ail, roedd hi'n synnu o weld pwy oedd y gyrrwr. Er mai dim ond unwaith roedd hi wedi'i weld, a hynny yn y Badell Ffrio rai dyddiau ynghynt, doedd dim amheuaeth yn ei meddwl mai Efrog Evans ydoedd. *Ditectif* Efrog Evans, hynny yw.

Carlamai ei chalon a chrynai ei llaw wrth iddi estyn ei ffôn o'i phoced. Yn ffodus, gyda'r gwynt yn rhuo drwy'r bwlch yn nhop ffenest y gyrrwr, gallai fodio neges fer heb boeni y byddai clustiau'r Blaidd yn ei chlywed yn gwneud. Cadwodd y neges yn fyr, yn syml ac yn eglur:

```
Y Blaidd = Efrog.
```

Ond cyn ei hanfon, oedodd ac ystyried tybed a allai hi ymddiried yn Alban, partner Ditectif Evans. Ond, a hithau'n dilyn ôl traed ei chwaer, doedd dim dewis ganddi bellach. *Rhaid* iddi ymddiried ynddo, gan obeithio nad oedd yntau'n llwfr hefyd.

Ar ôl anfon y neges, diffoddodd ei ffôn rhag ofn byddai

Alban neu Jack yn ei hateb. Eisteddodd yn ôl gan wylio'r dref yn mynd heibio tu hwnt i'r ffenest wrth i'r Blaidd ei thywys tuag at ei thynged.

Canodd ffôn Ditectif Owen ei thôn neges destun adnabyddus, ond ni chlywodd e mohoni. Yn ogystal â'i lygaid a'i gorff, roedd ei glustiau wedi cau'r drws ar y byd hwn hefyd. Am heno o leiaf.

Gorweddai Alban mewn pentwr chwyslyd ar y ffwton yn atig ei dŷ. Roedd y ffoil arianddu wrth ei ochr a'r tiwb beiro gwag yn dal i hongian o gornel ei geg. Mwmiodd eiriau aneglur wrth i'w orffennol ei brocio a'i boenydio unwaith yn rhagor.

Roedd wedi mynd adref y noson honno, yn dilyn hanner diwrnod o dindroi, yn benderfynol o beidio ag ildio i'w reddfau tywyll. Ond, dyn gwan oedd Alban Owen. Dyn gwan â digon o foddion yn ei feddiant i'w dawelu am wythnos neu dair arall...

Cododd Jack ei ffôn symudol a darllen neges Fflur. Syllodd ar y geiriau er mwyn sicrhau nad oedd yn eu camddeall. Ond roedd y neges mor eglur fel nad oedd modd drysu.

Edrychodd eto ar y ffoto o Ffi-ffi ar y bwrdd o'i flaen. Magodd y gwydryn gwin yn ei law dde a'r reiffl yn ei gôl, wrth i gelwyddau Ditectif Evans foddi ei feddyliau a chynnau tân amhosib ei reoli yn ei berfedd. Ysai am adael a mynd ar helfa, ond ni allai wneud dim tan iddo wybod ble i ddod o hyd i'r Blaidd.

Rhaid oedd aros yma'n amyneddgar am nawr, ond byddai'n barod i weithredu pan ddeuai'r alwad, pan ddeuai'r wawr. Yfodd weddill ei win. Dyna ddigon. Dim mwy. Dim nawr. Rhaid oedd cadw pen clir a llaw gadarn. Byddai'r

Blaidd yn talu am ei eiriau gwag. Yn talu'n ddrud am ei gelwydd...

41

Cyrhaeddodd y Chrysler faes parcio gwag a thywyll Dickies Motel ar gyrion Gerddi Hwyan ryw ugain munud ar ôl gadael y Coed a'r puteiniaid cyhuddgar. Enwyd y gwesty ar ôl sefydlydd enwog y dref, ond roedd holl urddas y lle, fel Dickie ei hun, wedi hen ddiflannu erbyn hyn.

Roedd y Blaidd a Fflur wedi teithio yno mewn tawelwch, gyda'r ddau'n ysu am i'r noson hon ddod i ben.

Wrth yrru, craffai'r Blaidd ar y ferch yn y sedd gefn o bryd i'w gilydd. Syllai hithau ar y dref yn gwibio heibio, ei llygaid yn llydan agored a'r graith ar ei boch yn ei atgoffa o rywbeth neu rywun... Ond beth neu phwy, nid oedd yn gwybod. Gwthiodd y cwestiwn yn ddwfn i'w ymennydd. Awr neu ddwy arall ac fe fyddai'n rhydd. Yn rhydd i fyw gweddill ei fywyd. Yn rhydd rhag unrhyw euogrwydd. Wel, ddim yn hollol rydd o hynny efallai, ond yn ddigon pell i'w anwybyddu.

Wedi iddo ddiffodd yr injan, edrychodd eto yn y drych a gweld dau lygad fel dysglau lloeren yn pefrio arno o gefn y car.

"Ystafell rhif saith," meddai'r Blaidd, ond roedd angen mwy o esboniad ar y butain hon, gan na symudodd o gwbl. Daliodd i syllu arno, fel tasai heb ddeall yr un gair. *Oedd hi'n dod o wlad dramor?* meddyliodd y Blaidd. *Yn ffres oddi ar y fferi ac yn barod i ennill arian i'w anfon yn ôl at ei theulu yng ngwlad Pwyl neu rywle tebyg?* "Ystafell saith. S-a-i-t-h," ailadroddodd, cyn codi saith bys a phwyntio tua'r grisiau o flaen y car a gwneud siâp coesau'n dringo gyda'i fynegfys a'i fys canol.

Gwnaeth hynny'r tric, gan iddi agor y drws a dilyn ei

gyfarwyddyd, neu o leiaf ei ystumiau. Gafaelodd y Blaidd mewn sigarét arall, cyn ei thanio ac ymlacio rhyw fymryn. Roedd y rhan anodd ar ben iddo bellach... os na fyddai ei frawd yn ailadrodd llanast y tro diwethaf. Ysgydwodd y Blaidd ei ben wrth gofio hynny, cyn i'w atgofion droi'n dywyll o ganlyniad i dric cyfrwys ei frawd. Aildaniodd hynny'r hen gasineb, ond nid oedd y Blaidd yn mynd i weithredu yn ôl ei reddf, gan na fyddai'n gweld y bastard byth eto ar ôl heno.

Agorodd y ffenest ryw fymryn a chwythu'r mwg tua'r tywyllwch, gan adael i'r nicotin dylino'i emosiynau.

Wrth agosáu at ystafell rhif saith, gwawriodd ar Fflur nad oedd gan y Blaidd unrhyw beth o gwbl i'w wneud â'r hyn a oedd ar fin digwydd iddi yr ochr arall i'r drws. Felly, o wybod hynny, pwy bynnag a fyddai'n disgwyl amdani fyddai'r person oedd yn gyfrifol am yr hyn a ddigwyddodd i'w chwaer. Fe – neu *hi*, wrth gwrs – fyddai'n talu, gan gynnwys y llog, am... am... beth bynnag a wnaeth iddi.

Cyn cnocio, syllodd Fflur o'i chwmpas ar y gwesty llwm gan ryfeddu pa mor dawel oedd hi yno. Dim ond un ystafell oedd â golau i'w weld yn y ffenest, a ffenest ystafell rhif saith oedd honno. Cododd ei sgwyddau cyn meddwl tybed pam roedd y Blaidd yn gweithio fel gyrrwr i bwy bynnag oedd yn aros amdani. Beth fyddai'n ysgogi heddwas i weithredu yn y fath fodd? Ond cyn iddi gael cyfle i ystyried ymhellach, agorodd y drws gan achosi i'w chalon golli curiad. Nid bod yna fwystfil na dim yn ei hwynebu, ond roedd hi ar bigau'r drain ac ychwanegodd y syrpréis diweddaraf at ei nerfau rhacs.

"Croeso, 'merch lân i," meddai'r dyn, a gwên lydan ar ei wyneb. "Dere i mewn rhag y glaw a gad i fi gau'r drws ar yr oerfel."

Ufuddhaodd Fflur i'w gais, a chamu dros y trothwy heb

ddweud gair. Pwy oedd yr hen ddyn golygus yma a beth oedd e eisiau?

Roedd e'n edrych yn ddigon parchus. Yn barchus iawn ar yr ail olwg, yn ei drowsus sidan du a'i grys hufen drud. Roedd ei siaced a'i dei yn hongian ar gefn cadair gyfagos, a'i sgidiau lledr Eidalaidd ar y llawr oddi tanynt. Edrychodd Fflur yn sydyn ar ei sanau, gan synnu gweld ei fawd mawr yn ymwthio drwy'r cotwm. Dyna'r unig frycheuyn ar ei wisg drwsiadus. Roedd ei ddillad drudfawr yn edrych allan o'u lle yn yr ystafell rywfodd, ac er nad oedd Fflur wedi bod mewn llawer o westai yn ystod ei bywyd, roedd yn amlwg mai digon llwm oedd y lle yma.

Ai dyn busnes ydoedd? Neu, o ystyried rôl Efrog, ai cyswllt pwysig o'r isfyd neu dyst mewn achos arbennig?

Pwy a ŵyr a pha ots? oedd casgliad Fflur, gan mai dyma'r dyn a fyddai'n cael ei haeddiant, heno, er cof am Ffion.

"Eistedda ar y gwely," mynnodd y dyn, ac fe wnaeth Fflur hynny a disgwyl y byddai'r artaith yn dechrau ar unwaith. Hedai ei dychymyg ar ras a dechreuodd feddwl am y pethau y byddai'n rhaid iddi eu gwneud, efallai, i'w blesio. Nid oedd hi hyd yn oed wedi ystyried ochr ymarferol galwedigaeth putain tan yr eiliad honno a sychodd ei cheg yn syth, wrth i'w chalon ddechrau curo'n wyllt yn ei bron a'i byddaru rhwng ei chlustiau.

Ond, er bod yna rywbeth annifyr amdano, nid oedd hi'n ymddangos fod ganddo lawer o ddiddordeb mewn agor y papur lapio, fel petai, a dechrau chwarae gyda'i degan newydd. Dim eto, ta beth.

Safodd o'i blaen a syllu arni am amser hir. Dechreuodd Fflur boeni ei fod yn ei hamau ac efallai'n gallu gweld drwy ei chuddliw. Cofiodd am y graith ar ei boch a difarodd beidio gwisgo mwy o golur. Doedd Fflur ddim yn gwybod ble i edrych ac nid oedd erioed wedi teimlo mor anghyfforddus, ond yn ddirybudd stopiodd y syllu.

"Diod?" holodd y dyn, gan droi i ffwrdd oddi wrthi at y botel gin oedd ger y drych ar y bwrdd pîn rhad.

Gwyliodd Fflur y cwsmer yn paratoi'r diodydd. Gin a thonig yr un. Roedd hi'n gwybod beth roedd e'n ei wneud gan fod geiriau puteiniaid y Coed yn fyw yn ei chof.

Byddai'n rhaid iddi fod yn glyfar er mwyn manteisio ar y sefyllfa, a dechreuodd baratoi ei hun yn feddyliol er mwyn ei hudo a'i dwyllo a'i orfodi rywfodd i yfed o'r gwydryn anghywir.

Ond wedi iddo orffen cymysgu'r diodydd, gwyliodd Fflur e'n cymryd llwnc allan o un gwydryn cyn eu gosod ill dau ar y bwrdd ger y gwely. Rhyfeddodd Fflur pan drodd y dyn ei gefn a gadael yr ystafell er mwyn ymweld â'r tŷ bach. Ac wrth i'r iwrin lifo ohono aeth Fflur ati i gyfnewid y gwydrau, gan sylwi ar yr arlliw oeliog ar arwyneb y ddiod: tystiolaeth – ym marn Fflur – o euogrwydd y cwsmer yn nhynged ei chwaer.

Yn ffodus iddi, roedd gorhyder y Maer ar fin ei drechu. Ac yntau wedi llwyddo gyda'r hen dric hwn gannoedd o weithiau dros y blynyddoedd, nid oedd yn disgwyl i'r butain amau dim. Ni feddyliodd ddwywaith am adael y diodydd gyda hi – wedi'r cyfan, roedd yr hwrs fel arfer wedi drysu gormod i gwestiynu, ac yn rhy dlawd i wrthod diod rhad ac am ddim.

Wrth iddo bisio, canodd ei ffôn symudol ac aeth ati i'w hateb, gan gynnal sgwrs gyda'r person ar ben draw'r llinell fel tasai'r hyn a oedd ar fin digwydd mor arferol â galw am beint yn y Butchers.

Gwrandawodd Fflur ar y sgwrs heb ddeall gair. Roedd ei chalon ar garlam unwaith eto, a'r chwys yn bygwth tasgu o'i thalcen. Nid oedd erioed wedi teimlo'r fath ofn. Na'r fath gyffro chwaith. Yfodd ei diod wrth aros i'r cwsmer ddychwelyd, a phan gamodd o'r toiled gan sychu ei ddwylo ar dywel gwyn, gwenodd arni'n hyderus ei bod ar fin nosdawio. Gafaelodd yn y gwydryn arall a llowncio'i hanner heb feddwl ddwywaith. Edrychodd ar y butain. Roedd ei gwydryn yn wag, felly arllwysodd yntau'r gweddill i lawr ei gorn gwddwg, cyn aros i'r cyffur ei hudo a'i hagor ar ei ran.

Gwyliodd Fflur o'r gwely wrth i lygaid y dyn heini hwn rolio'n ôl yn ei ben cyn i'w goesau blygu oddi tano fel cadair bren bydredig. Chwalodd y gwydryn tenau ar y llawr a sbonciodd y ffôn o'i boced at draed Fflur. Edrychodd ar y corff lletchwith cyn plygu a gafael yn y ffôn a'i gosod yn ei phoced.

Dyma 'nghyfle, meddyliodd Fflur wrth edrych ar y corff difywyd ar y llawr o'i blaen. Dyma'i chyfle i ddial am ddiflaniad Ffion. Am lofruddiaeth ei chwaer. Ac er na fyddai hynny'n ateb unrhyw gwestiynau, byddai'n unioni'r cam ac yn gadael iddi ailafael yn ei bywyd...

Estynnodd y gyllell o'i phwrs a sefyll dros y corff. Roedd ei choesau'n crynu oherwydd y sodlau uchel ac er y gallai glywed y dyn yn anadlu'n dawel, roedd y cyffur fel mantell dynn amdano. Gosododd y llafn miniog wrth ei afal Adda a'i bibell wynt, fel y dysgodd ei thad iddi wneud pan fyddai'n lladd anifail – y ffordd gyflymaf o gyflawni'r dasg. Ond, ar wahân i'r crynu, ni symudodd ei llaw na'r gyllell. Roedd lladd anifail fferm yn un peth, ond roedd lladd person mewn gwaed oer yn rhywbeth hollol wahanol.

Camodd oddi wrth y corff, rhoi'r gyllell 'nôl yn ei phwrs ac eistedd ar y gwely unwaith eto. Ystyriodd ei hopsiynau a phenderfynu mai'r ffordd orau i gael atebion ynghylch tynged ei chwaer fyddai cysylltu ag Alban er mwyn iddo fe ddod yno i arestio Efrog a'r dyn a orweddai wrth ei thraed. Gafaelodd yn ei ffôn a dod o hyd i'r rhif, cyn gwasgu'r botwm gwyrdd ac aros. Dim ateb. Rhoddodd gynnig arall arni. Yr un canlyniad. Wedi iddi roi'r ffôn yn ôl yn ei phoced, clywodd Fflur sŵn traed trwm yn agosáu. Yn ei phanig, gollyngodd ei phwrs a disgynnodd hwnnw o'i gafael a chwympo i'r llawr wrth gorff y cwsmer. Doedd dim amser i'w estyn, felly ymlusgodd o dan y gwely mor gyflym ag y gallai a gobeithio… gweddïo… am gael gweld y wawr a gwên Yvonne unwaith yn rhagor.

Gwyliodd y Blaidd y cyffurgi'n mynd heibio'r car ar ei ffordd at ystafell ei frawd. Er iddo ofyn beth yn union a ddigwyddai yn y cyfarfodydd cudd, ni chafodd ateb gan Bach. Eisteddodd yn ôl gan ddychymygu pob math o fudreddi, pob un ymhell o'r marc. Pam gwahodd jynci? Pa ran y gallai ef ei chwarae yn y gêm? Ond, er ei chwilfrydedd, nid oedd y Blaidd am wybod, mewn gwirionedd.

Brasgamodd y dyn ifanc gwelw i fyny'r grisiau bob yn ddau. Dyma'r ymarfer corff mwyaf a gawsai ers blynyddoedd, ac roedd ei galon wan yn pesychu tu ôl i'w asennau yn sgil hynny. Gorweddian o gwmpas yn gwneud cyn lleied â phosib fyddai fel arfer, wrth i'r brown lifo drwy ei wythiennau'n ddyddiol gan ei angori ar wely diffrwyth ei fywyd ac atal ei long rhag hwylio i unrhyw le ar wahân i dŷ ei ddeliwr.

Byddai'n fodlon gwneud llawer o bethau am arian, am sgôr hynny yw, a phethau llawer mwy annifyr na hyn o bell ffordd. Roedd wedi lladrata o siopau er mwyn cyflawni archeb benodol ar ran rhywun, ac wedi dwyn beics, offer trydanol a cheir; roedd wedi mygio pobl er mwyn dwyn eu harian, eu hesgidiau neu eu ffôn, a hyd yn oed wedi gwerthu ei din am bris rhesymol. Ond dyma, heb os, y deugain punt hawsaf iddo erioed eu hennill. Er nad oedd wedi cael ei dalu eto, byddai'n derbyn yr arian pan fyddai'n dosbarthu'r offer i'r dyn yn ystafell saith.

Yr unig gyfarwyddyd a gawsai oedd y dylai fynd â nodwydd a chwistrell lân i'r ystafell, rhoi'r rheiny i'r dyn fyddai'n ateb y drws, derbyn £40 am ei drafferth a dyna ni. Y diwedd. *Happy days!*

Yr unig reswm y byddai'r Maer yn dewis cyffurgi ar hap i ddod â'r chwistrell a'r nodwydd i'r ystafell oedd oherwydd ei fod weithiau'n talu ugain punt ychwanegol er mwyn ei wylio'n palu i mewn i'r butain anymwybodol. Ond nid oedd wedi cael yr ysfa honno ers oesoedd, ac ni fyddai hynny'n newid nawr, gan mai'r unig gorff anymwybodol yn yr ystafell oedd ei gorff ef ei hun.

Cnociodd yn ysgafn i ddechrau ond pan na chlywodd unrhyw ymateb, trodd y bwlyn ac agor y drws nad oedd wedi'i gloi. Syllodd yn gegagored ar yr olygfa. Sleifiodd i mewn a sicrhau nad oedd unrhyw un arall yno cyn penlinio ger y gelain a mynd o boced i boced ar drywydd ei gyflog. Wedi'r cyfan, roedd e wedi cyflawni ei ran e o'r fargen, felly roedd yn haeddu cael ei dalu. Roedd y corff yn llwm, ond daeth o hyd i'w wobr ym mhoced fewnol y siaced gerllaw, a chymerodd ychydig dros ben y deugain i dalu am y trawma o ganfod corff marw. Yn ogystal â'r arian, cipiodd ffiol arian y Maer. Edrychodd o gwmpas yr ystafell i weld a oedd unrhyw beth arall gwerth ei gymryd. Gafaelodd yn y pwrs, ond doedd dim byd iddo fe ynddo – roedd cardiau banc yn ddiwerth heb y cyfrinrif, yn sgil y dechnoleg chip & pin a chyfundrefnau diogelwch y banciau, ac er iddo edrych ddwywaith ar y gyllell, gadawodd hi lle roedd hi a gafael yn y botel gin hanner llawn yn ei lle.

Gadawodd yn gyfoethocach na phan gyrhaeddodd ond

gyda'r paranoia'n ei drechu a'i dynnu oddi yno gerfydd ei geilliau marwaidd.

Gwyliodd Fflur yr olygfa'n gegagored. Beth yn y byd oedd yn digwydd a phwy oedd hwn? A beth fyddai wedi digwydd petai cynllun y cwsmer wedi cael ei gyflawni a Fflur yn gorwedd yn anymwybodol ar lawr? Doedd hi ddim eisiau meddwl am hynny bellach ac roedd y sefyllfa bron yn ormod iddi wrth i'r ofn ei hoelio i'r unfan.

Roedd y Blaidd yn mwynhau mwgyn yn yr awyr agored pan glywodd y camau tu ôl iddo'n rhuthro i lawr y grisiau o'r llawr cyntaf.

Good. Ma fe 'di gorffen yn gynnar heno... meddyliodd gan droi yn disgwyl gweld ei frawd. Ond, cafodd deimlad anghyfforddus o déjà vu pan welodd y cyffurgi'n agosáu. Roedd rhywbeth o'i le, roedd hynny'n amlwg.

Ceisiodd y jynci redeg heibio iddo, ond taclodd y Blaidd ef a'i daflu i'r llawr gan ddifaru gwneud hynny wrth i'w gefn a'i ben-glin losgi ar yr un pryd. Roedd e'n rhy hen i hyn. Yn llawer rhy hen. Gwthiodd y Blaidd y llipryn at y car a'i blygu dros y boned.

"Beth yw'r brys?"

"Dim fi nath e. Roedd e fel 'na pan gyrhaeddes i."

"'So ti'n gwneud unrhyw synnwyr. Esbonia."

"Ma fe 'di marw."

"Pwy?"

"Pwy bynnag yw'r boi yn ystafell saith. Ond dim fi wnaeth. Onest."

Diddorol, meddyliodd y Blaidd. Ond a oedd hyn yn wir?

"Beth am y ferch?"

"Pa ferch?"

"Y butain. Gwallt du hir. Craith ar ei boch."

"Dim golwg ohoni. Wedi mynd mae'n rhaid. Roedd y drws ar agor pan gyrhaeddais i."

"A beth roeddet ti'n mynd i'w wneud, petai…" ond dechreuodd y cyffurgi ateb cyn i'r Blaidd orffen gofyn y cwestiwn.

"Dim byd. Jyst delifro syringe o'n i. Dim byd arall. Fuck knows beth roedd y boi'n mynd i wneud wedyn. Jyst delifro'r syringe a gadael. Forty quid. Easy money…"

Syringe? meddyliodd y Blaidd. Nid oedd hynny'n gwneud unrhyw synnwyr. *Beth yn y byd roedd ei frawd yn ei wneud?*

Gyda'r jynci'n dal i fod â'i ben ar y boned, aeth Efrog ati i archwilio'i boced. Cadwodd yr arian yn ogystal â phresgripsiwn morffin y dyn, er mwyn cadw cofnod o'i enw a'i gyfeiriad, rhag ofn y byddai angen beio rhywun am farwolaeth y Maer maes o law. Syllodd ar y ffiol arian gan gofio fod ganddo yntau un debyg yn rhywle. Anrheg i gofio'u genedigaeth gan hen fodryb ydoedd, a'u dyddiadau geni wedi'u hysgythru ar yr ochr mewn ysgrifen ffansi. Ni allai ddechrau dychmygu pam fod ei frawd yn cario'r ffiol gyda fe nac at ba ddiben y defnyddiai…

"Iawn, Richard Williams," meddai Efrog wrth ddarllen yr enw a llacio'i afael. "Bant â ti, *Dick*. Falle bydd angen gair bach yn y dyfodol, yn dibynnu ar sut ddatblygith yr achos…"

"Achos?"

"Ie. Achos," cadarnhaodd y Blaidd gan ddangos ei ID Heddlu De Cymru iddo. Roedd llygaid Dick yn pefrio fel tasai newydd chwistrellu gram o China White i'w gorff, a rhedodd oddi yno nerth ei draed gan ystyried symud i ffwrdd o'r dref, a hynny ar y trên nesaf.

Yn araf bach, dychwelodd y gwaed i gorff Fflur, a dechreuodd dynnu ei hun allan o'i chuddfan. Ond, wrth iddi wneud hynny, clywodd sŵn traed yn agosáu unwaith eto, felly 'nôl â hi fel malwen ofnus i guddio o dan ei chragen. O'i safle yn y cysgodion llychlyd, gwelodd y drws yn agor a Ditectif Efrog Evans yn camu i mewn i'r stafell yn edrych o'i gwmpas fel tasai'n disgwyl i rywun neidio allan o'r cwpwrdd. Yn reddfol, estynnodd Fflur ei ffôn o'i phoced gyda'r bwriad o geisio cysylltu ag Alban, er nad oedd yn gwybod beth fyddai hynny'n ei gyflawni gan nad oedd y bastard yn ateb ei galwadau. Ond pan edrychodd yn ei llaw, gwelodd mai ffôn y cwsmer oedd yn ei llaw, yn hytrach na'i bricsen o Nokia hynafol, a chafodd syniad llawer gwell. Mor dawel ag y medrai, cliciodd ar y delwedd o gamera, cyn dewis yr ail opsiwn: Recordio Fideo.

Cyn agor drws ystafell rhif saith, gwisgodd y Blaidd bâr o fenig llawfeddygol am ei ddwylo. Yna, camodd i mewn ac edrych o'i gwmpas yn chwilio am ffôn symudol ei frawd neu gamera cudd, rhag ofn mai cynllwyn arall oedd hwn gan Bach i'w dwyllo a pharhau i'w boenydio, a chwalu ei freuddwyd, ei fywyd, unwaith yn rhagor.

Cynyddodd yr euogrwydd am yr hyn a wnaethai i'w hanner brawd dros ddeugain mlynedd ynghynt, ond wedi iddo'i atgoffa'i hun am artaith y degawd diwethaf, diflannodd cyn gyflymed ag yr ymddangosodd a chamodd at y corff er mwyn gweld a oedd Dick Williams yn dweud y gwir.

Cyflymodd ei galon wrth iddo benlinio wrth ochr y gelain a gobeithiai'n arw fod y cyffurgi'n llygad ei le. Gyda marwolaeth y Maer, byddai Efrog wir yn rhydd am y tro cyntaf ers dechrau'r saithdegau. Ffrwydrodd y boen yn ei benglin pan gwrcydiodd, a chrensiodd ei ddannedd i wrthsefyll yr artaith. Wedi i'r gwewyr leddfu ryw ychydig, rhoddodd fynegfys ei law dde o dan ên ei frawd ond siom oedd yn ei aros wrth i guriadau ei galon ddychlamu'n wanllyd drwy ei law. Cododd ar ei draed er mwyn ystyried ei opsiynau a gwelodd bwrs ar y llawr gerllaw. Cododd hwnnw a rhyfeddu pa mor drwm ydoedd, felly agorodd y sip i weld ei gynnwys. Cododd ei aeliau pan welodd y gyllell. Un go iawn. Un hela. Nid cyllell i blant mohoni, ond un heliwr neu filwr neu fwrdrwr, efallai.

Gafaelodd yn y gyllell, gan werthfawrogi ei saernïaeth, cyn edrych ar ei frawd, ac yn ôl at y llafn. *Hmmmm...*

Ym marn y Blaidd, roedd presenoldeb y pwrs yn cadarnhau fod un peth ddywedodd Dick yn gywir ta beth, sef fod y butain wedi gadael. Ar hast hefyd. A phwy allai ei beio?

Rhoddodd y Blaidd y gyllell ym mhoced ei got laes cyn estyn gobennydd oddi ar y gwely ac edrych eto ar ei frawd. Roedd y cyfle a roddwyd iddo'n ormod o demtasiwn i beidio â chymryd mantais ohono. Roedd Dick Williams yn credu fod y Maer wedi marw, a hawdd fyddai pwyntio'r bys at hwnnw os byddai angen gwneud. Nid oedd y Blaidd yn ymddiried yn ei frawd mewn unrhyw ffordd ac roedd hon yn ffordd berffaith o sicrhau na fyddai byth eto'n cymryd mantais arno. Gallai'r Blaidd ddychmygu cnoc ar ddrws ei gartref yn Sbaen yn y dyfodol a Bach yn sefyll yno eisiau 'ffafr' arall. Doedd hynny ddim yn mynd i ddigwydd...

Penliniodd y Blaidd wrth ochr y corff, gan anwybyddu'r boen a rwygai drwy ei goes, cyn gosod y clustog dros ei geg a'i drwyn. Edrychodd ar ei oriawr a gwylio'r fraich eiliadau'n cylchdroi bum gwaith cyn codi'r clustog a rhoi ei fynegfys o dan ên ei frawd unwaith eto. Dim curiad y tro hwn. Gwenodd y Blaidd ac ochneidiodd ei ryddhad. Teimlodd ryw emosiwn dieithr wedyn − tristwch efallai − ond diflannodd hwnnw bron ar unwaith wrth i'r usual suspects ddychwelyd, gydag euogrwydd a hunanatgasedd ar flaen y gad. Meddyliodd Efrog am hanes eu perthynas. Roedd cael un debyg i'r un oedd ganddynt yn beth ofnadwy, yn enwedig o gofio nad oedd yn bosib casáu ei frawd heb gasáu ei hunan fwy fyth.

Erlidiwyd yr emosiynau diwerth hyn o ben y Blaidd pan wawriodd arno fod yr artaith ar ben. Bron.

Cododd eto ac estyn y pwrs oddi ar y gwely. Dim ond un person a allai ei gysylltu ef â'r helynt yn awr. Y butain. Felly, aeth drwy'r pwrs er mwyn ceisio dod o hyd i'w henw, ei chyfeiriad, unrhyw beth mewn gwirionedd y gallai'r Blaidd ei ddefnyddio i'w ffeindio a'i thawelu.

Yr unig beth o werth – yn wir, ar wahân i lond dwrn o geiniogau a nodyn yn cynnwys cwpwl o rifau ffôn, yr unig beth yn y pwrs o gwbl – oedd cerdyn banc a thrwydded yrru. Craffodd ar y ffoto ar y drwydded a chael ei ddrysu'n llwyr ganddo. Nid dyma'r ferch a deithiodd gyda fe o'r Coed! Nid gwallt melyn oedd gan honno! Gwallt du! Edrychodd ar y ffoto eto. Ar y gwallt melyn cyrliog a'r llygaid glas, cyn cael ôl-fflach i ystafell debyg i hon ryw fis yn ôl i ddechrau, ac un arall i'r Badell Ffrio ryw dridiau ynghynt. Gwawriodd y gwirionedd arno yn araf, wrth i'r Blaidd gysylltu'r wynebau. Ai chwaer y butain farw oedd hon? Roedd y tebygrwydd teuluol yn awgrymu hynny. Un ai ei chwaer neu ei hysbryd â'i bryd ar ddial.

Ystyriodd y sefyllfa. Rhaid bod Dick wedi tarfu arni ac achosi iddi ddianc cyn iddi gael y cyfle i ddial ar y Maer am yr hyn a wnaethai i'w chwaer.

"Fuck!" gwaeddodd, gan daflu'r pwrs ar y llawr. Teimlodd bwysau'r gyllell yn ei boced a gwyddai'n iawn beth roedd yn rhaid iddo'i wneud yn awr. Gadawodd yr ystafell heb edrych eto ar gorff ei frawd.

Gwyliodd Fflur esgidiau lledr y Blaidd yn gadael yr ystafell, cyn stopio'r ffilmio ac anadlu'n iawn am y tro cyntaf mewn deng munud. Arhosodd yn yr unfan am funud neu ddwy arall, er mwyn gadael i'r Blaidd ddiflannu. Wrth iddi aros, daeth yn ymwybodol o'r cynhesrwydd rhwng ei choesau, ac wedi iddi rwbio'i llaw yn y man priodol, daliodd ei bysedd at ei thrwyn ac arogli'r mwsg. Roedd yr ofn wedi ymddangos ar ffurf iwrin. Doedd y ffaith ddim yn ei phoeni o gwbl – wedi'r cyfan, nid oedd hi erioed wedi teimlo'r fath ofn – ond roedd y gwlybaniaeth yn ddigon i wneud iddi adael ei chuddfan, casglu ei phwrs a sleifio o'r ystafell i'r nos, ac anelu am freichiau Yvonne gan ddiolch ei bod hi'n dal i anadlu. Cripiodd tua'r maes parcio a gweld fod y car yn dal yno. Trodd ar unwaith a gadael rownd cefn y gwesty, gan gadw i'r cysgodion tan i'w hallwedd agor drws fflat ei chariad rhyw ddwy awr yn hwyrach, yn dilyn taith arswydus o hir ar hyd strydoedd cefn y dref.

Er iddo ddod o fewn metr neu ddwy i'w ddarganfod, llwyddodd i ddianc a doedd dim syniad ganddo pwy ydoedd. Yr unig beth a gollodd o'i phwrs oedd y gyllell. Roedd y dyn euog wedi'i ladd ac roedd gan Fflur yn ei meddiant dystiolaeth a fyddai'n carcharu'r Blaidd am weddill ei fywyd. Cododd ei chalon ryw fymryn, a fflachiodd Ffion o flaen ei llygaid yn y fagddu, a gwên yn llawn gwerthfawrogiad ar ei hwyneb o ganlyniad i'r dial.

Wedi iddo ddychwelyd i'r Chrysler a chael gwared ar ôl ei fysedd o'r olwyn, y ffon newid gêr, y dash a'r drws, gadawodd Efrog faes parcio Dickies ar droed er mwyn dychwelyd i'r dref a hela'i brae. Roedd e'n cysylltu Fflur – gwyddai ei henw bellach, diolch i'w thrwydded yrru – â'r Badell Ffrio, ac felly dyna lle roedd yn anelu. Roedd e'n bwriadu aros i Carlos agor y lle ben bore er mwyn cael ei chyfeiriad ganddo a galw draw am 'sgwrs fach'. Hawdd o beth fyddai hynny, gan ei fod e'n wyneb cyfarwydd yn y bwyty ac ar delerau da â'r perchennog tew.

Ond, cyn hynny, roedd dau beth ganddo i'w gwneud. Yn gyntaf, roedd angen cerbyd arno. Dim byd fflash. Rhywbeth dinod na fyddai'n tynnu sylw neb. Ac yn ail, roedd yn rhaid iddo ddychwelyd adref er mwyn casglu ei basbort, ei docyn a'i gês er mwyn gallu dianc yn hawdd wedi iddo gyflawni ei dasg.

Ar ôl cerdded rhyw hanner milltir, daeth ar draws y cyfle perffaith. Ym maes parcio clwb rygbi Gerddi Hwyan, roedd llond y lle o geir segur. Roedd y clwb ei hun yn dawel heno a'r poster ar y glwyd agored yn esbonio pam. Roedd y tîm cyntaf ymhell i ffwrdd, yn chwarae Bethesda yn ail rownd ragbrofol Cwpan Swalec. Gwenodd Efrog wrth i'r cerrig mân grensian o dan ei draed fel cefn brau o dan bwysau dwylo ceiropractydd.

Roedd dewis helaeth o geir addas yn aros amdano, ond anwybyddodd y BMWs, yr Audis a'r MR2s, gan ddewis hen Honda Civic du yn eu lle – car eithaf hen ac ychydig yn rhydlyd, ond byddai'r injan ddwy litr yn help iddo gyrraedd y maes awyr ar hast, pe bai'n rhaid iddo frysio… neu ddianc.

Fel pob heddwas gwerth ei halen, gallai Efrog agor car heb unrhyw drafferth, ac roedd poeth wifro'r taniwr mor hawdd â gwasgu cyffesiad o ddihiryn o dan amheuaeth, i heddwas mor llwfr â hwn. Wedi iddo gyflawni rhan cyntaf ei gynllun triphlyg heb unrhyw drafferth, anelodd am adref i gasglu ei eiddo.

42

Â'r wawr ar fin torri, gorweddai Fflur wrth ymyl Yvonne gan wrando arni'n chwyrnu ac erchyllterau'r noson cynt yn fyw yn y cof. Aeth drwy'r digwyddiadau â chrib fân gan ddarbwyllo'i hun nad oedd unrhyw ffordd y gallai'r Blaidd ei chysylltu hi â'r hyn ddigwyddodd yn ystafell saith. Roedd e wedi dwyn y gyllell ond roedd gweddill cynnwys ei phwrs yn eu lle.

Er bod y dyn a fu'n gyfrifol am ddiflaniad Ffion yn gorwedd yn farw ar lawr y motel, a'r dystiolaeth fyddai'n dedfrydu'r Blaidd yn ei meddiant, roedd rhywbeth yn parhau i boeni Fflur. Atebion. Neu *ddiffyg* atebion, a bod yn fanwl gywir. Roedd hi wedi dod yma i ddarganfod beth oedd wedi digwydd i'w chwaer, ond roedd hi'n dal yn gwybod dim. Byddai'n rhaid iddi aros nes byddai'r heddlu'n arestio Efrog a'i gwestiynu cyn cael gwybod.

Cododd Fflur gan adael Yvonne yn y gwely, a mynd i eistedd yn y ffenest fwa er mwyn gwylio'r fideo ar ffôn symudol y cwsmer. Roedd llawer o'r ffilm yn aneglur, yn dangos dim mwy na thraed y Blaidd a'r corff anymwybodol ar lawr. Ond pan benliniodd y Blaidd a gosod y clustog dros wyneb y corff, roedd y dystiolaeth yn ddamniol.

Teimlai Fflur yn annifyr iawn wrth wylio bywyd y cwsmer yn cael ei ddiffodd yn y fath ffordd. Roedd y Blaidd yn anifeilaidd a didrugaredd, doedd dim gwadu hynny, a gyda hynny'n troelli yn ei phen, anfonodd Fflur y dystiolaeth at Alban.

Dylai hynny ennyn ymateb, meddyliodd. Ond yn ddiarwybod iddi, roedd Ditectif Owen yn parhau i fod mewn trwmgwsg tywyll.

Wedi iddi anfon y ffeil, sylwodd Fflur ei bod hi wedi'i harbed yn awtomatig ar y teclyn gan ddefnyddio'r dyddiad fel enw'r ffeil, felly'n reddfol aeth yn ôl i edrych ar y ffeiliau oedd yn cyfateb i ddyddiad diflaniad Ffion. Wedi gwylio chwe ffilm ddigon anniddorol o'r cyfnod hwnnw, o'r diwedd daeth at yr hyn roedd yn ofni ei ganfod, a'r hyn roedd yn gobeithio'i ganfod hefyd. Ateb.

Gwyliodd yr olygfa'n gegagored. Ystafell debyg i'r un a fynychodd Fflur y noson cynt. Gwely dwbwl a'i chwaer yn gorwedd yn ddifywyd arno. Cot goch, croen gwelw a golau isel. Yna, cerddodd y Blaidd tua'r gwely, cyn lapio'r corff mewn lliain a'i chario oddi yno dros ei ysgwydd fel dyn tân.

Stopiodd y ffilm ac wedi iddi sychu'r dagrau, meddyliodd am yr hyn roedd hi newydd ei weld. Efallai na lwyddodd i ddial yn gorfforol, yn derfynol, ar y dyn yn ystafell saith, ond roedd y ddwy ffilm yn ei meddiant yn golygu y gallai ddial ar y Blaidd a chipio'i ryddid. Ac er nad efe, efallai, oedd wedi lladd ei chwaer â'i ddwylo ei hun, roedd e *wedi* cyfrannu at ddiweddu ei bywyd ac felly'n haeddu talu am ei ran yn y cynllwyn.

Gwyliodd Fflur y ffilm unwaith eto. Roedd ei chwaer yn edrych mor llonydd. Angylaidd hyd yn oed. Roedd ei chalon yn torri ond gwyddai beth roedd yn rhaid iddi ei wneud â'r dystiolaeth. Anfonodd y ffilm hon hefyd at Alban a Jack, gan obeithio y byddai un ohonynt yn ei helpu i gael gwared ar y Blaidd, y bwystfil, o strydoedd y byd, unwaith ac am byth.

Roedd Jack yn dal i eistedd yn ei gadair gyfforddus yn y lolfa. Y gwn a'i feddyliau oedd ei unig gymdeithion – cyfuniad peryglus ar adeg fel hon. Yn enwedig pan dderbyniodd y neges a gweld cynnwys y ffeil. Wylodd yn ddireolaeth wrth wylio'i annwyl Ffi-ffi yn cael ei chario o'r stafell ar ei ffordd i'w bedd anhysbys.

Cododd ei lais gan weiddi cwestiynau amhosib eu hateb yn ei euogrwydd. A allai fod wedi gwneud mwy i'w helpu? Pam nad oedd wedi'i hatal rhag gadael y fflat y noson honno?

Edrychodd ar y got goch a wisgai a llifai'r atgofion yn

ôl a'i foddi mewn trobwll o hunandosturi. Gafaelodd yn dynn yn y gwn. Roedd y diwedd yn agos, gwyddai hynny, a byddai'r Blaidd yn talu am ei lwfrdra a'i gelwydd cyn diwedd y dydd...

Eisteddai Efrog y tu ôl i olwyn yrru'r Honda Civic, ryw hanner canllath o'r Badell Ffrio, yn aros, yn ystyried, yn mudferwi ac yn mynd o'i gof.

Yn ei law roedd y gyllell hela ac fe gaeai'r tywyllwch amdano. Roedd fel petai rhywun wedi cynnau tân yn ei bengliniau, ond dyna'r mwyaf dibwys o'i broblemau y bore hwn. Llifai'r gwaed o'i ddwylo, wrth iddo dynnu llafn miniog y gyllell hela ar hyd ei fysedd heb deimlo dim. Roedd ei ben yn hollol wag a'r gallu i deimlo unrhyw beth wedi hen ddiflannu.

Er bod Sbaen ar ei feddwl eto, ymddangosai pen y daith ymhell iawn o'i gyrraedd. Gwerddon ar orwel diffaith ei gof. Shangrilâ llawn sangriâ.

Roedd ei gof a'i gallineb yn datgymalu a realiti bywyd yn estron o beth. Meddyliodd am adael y dref a'r wlad heb ddelio â Fflur ond anwybyddodd y reddf gan ei fod yn gwybod bod yn *rhaid* iddo'i thawelu neu ni fyddai'n ennill ei ryddid, a'i haeddiant.

Nid oedd dim yn mynd i ddod rhyngddo fe a'i freuddwyd, yn enwedig yn awr, a'i ehediad ond oriau i ffwrdd...

Trwy lygaid trymion, gwyliodd Fflur olau cynta'r wawr yn chwalu'r tywyllwch dros y gorwel trefol. Roedd Yvonne yn dal i gysgu yn ei gwely. Dyheai Fflur am fynd yn ôl ati, a theimlo'i chynhesrwydd a chael ei chysuro, ond gwyddai na fyddai'n codi wedyn am oriau petai'n gwneud hynny. Byddai'n rhaid iddi fynd i'r Badell Ffrio ymhen rhyw awr hefyd, felly doedd dychwelyd i'r gwely ddim yn opsiwn.

Meddyliodd am yr hyn y bu'n dyst iddo'r noson cynt. Saethodd ias i lawr ei hasgwrn cefn wrth gofio'r ffordd yr aeth y Blaidd ati i ladd y cwsmer mor ddiseremoni. Nid oedd hi'n gwybod pwy oedd y dyn a a laddwyd gan y Blaidd, ond ef yn sicr oedd yn gyfrifol am farwolaeth ei chwaer. Wedi'r cyfan, fe geisiodd ei gwenwyno hithau neithiwr, er mwyn ailadrodd yr hyn a ddigwyddasai ar noson olaf Ffion ar dir y byw. Er bod y ffilm ar ffôn y cwsmer yn dangos y Blaidd yn cario'i chorff o'r ystafell, gwyddai Fflur nad ar ei ddwylo fe roedd ei gwaed. Ddim yn uniongyrchol, ta beth, ond wrth gwrs, roedd neithiwr yn fater hollol wahanol.

Edrychodd drwy ei phwrs unwaith eto – ar ei cherdyn banc, ei thrwydded gyrru a nodyn cyntaf Yvonne ati. Byddai'n cadw hwnnw am byth. Gyda'r gyllell ym meddiant Efrog, gwawriodd arni'n sydyn ei bod hi'n debygol iawn ei fod wedi gweld y drwydded ac felly'n gwybod am ei thwyll. Byddai'r Blaidd yn ysu am ei thawelu, a daeth i'r casgliad mai'r lle mwyaf diogel iddi fyddai'r Badell Ffrio. Wedi'r cyfan, byddai gweithio mewn bwyty cyhoeddus prysur, llawn heddweision yn cynnig rhyw fath o loches iddi. Ni fyddai'n mentro ei herlid yno, ddim ar unrhyw gyfrif...

Wedi iddi gael cawod a gwisgo, bwytaodd Fflur fowlen o fiwsli a mynd ati i lunio nodyn i'w chariad cyn gadael am y gwaith. Roedd hi'n ysu am ddweud hwyl fawr wrthi yn y ffordd draddodiadol, ond gydag Yvonne yn dioddef, penderfynodd mai peidio â'i distyrbio fyddai orau.

Camodd allan o'r fflat i'w hoff fath o fore – haul isel, awyr las a'r oerfel yn gwneud iddi anadlu fel draig. Arferai gerdded drwy'r caeau ar foreau tebyg yn ôl ar y ffarm, ac er nad oedd y profiad trefol yn cymharu â hynny, roedd yr heulwen yn dal i'w llenwi â rhyw bositifrwydd, hyd yn oed ar fore fel hwn.

43

Canodd y ffôn a oedd ar y ffwton reit wrth glust chwith corff anymwybodol Alban, gan wneud iddo eistedd i fyny ar unwaith ac edrych o'i gwmpas yn wyllt, wrth i'w ymennydd a'i lygaid geisio ymgyfarwyddo â realaeth y bore newydd.

Cyn ateb yr alwad, rhuthrodd ar ei bedwar draw at y bin a'i lenwi â chyfog gwyrddlwyd. Gyda'r llysnafedd yn dal i ddianc o gornel ei geg, atebodd y ffôn a chlywed llais ei fòs yn ei gyfarch. Y peth diwethaf roedd e eisiau ei glywed ar fore Sadwrn.

Ar ôl gwrando ar y gorchymyn – sef iddo fynd i Dickies Motel cyn gynted â bo modd, os nad yn gynt na hynny, gan fod corff y Maer wedi'i ganfod yno'r bore hwnnw, 'o dan amgylchiadau amheus' – trodd Alban yn ôl at y bin a gwagio gweddillion ei gylla.

Edrychodd eto ar ei ffôn a gweld ei fod wedi methu nifer o alwadau oddi wrth Fflur, yn ogystal â derbyn tair neges destun oddi wrthi.

Ceisiodd ei ffonio'n ôl, gyda gwarth ac edifeirwch yn byrlymu ynddo. Roedd rhywbeth o'i le, gallai deimlo hynny. Beth oedd wedi digwydd iddi yn ystod y nos? Dechreuodd ddiawlio pan nad atebodd hi'r alwad, felly trodd ei sylw at y neges gyntaf. Darllenodd y geiriau wrth i'r gwirionedd ddechrau dod i'r amlwg:

```
Y Blaidd = Efrog.
```

Uh-oh. Edrychodd ar amser yr alwad. 19:47 y noson cynt. *Shit.* Agorodd y neges nesaf a dechrau gwylio'r ffilm. Corff y Maer yn gorwedd ar lawr. Pâr o goesau'n sefyll uwch ei ben. Rhywun yn penlinio wrth ei ochr. Efrog yn gosod clustog dros wyneb y Maer. *Shit, shit, shit.* Codi a gadael a'r ffilm yn gorffen.

Oedodd Alban wrth edrych ar y ffrâm olaf. Roedd hyn yn ormod iddo ar ddechrau'r dydd. Agorodd y neges olaf a sylwi ar ddyddiad y ffeil atodol. Mis ynghynt. Gwyddai'n iawn beth oedd ar fin ei wylio, sef Efrog yn codi corff marw Ffion a'i chario o ystafell y gwesty anhysbys.

Cododd Alban a gadael y tŷ heb newid nac ymolchi na dim. Roedd angen iddo ffeindio Efrog, cyn ei bod hi'n rhy hwyr. Roedd yr hen ddyn mewn trafferth. Ac wedyn meddyliodd am Fflur unwaith eto… roedd hi mewn mwy o drafferthion.

Ffoniodd dacsi pan gofiodd nad oedd ganddo gar gerllaw, ac wrth aros am hwnnw ar y stryd tu fas i'w gartref, ceisiodd gael gafael ar Fflur unwaith eto. Heb lwc. Diawliodd dderbyniad y ffonau symudol yn lleol, cyn cynnau sigarét gynta'r dydd.

Gyda chloc digidol yr Honda yn datgan 07:37, gwyddai Efrog y byddai Carlos yn cyrraedd unrhyw funud. Roedd ei lygaid fel pâr o farblis gwaedlyd yn ei ben, a'r cochni fel petai wedi gadael ei wythiennau er mwyn cronni yno o dan ei aeliau llwyd. Roedd ei drowsus yn goch hefyd, yn dywyll ac yn wlyb oherwydd llif y gwaed o'r cwt cas ar gledr ei law. Er gwaetha'r anaf, ni theimlai Efrog unrhyw boen. Roedd e tu hwnt i hynny bellach a'i ymennydd ar chwâl a'i freuddwyd yn debyg. Tagai'r niwl trwchus ei synhwyrau a'i atal rhag gweld pa mor anobeithiol oedd ei gynllun, ond ar yr un pryd, roedd yr anobaith hwnnw'n ei wthio ymlaen ac yn ei ysgogi i weithredu.

Am ddeng munud i wyth, gwyliodd Carlos yn cyrraedd ac yn agor drws y bwyty a chamu i mewn, cyn mynd ati i baratoi ar gyfer agor y caffi. Ond, cyn iddo adael y car a mynd i ofyn am gyfeiriad Fflur, gwyliodd yn gegagored wrth i Fflur ei hun – â'i gwallt yn felyn y bore 'ma a'r wisg ffansi yn ôl yn y wardrob – gerdded i lawr y stryd a dilyn Carlos i mewn i'r bwyty. *Beth roedd hi'n ei wneud yno?* Doedd dim syniad gan Efrog. Ond roedd hyn yn gwneud pethau ychydig yn haws. Yn *llawer* haws, a dweud y gwir.

Eisteddodd Efrog yn ôl yn ei gadair, er mwyn eu gwylio am ychydig cyn penderfynu ar y ffordd orau o fynd ati i gyflawni ei fwriad.

Ymhen munud neu ddwy, cyrhaeddodd Kev y cogydd law yn llaw ag un o'r gweinyddesau eraill. Carly oedd ei henw, er nad oedd Efrog yn hollol sicr o hynny chwaith.

Gwyliodd eto am ychydig funudau a daeth yn amlwg fod Fflur ar fin dechrau shifft. Gwisgodd ei ffedog a mynd ati fel pe na bai ganddi unrhyw beth i'w guddio. Unrhyw beth i'w ofni. Edrychodd ar y cloc unwaith eto a gyda'r amser yn ddwy funud i wyth, penderfynodd weithredu cyn bod unrhyw gwsmer yn galw i mewn i gael brecwast.

Gadawodd y car a cherdded tua'r bwyty, gan anwybyddu'r boen yn ei ben-glin. Gallai weld Fflur yn gosod cyllyll a ffyrc ar y byrddau ac yn sychu ambell i arwyneb brwnt. Roedd hi wedi'i maglu, wedi'i chornelu. Doedd dim dianc yn awr. Bwriadai Efrog lithro i mewn yn dawel er mwyn ei synnu, gorffen y job a diflannu, gan obeithio y byddai cyfreithiau estraddodi Sbaen yn ei warchod rhag cyfraith Prydain. Ac er nad oedd yn or-ffyddiog am hynny, rhaid cadw'r freuddwyd yn fyw, oherwydd heb hynny, nid oedd ganddo reswm dros fyw.

Cyrhaeddodd y drws ac ymestyn ei law er mwyn ei wthio ar agor, ond roedd y drws ar glo a throdd pedwar pâr o lygaid i edrych arno. Cododd y rhwystredigaeth a'r casineb mewn corwynt o wylltineb cyfun, a heb feddwl ddwywaith dechreuodd gicio'r drws a'i ysgwyd, a gweiddi fel gwallgofddyn cyn estyn y gyllell o'i boced a'i dal o'i flaen i bawb gael ei gweld, a'i phwyntio i gyfeiriad Fflur.

Heb oedi, a gan anwybyddu'r ofn amlwg ar wynebau ei weinyddesau, cododd Carlos y ffôn a galw 999. Wrth gwrs, gwyddai Fflur yn gwmws pam roedd Efrog yno, felly rhedodd i gefn y gegin ac estyn ei ffôn symudol o'i chot. Gwelodd ei bod wedi methu dwy alwad gan Alban, ac aeth ati i'w alw'n ôl ar unwaith, gan ddiolch fod y diogyn wedi deffro o'r diwedd.

Safodd y pedwar ditectif – Crandon, Clements, Nigel ac Alban – wrth ddrws ystafell rhif saith Dickies Motel, yn gwylio Quincy a'r tîm gwyddonol yn gwneud eu gwaith manwl.

Roedd corff y Maer yn dal i orwedd lle roedd perchennog y motel wedi dod o hyd iddo ryw awr ynghynt. Nodiodd Alban ar ddamcaniaethau a dyfaliadau Crandon a gweddill y criw, gan wybod yn iawn nad oedd yr un ohonynt yn gywir. Roedd y gwirionedd yn gorwedd yn ei boced, ond nid oedd yn bwriadu datgelu hwnnw iddynt – ddim eto, ta beth.

Canodd ei ffôn symudol ac esgusododd ei hun gan adael ei gyd-weithwyr a cherdded yn ddigon pell i ffwrdd er mwyn ateb galwad Fflur.

"Fflur…" dechreuodd, gyda'r bwriad o ymddiheuro iddi am fethu ei holl alwadau, ond ni chafodd gyfle i wneud hynny gan iddi dorri ar ei draws a siarad yn gynt nag arwerthwr ar amffetamin.

"DeregloumaEfrogymagydacyllellmafearfyôli!"

Deallodd Alban ychydig o'i neges, ond nid y cyfan o bell ffordd. Gallai hefyd glywed rhyw gynnwrf yn y cefndir, ond wedi iddi ailadrodd ei geiriau, ychydig yn arafach, deallodd yn iawn beth oedd yn digwydd.

"Ble wyt ti?"

"Y Badell Ffrio. Brysia!"

"Fi ar fy ffordd..." Ac yn ôl aeth Alban at ystafell saith, â'i galon ar ras a'r chwys yn dechrau diferu oddi ar ei dalcen.

"Syr, syr!" ebychodd, gan ddenu sylw Crandon ar unwaith. "Rhaid i ni fynd i'r Badell Ffrio. Mae 'na sefyllfa..."

"Sefyllfa?"

"Yn gysylltiedig â chorff y Maer. Yn gysylltiedig â'i lofruddiaeth..."

"Llofruddiaeth? Pa lofruddiaeth? Fyddwn ni ddim yn gwybod ai llofruddiaeth sy 'da ni ar ein dwylo tan bydd Quincy'n..."

Estynnodd Alban y ffôn o'i boced. Roedd yn bryd dangos y ffilm i'r amheuwyr.

"Mae gen i ychydig bach o inside knowledge fan hyn, syr. Fi 'di bod yn gweithio gyda ditectif preifat ar achos amheus. Diflaniad putain a cover-up gan heddwas. 'Na i esbonio mwy ar y ffordd, ond dylse'r ffilm yma brofi mai llofruddiaeth ni'n delio â hi yn yr achos hwn."

Gwyliodd y triawd y ffilm mewn tawelwch llethol. Yn wir, yr unig air gafodd ei ynganu oedd 'Efrog', a hynny pan ymddangosodd y Blaidd yn gafael yn y clustog. Wedi i'r ffilm orffen, trodd Crandon i gyfeiriad y gweithwyr fforensig.

"Quincy!" bloeddiodd. "ni'n gorfod mynd. Sefyllfa frys." Yna, trodd at ddau swyddog ifanc mewn lifrai. "Pritchard ac Isaac, arhoswch chi fan hyn. Byddwn ni 'nôl cyn gynted ag y gallwn ni."

A gyda hynny, anelodd y pedwarawd am yr Astra llwyd oedd wedi'i barcio gerllaw, gydag Alban yn esbonio'r sefyllfa a Nigel yn gyrru fel dyn gwyllt tua chanol y dref.

Gyda'r seirens yn agosáu, llwyddodd Efrog i chwalu'r clo ac agor y drws, cyn camu i mewn i'r bwyty â'r gyllell yn pwyntio at Fflur yng nghefn y gegin, wedi'i dal rhwng y drws cefn clo a'r Blaidd oedd am ei gwaed.

Gweddïodd y byddai'r heddlu brysio yno i'w hachub, ond – gydag Efrog yn sefyll rhyngddi hi a'i rhyddid yn dal cyllell hela ei thad, a honno o dan orchudd o waed – doedd hynny ddim yn edrych yn debyg.

"Beth yn y byd sy'n bod arnot ti, Efrog?" bloeddiodd Carlos wrth syllu ar y llanast oedd newydd gerdded drwy'r drws. "Ma'r heddlu ar eu ffordd. Ti'n gallu clywed y seirens yn barod. Well i ti adael, cyn iddyn nhw gyrraedd…"

"'So fe'n ddim byd i' neud â ti, Carlos. Fflur dw i moyn. Neb arall. Chi ddylse adael, dim fi," atebodd Efrog, gan syllu drwy'r perchennog at Fflur a oedd yn crynu tu ôl iddo.

A gyda hynny, gafaelodd Kev yn llaw Carly a'i harwain tua'r drws, cyn sleifio allan i'r awyr agored â'u calonnau'n cydgarlamu.

"Fuckin' cachgi, Kev!" bloeddiodd y bòs ar y cogydd, a phan drodd Efrog i edrych ar y cwpwl yn ennill eu rhyddid, diflannodd ei holl obeithion wrth i dair fan a dau gar heddlu sgrialu i stop ar y stryd tu allan. Gwyliodd wrth i'r glas fynd ati i glirio'r cyffiniau, atal y traffig, a rhwystro unrhyw un answyddogol rhag cael mynediad. Ac unrhyw ddihiryn rhag dianc, wrth gwrs.

"Ma hi ar ben arnot ti'n barod, Efrog," meddai Carlos, ond parhau i syllu ar ei brae wnaeth y Blaidd. Roedd e'n bwriadu gorffen yr hyn roedd wedi'i ddechrau…

"Bydd hi ar ben arnot ti hefyd os na symudi di nawr," meddai Efrog, gan edrych ar Carlos am y tro cyntaf. Roedd yr olwg wag yn ei lygaid yn ddigon i wneud iddo ufuddhau.

Nid Efrog oedd yno bellach, ond bwystfil rheibus nad oedd modd rhesymu ag ef. Trodd Carlos at Fflur gan fwmblan y gair 'sorri' wrthi, cyn dianc o'r bwyty ac estyn ei ffôn o'i boced wrth gerdded oddi yno.

Gyda'r dorf yn cynyddu ar y stryd tu allan i'r Badell Ffrio ac Efrog bellach wedi'i rwydo, ei gornelu. Gwelodd yr Uned Ymateb Arfog yn cyrraedd a chwrcydio â'u gynnau'n pwyntio tuag ato. Doedd dim dianc... Ond er hynny, nid oedd e'n fodlon anghofio'i freuddwyd chwaith.

"Eistedd lawr fan hyn," gorchmynnodd, gan bwyntio'r gyllell at sedd ger y ffenest, er mwyn rhoi Fflur rhyngddo fe a'r saethwyr. Roedd angen munud neu ddwy arno i feddwl, i ystyried ei opsiynau a gweld a oedd ganddo ffordd o ddianc o'r cawlach.

Gwnaeth Fflur fel y gofynnwyd iddi, gan gadw un llygad ar y gwallgofddyn a'r llall ar yr hyn oedd yn digwydd tu fas. Chwiliodd y dorf am Alban neu Jack, ond ni welodd yr un ohonynt.

Eisteddodd Efrog wrth ei hochr, gan ddal y gyllell at ei gwddf. Dechreuodd feddwl ond roedd hi'n dasg amhosib. Roedd ei ben yn rhacs a'r halibalŵ cyfagos yn hawlio'i sylw a'i atal rhag meddwl yn glir.

Nid oedd yn siŵr pam roedd yr heddlu wedi cyrraedd: ai oherwydd ei ymddygiad bygythiol neu oherwydd yr hyn a wnaethai neithiwr? Ond er nad oedd neb yn gwybod beth wnaeth e neithiwr, roedd ymateb brys yr heddlu'n awgrymu bod mwy i'r sefyllfa nag oedd e'n ymwybodol ohoni.

Gyda Sbaen yn cilio ar garlam a'i holl obeithion ar chwâl, penderfynodd Efrog mai ei unig obaith o adfer y sefyllfa mewn unrhyw ffordd fyddai drwy ymyrraeth ei hen ffrind, Ditectif Alban Owen.

Agorodd llygaid Yvonne yn araf bach wrth glywed ei ffôn symudol yn canu, ac estynnodd ei llaw at y bwrdd bach wrth ochr ei gwely gan gipio'r teclyn a'i dynnu'n ôl yn gyflym o dan y gorchudd clyd. Roedd ei llwnc mor dynn â thwll tin Cardi, ac roedd yr enw a fflachiai ar y sgrin fach yn gwneud dim i leddfu'r boen.

"Carlos," sibrydodd yn druenus, jyst rhag ofn ei fod eisiau iddi fynd i'r gwaith am ryw reswm anhygoel.

Gwrandawodd ar yr hyn roedd ganddo i'w ddweud, cyn diolch iddo a chodi o'r gwely. Gwisgodd haen ar ben haen o ddillad cynnes, cyn llyncu llond dwrn o dabledi a gadael y fflat.

Roedd cledrau ei dwylo'n chwysu, a'r holl obaith a hapusrwydd a deimlai ers cwrdd â Fflur yn bygwth neidio dros ddibyn bregus ei bywyd, a diflannu i'r pydew tywyll islaw, i'r trobwll o golled na fyddai byth yn gallu dianc rhagddo.

Cyflymodd ei chamau yn ogystal â churiadau ei chalon wrth iddi gerdded tua'r Badell Ffrio, a phan welodd y dorf yno'n gwylio'r digwyddiad y tu ôl i gorden yr heddlu, gwyddai nad oedd Carlos yn gorddweud.

Yn araf, gwthiodd trwy'r cyrff tan iddi gyrraedd y tu blaen. Syllodd ar yr olygfa – ei chariad yn eistedd wrth y ffenest a Ditectif Evans wrth ei hochr yn mwmian yn aneglur i'w hunan. Ffrwydrodd ei chalon gan achosi iddi blygu dros y gorden a pheswch mor galed tan i'r gwyrddni godi o'i pherfedd a thasgu dros ledr esgidiau plismon cyfagos.

Wedi goroesi'r ymosodiad, dechreuodd y dagrau o anobaith i lifo i lawr ei bochau cochion…

44

Ar ôl aros am oriau am newyddion gan Fflur, roedd Jack Devine wedi cael digon bellach. Ar ben hynny, roedd gwaelod ei gefn yn gwegian gan iddo eistedd drwy'r nos yn lle gorwedd yn y gwely. Cododd yn araf ac ymestyn ei gorff, cyn arllwys gweddillion ei goffi i lawr ei gorn gwddf, gafael yn y gwn a sicrhau bod yna fwled yn y baril. Roedd yna ddwy, ond dim ond un fyddai ei hangen arno heddiw.

Roedd yn rhaid iddo wneud rhywbeth. Rhaid gweithredu. Roedd hi'n bryd mynd i hela'r Blaidd.

Gwthiodd y gwn o dan ei gesail, a gwisgo cot hir er mwyn ei guddio'n gyfan gwbl. Aeth allan o'r fflat ac i lawr yn y lifft, cyn cerdded drwy'r ystâd ddifywyd ac anelu am ffau'r Blaidd. Gwyddai'n iawn ble roedd e'n byw, gan fod Jack wedi galw draw yno ddigon o weithiau dros y blynyddoedd. Unwaith eto, byrlymodd yr atgasedd ynddo wrth gofio'r ffordd roedd Efrog wedi dweud celwydd yn ei wyneb dro ar ôl tro ers diflaniad Ffi-ffi. Gwyddai fod ymestyn y gwirionedd yn dod yn naturiol i bob heddwas ym mhedwar ban byd; roedd hynny'n rhan o'r swydd, a châi'r sgìl honno'i meistroli yn ystod eu gyrfaoedd. Ond, er hynny, roedd Jack wedi gwneud y camgymeriad o ymddiried yn Efrog a meddwl eu bod nhw'n ffrindiau.

Gallai weld ei gamgymeriad yn awr, ac roedd wedi bod yn naïf i gredu hynny yn y lle cyntaf. Er iddynt gydweithio droeon ar hyd y blynyddoedd, ac er mai Jack oedd y dihiryn swyddogol, gwyddai nawr mai Efrog oedd yn anfoesol, nid fe. A dyna oedd ei gamgymeriad – credu bod hen heddwas fel Ditectif Evans yn rhannu'r un egwyddorion ag e. Camgymeriad yn sicr, ond un y bwriadai ei gywiro ar y bore braf hwn yng Ngerddi Hwyan.

Camodd tua drws ffrynt cartref Efrog ond gwyddai nad oedd neb yno hyd yn oed cyn iddo graffu drwy'r blwch postio a'r ffenestri brwnt a gweld fod y lle mor wag â'i addewidion. Cofiodd wedyn fod yr hen fastard yn bwriadu gadael am Sbaen, a rhuodd ton o banig trwyddo wrth feddwl efallai ei fod wedi colli'i gyfle'n barod.

Cerddodd i lawr y llwybr gan ystyried ei opsiynau. Ble dylai fynd a beth dylai ei wneud? Doedd dim syniad ganddo mewn gwirionedd, yn enwedig os oedd Efrog eisoes ar ei ffordd i Sbaen. Gafaelodd yn ei ffôn symudol a galw rhif Fflur. Dim ateb. Yna, trodd nesaf at rif Ditectif Owen, ond cyn iddo wasgu'r botwm gwyrdd, brasgamodd grŵp o fechgyn yn eu harddegau heibio'n sôn am yr anhrefn ar y stryd fawr, ac yn y Badell Ffrio, a bod yn fanwl gywir.

Yn ôl y sôn a'r sibrydion roedd yr heddlu a'r lluoedd arfog i lawr 'na gan fod rhyw hen drempyn wedi herwgipio merch ifanc... Nid arhosodd Jack i glywed y gweddill gan y gwyddai eisoes at bwy y cyfeiriai'r bechgyn ato.

Rhedodd tua'r bwyty a phan drodd y cornel i'r stryd fawr, stopiodd ar unwaith wrth i'r olygfa ei syfrdanu. Roedd y bechgyn yn llygaid eu lle. Roedd yna heddlu ym mhobman, ac er na allai Jack weld y fyddin yn unman, roedd tîm SWAT yr heddlu yma, gyda chêl-saethwyr ar doeon y dafarn a'r siopau gyferbyn. Ar ben hynny, roedd torf o bobl yn gwylio y tu ôl i ffin y gyfraith ac wrth sefyll ar fodiau ei draed, gallai Jack weld Fflur ac Efrog yn ffenest y bwyty – un ohonynt yn edrych fel merch fach ofnus, a'r llall fel dyn o'i gof.

Roedd y Blaidd yn mynd i dalu am yr hyn a wnaeth, yn ogystal â'r hyn a wnâi ar hyn o bryd. Cerddodd Jack tua chefn y dorf, gan wthio'n araf drwy'r cyrff llawn cyffro, gan gadw un llygad ar y bwystfil yn y Badell Ffrio ac un llaw ar y dur o dan ei gôt.

Cododd cyflafareddwr yr heddlu yr uchelseinydd at ei geg, gan alw ar Efrog i ildio.

Camodd Efrog at y drws gan ei agor rhyw fymryn, jyst digon i wthio'i ben i'r awyr iach.

"Sa i'n gwneud dim tan 'mod i'n siarad â Ditectif Owen. Alban Owen. Neb arall," gwaeddodd i'r stryd cyn camu'n ôl a sylwi ar y ddau smotyn coch oedd yn dawnsio ar ei fron.

Eisteddodd wrth ymyl Fflur yn y ffenest, gan sicrhau bod ei chorff hi rhyngddo fe a'r bwledi.

Ar y gair, sgrialodd yr Astra llwyd i stop tu hwnt i'r dorf, cyn i'r pedwar plismon gamu allan a gwthio drwy'r cyrff yn dal eu IDs yn yr awyr.

Alban oedd yr olaf i gyrraedd y llecyn llonydd y tu flaen i'r bwyty, ac wrth anelu am loches y cerbydau oedd wedi'u parcio gyferbyn â'r fynedfa, edrychodd tua'r Badell Ffrio a gweld Efrog a Fflur yn eistedd yn y ffenest yn aros i'w tynged alw i mewn am baned a brechdan bacwn.

Ond yr hyn nad oedd Alban yn sylweddoli ar yr eiliad honno oedd mai fe oedd eu ffawd; roedd tynged y ddau yn ei ddwylo ef...

"Ma fe moyn siarad 'da ti," cyfarthodd Crandon pan ymunodd Alban â gweddill y tîm y tu ôl i'r amddiffynfa ddur.

"Ond... beth..." dechreuodd Alban brotestio, ond doedd dim gobaith osgoi hyn.

"Sdim *ond* amdani, Ditectif Owen. Dim ond 'da chi ma fe'n moyn siarad."

Nodiodd Alban ei ben yn araf, wrth i'w galon fregus bwffian yn wyllt o dan straen y sefyllfa.

"Beth sy 'di digwydd? Beth sydd angen i fi wybod?" gofynnodd, ac ar ôl iddo gael ei friffio'n gyflym gan un o'r uwch-swyddogion, yn ogystal â chael gair clou â Carlos, camodd Alban tua'r bwyty, gan wrthod gwisgo fest warchodol.

Agorodd y drws a throi i edrych ar Fflur ac Efrog. Er y straen amlwg, roedd Fflur yn dal i edrych yn ddigon normal. Ond roedd Efrog, ar y llaw arall, yn llanast. Roedd yr heddwas smart wedi hen ddiflannu – y gwallt arian yn ffluwch a'r blew llwyd yn amlwg ar ei fochau. Roedd y gwaed cochddu dros ei ddwylo a'i ddillad yn adlewyrchu lliw ei lygaid pŵl.

"Ti'n iawn?" gofynnodd Alban, gan gyfeirio'r cwestiwn at Fflur, a gobeithio nad oedd Efrog wedi'i brifo'n barod.

"Dim really."

"Do'n i ddim yn gofyn i ti!" ebychodd Alban gan ysgwyd ei ben. "Mae'n amlwg dy fod ti wedi'i cholli hi'n rhacs…"

Wrth glywed hynny, estynnodd Efrog ei fraich am wddwg Fflur a'i thynnu tuag ato, gan osod llafn y gyllell o fewn hanner modfedd i'w hafal Adda.

Llenwodd llygaid Fflur ag ofn, ond nid ymatebodd Alban mewn unrhyw ffordd. Yn hytrach, eisteddodd gyferbyn â'i gyn-bartner gan edrych i fyw ei lygaid.

"Fi moyn helicopter," dechreuodd Efrog, braidd yn uchelgeisiol mewn gwirionedd. "Na… dim helicopter… car… un clou… a llwybr clir i'r maes awyr…"

"Unrhyw beth arall?" gofynnodd Alban yn goeglyd, ond â golwg ddifrifol ar ei wyneb.

"Sicrwydd na fydd neb yn fy erlid… yn y wlad yma nac yn Sbaen…"

Tawelodd Efrog ac edrych yn obeithiol ar Alban. Roedd yr hen ddyn off ei ben, ac oedodd Alban cyn ateb, gan geisio cofio cynnwys y cwrs delio â herwgipwyr roedd wedi'i fynychu ryw dair blynedd yn ôl. Wedi methu cofio gair, atebodd ei gyn-bartner, gan siarad a rhesymu gyda fe'n dawel ac ychwanegu ychydig o realaeth.

"Paid bod mor wirion, Efrog. Ti wir yn credu dy fod ti'n mynd i gael dy ddymuniad? Rho'r gyllell i lawr i ddechrau. Ti mewn digon o drafferth yn barod, heb fod angen lladd neb o flaen y camerâu teledu…" Trawodd eironi'r geiriau hynny Alban cyn iddynt adael ei geg. Pwyntiodd at y ffenest, gan wahodd Efrog i wenu ar gamerâu newyddion y BBC, a oedd newydd gyrraedd a chymryd eu lle wrth ochr cerbydau'r heddlu.

"Gad i Fflur fynd, Efrog, a siarad 'da fi…"

"Siarad! Siarad! Mae'n rhy hwyr i siarad. Mae'n rhy hwyr i…" Ac i lawr aeth y gyllell a llaciodd Efrog ei afael ar Fflur, cyn dal ei ben yn ei ddwylo a dechrau mwmian yn wyllt am *Sbaen hyn a Bach hwn, bastard brawd a breuddwyd ar ben.*

"Ma fe 'di ffwcio 'mreuddwyd i, Al, ma'r fucker wedi chwalu 'mywyd i!" bloeddiodd Efrog gan boeri i wyneb ei gyn-bartner. Syllodd Alban arno'n wylo, gan feddwl mai'r unig berson oedd yn gyfrifol am y llanast hwn oedd Efrog. Doedd neb arall wedi gwneud dim i amharu ar ymddeoliad y ffŵl.

Edrychodd Alban ar Fflur, gan nodio arni er mwyn tawelu ei meddwl. *Bydd popeth yn iawn,* meddai ei lygaid, ond roedd ei reddfau'n ofni rhywbeth hollol wahanol.

Er gwaetha pryder mewnol Alban, teimlai Fflur yn ddiogel bellach gydag yntau'n gwmni iddi. Roedd hi wedi tanbrisio Ditectif Owen tan hynny, ond roedd ei feistrolaeth ar y sefyllfa'n ei llenwi â gobaith ac yn ei helpu i weld y Blaidd am yr hyn ydoedd mewn gwirionedd – sef hen ddyn a'i fywyd a'i freuddwydion ar chwâl. Ond, wrth ddechrau cydymdeimlo ag e, cofiodd am yr hyn a wnaethai i'r dyn ar lawr ystafell saith y noson cynt, ac am ei ran ym marwolaeth ei chwaer.

"Ble mae corff Ffion, ble mae corff fy chwaer?" gofynnodd, gan synnu'r dynion ac annog Alban i herio'i hen ffrind.

"Efrog, esbonia ac efallai y galla i dy helpu. Ond rhaid i ti ddweud y gwir nawr, neu sdim gobaith 'da ti weld o Andalucia..."

Cododd Efrog ei ben yn araf a syllu'n syth i lygaid Alban. Roedd geiriau ei gyn-bartner wedi treiddio'n ddwfn gan wasgaru halen ar ei friwiau amrwd. Roedd Sbaen allan o'i gyrraedd bellach, roedd Efrog ei hun hyd yn oed yn cydnabod hynny. Trodd ei ben ac edrych ar Fflur – ysbryd ei chwaer a ddychwelodd i'w aflonyddu a gwneud iddo dalu am ei ran yn ei marwolaeth.

"Ddim fi laddodd dy chwaer..." dechreuodd yn araf, ond ni chafodd gyfle i fynd ymhellach.

"Ond beth am y ffilm? Weles i chi'n cario'i chorff..."

Syllodd Efrog arni wrth i'w ymennydd geisio gwneud synnwyr o bopeth.

"Y ffilm? Sut gwelest ti..."

A daliodd Alban ei ffôn symudol o'i flaen gan ddangos y dystiolaeth iddo.

"Ond sut?"

"Sdim ots," atebodd Alban. "Ond esbonia dy ran yn y cynllwyn. Dy ran di a rhan y Maer."

"Bach..."

"Bach?"

"Ie. Fy mrawd bach. 'Na beth o'n i'n 'i alw fe..."

"Do'n i ddim yn gw'bod..."

"Do'n i ddim yn ymffrostio am y peth. Do'n i ddim yn agos, ddim mewn unrhyw ffordd... ddim ers amser maith ta beth, ond roedd e'n fy nefnyddio i ers dros ddegawd..."

"Defnyddio?"

"Blackmail, Alban. Roedd y bastard yn fy mlacmeilo i…"

"A?"

A dyma Efrog yn mynd ymlaen i esbonio'i ran ym marwolaeth Ffion, hynny a hanes cythryblus ei berthynas â'i frawd.

"… twyll oedd y ffilm 'na, gan mai fe oedd wedi'i lladd hi. Dim ond y gyrrwr oeddwn i. Dim byd mwy na hynny…"

"Tan neithiwr," heriodd Alban.

"Ie," cyfaddefodd Efrog heb frwydro mwyach. Beth oedd y pwynt? "Ond sut…"

Ac unwaith eto, atebodd Alban drwy ddangos y ffilm ar ei ffôn symudol.

"Ti?" Trodd Efrog i edrych ar Fflur.

Nodiodd ei phen mewn cadarnhad, ac er mawr syndod iddi gwenodd Efrog a gwelodd Fflur y daioni oedd wedi'i gladdu'n ddwfn ynddo.

"Wel, ai karma yw hynny, dwed?"

Ond codi'i sgwyddau wnaeth Fflur, gan nad oedd yn siŵr beth oedd yr hen ddyn yn sôn amdano bellach.

"Rhywbeth fel 'na, Ef," meddai Alban, gan gymryd y gyllell o'i afael a'i gosod ar y gadair wrth ei ochr.

"Ble mae ei chorff hi?" gofynnodd Fflur a thro Efrog oedd hi i godi'i sgwyddau y tro hwn.

"Sa i'n gw'bod, mae arna i ofn. Bach… sorri, fy mrawd, y Maer, ddeliodd â hynny. Do'n i ddim eisiau dim i'w wneud 'da fe ar ôl marwolaeth Ffion…" Wrth gwrs, celwydd llwyr oedd hynny, gan mai Efrog ei hun gafodd wared ar y corff, ond nid oedd yn bwriadu datgelu hynny wrth Fflur, yn enwedig gan y byddai'r manylion yn torri ei chalon fwy fyth. A gyda'r Maer wedi marw, nid oedd neb ar ôl i'w herio.

"Fi'n gw'bod bod y ffilm 'na'n gwneud iddi edrych mai fi sydd mewn rheolaeth, ond roedd fy mrawd 'da fi'r holl adeg, yn cyfarwyddo ac yn cadw allan o lein y camera. Ond, ar ôl i ni adael y motel, aeth e â fi gartre'n syth cyn delio â'r corff. Roedd e'n ddyn drwg ac yn adnabod digon o bobl tebyg iddo. Sorri…"

Yn rhyfeddol, nid oedd Fflur bellach yn teimlo dim ond tosturi tuag ato. Roedd hi'n ei gredu ac yn falch iddo gwblhau'r dasg nad oedd hi'n gallu ei gwneud yn ystafell y gwesty y noson cynt – sef talu'r pwyth i lofrudd ei chwaer. Roedd ei harchwiliad ar ben, felly, a'r rhan fwyaf o'i chwestiynau wedi cael eu hateb. Mewn byd delfrydol, byddai Efrog yn cael cerdded allan oddi yno a dal yr awyren a dechrau ar ei ymddeoliad o dan haul cynnes y Cyfandir. Ond, wrth edrych allan drwy'r ffenest a gweld yr heddlu, y cêl-saethwyr a chamerâu'r teledu, gwyddai nad oedd hynny byth yn mynd i ddigwydd.

Edrychodd wedyn ar y dorf a chododd ei chalon pan welodd Yvonne yn sefyll y tu ôl i'r gorden felen. Cododd ei llaw arni a gwenodd Yvonne yn ôl. Ond diflannodd y wên o wyneb Fflur pan welodd Jack Devine yn torri drwy'r rhengoedd gan dynnu'r gwn du o dan ei gôt…

Torrodd Jack yn rhydd o'r dorf ac wedi iddo fynd heibio'r heddweision araf – a ddangosai fwy o ddiddordeb mewn gwylio'r cyffro yn y bwyty na gofalu am y gynulleidfa – gafaelodd yn y gwn a cherdded yn syth am y Badell Ffrio. Dim ond un peth oedd ar ei feddwl bellach, ac roedd ei darged o fewn cyrraedd.

"Ti'n barod?" gofynnodd Alban, gan estyn pâr o efynnau o boced ei got. Cyfarfu llygaid y ditectifs dros y bwrdd seimllyd

a fu'n dyst i dros ddau ddegawd o fudferwi a chyd-fyw, wrth
i'r geiriau a'r gwirionedd chwilio am droedle yng nghraidd
druenus emosiynau Efrog.

"Byse'n well 'da fi tase ti'n fy lladd i nawr," oedd yr
ateb llipa drwy'r anobaith llwyr. A chyn i'r clo gau am ei
arddyrnau, cafodd Efrog ei ddymuniad.

Yn gegagored, gwyliodd Fflur Jack yn agosáu, ac er iddi
godi ei llaw a gweiddi arno i beidio â thanio, roedd popeth
drosodd mewn eiliad neu ddwy.

Pan glywodd Alban sgrechiadau Fflur, trodd i edrych allan
drwy'r ffenest a gweld Jack Devine yn cerdded tuag atynt
gyda reiffl baril-dwbl yn pwyntio'n syth at Efrog. Agorodd
ei geg i weiddi arno, ond cyn iddo gael cyfle, taniodd Jack
gan achosi i'r ffenest chwalu a disgyn yn gawod boenus dros
bennau'r triawd.

Yn reddfol, cododd ei ddwylo er mwyn gwarchod ei ben
moel a gwelodd fod Fflur yn gwneud yr un peth, ond byddai
angen mwy na dwy law ar Efrog i atal y bwled rhag teithio'n
syth tuag at ei wyneb. Gwyliodd Alban wrth i'r hen ddyn
geisio plygu allan o'r ffordd, ond nid yw dyn chwe deg pump
oed yn gallu symud mor gyflym â bwled. Llwyddodd i blygu'i
ben rhyw fymryn a gwelodd Alban y bwled yn teithio'n syth
drwy gopa'i benglog a diflannu'n ddwfn i mewn iddo, gan
achosi i'r gwaed dasgu, gan ei atgoffa o chwythdwll morfil
sydd newydd dorri drwy arwyneb y môr.

Gorchuddiwyd wyneb Alban gan waed, a disgynnodd Efrog
i'r llawr yn llipa a'i lygaid yn dal ar agor. Gyda'r gwydr yn
chwalu gan greu miliwn o waywffyn bychain i ymosod
arnynt, arafodd amser a gwyliodd Alban y byd yn troelli drwy

lygaid newydd-anedig. Yn gyntaf, gwyliodd Jack Devine yn cwympo i'r llawr, diolch i fwledi'r cêl-saethwyr ar do'r dafarn dros y ffordd. Cyn i'w gorff lonyddu, gwenodd Jack i gyfeiriad Fflur.

Yna, cododd Fflur ar ei thraed a chamu drwy'r gwagle lle bu'r gwydr gynt ac allan i'r anhrefn llwyr ar y stryd. Meddyliodd Alban ei bod am fynd i gysuro celain Jack, ond nid dyna oedd ei bwriad. Camodd heibio i'r corff wrth i'r heddlu nesáu, gan anwybyddu pawb ar wahân i ferch gyfarwydd – un o weinyddesau'r Badell Ffrio, os nad oedd llygaid Alban yn ei dwyllo – a'i chofleidio'n dynn cyn ei chusanu.

Wedyn, gwyliodd gorff Efrog yn cael ei orchuddio a chlywodd yr heddlu a'r parafeddygon yn ei holi a'i gysuro, er nad atebodd yr un o'u cwestiynau...

EPILOG

VIVA ESPANIA!

Gyda'r haul yn tywynnu a glesni'r awyr yn ymestyn tu hwnt i'r gorwel, cysgododd Alban wrth wal gefn ei gartef newydd er mwyn gwarchod ei gorff gwelw rhag y pelydrau peryglus.

Wedi chwe mis o fyw yma yn Andalucia, roedd e'n dal i fethu credu ei lwc. Pwy fydde wedi meddwl y byddai ei gynbartner wedi gadael popeth iddo yn ei ewyllys?

Dim Alban, roedd hynny'n siŵr. Ac roedd rhaid cyfaddef ei fod yn falch nad oedd Efrog yn cadw cathod, gan y byddai'n siŵr o fod wedi gadael y cwbl i Kitty.

Roedd wedi gadael y tŷ yma yn Andalucia iddo, yn ogystal â bron hanner can mil o bunnau, mewn cyfrif banc yn y Swistir.

Manteisiodd i'r eithaf ar haelioni'r hen ddyn, yr hen ddihiryn, a gwerthodd ei dŷ ei hun yng Ngerddi Hwyan cyn treulio mis mewn clinig preifat er mwyn delio â'i broblem gyffuriau, ac ymddeol i Sbaen gan gefnu ar ei yrfa a'r holl dywyllwch cysylltiedig. Roedd wedi bod yn rhydd o'i gaethiwed ers saith bellach ac roedd pob diwrnod yn teimlo fel ei ben-blwydd. Cafodd gymorth yn y clinig i wynebu ei broblem, sef yr hyn a ddigwyddodd i Esther. Ac er nad oedd wedi maddau iddo ef ei hun, gwelâi nawr nad ei fai ef oedd y ddamwain a bod hynny'n help iddo barhau â'i fywyd heb gymorth y ffon fagl frown.

Wrth gwrs, roedd cwmnïaeth Rosa – ei gyn-lanhawraig a'i gariad cyfredol – yn help hefyd.

Gwyliodd ei chorff tywyll yn torri drwy ddŵr y pwll nofio wrth iddi ddod i ddiwedd ei hymarfer boreol a gwenodd arni wrth iddi godi o'r pwll ac ymuno ag e yn y cysgod. Plygodd a'i gusanu ar ei gopa moel, gan ddiferu dŵr dros ei wyneb a'i gorff, a oedd bellach yn frychni i gyd, diolch i'w fywyd newydd yn yr haul. Diflannodd y sbectol poteli llaeth hefyd

– yn dilyn llawdriniaeth breifat i gywiro'r nam ar ei olwg – ac yn ei lle gwisgai bâr o Ray Bans drud.

Gwyliodd gorff gosgeiddig ei gariad yn symud oddi wrtho er mwyn camu o'r cysgodion a sychu yn yr haul. Roedd y bicin gwyn a wisgai'n gwneud i'w chroen edrych yn dywyllach fyth y bore hwn, a gwenodd Alban wrth feddwl eto am y ddyled oedd arno i'w gyn-bartner.

"Te gystaria?" gofynnodd, cyn arllwys llond gwydryn o sudd orewn ar ôl iddi ei ateb â gwên. Roedd ei Sbaeneg yn dechrau gwella o'r diwedd, er nad oedd Rosa na fe wedi ei chael hi'n anodd cyfathrebu â'i gilydd, hyd yn oed ar ddechrau eu perthynas rai misoedd ynghynt.

Estynnodd sigarét gynta'r dydd o'r pecyn a'i thanio. Roedd angen mynd i Nerja, y dref gyfagos, arnynt heddiw. Siopa'n gyntaf a chwpwl o beints yn y Three Cliffs Bar – a gâi ei redeg gan ryw foi o'r enw Bryn o Abertawe – i ddilyn.

Ond cyn hynny, roedd ganddo rhywbeth diddorol i'w ddangos i'w gariad yn yr ystafell wely. Cododd ar ôl gorffen y sigarét, a gafael yn ei llaw a'i harwain tuag at y drws cefn – a'r ddau'n cusanu a chwerthin fel dau blentyn ysgol heb bryder yn agos i'w bodolaeth...

Nofel ysgytwol arall gan awdur Llyfr y Flwyddyn 2007.

YR ERGYD OLAF

LLWYD OWEN

y Lolfa

£7.95

"DY'MA BLOT-FEISTR HEB EI AIL; NEGESYDD O'R ISFYD SYDD A'I NARATIF YN EIN TYWYS TRWY'R NIWL." FFLUR DAFYDD

FFYDD GOBAITH CARIAD

LLWYD OWEN

y Lolfa

£7.95

Am restr gyflawn o lyfrau'r Lolfa, mynnwch
gopi o'n catalog newydd, rhad
neu hwyliwch i mewn i'n gwefan

www.ylolfa.com

lle gallwch archebu llyfrau ar lein.

TALYBONT CEREDIGION CYMRU SY24 5HE
ebost ylolfa@ylolfa.com
gwefan www.ylolfa.com
ffôn 01970 832 304
ffacs 832 782